Antje Babendererde · Starlight Blues

MTb

Die Autorin

Antje Babendererde, geb. 1963, wuchs im thüringischen Gotha auf. Nach einer Töpferlehre arbeitete sie zunächst als Arbeitstherapeutin mit Kindern in der Psychiatrie.
Seit 1990 beschäftigt sie sich literarisch mit Indianerthemen, zuletzt auch als Jugendbuch-Autorin. Das Material über die Kultur und die aktuelle Lebenssituation der nordamerikanischen Indianer sammelte sie während längerer Aufenthalte bei den Lakota, Cheyenne, Navajo, Cree und Makah.
Antje Babendererde ist verheiratet und hat zwei Kinder. Sie lebt mit ihrer Familie in einem kleinen Dorf in Thüringen.

Im Merlin Verlag ist von Antje Babendererde außerdem erschienen:
DER WALFÄNGER, Roman (MTb 2008)
WUNDES LAND, Roman (MTb 2005)
DIE SUCHE, Roman (MTb 2011)

Antje Babendererde

STARLIGHT BLUES

In der Kälte der Nacht

Roman

MERLIN

Gewidmet Neil Stonechild 1973-1990

We want to be Indian
We want to be red,
We want to be free
Or we want to be dead.

Anonymous Native American
who committed suicide

1. Kapitel

Meine Detektei stand nicht im Branchenverzeichnis und war auch nicht im Internet zu finden. Meine Telefonnummer kursierte jedoch in den Indianerreservaten, seit der Zeit, in der ich noch ausschließlich als Journalist gearbeitet hatte. Inzwischen gab es Tage, an denen das Telefon ohne Unterlass klingelte.

Dieser Freitag war ungewöhnlich ruhig gewesen. Niemand hatte angerufen oder war in mein Büro gekommen, um mich zu bitten, der Gerechtigkeit auf die Sprünge zu helfen. So hatte ich endlich die Kolumne über Seattles Stadtindianer geschrieben, damit meine Schwester Alice sie in die Montagsausgabe des *Olympic Independent* setzen konnte. Ich saß über den Korrekturen des Artikels, als das Klingeln des Telefons mich aus meinen Gedanken schreckte.

Susan war am Apparat, sie rief aus dem Northwest Hospital & Medical Center an. Unsere Tochter Amina war mit ihrer Schulklasse beim Schlittschuhlaufen gewesen und hatte sich den Arm gebrochen. „Kein schlimmer Bruch", beruhigte Susan mich. „Aber komm bitte nach Hause, Amina braucht dich."

Eilig schickte ich die fertige Kolumne per E-Mail an meine Schwester und war im Begriff meine Bürotür abzuschließen, als das Telefon erneut klingelte. Ich wollte nicht rangehen, aber der Anruf konnte wichtig sein, deshalb blieb ich in der Tür stehen und wartete. Nach dem fünften Klingeln schaltete sich der Anrufbeantworter ein.

Zuerst blieb es still, das war nicht ungewöhnlich. Viele meiner Klienten kostete es große Überwindung, mich anzurufen. Wenn dann auch noch der Anrufbeantworter eingeschaltet war, konnte es passieren, dass sie aufgaben, ohne mit mir gesprochen zu haben: Oft blinkte das rote Licht, wenn ich in mein Büro kam, aber das Band war bis auf ein Pfeifen und Piepsen leer.

Diesmal war es nicht so. Nach kurzem Zögern meldete sich ein Mann, der offensichtlich völlig durcheinander war. Er redete zusammenhanglos, sprach von einem toten Bruder, der erfroren sei und ihm nun im Traum erscheine. Ich hatte keine Ahnung, was er von mir wollte. Das alles erschien mir seltsam wirr und ich wollte gehen, doch als der Mann seinen Namen nannte, Robert Blueboy, jagte ein Adrenalinstoß durch meine Adern. Mit drei großen Schritten war ich beim Schreibtisch und riss den Hörer ans Ohr.

„Mr Blueboy, ich bin jetzt dran."

Wieder war es still in der Leitung. Ich fürchtete, der Anrufer hatte den Mut verloren und aufgelegt. „Hallo, sind Sie noch da?"

„Ja", hörte ich Robert Blueboys verunsicherte Stimme. „Sie sind doch *der* Adam Cameron? Ich meine, ich bin doch richtig, oder?"

„Ja", sagte ich, „sind Sie. Ich bin jetzt in meinem Büro. Bitte erzählen Sie mir noch einmal langsam, was genau passiert ist."

Ich hörte, wie Blueboy tief Luft holte. „Es geht um meinen Bruder", sagte er. „Man hat ihn erfroren auf einem freien Feld am Stadtrand gefunden. Seit einigen Nächten erscheint Dan in meinen Träumen. Er will, dass sein Mörder gefunden wird."

„Moment mal, das verstehe ich nicht. Sie sagten doch, er sei erfroren."

„Ja, das stimmt. Aber ich kann nicht glauben, dass er von alleine dort hingekommen ist, wo man ihn fand. Niemand von uns glaubt das."

So ist es immer, dachte ich. Man will nicht glauben, dass jemand, den man liebt, tot ist.

„Von wo aus rufen Sie überhaupt an, Robert?"

„Aus Winnipeg, Manitoba."

Kanada, auch das noch. Ewig dauernder Winter, bittere Kälte und viel, viel Schnee. Mein Magen zog sich zusammen.

„Hören Sie", sagte Robert Blueboy nach kurzem Schweigen, „ich weiß, dass zehn Jahre eine lange Zeit sind, aber ..."

„Zehn Jahre?", unterbrach ich ihn. „Ihr Bruder ist vor *zehn* Jahren gestorben?"

„Ja, sagte ich das nicht? Verzeihen Sie, aber ich bin ziemlich durcheinander. Daniel war erst siebzehn und hatte sein ganzes Leben noch vor sich. Ich will nicht, dass er umsonst gestorben ist."

„Verstehe. Aber kommt dieser Wunsch nicht etwas spät?" Zehn Jahre waren eine *verdammt* lange Zeit. Nahezu aussichtslos, nach so vielen Jahren noch brauchbare Zeugen zu finden, Leute, die sich an den Jungen erinnern würden. Ich zögerte. *Gerechtigkeit ist keine Frage des Zeitpunkts*, hatte mein Vater immer gesagt.

„Bitte helfen Sie mir", sagte Blueboy. „Ich bin es meinem Bruder schuldig."

Ich unterdrückte ein Seufzen. Es war eine traurige, wenn auch keine weltbewegende Geschichte: Ein erfrorener Indianerjunge, der zehn Jahre nach seinem Tod dem Bruder im Traum erschien und Gerechtigkeit verlangte. Solche Dinge passieren: Dass Leute im Winter erfrieren. Oder dass tote Angehörige einem im Traum erscheinen. Ich träumte heute noch manchmal von meinen Adoptiveltern.

Es wäre fair und vernünftig gewesen, Robert Blueboy die Wahrheit zu sagen. Nämlich, dass ich als Privatdetektiv keine Lizenz für Kanada besaß. Ich hätte bedauern und auflegen sollen. Aber ich konnte nicht mehr so tun, als ob ich den Hörer nicht abgenommen hätte, denn dieser Mann hatte einen Trumpf in der Hand. Einen, von dem er nichts ahnte, ein Zufall, der mein Inneres in Aufruhr versetzte: *Blueboy*, das war auch mein Name.

Dass Carl und Margret Cameron nicht meine richtigen Eltern waren, hatte ich erst nach ihrem Tod erfahren. Mein Geburtsname war Adam Lee Blueboy und meine Mutter hatte mich weggegeben, als ich drei Jahre alt war. Die Camerons hatten mich adoptiert und das Wissen um meine Herkunft mit ins Grab genommen. Seither versuchte ich, Licht ins Dunkel meiner Herkunft zu bringen.

Vielleicht war Robert Blueboy mein Cousin oder gar mein Bruder. Bei diesem Gedanken schlug mein Herz schneller. Bisher war jede Spur, der ich nachgegangen war, im Sande verlaufen. Aber ich dachte nicht daran aufzugeben. Es ließ mir keine Ruhe, dass meine Adoptiveltern ein Geheimnis um meine Herkunft gemacht hatten. Jahrelang hatten sie mir die Wahrheit verschwiegen und ich wollte herausfinden, warum. Ich würde mich also um den toten Daniel Blueboy kümmern, auch wenn ich dafür mitten im Winter in ein Flugzeug steigen musste und mein Detektivausweis auf kanadischem Boden so viel wert war wie ein Stück Toilettenpapier.

„Ich komme, sobald ich kann“, sagte ich.

Robert schien einen Moment zu brauchen, bis er begriff, dass er mich überzeugt hatte. „Eine Frage noch. Ist es wahr, dass Sie manchmal ... ich meine, stimmt es, dass Sie ... ich habe nicht viel Geld, Mr Cameron.“

„Machen Sie sich darum mal keine Gedanken“, erwiderte ich.

Blueboy nannte mir seine Adresse und die Telefonnummer. Ich versprach mich zu melden, sobald ich wüsste, wann ich in Winnipeg eintreffen würde.

Ich ging zur Karte an der Wand und schätzte die Entfernung zwischen Seattle und Winnipeg. Ein Seufzen kam aus meiner Kehle. Seit meine Adoptiveltern in einem Flugzeug zu Tode gekommen waren, hatte sich aus meiner latenten Aversion gegen das Fliegen eine ernst zu nehmende Flugangst entwickelt. Manchmal ließ sich das Fliegen allerdings nicht vermeiden. Natürlich hätte ich mich auch in meinem alten Jeep Cherokee auf den Weg nach Winnipeg machen können, aber dann hätte ich mindestens zwei Tage für die Strecke gebraucht und wäre unterwegs vielleicht in einem Schneesturm stecken geblieben. Ich entschied also, das Vernünftige zu tun, auch wenn es mir schwer fiel.

Beherzt wählte ich die Nummer vom Ticketservice des Sea-Tac Airport und bekam noch eine Flugverbindung nach Winnipeg für den Sonntag. Nachdem ich mir die Flugdaten notiert hatte, rief ich Robert Blueboy zurück und teilte ihm mit, wann mein Flieger landen würde. Er versprach, mich am Flughafen abzuholen.

Wie ich ihn erkennen würde, wollte ich wissen.

Er würde mich erkennen, sagte er.

Seattle im Januar war eine Zumutung. Und wie jeden Winter hegte ich den Gedanken, mit meiner Familie der Stadt am Pudget Sound den Rücken zu kehren und uns eine Bleibe im sonnigen Süden zu suchen. In Santa Fé beispielsweise, denn die Kultur der ältesten Stadt Amerikas faszinierte mich und das milde Klima New Mexicos war eine große Verlockung.

Ich dachte dauernd daran wegzuziehen, aber Seattle hielt mich fest. Oder besser, meine Familie hielt mich fest. Meine Kinder Amina und Mike, die hier geboren und zu Hause waren. Meine Frau, die ihren Job als Dozentin an der University of Washington liebte, und nicht zuletzt Alice, meine kleine Schwester, die drei Jahre nach dem Tod unserer

Eltern die Leitung des Zeitungsverlages übernommen hatte, der uns zu gleichen Teilen gehörte.

Der Verlag, ein paar Aktien und eine große viktorianische Villa auf Mercer Island waren das Erbe von Carl und Margret Cameron. Nach ihrem plötzlichen Tod hatte ich mein Jurastudium abgebrochen und mich in verschiedenen Teilen des Landes herumgetrieben. Ich ließ meine Haare lang wachsen, um von vornherein keine Zweifel an meiner Herkunft aufkommen zu lassen. Damals war ich dreiundzwanzig und mir stand auf einmal nicht mehr der Sinn danach zu studieren, geschweige denn, ein Unternehmen zu leiten.

Alice war erst zwanzig und studierte Journalistik in San Francisco. Sie beendete ihr Studium als eine der Besten in ihrem Jahrgang, doch bis es so weit war, wurde der Verlag treuhänderisch von einem Freund unseres Vaters geführt. Als meine Schwester das Regionalblatt schließlich übernahm, war es arg in Bedrängnis geraten. Das Internet hatte als Informationsquelle schnell an Bedeutung gewonnen und die Konkurrenz schlief nicht. Die Auflagen des *Olympic Independent* befanden sich im Sinkflug – Alice musste sich etwas einfallen lassen.

Sie stöberte mich in einem Indianerreservat in South Dakota auf und bat um meine Unterstützung. Da ich ohnehin an einem toten Punkt angelangt war auf meinem Selbstfindungstrip und dazu noch in einer verteufelten Beziehungskrise steckte, kehrte ich meinem Vagabundenleben den Rücken und ging mit Alice nach Seattle zurück.

Ich belegte Collegekurse in Journalistik und gemeinsam päppelten wir den Zeitungsverlag wieder auf. Mit Hilfe eines befreundeten Designers erarbeiteten wir ein neues Layout und stellten zwei junge Journalisten ein, die in der Lage waren, das Lebensgefühl des Nordwestens zu erfassen und die Themen originell umzusetzen. Wir setzten gut recherchierten Journalismus gegen dumpfen Sensationalismus und das Konzept ging auf.

Aber die Zeitung war und blieb Alices Kind. Der Verlag war ihr Lebensinhalt. Meine Schwester war eine harte Arbeiterin und gute Redakteurin. Sie hatte nie eine Familie gegründet, weil sie sich aus Männern nichts machte. Ihr Coming out mit vierzehn war schwierig gewesen, die Suche nach einer Partnerin, mit der sie zusammenleben konnte, schien ein erfolgloses Unterfangen zu sein. Alices Liebesgeschichten endeten immer unglücklich.

Ich selbst hatte nach meiner Rückkehr in die Stadt einige Jahre für den *Olympic Independent* geschrieben und mich – was naheliegend war – für die Belange der amerikanischen Ureinwohner eingesetzt. Zunächst regional, denn im Bundesstaat Washington lag vieles im Argen: Immer wieder bedrohte Öl aus Tankerunglücken die Küste und die Fischgründe der dort ansässigen Indianerstämme. Einige Stämme wehrten sich gegen die Überfischung ihrer Küstengewässer durch weiße Sportfischer; die Makah hatten unter heftigen Protesten von militanten Tierschützern den Walfang wieder aufgenommen und es gab Landstreitigkeiten im Nationalpark.

Meine Artikel wurden zunehmend auch in überregionalen Zeitungen abgedruckt und immer mehr Indianer aus allen Teilen des Landes nahmen Kontakt zu mir auf. Es galt, alte und neue Ungerechtigkeiten publik zu machen. Ich verbrachte also wieder viel Zeit auf der Straße, obwohl ich inzwischen verheiratet war und Kinder hatte.

Da ich bei meinen Recherchen nicht selten in großen Misthaufen herumstocherte, geriet ich immer wieder in gefährliche Situationen. Einige Menschen in diesem Land hatten keine Hemmungen, einen Indianer ohne mit der Wimper zu zucken ins Jenseits zu befördern, wenn er ihren Interessen auf irgendeine Weise in die Quere kam. Vermutlich war das ein angeborener Reflex der Angloamerikaner, ein Relikt aus den Zeiten der Indianerkriege.

Trotzdem recherchierte ich weiter. Hin und wieder gelang es mir, mit meinen Reportagen etwas zu bewirken. In den meisten Fällen änderten meine veröffentlichten Wahrheiten jedoch überhaupt nichts. Nämlich immer dann, wenn Geld und Macht am längeren Hebel saßen.

Deshalb gelangte ich vor zwei Jahren an den Punkt, an dem das Schreiben allein nicht mehr ausreichte: Ich wollte mehr tun.

Als privater Ermittler hatte ich einfach mehr Möglichkeiten, deshalb entschied ich, eine Detektei zu eröffnen. Susan und Alice waren entsetzt, aber ich ließ mich nicht beirren. Ich konnte nun mal nicht tatenlos zusehen, wie dieses Land die Rechte seiner Ureinwohner mit den Füßen trat.

Zuerst holte ich meinen Bachelor in Strafjustiz nach, im Anschluss durchlief ich ein paar Tests der Sicherheitsbehörden des Bundesstaates Washington, bestand eine zweistündige schriftliche Prüfung und erwarb eine Lizenz als Privatdetektiv sowie einen Waffenschein.

Mein Sohn Mike war begeistert.

Allerdings trug ich meinen halbautomatischen Revolver nur, wenn es unbedingt sein musste, denn ich hatte mehr als einmal gesehen, was eine Waffe für furchtbaren Schaden anrichten konnte.

2. Kapitel

Aus praktischen Gründen befand sich mein Detektiv-Büro im Verlagsgebäude des *Olympic Independent*, einem zweistöckigen Bau mit gelber Bretterverkleidung am Pier 54, gegenüber dem Seattle Fire Departement. Der Raum im ersten Stock hatte zwei große Fenster. Eines mit Blick auf die Elliott Bay und eines, von dem aus ich bei klarem Wetter den Mount Rainier am südlichen Horizont sehen konnte. Mein Adoptivvater, der aus dem sonnigen Kalifornien stammte, war 1965 nach Seattle gekommen, hatte das Gebäude erworben und zwei Jahre später seinen Zeitungsverlag gegründet – gleich mit großem Erfolg. Er lernte Margret kennen, eine Kanadierin aus der Provinz Manitoba, die als Studentin nach Seattle gekommen war und sich als Sekretärin bei ihm beworben hatte. Laut meinen Adoptiveltern war es Liebe auf den ersten Blick gewesen. Die beiden hatten wenig später geheiratet und eine viktorianische Villa auf Mercer Island gekauft, in der Alice und ich aufwuchsen.

Das Haus war viel zu groß für vier Menschen und für zwei erst recht. Nach dem Tod unserer Eltern verkauften wir die Villa, Alice lebte seitdem in einem Apartment im Norden von Seattle.

Kurz nach meiner Rückkehr in die Stadt lernte ich Susan kennen, wir heirateten ein Jahr später und kauften uns ein Haus in der Nähe des Uni-Geländes. Susan konnte zur Arbeit laufen, ich fuhr jeden Tag mit dem alten Jeep Cherokee in mein Büro am Hafen.

Nasser Schnee flog mir ins Gesicht, als ich das Verlagsgebäude verließ. Auf dem schwarzen Wasser des Pudget Sound tanzten weiße Schaumkronen. Ich fasste mein langes Haar im Nacken zusammen und sah zu, dass ich zu meinem Wagen kam. Mein Parkplatz lag gleich gegenüber, unter dem Viadukt, einem hässlichen grauen Betonbau, der den Hafen vom Stadtzentrum trennte, und auf dem jetzt der Nachmittagsverkehr rollte.

Ich warf den Motor an und drehte sofort die Heizung hoch. Unterwegs machte ich einen Zwischenstopp am Pioneer Place, um für Amina ein Buch und bei Lilly's Sweets an der Ecke zwei Tüten Salzwasser-Toffees zu kaufen. Es war spät geworden, und auf dem restlichen Heimweg dachte ich darüber nach, wie ich Susan die Verspätung erklären sollte.

Unser einstöckiges Holzhaus stand am Capitol Hill, ein paar Blocks hinter dem Universitätsgelände. Auf dem Weg dorthin war das Schneetreiben dichter geworden. Ich sprang die Stufen zum überdachten Eingang hinauf, und noch bevor ich den Schlüssel ins Schloss stecken konnte, öffnete sich die Tür. Mike sprang an meinen Hals. „Hi, Daddy", sagte er mit leuchtenden Augen. „Hast du heute wieder einen Killer gejagt?"

Ich lachte und drückte meinen Sohn an mich. „Nein Mike, heute war gar nichts los. Bei diesem Wetter bleiben die Leute in ihren warmen Häusern, gucken Fernsehserien und kochen gutes Essen. Da haben sie keine Lust, Dummheiten zu machen."

Natürlich erwartete mein Sohn eine brandneue Verbrechergeschichte von mir, aber ich hatte keine. Stattdessen kreisten meine Gedanken um Daniel Blueboy, den erfrorenen Indianerjungen aus Winnipeg.

„Wie geht es deiner Schwester?", fragte ich.

„Sie sitzt in unserem Zimmer und redet mit niemandem." Mike verdrehte gelangweilt die Augen. Er war acht und manchmal fiel es ihm schwer, mit seiner zwei Jahre älteren Schwester auszukommen. Amina war ein stilles, zurückhaltendes Mädchen, und alles, was sie anfing, gelang ihr. Mike hingegen war ein Unglücksrabe, er machte sich oft selbst das Leben schwer. Dass seine perfekte Schwester sich den Arm gebrochen hatte, tat ihm offensichtlich leid, aber die Tatsache, dass auch bei ihr mal etwas schief gegangen war, schien ihn zu erleichtern.

Susan begrüßte mich mit einem enttäuschten: „Ich hatte dich eher erwartet."

„Ich war noch in der Stadt, um Amina ein Buch zu besorgen", brachte ich zu meiner Entschuldigung hervor und zeigte ihr das Buch mit dem Orca darauf.

„Und das hat so lange gedauert?" Skeptisch blickte sie mich an. „Amina steht vermutlich noch unter Schock. Sie spricht nicht."

Das tat Amina immer, wenn sie wollte, dass ihr Vater auf der Stelle zu ihr kam, um sie zu trösten. „Ich kriege das schon hin", sagte ich und legte Mike die Hände auf die Schultern. „Geh schon mal in euer Zimmer", bat ich ihn. „Ich komme gleich und lese euch etwas vor."

Mike huschte davon und ich sah meine Frau an. Ihre Augen hatten diesen traurigen, unnahbaren Blick, den ich erst seit ein paar Monaten kannte und der mich verunsicherte, wenn ich ihm begegnete.

Ich hatte Susan vor elf Jahren bei Recherchen für einen Artikel über indianische Studenten kennen gelernt und mich auf der Stelle in sie verliebt. Susan hatte dunkles Haar und einen dunklen Teint und als ich sie fragte, von welchem Volk sie abstamme, lachte sie. Es gab keine indianischen Vorfahren in ihrer Familie, Susans Wurzeln lagen auf Sizilien – und darauf war sie stolz.

Ihre unbändige Lebenslust faszinierte mich, ihre unkomplizierte Art. Natürlich gab es noch andere, denen es genauso ging, und ich litt darunter, dass Susan ihr Lachen so freigebig verschenkte. Umso überraschter war ich, als ich herausfand, dass ich der erste Mann war, mit dem sie schlief. Susan war damals dreiundzwanzig.

Zehn Jahre waren wir inzwischen verheiratet und obwohl ich mir geschworen hatte, dass Susan von nun an die Einzige sein würde, war ich im vergangenen Jahr gleich zweimal vom Wege abgekommen. Ich liebte meine Frau und hatte mich so gemüht, treu zu sein. Es war einfach passiert. Ich wollte meine Ehe nicht aufs Spiel setzen und hoffte, Susan würde niemals von diesen Entgleisungen erfahren. Aber sie war meine Frau und wusste alles, was es über mich zu wissen gab. Vielleicht ahnte sie auch, dass es andere Frauen gab, denn in letzter Zeit war sie ungeduldiger mit mir als sonst, und in ihren Augen entdeckte ich manchmal diese tiefe Traurigkeit, die ich nicht zu deuten wusste.

Ich machte einen Schritt auf sie zu, um sie in den Arm zu nehmen, aber Susan sagte: „Geh schon. Amina wartet auf dich."

Im Kinderzimmer steckte ich Mike eine der beiden Toffee-Tüten zu, obwohl ich wusste, dass seine Mutter etwas gegen die bunten, klebrig-süßen Dinger hatte. Ich hoffte, es würde keine neue Grundsatzdiskussion auslösen, wenn sie die Bonbonpapiere entdeckte. Meine Kinder liebten diese Toffees nun mal.

Amina saß mit Kopfhörern im Ohr auf ihrem Bett. Die große Ähnlichkeit mit ihrer Mutter war immer wieder verblüffend: Dasselbe schmale Gesicht, die großen braunen Augen, das leicht lockige Haar.

Ihre stumme Umarmung fiel durch den Gips recht kläglich aus. Ich setzte mich neben sie, wickelte einen weißblauen Toffee aus dem Papier und schob ihn in ihren Mund. Ein winziges Lächeln huschte über ihr Gesicht. Und als ich ihr und Mike aus dem Buch vorlas, das von einem einsamen Wal handelte, der auf abenteuerliche Weise eine neue Familie fand, begann Amina wieder zu sprechen.

Nachdem ich ihr den kleinen Wal mit schwarzem Filzstift auf den schneeweißen Gips gemalt hatte, umarmte sie mich ein zweites Mal. Ich mochte den kindlichen Duft ihrer Haare, liebte ihre Umarmungen. Nicht mehr lange, und die Pubertät würde über meine Tochter hereinbrechen.

Am Abend saßen wir alle zusammen in der Küche. Im ganzen Haus duftete es köstlich nach Lasagne. Susan kochte gerne. Und obwohl ihr Job als Dozentin für Kunst und Amerikanische Geschichte an der University of Washington sie ziemlich auf Trab hielt, verwöhnte sie uns regelmäßig mit köstlichen Gerichten.

Für eine Weile schien alles im Lot zu sein. Mike stocherte mit vorgeschobener Unterlippe in seinem Essen herum, weil Amina unsere volle Aufmerksamkeit hatte, als sie vom Krankenhaus erzählte. Ihre Wangen glühten rot, die Augen leuchteten. Sie hatte den Schock überwunden.

Nachdem die Kinder den Tisch verlassen hatten, um ihre Lieblingssendung „Die Flintstones" anzusehen, eröffnete Susan mir, dass ich am kommenden Montag allein zur Elternversammlung gehen müsse, weil sie eine Abendveranstaltung mit einem Archäologieprofessor hatte. Sie habe den Mann eingeladen, also müsse sie auch anwesend sein und sich um ihn kümmern.

„Das wird schwierig", sagte ich, und meine Hoffnung auf einen friedlichen Abend war mit einem Schlag dahin. Susans Begeisterung über meinen neuen Beruf hatte sich von Anfang an in Grenzen gehalten. Oft war ich für mehrere Tage oder sogar Wochen im Land unterwegs, um meine

Falle zu lösen. Ich wusste, dass Susan Angst um mich hatte, auch wenn ich ihr nie in vollem Umfang berichtete, in welcher Gefahr ich mich hin und wieder befand.

Es nützte nichts, ich musste ihr beibringen, dass ich am Montag nicht mehr hier sein würde. Also erzählte ich ihr von dem Anruf aus Winnipeg.

„Du hast einen Fall angenommen, der zehn Jahre zurückliegt?" Verwundert sah sie mich an. Vermutlich hatte sie die Verbindung zwischen meinem Fall und den Schwierigkeiten in Sachen Elternversammlung noch nicht hergestellt.

„Nun, dieser Robert Blueboy ist der festen Überzeugung, dass sein Bruder ermordet wurde."

Susan, die gerade dabei war, den Tisch abzuräumen, hielt abrupt inne. Mit Sicherheit klingelten bei ihr nun sämtliche Alarmglocken. „Wie, sagtest du, ist der Name des Mannes?"

Ich zögerte einen Moment. „Du hast mich schon richtig verstanden."

Die Teller in der Hand, musterte meine Frau mich eindringlich. „Du hast den Gedanken immer noch nicht aufgegeben, stimmt's?"

„Nein", erwiderte ich verdrossen. „Ich werde den Gedanken, meine Familie zu finden, nicht aufgegeben."

„Du verlässt uns also wieder einmal."

Wie sie das sagte, klang es tatsächlich so, als würde ich meine Familie verlassen, um verwerfliche Dinge zu tun. Dabei tat ich nur, was ich tun musste. Doch mit Susan darüber zu diskutieren, führte zu nichts. Ich verdiente kein Geld mit diesem Job und meine Familie brauchte mich ebenso, wie diese Menschen mich brauchten. Punkt.

„Ich fliege übermorgen nach Winnipeg und werde vermutlich ein paar Tage weg sein."

„Übermorgen schon?" Hart stellte sie die Teller auf den

Tisch zurück, dass es klirrte. „Aber Amina braucht dich jetzt. Hättest du das Ganze nicht ein paar Tage verschieben können? Dieser Junge ist seit zehn Jahren tot. Es hätte ihm sicher nichts ausgemacht, noch ein bisschen länger zu warten, bis du dich seiner annimmst."

Ich dachte daran, wie durcheinander Robert am Telefon gewirkt hatte. „Das ist mein Job, Susan, und außerdem hatte ich meinen Flug schon gebucht, als du mich heute wegen Amina angerufen hast."

Ich griff ungern zu dieser Notlüge, aber ich hatte auch keine Lust, als schlechter Vater hingestellt zu werden. „Und wir haben ja auch noch Kathy."

Kathy Sloan war eine von Susans Studentinnen. Sie passte auf die Kinder auf, wenn meine Frau und ich ausgehen wollten oder wir beide noch am Abend beruflich zu tun hatten, was hin und wieder vorkam.

„Soll Kathy auf die Kinder aufpassen oder zur Elternversammlung gehen?", fauchte sie mich an und verließ die Küche.

Ich räumte das Geschirr in den Spüler und wischte den Tisch ab. Anschließend schickte ich die Kinder ins Bad. Susan saß an ihrem Schreibtisch. Vermutlich korrigierte sie Arbeiten ihrer Studenten.

Amina ließ sich von mir beim Waschen helfen und ich fragte mich, wie lange ich das wohl noch durfte. Es war mühsam, den Gipsarm im Schlafanzugärmel unterzubringen.

Schließlich saß ich mit beiden Kindern auf Aminas Bett und erzählte ihnen Geschichten. In der Zeit, in der ich in den Reservaten gelebt hatte, waren mir an nächtlichen Lagerfeuern unzählige Geschichten zu Ohren gekommen. Einige davon waren hart, die behielt ich für mich. Aber es gab andere, Geschichten, die gut ausgingen und Hoffnung gaben.

Amina hatte immer ein offenes Ohr für Storys aus dem Indianerleben, weil sie sich auf ihre kindliche Art damit identifizierte. Mike hingegen wollte lieber Verbrechergeschichten aus erster Hand hören. Indianergeschichten, in denen Menschen mit Tieren sprachen, fand er langweilig. Nur die Geschichte vom *Windigo*, dem kannibalischen Geist aus der Wildnis, faszinierte ihn. Der *Windigo*, fand Mike, war toll.

Vor ein paar Tagen erst war Amina in der Bibliothek auf dieses Buch über das Volk der Cree mit der bebilderten Geschichte des *Windigo* gestoßen und hatte sie Mike gezeigt. Beide waren damit zu mir gekommen. Natürlich kannte ich die *Windigo*-Geschichte, sie war für mich jedoch mit einem unerklärlichen Grauen behaftet. Ich mochte sie nicht, denn der menschenfressende Unhold geisterte seit ich denken konnte durch meine Nächte und verursachte mir Alpträume. Aber das wollte und konnte ich vor meinen Kindern nicht zugeben. Also erzählte ich ihnen an diesem Abend erneut, was ich über den *Windigo* wusste.

„Einst war der *Windigo* ein Mensch wie du und ich", begann ich. „Es war im tiefen Winter, als er schon einige Tage hungrig durch die Wälder streifte, auf der Suche nach einem Tier, das er erlegen konnte. Er begegnete einer wilden Kreatur, mit Haaren im Gesicht, an Armen und Beinen und einem Herzen aus Eis. Da wurde auch sein Herz zu Eis, und von diesem Moment an war er unfähig, menschliche Gefühle zu empfinden. Er irrt umher auf der Suche nach neuen Opfern. Und wer nicht aufpasst, den erwischt er und verspeist ihn."

Ich packte Mike, zeigte meine Zähne und knurrte wie ein Ungeheuer. Mein Sohn quietschte und lachte vor Vergnügen. Amina verdrehte die Augen. Für meine Kinder war der *Windigo* ein Märchenwesen – und vor einem Märchenwesen fürchtete man sich nicht.

Ich blieb bei ihnen, bis sie eingeschlafen waren. Nachdenklich betrachtete ich meinen Sohn, der mir sehr ähnlich sah, mit seinem glatten Haar und den schrägen Augen. Mike wollte kein Indianer sein, nicht einmal ein halber. Wie würde er in ein paar Jahren damit klarkommen? Es verletzte mich natürlich, dass Mike mit seinem indianischen Erbe ein Problem hatte, aber ich wusste, wie er sich fühlte.

Im Alter von acht Jahren hatten auch für mich die Probleme begonnen. Ich sah anders aus als die Kinder, mit denen ich auf Mercer Island zur Schule ging. Aber was noch schlimmer war, ich sah auch anders aus als meine eigene Schwester. Ich fand mich hässlich und litt darunter. Bis Mom mir das mit ihrer Großmutter erzählte. Granny Arlette war zu drei Vierteln Cree-Indianerin und meine Mutter begründete mein Aussehen mit dieser Blutsverwandtschaft. Sie erzählte mir, dass es genetische Merkmale gab, die manchmal ganze Generationen übersprangen und dann unversehens wieder auftauchten – so wie bei mir. Sie besaß ein vergilbtes schwarz-weiß Foto von Granny Arlette, das sie als junge Frau zeigte, und die verblüffende Ähnlichkeit mit mir überzeugte mich letztendlich.

Doch vor vierzehn Jahren stürzte die Cessna ab, mit der Mom und Dad zum Angelurlaub in Kanada unterwegs waren. Als Alice und ich den Nachlass unserer Eltern sichteten, fielen mir zwischen ihrer Heiratsurkunde, verschiedenen Versicherungspolicen und den Übertragungsurkunden für Verlag und Haus auch meine Adoptionspapiere in die Hände. Die Tatsache, dass sie mich belogen hatten, war ein Schock für mich und wirbelte mein Leben mächtig durcheinander. Was heute wahr war, konnte morgen schon nicht mehr wahr sein – das war die Lektion, die ich damals lernte.

Seit dem Tod der beiden war ich auf der Suche nach meiner Vergangenheit. Ich wollte sie finden, meine leibliche Mutter, meinen Vater. Vielleicht hatte ich Brüder und

Schwestern, Onkel und Tanten. Menschen, deren genetisches Muster zu meinem passte. Und obwohl meine Nachforschungen bisher ohne Erfolg geblieben waren, konnte ich nicht aufgeben. Das hatte wohl etwas mit Identität zu tun, mit meinen Wurzeln oder auch nur mit der einfachen Wahrheit, die man mir aus unerfindlichen Gründen verweigert hatte.

Nachdem ich auf leisen Sohlen aus dem Kinderzimmer geschlichen war, setzte ich mich an meinen Schreibtisch, fuhr den Computer hoch und versuchte, etwas über Daniel Blueboy herauszufinden.

Obwohl ich verschiedene Suchmaschinen benutzte, war die Ausbeute unbefriedigend. Zuerst fand ich einen kurzen Zeitungsbericht vom 28. November 1997. Der siebzehnjährige Cree-Indianer Daniel Blueboy – ein jugendlicher Straftäter – war in den Morgenstunden des 27. November 1997 dreizehn Kilometer außerhalb der Stadt von zwei Gleisarbeitern tot aufgefunden worden. Der Pathologe hatte Alkohol im Blut des Jungen festgestellt und eine gewaltsame Todesursache ausgeschlossen. Blueboy war an Unterkühlung gestorben. In der Nacht seines Todes war die Temperatur auf –28°C gesunken, und der Junge hatte nur T-Shirt, Flanellhemd, einen einfachen Jeansanzug und Sommerschuhe getragen. Die Winnipegger Stadtpolizei vermutete, dass Daniel Blueboy auf dem Weg in das fünf Kilometer entfernte Stony-Mountain-Gefängnis gewesen war, um sich dort freiwillig zu stellen.

Diese Zeitungsnotiz, ein Polizeibericht im Lokalteil der *Winnipeg Sun*, war keine zehn Zeilen lang. Trotzdem wusste ich nun etwas mehr. Und ärgerte mich. Warum hatte Robert Blueboy mir nicht erzählt, dass sein kleiner Bruder in der Nacht, in der er starb, betrunken war und zudem polizeilich gesucht wurde? War Daniel ein Herumtreiber und

Krimineller gewesen? Vielleicht hatte er mit Drogen gedealt, hatte versucht, ein kleines Geschäft nebenher zu machen, und war in einem Bandenkrieg zwischen die Fronten geraten. Auf diese Weise waren schon viele unter der Erde gelandet.

Und dennoch: Niemand hatte es verdient, so zu sterben.

Ich recherchierte weiter und stieß schließlich auf einen Artikel, den ein Reporter der *Winnipeg Free Press* am 8. Dezember, also rund zwei Wochen nach Daniels Tod, geschrieben hatte. Mark Flanagan äußerte Zweifel an der Darstellung der Polizei, Blueboy sei auf dem Weg ins Stony-Mountain-Gefängnis gewesen, als er starb. Der Junge war aus einem Wohnheim für Jugendliche abgehauen und wurde deshalb polizeilich gesucht. Betty Blueboy, Daniels Mutter, schwor Flanagan gegenüber felsenfest, dass ihr Sohn niemals mitten in der Nacht bei –28°C zu diesem berüchtigten Gefängnis gelaufen wäre, um sich freiwillig zu stellen.

Obwohl ich nur verschwindend wenig über Daniel Blueboy wusste, hatte auch ich meine Zweifel an der Theorie der Polizei. Wenn der Junge aus diesem Wohnheim abgehauen war, und später beschlossen hatte, sich zu stellen, wäre er dann nicht dorthin zurückgegangen?

Ich machte mir einige Notizen und überprüfte noch ein paar preiswerte Hotels in Winnipeg. Es gab freie Zimmer zur Genüge in der Stadt, die zu dieser Jahreszeit ganz offensichtlich keine Touristen anzog.

Irgendwann stand Susan in der Tür und wünschte mir mit vorwurfsvollem Blick eine gute Nacht. Ich holte mir noch ein Bier aus dem Kühlschrank, sah mir die Spätnachrichten an und dann ging auch ich schlafen.

Ich lauschte Susans gleichmäßigen Atemzügen, rückte an sie heran und schob meine Hand so weit vor, dass ich den Stoff ihres Nachthemdes berühren konnte.

Am nächsten Morgen wachte ich wie üblich vor Susan auf. Die stillen Morgenstunden, wenn alle noch schliefen, hatten etwas Magisches für mich. Meine Familie war in Sicherheit. Natürlich wusste ich, dass alle Sicherheit trügerisch war, aber in diesen Momenten glaubte ich daran.

Ich hatte mir angewöhnt, zeitig aufzustehen und joggen zu gehen. Auf meiner üblichen Runde um den Campus sammelte ich meine Gedanken. Unser Hirn arbeitete auch in der Nacht. Der Hippocamus, eine kleine, nussförmige Region unseres Gehirns, war ein Detektor für Neuigkeiten. Er verarbeitete Fakten, Ereignisse und Situationen des Tages sehr schnell, hatte aber keine große Speicherkapazität. Nachts gab der Hippocamus an die Großhirnrinde weiter, was von ihm als wichtig heraussortiert wurde. Beim Joggen versuchte ich herauszufinden, was für *mich* wichtig war und ob sich im „off-line" Zustand meines Gehirns neue Verbindungen geknüpft hatten, die mir bisher verschlossene Gedankengänge eröffneten.

Diesmal öffneten sich keine neuen Türen, dafür wusste ich einfach noch zu wenig über meinen neuen Fall. Wieder zurück, ging ich unter die Dusche und legte auf meinem Laptop einen Ordner für Daniel Blueboy an. Es dauerte zwanzig Minuten, bis ich alle Informationen eingegeben hatte. Danach checkte ich meine Mails, aber es war nichts Wichtiges dabei.

Nach dem gemeinsamen Frühstück beschäftigte sich jeder von uns auf andere Weise: Susan bereitete ihren Vortrag mit diesem Archäologieprofessor vor, Amina hatte Besuch von ihrer Freundin Jo, Mike baute ein Piratenschiff aus Legosteinen und ich erledigte lästigen Papierkram.

Am Nachmittag saßen wir alle zusammen im Wohnzimmer am großen Tisch und spielten „Siedler von Catan", etwas, das Mike und Amina mit Begeisterung stundenlang tun konnten. Susan war einsilbig, aber sie versuchte sich vor den Kindern nicht anmerken zu lassen, dass sie mir grollte. Am Abend packte ich ein paar Sachen für meine Reise zusammen: Wechselkleidung, Waschzeug, einen Schal, ein Paar Handschuhe und lange Unterhosen, die würde ich im kalten Norden mit Sicherheit brauchen.

Winnipeg, die Stadt in der kanadischen Prärie, deren Name vom Cree-Begriff *Win-nipi* – Trübes Wasser – kam, war nichts weiter als ein Name, ein weißer Fleck für mich. Im wahrsten Sinne des Wortes. Der Wetterkanal im Internet sagte für die nächsten Tage Schneefall und mehr als fünfzehn Minusgrade für die Region um Winnipeg vorher.

Ich hasste Kälte und hatte schon seit meiner Kindheit eine stark ausgeprägte Schneephobie. Ich war fünf, als meine Eltern das erste Mal mit mir und meiner zweijährigen Schwester auf den Mount Rainier fuhren. Diesen fast 4400 Meter hohen Vulkanberg südwestlich der Stadt nannten die Indianer früher *Tacoma* – Schneespitze. Heute war er für die meisten Bewohner von Seattle jedoch einfach nur *The Mountain*.

Es war mitten im Sommer und ich konnte mich noch gut an den plötzlichen Übergang von Wärme und üppigem Grün in kaltes Weiß erinnern. Auf dem Pass angekommen, stiegen meine Eltern mit Alice aus, aber ich war durch nichts dazu zu bewegen, das Auto zu verlassen. Ich hatte panische Angst vor dem Schnee, diesem kalten Weiß. Ich schrie und machte mich steif. Meine Mutter setzte sich zu mir auf den Rücksitz und ich vergrub schluchzend mein Gesicht in ihrem Schoß. Als sie mich dazu brachte, wieder aus dem Fenster zu sehen, war ihr Kleid nass und draußen alles grün. Mein Vater war wieder nach unten gefahren, ohne dass wir die grandiose Aussicht genossen hatten.

Seither war ich nicht wieder auf dem Berg gewesen. Lieber betrachtete ich ihn aus sicherer Entfernung – zum Beispiel von meinem Bürofenster aus.

Nachdem ich gepackt hatte, rief ich Alice an, um ihr zu sagen, dass ich für ein paar Tage weg sein würde.

„Winnipeg?“, fragte sie zutiefst verwundert. „Du? Das muss ja ein besonders spannender Fall sein.“

„Wie man's nimmt. Ich soll einen zehn Jahre alten Todesfall aufklären.“

„Und wieso tust du dir das an?“

„Das erzähle ich dir bei einem Glas Wein, wenn ich zurück bin, okay?“

Eine Weile blieb es still, dann sagte sie: „Ich hatte mal eine Kommilitonin, die kam aus Winnipeg. Weißt du, wie sie ihre Heimatstadt nannte? *Winterpeg.*“

Ich seufzte leise. „Du ermutigst mich ungemein.“

„Pass auf dich auf, Adam.“ Das klang sehr ernst. Alice machte sich ständig Sorgen um mich. Ich war zwar nicht ihr richtiger Bruder, aber ihr einziger. *Familie*. Unsere Mutter hatte, soweit wir wussten, keine lebenden Verwandten mehr, und der Bruder unseres Vaters galt seit zwanzig Jahren als verschollen. Er hatte sich als Goldsucher am Yukon versucht.

„Keine Angst, Schwesterchen, mir passiert nichts. Das weißt du doch. Der große *Manitu* hält seine Hände schützend über mich.“

„Ich will es hoffen“, sagte sie. „Du bist der beste Journalist, den ich habe.“

„Ich liebe dich auch“, sagte ich lächelnd. „Und wir sehen uns in ein paar Tagen.“

3. Kapitel

Am Sonntagmorgen trank ich nur Kaffee und verzichtete wohlweislich darauf, etwas anderes zu mir zu nehmen. Susan und die Kinder brachten mich zum Flughafen. Amina war traurig, dass ich flog, aber sie jammerte nicht. Mike nahm mir meine Reise nicht krumm. Er wusste, dass ich mit einer spannenden Geschichte wiederkommen würde.

Susan hatte Tränen in den Augen, als ich sie umarmte.

„Ich rufe dich an, okay?", war alles, was ich herausbrachte.

Sie nickte. „Pass auf dich auf, Adam."

Ich checkte ein und durchlief die Sicherheitskontrollen. Nachdem ich meine Sachen wieder in Empfang genommen hatte, lief ich zum Terminal. Noch dreißig Minuten bis zum Abflug, sagte der Blick auf die digitale Uhr am Schalter.

Unruhig begann ich, hin und her zu laufen. Es war deprimierend: All die Menschen um mich herum schienen überhaupt keine Angst vorm Fliegen zu haben. Sie tranken Kaffee, lasen Zeitung, lachten und schwatzten und waren dabei völlig entspannt. Als wäre es für sie das Selbstverständlichste, in ein Blechding zu steigen, das sich wenig später in die Lüfte erhob. Sogar die Kinder schienen das normal zu finden. Sie tollten herum und jagten einander lachend durch die Bankreihen, während ich mich immer mehr verkrampfte und schon jetzt kaum noch atmen konnte. Nein, es half alles nichts: Ich war nur dann Mensch, wenn ich festen Boden unter den Füßen hatte. Allein der Gedanke, dass ich ihn in wenigen Minuten aufgeben musste, trieb mir kalten Schweiß auf die Stirn.

Bisher hatte ich noch kein wirksames Mittel gegen meine Flugangst gefunden. Die Pillen, die man in der Apotheke kaufen konnte, wirkten bei mir nicht. Auch Alkohol half nicht, im Gegenteil: Er verstärkte das Gefühl der Bodenlosigkeit nur noch und nahm mir das letzte bisschen Sicherheit.

Eine halbe Stunde später ging es an Bord und ich versuchte, mir meine Panik nicht anmerken zu lassen. Es war mindestens ein Jahr her, dass ich das letzte Mal geflogen war, und immer, wenn es lange her war, war es besonders schlimm. Dabei wusste ich schon im Voraus, was nun kommen würde: Kaum hatte sich die Kabinentür geschlossen, zog sich mein Magen zusammen. Während die Maschine zur Landebahn rollte, begannen meine Hände zu zittern und ich versteckte sie unter den Oberschenkeln. Schließlich packte die Stewardess die Sauerstoffmaske aus, um vorzuführen, was die Passagiere bei Druckabfall zu tun hatten, und mein Herz begann zu rasen. Als der Flieger endlich abhob, klapperten meine Zähne und ich war nassgeschwitzt.

Erstaunlicherweise überstand ich den Flug von Seattle nach Vancouver ohne Peinlichkeiten. Das Wetter war gut und die Zeit verging schneller als erwartet.

In Vancouver blieb mir eine Stunde Zeit, bevor mein Anschlussflug ging. Mein Magen grummelte vor Hunger, aber ich gönnte mir nur einen weiteren Kaffee. Ich hatte noch einmal zwei Stunden Flug vor mir und fastete weiterhin in weiser Voraussicht.

Während ich am Terminal auf den Anschlussflieger nach Winnipeg wartete, beobachtete ich zwei Sicherheitspolizisten der Royal Mounted Canadian Police bei ihrem Rundgang und musste unwillkürlich an den tödliche Zwischenfall denken, der sich letzten November auf diesem Flughafen ereignet hatte. Ein polnischer Immigrant, der englischen Sprache nicht mächtig, wurde stundenlang von RCMP-Sicherheitsbeamten festgehalten, weil er sich ihnen nicht verständlich machen konnte. Seine Mutter, die ihn abholen wollte, hatte mit ihm als Treffpunkt die Gepäckausgabe vereinbart, in Unwissenheit darüber, dass die im Sicherheitsbereich des Flughafens lag und sie dort gar nicht hin durfte.

Als der Mann nach zehn Stunden, in denen kein Dolmetscher aufgetrieben werden konnte, die Nerven verlor, herumschrie und in seiner Panik einen Stuhl durch die Gegend schleuderte, wurde er von einem der Polizeibeamten mit einer Taser-Pistole beschossen. Der Pole brach zusammen und wurde überwältigt. Nur Minuten später war er tot.

Beim Einsatz dieser angeblich vollkommen ungefährlichen Taser-Pistolen wurden zwei an hauchdünnen Drähten hängende Miniharpunen abgeschossen, die sich in der Haut des Opfers oder in seiner Kleidung festhakten. Eine elektrische Impulsfolge von fünf Sekunden Dauer bei 50.000 Volt, die bis zu sechs Zentimeter dicke Kleidung durchschlug, legte den Getroffenen zuverlässig um und setzte ihn für eine Weile außer Gefecht.

Wenige Tage nach dem tragischen Tod des Polen erzählte mir Susan voller Entrüstung, dass Sicherheitsbeamte einen ihrer Studenten mit einer Taser-Pistole aus der Universitätsbibliothek vertrieben hatten, weil er keinen Studentenausweis vorweisen konnte. Später berichtete er ihr von den extremen Schmerzen, die er empfand, als sich unter den Stromstößen seine gesamte Körpermuskulatur verkrampfte. Da der junge Mann sportlich und kerngesund war, blieben bei ihm keine körperlichen Schäden zurück. Der Pole hingegen hatte Pech. Die Tragik seiner Geschichte war mir nicht aus dem Kopf gegangen.

Ich zwang mich, an etwas anderes zu denken, bis ich ein

zweites Mal an Bord gehen konnte. Zu allem Unglück hatte ich auf diesem Flug einen Fensterplatz zugeteilt bekommen, was die Sache nicht einfacher machte. Gleich als ich saß, schnallte ich mich an – nur zur Sicherheit. Der Platz neben mir blieb zunächst leer und ich hegte die Hoffnung, noch wechseln zu können, doch schließlich setzte sich eine junge Frau neben mich.

Das war zuviel, mir blieb die Luft weg. Wie, zum Teufel, sollte ich diesen Flug überstehen? Eingeklemmt zwischen dem Grauen der Tiefe da draußen und einer kühlen Schönheit, die Ähnlichkeit mit einem unirdischen Wesen hatte. Solche eisblauen Augen hatte ich bisher nur bei einem Husky gesehen.

Blonde Kringel umrauschten das blasse, feingeschnittene Gesicht meiner Sitznachbarin, als sie mir ein distanziertes „Hallo" zuraunte.

Ich rang mir ein Lächeln ab, sagte: „Hi" und sah aus dem Fenster. Den Gedanken, sie um einen Platzwechsel zu bitten, verwarf ich. Manchmal ist es hart, ein Mann zu sein.

Die Kabinentür wurde geschlossen und mein Panikprogramm lief ab. Beim Start wurde ich in den Sitz gedrückt und schloss die Augen. Es war diesmal nur eine kleine Maschine, die mächtig holperte und wackelte, als sie nach oben ging. Später, als die Stewardess einen kleinen Snack und ein Getränk brachte, sackte der Flieger plötzlich in ein Luftloch und ich klammerte mich an den Armlehnen fest. Der Kaffee verließ meinen Magen und wanderte die Kehle hinauf. Nur mit größter Mühe schaffte ich es, den Beutel rechtzeitig zu öffnen, der für derartige Notfälle vorgesehen war. Viel kam nicht, nur ätzende Flüssigkeit, aber das Ganze war mir entsetzlich unangenehm.

Die Stewardess nahm mir die Tüte mit einem pflichtbewussten Lächeln ab und reichte mir ein feuchtes Tuch, damit ich meinen Mund abwischen konnte. Verstohlen warf ich einen Blick auf meine Sitznachbarin mit den arktischen Augen, vor der ich mich so elend blamiert hatte. Mein Unglück schien sie kalt zu lassen. Vollkommen ungerührt blätterte sie in einem bunten Werbeprospekt.

Die nächsten anderthalb Stunden überstand ich in einer Art Wachkoma. Als die Maschine beim Landeanflug über dem Winnipeg International Airport Schräglage annahm, machte ich den unverzeihlichen Fehler, einen Blick aus dem Fenster zu werfen. Über der Stadt tobe ein schwerer Schneesturm, ließ uns der Pilot in diesem Moment wissen, es könne zu Turbulenzen kommen.

Mein Herz raste und meine Zunge klebte am Gaumen. Die Maschine schaukelte wie ein Boot auf Hochseewellen, sie holperte hin und her und als sie erneut absackte, rechnete ich mit dem Schlimmsten.

Ging es schnell, bis der Flieger auf dem Boden aufprallen und ein gewaltiger Rums allem ein Ende setzen würde?, fragte ich mich. Reichte die Zeit, um hinter geschlossenen Augenlidern mein ganzes Leben zu sehen, abgespult wie ein Film? Würde ich mich wimmernd an die Schneekönigin mit den Eisaugen klammern?

Schweiß perlte von meiner Stirn, während Hände und Füße eiskalt waren. Mein Unterkiefer vibrierte und meine Hände krampften sich um die Armstützen, dass die Fingerknöchel weiß hervortraten. Meine Knie zitterten wie bei einem Junkie, der auf Entzug war.

Du wolltest noch eine Menge tun in deinem Leben, Adam, dachte ich. Zum Beispiel herausfinden, ob Daniel Blueboy dein Cousin oder Bruder war. Ich biss die Zähne zusammen. Wer meine richtige Mutter war und warum sie mich weggegeben hatte, würde ich vielleicht nie erfahren. Susan fand gewiss schnell wieder jemanden, klug und schön wie sie war. Meine Kinder würden ohne ihren Vater aufwachsen müssen, ein Gedanke, der mir beinahe das

Herz zerriss. Nur ich konnte Amina zum Sprechen bringen, wenn sie mal wieder aus irgendeinem Grund schwieg. Und Mike ... mein Sohn hielt mich für einen unsterblichen Helden. Ein gequälter Seufzer entwich meiner Kehle und plötzlich spürte ich eine warme Hand auf meinem schlotternden Knie.

„Nur keine Angst", sagte meine Sitznachbarin mit sanfter Stimme. „Der Pilot hat Erfahrung mit solchem Wetter."

„Woher wollen Sie das wissen?", stieß ich hervor, ohne meine Augen zu öffnen.

„Er ist mein Mann", antwortete sie in einem amüsierten Tonfall.

Nun schlug ich doch die Augen auf und sah sie lächeln. Ich schöpfte wieder Hoffnung. Tatsächlich landete der Pilot die Maschine sicher, obwohl er meiner Ansicht nach nicht einmal die Landebahn erkennen konnte, so dicht wie das Schneetreiben da draußen war.

„Sagen Sie Ihrem Mann schöne Grüße von mir, er hat das wirklich hervorragend gemacht", sagte ich mit unendlicher Erleichterung zu ihr, als wir den Flieger verließen.

Die Frau mit den Huskyaugen drehte sich zu mir um, schmunzelte und meinte: „Tut mir leid, ich bin gar nicht verheiratet. Aber Sie sehen schon viel besser aus, junger Mann."

Ich blieb verblüfft stehen und blickte ihr nach, bis ich von hinten weitergedrängt wurde.

In der Halle sah ich mich nach Robert Blueboy um, konnte allerdings niemanden entdecken, auf den meine Vorstellung passte. Als ein Mann in blauem Anorak auf mich zukam, dachte ich zuerst an einen Irrtum. Er hatte hellbraunes, gelocktes Haar, das ihm bis auf die Schultern fiel. Als der Mann direkt vor mir stand, sah ich, dass seine Augen grau waren und die Augenlider gerötet. Sein kantiges Kinn war frisch rasiert.

„Adam Cameron?“, fragte er.

Ich nickte stirnrunzelnd.

Er streckte mir die Hand hin: „Robert Blueboy. Ich bin froh, dass Sie gekommen sind.“ Robert hatte einen kräftigen Händedruck und war einen halben Kopf kleiner als ich, vielleicht einsfünfundsiebzig. Ich schätzte ihn auf Anfang dreißig. „Wie war Ihr Flug, Mr Cameron?“

„Reden wir nicht davon“, brummelte ich. „Und Adam reicht völlig aus.“

Er nickte und bückte sich nach meiner Tasche, aber ich kam ihm zuvor.

„Macht es Ihnen etwas aus, bei mir zu wohnen?“, fragte Robert verlegen. „Meine Frau ist vor vier Wochen mit unserem Sohn auf und davon und ich habe viel Platz im Haus.“

Um ehrlich zu sein: Ich hatte wenig Lust, mir die Klagen eines verlassenen Ehemannes anzuhören, und das war auch nicht mein Job. Aber so wie es aussah, würde mich die Lösung des Falles einiges kosten – schon für den Flug hatte ich 500 Dollar bezahlen müssen. Deshalb hatte ich nichts dagegen, die Hotelkosten zu sparen.

Zwar kannte ich keine Geldsorgen, aber meine Mutter hatte mir beigebracht, sparsam zu sein. Sie hatte Alice und mir dazu geraten, immer erst darüber nachzudenken, ob das Geld, das wir ausgeben wollten, nicht noch sinnvoller eingesetzt werden konnte.

„Ich brauche einen ungestörten Platz zum Arbeiten und ich muss kommen und gehen können wann ich will.“

„Klar.“ Robert nickte.

Ich nahm seine Einladung an.

Als wir den Terminal verließen, wehte der Schnee wie ein kalter Fluch in mein Gesicht. Eisiger Wind biss in meine Haut. Ich zog mir die Kapuze über den Kopf, aber der Wind kam von vorne, deshalb nützte das reichlich wenig. Ich schluckte einen Schwall Kälte, die im Hals brannte und mir den Atem nahm. Meine Knie wurden auf der Stelle zu Frostbeulen. Ich bereute, meine langen Unterhosen nicht schon am Morgen angezogen zu haben.

Robert Blueboy verschwand im Flockenwirbel und ich stand orientierungslos da. Für einen Augenblick war ich kurz davor, in Panik auszubrechen. Doch plötzlich tauchte er aus dem Nichts wieder auf, packte mich am Arm und zog mich mit sich fort. „Der Blizzard war angekündigt", rief er. „Ich dachte schon, Ihr Flieger würde gar nicht landen."

Nicht landen? Ich weigerte mich, weiter darüber nachzudenken.

Robert fand seinen roten Subaru Kombi kurze Zeit später wieder und fegte mit dem Arm den Schnee von den Scheiben und Türen. Er lud meine Tasche in den Kofferraum und öffnete mir die Beifahrertür. Ich sprang hinein und zog die Tür schnell zu.

„Tja", sagte Robert, als er neben mir saß, „das ist übliches Januarwetter bei uns. Sie im Süden sind da sicher anderes gewöhnt." Er versuchte einige Male vergeblich, den Motor anzuwerfen, der dabei grässliche, wenig vertrauenerweckende Geräusche von sich gab.

„Süden ist vielleicht ein bisschen übertrieben", erwiderte ich, „aber es ist wahr: So viel Schnee und Kälte gibt es in Seattle nur alle paar Jahre einmal. Trotzdem bin ich jeden Winter drauf und dran, mit meiner Familie nach New Mexico umzusiedeln. Ich mag den Winter nicht."

Der Motor heulte auf und Blueboy fuhr los. „Dann werden Sie sich hier nicht sonderlich wohl fühlen, Mr ... äh, Adam. Winnipeg hat den Ruf, die kälteste Stadt Nordamerikas zu sein. Bei uns dauert der Winter fünf Monate."

„*Winterpeg*, ich weiß", sagte ich. „Das klingt wenig verlockend, aber ich werde schon klarkommen." Zumindest redete ich mir das ein.

Das Schneetreiben blieb dicht und draußen sah alles gleich aus. Wir befuhren breite, autobahnähnliche Straßen, die gesäumt waren von gesichtslosen grauen Häusern. Wir überquerten Gleise, kamen durch eine verqualmte Industriegegend mit Lagerhallen, Schrottplätzen und Autohöfen. Einmal hätte uns beinahe ein großer Schneepflug erwischt. Auto fahren war also nicht weniger gefährlich als Fliegen – jedenfalls in dieser Stadt und bei diesem Wetter.

Inzwischen befanden wir uns im Nordteil von Winnipeg, im Bezirk West Kildonan, wie Robert mir erklärte. Er lebte in einer dieser typischen Siedlungen, in denen Menschen aus der Unterschicht meist unter sich sind. Kleine, heruntergekommene Häuser, die dicht gedrängt nebeneinander standen. Er fuhr den Kombi in eine freigeräumte Einfahrt unter einen offenen Carport. Der gelbe Ziegelbungalow, zu dem die Einfahrt gehörte, war auf den ersten Blick gut in Schuss.

„Ich arbeite für eine Baufirma", erzählte mir Blueboy, als wir auf der Veranda standen und er seine Haustür aufschloss. „Im Augenblick ist Flaute, die meisten Leute wurden entlassen. Aber ich denke, Ende März geht es wieder los. Zwischendurch halte ich mich mit Aushilfsjobs über Wasser."

„Nettes Haus", bemerkte ich.

„Ja. Nur ein bisschen groß für einen allein."

Ich schwieg.

Drinnen war es angenehm warm, und das von mir befürchtete Chaos im Haushalt eines frisch verlassenen Ehemannes herrschte auch nicht. Offenbar kam Robert ganz gut klar. Wir hängten unsere Jacken an die Garderobe und er führte mich in eine freundlich wirkende Küche: Einbauschränke mit einer Oberfläche aus heller Holzimitation, ein Kiefernholztisch mit sechs Stühlen und ein Regal, in dem vielleicht einmal Kochbücher gestanden hatten. Jetzt war es ausgeräumt, bis auf ein altes Radio und ein paar Fotos in Aufstellrahmen. Neben der Spüle standen ein umgestülpter Kaffeebecher, ein Teller und ein Glas. Auf dem Fensterbrett kümmerten zwei Grünpflanzen vor sich hin.

„Als Nora noch da war, war es immer richtig gemütlich bei uns. Sie hatte ein Händchen dafür. Ich habe das nicht. Ist ziemlich mühsam, alles in Ordnung zu halten. Nichts macht sich von allein. Eine Menge Dinge musste ich erst lernen."

Schon wieder das leidige Thema. Aber ich konnte Roberts Worte nicht erneut ignorieren. „Wie ich sehe, haben Sie alles bestens im Griff."

Robert musterte mich einen Augenblick nachdenklich. Ich hatte das Gefühl, dass er froh war, mich da zu haben, jedoch nicht wusste, wie er mit mir umgehen sollte. Es war anzunehmen, dass er bisher noch nie mit einem Privatdetektiv zu tun hatte.

Ich wollte Susan anrufen, um ihr zu sagen, dass ich gut angekommen war, aber Roberts Einsamkeit war so offensichtlich, dass ich es nicht in seiner Gegenwart tun wollte. Ich fragte ihn nach der Toilette und er zeigte mir das Bad.

Auf dem Badewannenrand sitzend, berichtete ich Susan, dass ich den Flug überstanden hatte und bei Robert wohnen würde. Ich erkundigte mich nach Amina und Susan versicherte, dass es ihr gut ging. Aminas Freundin Jo war da und die Mädchen spielten zusammen.

„Groll mir nicht mehr", bat ich sie. „Ich liebe dich."

„Komm bald zurück", sagte sie. „Ich brauche dich." Und legte auf.

Ich würde zurückkehren, wenn der Fall abgeschlossen war. Susan wusste das.

Ich ging wieder zu Robert in die Küche.

„Möchten Sie einen Kaffee, Adam?", fragte er.

„Tee wäre mir lieber, wenn das möglich ist." Für heute hatte ich genug Kaffee getrunken. Mein Magen hätte jetzt etwas Handfestes vertragen können, aber ich wollte meinen Gastgeber nicht in Verlegenheit bringen.

Robert füllte den Wasserkessel auf und setzte ihn auf den Herd. Während er sich um Tee und Kaffee kümmerte, betrachtete ich die Fotos im Regal. Eines zeigte Robert mit einer hübschen, etwas molligen Indianerin und einem sieben- oder achtjährigen Jungen. Jeder der drei hielt einen Luftballon in der Hand und lachte in die Kamera. Ein Schnappschuss aus glücklichen Zeiten.

Das zweite war ein großes Familienfoto, auf dem mehr als ein Dutzend Leute abgebildet waren. In der Mitte eine strahlende Mittfünfzigerin, daneben ein etwas älterer Mann.

„Der 54. Geburtstag unserer Mutter", sagte Robert, als er mich das Foto betrachten sah. „Das war im August 1997. Damals war die Welt noch halbwegs in Ordnung."

Ich musste wissen, wer jede einzelne Person auf diesem Gruppenbild war, aber das konnte ich auch später noch fragen.

Auf dem dritten gerahmten Foto schaute mich ein Junge mit schulterlangem, leicht gelocktem Haar, vollen Lippen und großen schwarzen Augen herausfordernd an. Keine Frage, wer das war. Mir kam sofort in den Sinn, dass die Mädchen Daniel Blueboy gemocht haben mussten, denn er war ein ausgesprochen gut aussehender junger Mann gewesen.

Ich nahm das Foto, griff auch nach dem Familienfoto, legte beide auf den Tisch und setzte mich. Dann holte ich den Spiralblock und einen Kuli aus meiner Ledertasche. Als ich eine Tasse mit dampfendem Tee vor mir stehen hatte, und Robert einen Becher Kaffee, saßen wir uns eine Weile schweigend gegenüber. Die Heizungsrohre knackten. Der Tee duftete nach Orangen. Ich war froh, nicht mehr im Flieger sitzen zu müssen und freute mich darauf, etwas Warmes in den Magen zu bekommen.

Schließlich schob ich das Foto des jungen Mannes über den Tisch und sagte: „Lassen Sie uns über Daniel reden, Robert.“

4. Kapitel

„Wo fange ich an?", fragte Robert leise.

„Egal", sagte ich. „Ich bin hier, um zuzuhören."

Blueboy schien seine Gedanken zu sammeln. Das Ticken der Küchenuhr und das Knacken der Heizung waren die einzigen Geräusche im Raum. „Vor zehn Jahren war ich zweiundzwanzig", begann er schließlich. „Unsere Mutter, Daniel, Scott und ich lebten zusammen in diesem Haus. Als wir herzogen nach Winnipeg, das war 1992, da lebte unsere Schwester Emma noch bei uns und wir wohnten zunächst in North End, gleich hinter den Gleisen. Aber die Gegend wurde von Straßengangs kontrolliert, die Drogen- und Waffengeschäfte machten, und als Mom das mitbekam, wollte sie so schnell wie möglich dort weg. Ständig versuchte sie, uns von schlechten Einflüssen fern zu halten. In North End, dem *Harlem der Prärie* –, lernt man von klein auf, dass man zuerst zuschlagen muss, wenn man sich behaupten will. Aber wir waren neu und so bekamen wir die Prügel ab."

Robert blies in seinen Kaffee und trank vorsichtig einen ersten Schluck. „Unsere Mutter nahm jeden Job an, den sie kriegen konnte. Als Emma dann eine Stelle bei Taco Bells bekam und etwas zusteuern konnte, mietete Mom dieses Haus hier." Er hob die Schultern. „Viel hat es nicht genützt, ein paar Blocks weiterzuziehen. Außer, dass wir auf eine bessere Schule gehen konnten, gab es keine wirkliche Grenze zwischen North End und West Kildonan, jedenfalls damals nicht." Er schwieg eine Weile, bevor er fortfuhr.

„Im November vor zehn Jahren, da war Emma mit ihrer

kleinen Tochter zu ihrem Freund Josh gezogen, und wir drei Jungs machten unserer Mutter das Leben schwer. Ich hatte keinen Job und saß zuhause, während Scott regelmäßig die Schule schwänzte und sich auf der Straße herumtrieb.

Daniel war kurz nach Moms Geburtstag wieder mal von den Cops aufgegriffen worden. Sie hatten ihn in Oakdale Hall eingebuchtet, das ist eine Jugendstrafanstalt – drüben in East Kildonan."

„Was wurde ihm denn vorgeworfen?", fragte ich nach.

„Mehrere Einbrüche, Diebstahl, Raub, Drogenbesitz." Robert seufzte. „Klingt nach einem üblen Burschen, ich weiß, aber Dan war nicht schlecht. Mein kleiner Bruder war ein helles Köpfchen, vermutlich der Schlaueste von uns allen. Er brachte immer gute Noten nach Hause und von der 6. Klasse an spielte er in einer Footballmannschaft." Er schüttelte nachdenklich den Kopf. „Aber mit vierzehn begann Dan Alkohol zu trinken und kam zum ersten Mal ernsthaft mit dem Gesetz in Konflikt. Er wurde dabei erwischt, wie er einen Zigarettenautomaten knackte. Von da an ging es rasant weiter: Eingeschlagene Autofenster, kleinere Einbrüche, Ladendiebstähle, Sachbeschädigung, das ganze Programm eben."

„Klingt nicht unbedingt nach einem hellen Köpfchen", wagte ich einzuwenden.

Robert hob die Schultern. „Keine Ahnung, aber ich glaube nicht, dass das Ganze irgendetwas mit Logik zu tun hatte. Es war der Kick, der ihn reizte. Dan hatte schon mehrere Male im *Betongrab* – wie er Oakdale Hall nannte – eingesessen. Er hasste es, dort zu sein. Leider hielt ihn das nicht davon ab, bei der nächsten Gelegenheit wieder loszuziehen und Scheiße zu bauen. Im Oktober 1997 kam er dann in so ein Resozialisierungsprogramm und musste in dieses Wohnheim für jugendliche Straftäter ziehen. Es sei seine letzte Chance, sagte der Richter, die letzte Alternative zum Knast."

Ich machte mir ein paar Notizen auf meinen Spiralblock, was Robert gedankenverloren verfolgte. Als ich aufhörte zu schreiben und ihn fragend ansah, musste er sich erst wieder sammeln. Schließlich sprach er weiter: „Ein paar Tage vor seinem Tod war Dan aus dem Gemeinschaftshaus abgehauen und stand deshalb auf der Fahndungsliste der Cops. Mom wusste Bescheid, denn Conny Legrand, die Leiterin des Wohnheimes, hatte sie informiert. Als Dan schließlich am Samstag zu Hause auftauchte, rief Mom die Polizei nicht an. Das hätte sie niemals getan, es war einfach nicht ihre Art. Sie hatte jedem von uns versichert, dass wir immer nach Hause kommen könnten, wenn wir Probleme hätten, zu jeder Zeit. Darauf konnten wir uns verlassen."

„Daniel hatte ganz offensichtlich große Probleme", bemerkte ich. „Wenn er wusste, dass es seine letzte Chance war, warum ist er dann trotzdem abgehauen?"

Robert hob die Schultern. „Niemand von uns verstand ihn. Dan lächelte einfach und tat es als Bagatelle ab."

„Kann ich mit Ihrer Mutter sprechen, Robert?", fragte ich. „Lebt sie noch hier in Winnipeg?"

Blueboy schüttelte den Kopf und starrte in seinen Kaffeebecher. „Unsere Mutter hat drei Jahre nach Dans Tod eine Überdosis Schlaftabletten genommen. Meine Schwester hat sie zwar rechtzeitig gefunden und die Ärzte konnten ihr Leben retten, aber Mom war nicht mehr dieselbe. Emma ist mit ihr ins Reservat zurückgekehrt und hat sich all die Jahre um sie gekümmert. Und nun ist sie tot. Mom ist vor zwei Monaten an Herzversagen gestorben."

„Das tut mir leid."

„Es war eine Erlösung", sagte er.

„Und Daniels Vater?"

„Väter gab es bei uns immer nur kurzzeitig. Meiner war

weiß, das ist schwerlich zu übersehen. Daniels Vater verließ uns, da war Dan fünf und Scott drei. Danach zog Mom es vor, auf Väter zu verzichten."

Ich holte das Familienfoto heran und zeigte auf den Mann an Betty Blueboys Seite.

„Onkel Vernon", sagte Robert, „Moms Bruder." Sein Finger tippte nacheinander auf die abgelichteten Personen. „Emma mit ihrer Tochter Deena und ihrem Freund Josh. Dan, sein Freund Lucas, unser kleiner Bruder Scott, Tante Dolores – Vernons Frau – mit den drei Kindern, unseren Cousins und Cousinen."

Ich deutete auf ein hübsches Mädchen, das – halb verdeckt von Scott – vor Daniel stand und ungefähr in seinem Alter sein musste, vielleicht auch ein oder zwei Jahre jünger.

„Janelle", sagte Robert. „Sie ist auch eine Cousine von uns. Das heißt, um genau zu sein, eine Cousine von Dan und Scott. Sie und ihre Schwester Therena wohnten damals nicht weit von hier und Dan hing öfter mit den beiden Mädchen herum. Wir haben erst später erfahren, dass die beiden mit Dans und Scotts Vater verwandt sind."

„Hat Ihre Mutter noch andere Geschwister?"

„Nein. Nur Onkel Vernon. Er lebt inzwischen auch wieder im Reservat."

„War Ihre Mutter je verheiratet?" Das war eine Frage, die wenig mit dem toten Daniel zu tun hatte, sondern meiner immer noch schwelenden Hoffnung galt, meine leibliche Mutter zu finden. Aber davon konnte Robert nichts wissen.

„Ja, mit dem Vater meiner Schwester Emma. Aber Blueboy ist Moms Mädchenname. Nach der Scheidung hat sie ihn wieder angenommen."

Es ist also möglich, dachte ich für einen Moment, bevor ich mich wieder ganz auf Daniel konzentrierte.

„Sie sagten, Ihre Schwester Emma lebt jetzt wieder im Reservat?"

„Ja, in Narrow River. Mom und Onkel Vernon sind dort geboren und aufgewachsen."

„Ist Emma verheiratet mit diesem Josh?" Ich tippte auf den jungen Mann an ihrer Seite.

„Nein. Als sie beschloss, mit ihrer Tochter und unserer kranken Mutter ins Reservat zurückzukehren, hat Josh sich aus dem Staub gemacht. Emma war damals wieder schwanger, das war hart für sie. Bis zuletzt hat sie sich um unsere Mutter gekümmert. Mom saß im Rollstuhl, müssen Sie wissen."

„Ihre Schwester ist die Älteste?"

Er nickte. „Sie ist fünfunddreißig."

„Und Scott, wo lebt der?"

Ich spürte ein kurzes Zögern, bemerkte einen verlegenen Blick. „Scott ist hier, in der Stadt. Er schlägt sich mit Gelegenheitsjobs durch. Manchmal kommt er zu mir, um zu reden, aber er bleibt nie länger als ein oder zwei Stunden."

Ich sah auf, weil ich das Gefühl hatte, dass Robert noch etwas hinzufügen wollte, aber er wandte sich ab und erhob sich. „Noch einen Tee?"

„Danke, gern." Während er Tee nachgoss, machte ich Notizen, dann fragte ich: „Abgesehen von Ihrem Traum, Robert, was lässt Sie annehmen, dass Daniel ermordet wurde? Laut Zeitungsnotiz ging die Polizei von einer natürlichen Todesursache aus."

Blueboy setzte sich wieder. Seine kräftigen Hände auf dem Tisch ballten sich zu Fäusten, bis die Fingerknöchel weiß hervortraten. „Der Pathologe, der Dans Leiche untersucht hat, muss blind gewesen sein wie ein Maulwurf", sagte er aufgebracht. „Als Dan im Sarg lag, haben wir alle gesehen, dass die Haut auf seiner linken Wange aufgerissen war und er zwei blutige Einschnitte auf dem Nasenrücken hatte. Nicht mal die dicke Schminke konnte die Kerben überdecken. Mom wäre beinahe in Ohnmacht gefallen, als sie das sah. Außerdem bekamen wir seine persönlichen Sachen und die Kleidungsstücke nicht zurück. Unsere Mutter war ein paar Mal im Krankenhaus und hat danach gefragt, sogar noch, nachdem der Fall bereits abgeschlossen war. Aber sie haben ihr die Sachen einfach nicht herausgegeben. Irgendetwas ist faul an Dans Tod, da bin ich mir sicher."

Ich erkundigte mich nach dem Namen des Krankenhauses. Das Seven Lakes General Hospital befand sich nur ein paar Straßenkreuzungen von Roberts Haus entfernt.

„Und es gab keine gerichtliche Untersuchung?"

„Nein. Der Pathologe behauptete, dazu bestünde kein Anlass. Er sagte, Dans Verletzungen wären nur oberflächlich und durch seinen Sturz in den Schnee entstanden. Er hätte bei seiner Untersuchung keine Anzeichen von Fremdeinwirkung feststellen können. Dan war betrunken gewesen, er war gefallen und nicht wieder aufgestanden."

„Hat Ihre Familie eine Kopie des Autopsieberichtes bekommen?"

„Nein", sagte Robert mit einiger Verwunderung.

„Eigentlich ist das üblich", bemerkte ich.

„Wir haben nichts bekommen, da bin ich mir sicher."

„Hat Daniel Drogen genommen?"

Diese Frage beantwortete Robert mit Schweigen. Als ich dachte, er hätte sie vielleicht nicht gehört, und sie wiederholen wollte, sagte er: „Ein bisschen Dope hin und wieder. Wie wir alle." Seine Stimme war leise.

Natürlich wollte Robert Blueboy nicht, dass ich seinen Bruder für einen Herumtreiber hielt, einen Säufer und Junkie, der früher oder später sowieso für immer im Knast gelandet wäre.

„Ich weiß, dass das schwer für Sie ist, Robert, aber es gibt ein paar Dinge, die ich wissen muss, auch wenn ich damit alte Wunden wieder aufreiße."

„Schon in Ordnung", murmelte er.

„War Daniel Mitglied einer Straßengang?"

Diesmal schüttelte Robert vehement den Kopf. „Nein, das war er nicht. Dan mag eine Menge Bockmist verzapft haben ... vielleicht war er leichtsinnig, aber mein kleiner Bruder war nicht lebensmüde. Mit diesen Leuten hätte er sich niemals eingelassen. Schon allein wegen Mom."

Ich nickte. Mein Instinkt sagte mir, dass Robert sich schuldig fühlte am Tod seines Bruders und nicht wollte, dass die Erinnerung an ihn beschmutzt wurde.

„Es gab damals einen Zeitungsartikel in der *Winnipeg Free Press* von einem Mark Flanagan, der Zweifel an der Version der Polizei äußerte", versuchte ich das Gespräch wieder in Gang zu bringen.

„Ja, stimmt. Ein paar Tage nach Dans Beerdigung war ein Journalist bei uns und hat mit Mom gesprochen. Hinterher war sie noch einmal voller Hoffnung, dass wir vielleicht doch erfahren würden, was in jener Nacht mit Dan passiert ist. Flanagan hatte unserer Mutter versprochen, der Sache auf den Grund zu gehen. Er ließ sich nie wieder blicken." Robert sah mich an. „Tja, so ist diese Stadt: Für einen toten Indianerjungen reißt sich hier keiner ein Bein aus."

Das ist nicht nur in Winnipeg so, dachte ich.

„Ich brauche noch mehr Namen und Adressen, Robert. Die von sämtlichen Familienmitgliedern auf diesem Bild. Namen von Freunden und Lehrern. Leute, die Daniel kannten. Schreiben Sie mir alle Namen auf, die Ihnen einfallen."

Er nickte.

„Erinnern Sie sich noch an den Namen des Polizeibeamten, der damals in Daniels Fall ermittelt hat?"

„Von *Ermittlungen* kann wohl kaum die Rede sein", antwortete Robert. „Aber ich erinnere mich. Es war ein Sergeant, der uns die Nachricht überbrachte, dass man Dan draußen an den Gleisen gefunden hatte. Er hieß Homer Stout. Ich erinnere mich an seinen Namen, weil er so ungewöhnlich war. Sergeant Stout kam zu uns nach Hause und sagte, Dan sei erfroren und Hinweise auf Fremdeinwirkung gebe es ganz offensichtlich nicht. Sollte die Autopsie etwas anderes ergeben, werde noch einmal jemand vorbeikommen und Fragen stellen."

„Das war alles?"

„Ja."

„Und, kam noch einmal jemand vorbei?"

Wieder nickte Robert. „Ja. Drei oder vier Tage später standen zwei Cops vor der Tür. Ein älterer Mann – an seinen Namen erinnere ich mich leider nicht mehr. Aber er war einer von uns, ein Cree. Bei ihm war ein junger weißer Polizist mit einer Narbe hier, so einer ..." Robert suchte nach dem Begriff und tippte an seine Oberlippe.

„Hasenscharte?", half ich.

„Ja, genau. Er hieß Halla, Bill Halla. Er kam mir irgendwie bekannt vor und während des Gesprächs fiel mir wieder ein, woher ich ihn kannte. Wir waren eine Zeit lang auf dieselbe Schule gegangen und er hatte mir mal geholfen, als ein paar Typen mich verprügeln wollten."

„Haben Sie es ihm gesagt?"

„Was?"

„Na, dass Sie Schulkameraden waren?"

„Nein." Robert schüttelte den Kopf.

„Warum nicht?"

„Na ja, keine Ahnung, er war ein Cop. Und es ging dabei schließlich um Dan."

„Wie hieß denn die Schule, die Sie beide besucht haben?"

„Das war die Inkster High School."

„Gibt es die noch?"

„Ja."

Ich notierte Hallas Namen und den der Schule, dann nickte ich Robert aufmunternd zu fortzufahren.

„Halla und der indianische Cop fragten uns über Dan aus und sie versprachen, uns über die Ermittlungen auf dem Laufenden zu halten. Aber als Sergeant Stout nach ein paar Tagen anrief, teilte er uns nur mit, dass der Fall abgeschlossen sei. Die Obduktion und die Befragung der Zeugen hatten keine neuen Anhaltspunkte ergeben."

„In einer Zeitungsnotiz stand, Daniel sei vermutlich auf dem Weg ins nahe gelegene Stony-Mountain-Gefängnis gewesen, um sich dort selbst zu stellen. Könnte da was dran sein?"

Robert schüttelte den Kopf. „Geht man querfeldein, sind es von der Stelle, an der man Dan fand, tatsächlich nur noch vier oder fünf Kilometer bis nach Stony Mountain. Aber ich kann mir beim besten Willen nicht vorstellen, dass mein Bruder dort hin wollte. Er hatte Mom versprochen, ins Wohnheim zurückzugehen. Warum sollte er sich mitten in der Nacht in einen Erwachsenenknast mit zweifelhaftem Ruf begeben, wo er schon den absoluten Horror vor Oakdale Hall hatte? Mein Bruder war nicht lebensmüde. Nein, betrunken oder nicht, freiwillig wäre Dan niemals nach Stony Mountain gegangen."

Ich nickte, denn diese Version hatte ich von Anfang an für unwahrscheinlich gehalten. „Daniel wurde am Morgen des 27. November gefunden", sagte ich. „Wann haben Sie Ihren Bruder zuletzt lebend gesehen?"

„Fünf Tage zuvor, am 22. November." Robert schloss die Augen, als würde er sich den Abend noch einmal vergegenwärtigen. „Es war ein Samstagnachmittag, ein frostiger Tag, und ich erinnere mich an die Kälte, die Dan mit ins

Haus brachte." Robert schluckte hart. „Dan umarmte erst unsere Mutter und dann mich. Er fragte nach Scott und ich roch den Alkohol in seinem Atem. Mom hatte, was Alkohol und Drogen anging, strenge Regeln. Beides war in diesem Haus verboten. Aber sie sagte erst einmal nichts. Sie war einfach nur froh, Dan wieder bei sich zu haben."

Ich nickte. „Und was passierte weiter?"

„Wir tranken Tee. Ich merkte gleich, dass Dan unter Druck stand. Er war nervös, irgendwie unruhig, aber schließlich waren ja auch die Cops hinter ihm her. Er versuchte wohl, das einfach zu verdrängen, darin war er ein Meister. Als wäre es ein ganz normaler Nachmittag, fragte Dan nach dem Mädchen, in das ich damals verliebt war. Er machte sich lustig über mich, weil ich sie noch nicht ins Bett gekriegt hatte. Mein kleiner Bruder hatte nie Probleme mit Mädchen, er konnte jede haben." Robert schwieg einen Moment. „Ich hatte genug von seinem Spott und verließ die Küche. Als ich von der Toilette kam, hörte ich, wie unsere Mutter ihm Vorhaltungen machte. ‚Du hast getrunken', sagte sie. ‚Ach Mom, nur ein bisschen', versuchte er sie zu beschwichtigen. ‚Conny hat angerufen', sagte Mom daraufhin."

Robert seufzte. „Conny Legrand, die Leiterin des Wohnheimes, schien meinen kleinen Bruder zu mögen und sie machte sich Sorgen um ihn. Mom versicherte Dan, dass ihm nichts passieren würde, wenn er sich entschließen könne, noch heute ins Wohnheim zurückzukehren. ‚Ruf Conny an', sagte sie, ‚sie wartet darauf.' Doch Dan druckste herum." Robert lehnte sich zurück. „Ich denke, Conny Legrands Vertrauen bedeutete ihm etwas und er wusste nur zu gut, dass er dabei war, vollkommen abzurutschen." Robert starrte auf das Foto seines Bruders. „Dan hörte sich die Vorwürfe unserer Mutter schweigend an: Einbrüche, gestohlene Autos – und das alles nur für Alkohol und Dope.

Der ganze Ärger mit der Polizei, ein Teufelskreis. Mom warnte ihn: ‚In vier Monaten wirst du achtzehn, Junge. Dann fallen deine Vergehen nicht mehr unter das Jugendstrafrecht.‘

Dan wollte nicht ins Gefängnis, er war nicht dumm. Die Zeit im Jugendknast war schlimm genug gewesen für ihn. Also willigte er ein und versprach unserer Mutter, ins Wohnheim zurückzugehen."

„Aber das hat er nicht getan?", fragte ich.

Robert stand auf und goss sich noch einmal Kaffee nach, bevor er fortfuhr. „Ich hörte damals nicht, was die beiden weiter besprachen, denn ich hatte mich in mein Zimmer verzogen. Ich war sauer auf Dan, weil er sich immer alles erlauben konnte. Weil er bloß sein charmantes Lächeln aufsetzen musste und Mom verzieh ihm. Emma, Scott und ich hatten es da nicht ganz so leicht."

Robert trank einen Schluck von seinem Kaffee und schwieg eine Weile. Ich drängte ihn nicht. Er schien nachzudenken und würde weitersprechen, wenn er so weit war.

„Nachdem wir wussten, dass Dan tot war, erzählte mir meine Mutter, dass sie ihn an jenem Abend gedrängt hatte, Conny Legrand gleich anzurufen. Sie hatte ihm den Telefonhörer in die Hand gedrückt, aber er hatte sie überredet, noch diesen einen Abend mit seinen Freunden verbringen zu dürfen. ‚Bloß ein bisschen Karten spielen und Musik hören, Mom‘, hatte er gesagt. Am nächsten Morgen wollte er Conny anrufen, damit sie ihn zu Hause abholen sollte. Mom wusste, dass Daniel hielt, was er versprach. Also ließ sie ihn gehen."

„Und das war das letzte Mal, dass Sie Ihren Bruder lebend gesehen haben?"

„Nein." Ein gequältes Stöhnen kam aus Roberts Kehle. „Er kam an diesem Abend noch einmal nach Hause."

5. Kapitel

Robert schüttelte den Kopf, wie um einen dunklen Gedanken zu vertreiben. Es musste etwas sein, das mit Daniels letztem Abend zu tun hatte. Ich hörte auf, mir Notizen zu machen und ermunterte ihn, nichts zu verheimlichen, weil ich sonst unmöglich herausfinden konnte, was tatsächlich geschehen war.

Er atmete tief ein, als wollte er sich Kraft holen zum Erzählen. „Daniel kam an diesem Abend noch einmal nach Hause", wiederholte Robert schließlich. „Zusammen mit seinem Freund Lucas. Lucas Cardinal hatte ein noch dickeres Strafregister als mein kleiner Bruder, aber die beiden klebten seit der sechsten Klasse zusammen wie siamesische Zwillinge. Und obwohl Mom Bescheid wusste über Lucas, war sie freundlich zu ihm. Weil er Dans bester Freund war. Nur deshalb."

Ich betrachtete den Jungen, der auf dem Gruppenfoto neben Daniel stand, genauer. Er war etwas kleiner als Daniel, hatte glattes langes Haar, engstehende Augen und schmale Lippen. Beide grinsten verschwörerisch in die Kamera.

„Sie mochten Lucas nicht besonders", mutmaßte ich.

Robert hob die Schultern und es schien, als müsse er darüber erst nachdenken. „Er war kein schlechter Kerl. Nur, dass die beiden zusammen eben dauernd Mist bauten."

Ich nickte. „Was passierte weiter?"

„Dan bat unsere Mom um Geld. Sie gab ihm keins, weil sie wusste, wofür er es ausgeben würde. Also kam er zu mir. Nun ja ... ich hatte nicht vor, ihm was zu geben ... aber er zeigte mir ein paar Lederhandschuhe, die waren nagelneu und sahen teuer aus. Irgendwer hatte sie gestohlen, vielleicht Lucas, vielleicht sogar Dan selbst." Robert machte eine Pause, holte tief Luft und senkte den Blick. „Die Handschuhe passten mir und sie gefielen mir, also nahm ich sie. Ich lief zum Schnapsladen an der Ecke und kaufte den beiden eine Flasche Wodka. Ich weiß noch, dass es irre kalt draußen war, kälter als die Nächte zuvor, und ich dachte, dass bestimmt niemand so fror wie ich. Einfach weil jeder, der einen Funken Verstand im Kopf hatte, bei dieser Kälte zu Hause blieb." Robert schüttelte den Kopf. „Daniel umarmte mich, als ich mit der Flasche zurückkehrte. ‚Danke, großer Bruder', sagte er mit seinem typischen, entwaffnenden Grinsen. ‚Jetzt ist der Abend gerettet.'"

In Roberts Stimme klang Selbstverachtung mit. Als er den Kopf hob, um mich anzusehen, las ich von seinem Gesicht ab, welche Qualen er litt. „Unsere Mutter wollte die beiden nicht gehen lassen, obwohl sie nichts von dem Wodka wusste. Sie hatte aufs Thermometer gesehen, das genügte, um sich Sorgen zu machen. Lucas und Daniel waren bloß mit Jeans und leichten Jacken bekleidet, und wie üblich trugen sie nur Turnschuhe." Ein schmerzliches Lächeln überzog Roberts müdes Gesicht. „Egal, wie kalt es draußen war, egal, wie hoch der Schnee lag, die beiden trugen nie Winterschuhe. Es war so etwas wie ein Sport für sie." Er seufzte. „Wie auch immer, Dan wusste, wie er seine Mom überreden konnte. Er schob sein rotes Basecap ins Gesicht und sagte: ‚Wir gehen doch bloß um die Ecke zu den Nicholsens, ein bisschen Musik hören und Karten spielen, Mom.' Unsere Mutter ließ die beiden ziehen."

„Wann war das?", fragte ich. „Um welche Uhrzeit in etwa?"

„So gegen acht. Ich habe meinen kleinen Bruder nicht lebend wiedergesehen. Fünf Tage später wurde er von zwei Gleisarbeitern gefunden. Erfroren. An einem Ort, an dem er nichts zu suchen hatte. Hätte ich ihm den Wodka nicht besorgt, würde er vielleicht noch leben."

Ich lehnte mich zurück. Erwartete Robert von mir, dass ich ihm Absolution erteilte? Das konnte ich nicht. Mit seinen Schuldgefühlen musste er alleine klarkommen. Ich war hier, um herauszufinden, was mit seinem Bruder passiert war. Aber dann bekam ich doch Mitleid. Vermutlich waren es Roberts Schuldgefühle, die ihm Daniel im Traum erscheinen ließen.

„Ein anderer hätte den Alkohol gekauft, oder nicht?"

„Ja. Vielleicht. Aber es war kein anderer. *Ich* war es, der die verdammte Flasche Wodka gekauft hat." Robert schüttelte den Kopf, stand auf und begann umherzulaufen. „Es hat mehrere Tage gedauert, bis ich in der Lage war, es meiner Mutter zu erzählen. Die Schuldgefühle würgten mich, bis ich es nicht länger für mich behalten konnte. Mom hat mir nie Vorwürfe gemacht. Sie sagte, davon würde Dan auch nicht wieder lebendig. Aber ich wusste, wie furchtbar enttäuscht sie war."

„Sie haben ihren Bruder nicht umgebracht, Robert", sagte ich. „Wie es aussieht, ist irgendwer mit ihm dort rausgefahren und hat ihn allein zurückgelassen. Derjenige hat in Kauf genommen, dass Daniel erfrieren würde."

„Ja, aber wer? Und wäre Dan nicht betrunken gewesen, wäre er womöglich nicht zu demjenigen ins Auto gestiegen."

„Vielleicht ist er gar nicht freiwillig eingestiegen", sagte ich. „Was ist eigentlich mit diesem Lucas Cardinal, Daniels Freund? Er war anscheinend der Letzte, der ihn lebend gesehen hat."

„Lucas kam zu uns, nachdem Dan in dieser Nacht nicht nach Hause gekommen war und wir überall nach ihm gesucht hatten. Er sagte, sie hätten bei den Nicholsons Karten gespielt und sich von dort gegen elf auf den Heimweg gemacht. Vor dem ‚Admiral', einer Bierkneipe Ecke Fife Street, in der sie oft herumhingen, wären sie getrennter Wege gegangen."

„Hat Lucas gesagt, wann das war?"

„Ungefähr viertel nach elf. Dan hatte sich in den Kopf gesetzt, noch zu einem Mädchen zu gehen, auf das er scharf war, und Lucas hatte keinen Bock darauf, das fünfte Rad am Wagen zu sein."

„Haben Sie ihm geglaubt?"

Robert hob die Schultern. „Lucas war am Boden zerstört, als er erfuhr, dass Dan tot war. Er war sein bester Freund. Warum sollte er lügen?"

Weil Menschen lügen, wenn sie mit dem Rücken zur Wand stehen, dachte ich. Das lag in ihrer Natur.

„Und das Mädchen, zu dem Daniel wollte?"

„Keine Ahnung, wer sie war. Lucas sagte, sie heiße Arlene und Dan würde sie erst seit kurzem kennen."

„Haben Sie eine Ahnung, wo Lucas Cardinal jetzt ist?"

Blueboy schüttelte den Kopf. „Ich habe ihn seit Dans Beerdigung nicht mehr gesehen. Aber ungefähr vor drei Wochen, es war ein paar Tage vor Weihnachten, da klingelte das Telefon. Jemand sagte: ‚Sie haben es wieder getan. Ich halte das nicht mehr aus.', und legte auf. Ich glaube, das war Lucas, aber ich bin mir nicht sicher."

„Wer hat was *wieder* getan?"

„Ich weiß es nicht, keine Ahnung. Aber wer das auch war am Telefon, er klang ziemlich fertig."

„Fanden Sie es nicht merkwürdig, dass der beste Freund Ihres Bruders nach dessen mysteriösem Tod den Kontakt zu Ihrer Familie völlig abbricht?"

„Na ja, ganz so war es nicht. Auch Lucas wurde damals von der Polizei gesucht, weil er aus dem Jugendknast abgehauen war. Trotzdem kam er zu Dans Beerdigung. Zwei Polizisten in Zivil haben ihn festgenommen und zurück nach

Oakdale Hall gebracht. Ein paar Monate später erfuhren wir, dass er wieder draußen war. Dass er uns nicht besuchte, darüber machten wir uns keine Gedanken. Wir hatten damals andere Sorgen und er mit Sicherheit auch."

„Dass Lucas ein schlechtes Gewissen haben könnte, kam Ihnen nicht in den Sinn?"

Robert schüttelte resigniert den Kopf. „Nein. Er war Dans bester Freund. Lucas war vielleicht ein Gauner, aber mit dem Mord an Dan hat er mit Sicherheit nichts zu tun."

Ich schluckte. Manchmal machte es mich zornig, wie gutgläubig Menschen sein konnten. Doch Robert war so erschöpft von all den schrecklichen Erinnerungen, die ihn während seines Berichtes eingeholt hatten, dass ich ihn nicht weiter quälen wollte. „Ich muss Lucas unbedingt sprechen. Wo hat er denn damals gewohnt?"

„North End, in der Manitoba Avenue 105. Nach diesem merkwürdigen Anruf bin ich dorthin gefahren. Aber da wohnt er nicht mehr. Seine Mutter ist tot und niemand weiß, wo er sein könnte. Es scheint, als wäre Lucas vom Erdboden verschwunden."

Na wunderbar, dachte ich. Ein merkwürdiger Todesfall, der zehn Jahre zurücklag, und der wichtigste Zeuge war verschwunden. Nicht unbedingt die besten Voraussetzungen für ein schnelles Ende meines Aufenthaltes in *Winterpeg*.

Ich notierte die zuletzt bekannte Adresse von Lucas, vielleicht wusste ja doch einer der Nachbarn, wo er abgeblieben war. Dann hob ich den Blick und sagte: „Ich weiß, dass das schwer sein wird für Sie, Robert, aber ich muss mir die Stelle ansehen, an der man Daniel damals gefunden hat. Macht es Ihnen etwas aus, mich hinzubringen?"

Robert schüttelte den Kopf. „Ich wusste, dass Sie mich darum bitten würden. Am besten, wir erledigen das gleich morgen früh, wenn es Ihnen recht ist. Ich muss gegen zehn in der Stadt sein, wegen eines Jobs – aber vorher können wir hinfahren."

„Das ist in Ordnung", sagte ich. „Wann müssen wir aufbrechen?"

Er überlegte kurz. „Gegen acht, denke ich. Dann bleibt genug Zeit."

Nachdem Robert eine große Tiefkühlpizza in den Herd geschoben hatte, redeten wir über Daniel und über die Stadt. In Roberts Augen erwies sich Winnipeg für die meisten Ureinwohner, die hierher kamen, um einen Job zu finden, als Falle.

„Niemand bringt einem im Reservat die Fähigkeiten bei, die man braucht, um in einer Stadt wie Winnipeg zu überleben", sagte er bitter. „Die Stadt hat meinen Bruder getötet."

„Haben Sie je daran gedacht, wegzugehen, wie Ihre Schwester?"

„Habe ich", sagte er. „Aber da ist dieses Haus, mein Job und ..."

Ich nickte. Die Hoffnung, dass seine Frau mit dem Jungen zurückkommen würde, hatte Robert offensichtlich noch nicht aufgegeben.

Wir teilten uns die Pizza, und als es Zeit wurde, schlafen zu gehen, führte Robert mich in das Zimmer, das mir in den nächsten Tagen als Büro und Schlafplatz dienen sollte. Es war ein Kinderzimmer mit Tier- und Spiderman-Postern an den Wänden, einem breiten Bett und einem großen Schreibtisch aus hellem Holz. Steckdose und Telefonbuchse befanden sich in Reichweite. Ideal zum Arbeiten für mich.

„Früher war das mein Zimmer. Jetzt gehört es Nick, meinem Sohn. Er wird in zwei Tagen acht und ist ein großer

Spiderman-Fan. Ich weiß nicht, wo Nick jetzt ist. Ich hoffe, eines Tages wird er sich bei mir melden."

„Das wird er bestimmt", sagte ich und musste an Mike denken. „Das Zimmer ist in Ordnung. Danke, Robert."

Er zeigte mir noch das Gästebad und wünschte mir eine gute Nacht.

Ich holte meinen Laptop aus der Tasche und stellte ihn auf den Tisch. Während der Computer hochfuhr, duschte ich heiß. Anschließend loggte ich mich bei meiner Lieblingssuchmaschine ein und suchte anhand von Roberts Namensliste und meinen Aufzeichnungen noch ein paar Adressen, Telefonnummern und Informationen über Stony Mountain und Oakdale Hall heraus.

Das Stony-Mountain-Gefängnis war eine bundesstaatliche Vollzugsanstalt mit um die fünfhundert Insassen und höchster Sicherheitsstufe. Es befand sich rund zwanzig Kilometer nördlich von Winnipeg. Ich notierte die Adresse und die Nummer der Verwaltung.

Mit ein paar Mausklicks fand ich heraus, dass Mark Flanagan immer noch Reporter bei der *Winnipeg Free Press* war, und schrieb mir seine Nummer im Verlag auf. Bill Hallas Adresse war nicht im Telefonregister verzeichnet. Ich hatte nichts anderes erwartet, denn das war bei den meisten Cops so. Auf diese Weise versuchten sie, ihre Familien zu schützen.

Aber so schnell gab ich nicht auf. Nach einigem Suchen stieß ich auf ein Internetportal mit verschiedenen Schulen der Stadt, in das ehemalige Schüler sich eintragen und auf diese Weise alte Klassenkameraden wiederfinden konnten. Auf der Seite der Inkster High School fand ich einen Bill Halla und ein Klassenfoto mit ihm. Ich zoomte sein Gesicht und sah die Narbe in seiner Oberlippe, dort, wo eine Hasenscharte korrigiert worden war. Ich notierte Hallas Adresse und seine Telefonnummer. Anschließend suchte ich auf dem Foto nach einem Jungen, der weit genug weg von Halla stand, und fand einen Ryan LaSalle. Auch LaSalle hatte sich mit Adresse eingetragen. Er lebte derzeit in Toronto – das passte. Ich würde mit einem Trick versuchen, an Bill Halla heranzukommen.

Nachdem ich Ryan LaSalles Namen aufgeschrieben hatte, schaltete ich den Computer ab und ging ins Bett. Doch obwohl ich todmüde war, konnte ich nicht einschlafen.

Ich ließ mir durch den Kopf gehen, was ich in den letzten Stunden über Daniel Blueboy erfahren hatte. Das Schicksal des Jungen berührte mich tief und es ging mir nicht aus dem Sinn, wie er gestorben war.

Wenn ich nur an die Kälte dachte, zog sich mein Magen zusammen und ein Frösteln kroch über meinen Rücken. Ich fragte mich, wie lange es dauerte, bis einen gesunden jungen Mann bei Temperaturen von –28° C der Tod ereilte. Dauerte es Minuten? Stunden? Was mochte Daniel Blueboy gedacht haben in der Zeit, bis sein Hirn ihm Streiche spielte, weil die Blutzirkulation langsamer wurde?

Ich wusste, dass Menschen, die den Kältetod starben, in den letzten Momenten ihres Lebens oft eine brennende Hitze spürten. War Daniel Blueboy mit einem Gefühl von Wärme erfroren? Hatte er gewusst, dass er sterben würde?

Die Möglichkeit, dass Daniel seinen Tod selbst verschuldet hatte, dass er betrunken in den Schnee gefallen und an Unterkühlung gestorben war, musste ich in Betracht ziehen, aber aus irgendeinem Grund glaubte ich nicht daran. Das hatte etwas mit schlechten Erfahrungen zu tun, was unnatürliche Todesursachen bei Ureinwohnern anging. Die Polizei schenkte toten Indianern noch weniger Beachtung als lebenden, ob in den USA oder in Kanada, da gab es keinen Unterschied.

Auch wenn die Dinge hier in Kanada vor über 500 Jahren etwas anders gelaufen waren als in Amerika. Denn als die ersten Europäer in den kanadischen Wäldern auftauchten, wurde ihnen sehr schnell klar, dass sie ohne Hilfe der Ureinwohner nicht überleben konnten. Außerdem waren sie auf die kostbaren Pelze aus, eine ihrer Haupteinnahmequellen in dieser Zeit. Otter- und Biberpelze waren als Kopfbedeckung in Europa sehr begehrt. Die Männer handelten die Pelze von den Indianern ein und verkauften sie mit gutem Gewinn an die Hudson Bay Company weiter. Um in den endlosen Wäldern jagen und Fallen stellen zu können, taten sie sich mit indianischen Frauen zusammen, die ihnen mit ihrem Wissen und ihren Fähigkeiten das Überleben sicherten. *Einwintern* nannte man das damals. Zahllose Mischlinge, Métis genannt, gingen aus diesen Verbindungen hervor.

Im 19. Jahrhundert änderte sich die Hutmode in Europa und der Pelzhandel brach zusammen. Engländer und Franzosen benutzten ihre indianischen Verbündeten jedoch weiterhin im Kampf um die koloniale Vormachtstellung.

In Kanada waren es jedoch weniger die Kriege, sondern vor allem die von den Weißen aus Europa eingeschleppten Krankheiten, die ganze Indianerdörfer auslöschten.

Später übernahm man die „Indianerpolitik" der USA: Indianerkinder wurden aus ihren Familien gerissen und in katholische Internatsschulen gesteckt, fernab von ihren Heimatdörfern. Viele Kinder wurden aus fadenscheinigen Gründen ihren indianischen Eltern weggenommen und von weißen Familien adoptiert.

Solche wie ich.

Nur, dass ich nicht sicher sein konnte, meinen Eltern tatsächlich *weggenommen* worden zu sein. Ich war 1969 geboren und zwar hier, in Manitoba. Das war auch schon alles, was ich über meine Herkunft wusste.

Damals wurde von den kanadischen Behörden noch dieses Assimilationsprogramm praktiziert, das sich *Sixties*

Scoop nannte. Indianische Kinder aus „problematischen Verhältnissen" wurden aus ihren Familien herausgeholt und bevorzugt weißen Mittelklassefamilien zur Adoption freigegeben. Das änderte sich erst mit dem *Indian Welfare Act* von 1978, der sicherstellen sollte, dass Indianerkinder nicht mehr aus dem Zuständigkeitsbereich des Stammes entfernt werden durften.

Meine Adoption hatte 1972 stattgefunden und somit war beides möglich. Margret und Carl Cameron, die beiden Menschen, die ich jahrelang für meine Eltern gehalten und geliebt hatte, waren möglicherweise in ihrem Wunsch, etwas Gutes tun zu wollen, so weit gegangen, dass sie mich aus meiner Familie gerissen hatten, nur weil es da vielleicht „problematische Verhältnisse" gab. Oder meine Mutter hatte mich freiwillig weggegeben. Ein paar Mal schon war mir der Verdacht gekommen, meine Adoptiveltern könnten mich gekauft haben und hatten deshalb nicht gewollt, dass ich etwas über meine wahre Herkunft erfuhr.

Ganz allmählich glitten meine Gedanken hinüber in das Reich der Träume. Es war nicht Daniel Blueboy, der leicht bekleidet durch eine klirrend kalte Nacht wankte, sondern ein anderer Junge mit demselben Nachnamen.

Ich sah mich, ohne zu wissen, wer ich wirklich war. Ich wusste nur, dass ich furchtbar fror und nichts dagegen tun konnte. Denn alles, was ich am Leib trug, waren dünne Jeans und ein T-Shirt. Ich wollte um Hilfe rufen, aber aus meinem aufgerissenen Mund kamen bloß weiße Wolken und kein Laut. Es war still, sehr still, nur der Schnee knirschte unter meinen Füßen, die in Sommerschuhen steckten.

Dann sah ich sie – meine Mutter. Die richtige. Ich konnte ihr Gesicht nur undeutlich erkennen, aber ich wusste, dass sie es war. Sie stand vor mir auf dem Weg, eingehüllt in eine dicke warme Decke mit indianischen Mustern. Sie öffnete die Decke und ihre Arme, damit ich zu ihr käme.

In diesem Augenblick spürte ich die Eiseskälte an meinen Füßen und begann zu rennen. Ich lief, bis ich hörte, dass jemand dicht hinter mir war. Im Laufen drehte ich mich um und sah eine baumgroße Gestalt, die mich verfolgte. Sie war behaart, nicht menschlich. Der Windigo, *der Kannibale mit dem Eisherzen, war mir auf den Fersen. Er streckte seinen behaarten Arm aus und griff nach mir. Seine Berührung war wie ein Stromstoß. Grelle Blitze zuckten in meinem Kopf und mein Körper krampfte sich zusammen. Ich schrie – und mein Schrei weckte mich.*

Schweißgebadet saß ich im Bett und rang nach Atem. Zuerst wusste ich nicht, wo ich war und tastete blind nach dem Lichtschalter. Als das Licht der Nachttischlampe den *Windigo* vertrieben hatte und Spiderman an der Wand über meinem Bett erschien, wurde mir einiges klarer. Ich versuchte, die Traumbilder abzuschütteln und hoffte, dass ich Robert nicht geweckt hatte mit meinem Schrei. Was sollte ich ihm sagen? Dass ich meine Mutter gesehen hatte und von einem behaarten Unhold mit einem Eisherzen verfolgt worden war?

Es blieb still im Haus. Erleichtert ließ ich mich auf das Bett zurückfallen und versuchte, wieder einzuschlafen.

Das Dröhnen eines Schneepfluges weckte mich am Morgen. Kurz darauf hörte ich, wie jemand Schnee schaufelte. Ich stand auf und sah aus dem Fenster. Es war Robert, der seine Einfahrt von den Schneemassen befreite.

Als ich aus der Dusche kam, lockte mich der Duft von Kaffee und gebratenem Speck in die Küche. Robert stand mit einer Gabel in der Hand am Herd und wendete Speckstreifen in der Pfanne.

„Ist gleich fertig", sagte er und schlug die Eier am Pfannenrand auf.

Dass er sich um mich kümmerte, wusste ich zu schätzen. Ich schenkte mir Kaffee in eine Tasse, setzte mich und sah zu, wie er Eier und Speck verrührte. „Ich muss Ihnen noch etwas sagen, Robert."

Blueboy schwieg. Schließlich stellte er die Pfanne mit dem Rührei auf den Tisch und blickte mich mit gerunzelter Stirn an. Ich sah, dass er Angst hatte. Er fürchtete wohl, dass ich einen Rückzieher machen könnte, jetzt, wo ich all diese Dinge über Daniel und über seine eigene, quälende Schuld wusste.

„Hier in Kanada gilt meine Lizenz als Privatdetektiv nicht."

Robert zog einen Stuhl unter dem Tisch hervor und setzte sich. Beim Schneeschaufeln war er ins Schwitzen gekommen und ein paar Haarsträhnen klebten feucht an seiner Stirn. „Aber das wussten Sie doch schon, bevor Sie hierher kamen?"

„Ja, natürlich." Ich schaufelte mir Speck und Eier auf meinen Teller. „Offiziell darf ich zwar nicht ermitteln, aber ich werde es trotzdem tun."

Er musterte mich eindringlich, nickte und fragte nicht, *warum* ich es trotzdem tat.

„Sollte mir etwas zustoßen oder ich im Gefängnis landen, dann rufen Sie bitte diese Nummer hier an." Ich gab ihm die Nummer von Alice. „Sie ist meine Schwester und weiß, was sie zu tun hat. Meine Frau würde sich nur unnötig aufregen."

„Mach ich", sagte er, und pinnte den Zettel mit einem Magneten an die Kühlschranktür. „Was werden Sie als nächstes tun?", fragte er. „Ich meine, nachdem wir da draußen waren."

Ich schluckte den letzten Bissen hinunter. „Mein Schlachtplan?"

Er grinste zaghaft. „Ja."

„Als erstes werde ich mit ein paar Leuten sprechen. Da

ich ziemlich viel unterwegs sein werde, brauche ich einen Mietwagen."

„Ich nehme Sie nachher mit in die Stadt und setze Sie bei einem Autoverleih ab", sagte Robert, während er das Geschirr in die Spüle räumte. „Aber jetzt müssen wir los."

Ich trank meinen Kaffee aus und brachte ihm die leere Tasse.

6. Kapitel

Die Welt draußen war blendend hell und kalt. Gegen Morgen hatte es aufgehört zu schneien und alles lag unter einer dicken weißen Schicht begraben, die im Sonnenlicht glitzerte. Das Blau des Himmels schmerzte in meinen Augen und ich blinzelte wie ein Maulwurf.

Robert kratzte die Scheiben des Kombis frei und ließ mich einsteigen. Der Beifahrersitz kam mir vor wie ein Eisblock, und nun gefroren die Scheiben auf der Innenseite – von unseren Atemwolken.

Auch diesmal gelang es Robert erst nach mehreren Versuchen, den Wagen zu starten. „Wenn er kalt ist, macht er Probleme", meinte er entschuldigend. „Aber bisher hat er mich noch nie im Stich gelassen."

Ich verkniff mir die Frage, warum er den Wagen nicht einfach in eine Werkstatt brachte, um das Problem beheben zu lassen. Vielleicht hatte er Geldprobleme und es war ihm unangenehm das zuzugeben.

Robert ließ den Motor aufheulen und lenkte den Kombi aus der Einfahrt. Riesige Schneepflüge waren unterwegs und befreiten die Straßen von den Schneemassen. Ich versuchte, mich an den Straßenschildern zu orientieren. Robert fuhr den Inkster Boulevard durch den gleichnamigen Industriepark in Richtung Westen. Aufgrund der Räumfahrzeuge und des Berufsverkehrs ging es nur langsam voran. Obwohl Robert die Heizung bis zum Anschlag aufgedreht hatte, wurde es kaum wärmer im Wagen.

An diese Kälte würde ich mich nie gewöhnen.

Nach einer halben Stunde, wir hatten die Randgebiete

der Stadt mit ihren Getreidesilos und hässlichen Industrieanlagen längst hinter uns gelassen, befanden wir uns auf einem Highway in Richtung Westen. Ich blickte auf den Kilometeranzeiger. Von der Polson Avenue bis zum Stadtrand waren es sechs Kilometer.

Nach weiteren acht Kilometern bog Robert hinter einem einsamen Buswartehäuschen nach rechts auf eine schmale Nebenstraße. Bis auf das mit Graffiti besprühte Wartehäuschen war die Gegend unbebaut. Nur freies Feld, Strommasten und die Bahngleise. Das Land war flach und weiß.

Die Nebenstraße war zwar geräumt, schien jedoch ins Nichts zu führen. Robert fuhr noch ein ganzes Stück diesen einsamen Weg, bis eine Trafostation auftauchte. Dort angelangt, parkte er den Wagen in einer Ausweichstelle, die der Schneepflug geschoben hatte. Wir stiegen aus und Robert lief einfach los. Ich folgte ihm aufs freie Feld.

Der Schnee war hier draußen nicht tief, denn der Wind hatte ihn über die Ebene gefegt und an einigen Stellen zu Wellen und Hügeln verweht, die man umgehen konnte. Eiskristalle, die wie Nadeln stachen, bliesen mir ins Gesicht. Meine Augen tränten vor Kälte.

Diesmal trug ich lange Unterhosen, Schal und Handschuhe, merkte aber schon nach wenigen Minuten, dass sie nicht geeignet waren, um mich bei diesen Temperaturen warm zu halten. Meine Winterkleidung taugte nicht für *richtigen* Winter. Das Thermometer in Roberts Subaru hatte –15°C angezeigt. Mit Windchill fühlte es sich an wie –25°C. In kürzester Zeit bekam ich kalte Füße in meinen ungefütterten Trekkingstiefeln. Mit unglaublicher Schnelligkeit kühlte mein Körper aus und ich war kurz davor, in Panik zu geraten. Was würde passieren, wenn Roberts Kombi nicht ansprang und wir hier festhingen? Krampfhaft umklammerte ich das Handy in meiner Jackentasche.

Es kann nichts passieren, sagte ich mir. Du bist nicht al-

lein und es besteht kein Grund zur Besorgnis. Reiß dich zusammen, Adam.

Instinktiv leckte ich mit der Zunge über meine brennenden Lippen, was alles noch verschlimmerte. Schlotternd und zähneklappernd beschloss ich, noch heute meine Wintergarderobe aufzurüsten – das war alles, was ich gegen meine Angst tun konnte.

Robert, der vorausgegangen war, blieb vor einer flachen Senke stehen. Ich stapfte zu ihm und blickte mich um. Gelbliche Grasbüschel ragten frostglänzend aus dem Boden, dort wo der Wind den Schnee fortgeweht hatte.

„Mein Bruder lag in dieser Senke hier", sagte er, und seine Atemwolke glitzerte in der Sonne. „Deshalb hat man ihn vom Zufahrtsweg aus nicht gesehen. Gleisarbeiter haben ihn entdeckt, weil die Schienen etwas höher liegen." Er wies nach Westen, wo eine Bahnlinie die flache Eintönigkeit durchschnitt. „Manchmal, da komme ich her und denke an meinen kleinen Bruder. Ich frage mich, was er hier gewollt haben könnte. Aber wie ich die Dinge auch drehe und wende, ich kann keine Erklärung finden."

Nein, eine Erklärung gab es nicht. Nun wusste ich, warum niemand an einen Unfall geglaubt hatte.

„In welcher Richtung liegt das Stony-Mountain-Gefängnis?", fragte ich und hatte das Gefühl, die Kälte riss mir den Atem aus den Lungen, wenn ich den Mund nur ein kleines Stück öffnete. Ich zerrte mir den Schal über den Mund, aber er rutschte und richtete wenig aus.

Robert zeigte nach Norden. „Ungefähr vier Kilometer von hier stößt man auf den Jefferson Highway. Der führt direkt nach Stony Mountain. Über das Feld und die Gleise zu gehen, ist tatsächlich eine Abkürzung. Aber Dan wäre diesen Weg niemals gegangen. Er hatte hier draußen nichts verloren."

Sein Leben, dachte ich. *Er hat an diesem einsamen, bitterkalten Ort sein Leben verloren.*

Der Wind fegte mir durch die Kleidung und schnitt in meine Haut. Meine Füße waren gefühllos geworden und ich stampfte auf den Boden, um die Blutzirkulation wieder in Gang zu bringen. Den Gedanken, mir Aufzeichnungen zu machen, gab ich von vorneherein auf. Ich wollte meine Finger nicht verlieren und der Kuli hätte bei dieser Kälte sowieso gestreikt. Stattdessen versuchte ich mir einzuprägen, was von Bedeutung war.

Südöstlich von hier befanden sich die Landepisten des Flughafens. Ich konnte den Tower sehen, und wie sich ein Flieger mit dem Zeichen der *Canadian Air* in die Lüfte erhob und tief über uns hinwegflog.

Bis zum Stadtrand waren es rund dreizehn Kilometer. Bis zum Stony-Mountain-Gefängnis laut Robert fünf oder sechs. Ein junger Mann mit Daniels Konstitution hätte es schaffen können, wenn er nüchtern und entsprechend gekleidet gewesen wäre.

Wir liefen zurück zum Wagen, der ausnahmsweise schon beim dritten Versuch ansprang, und Robert fuhr wieder in Richtung Stadt. Es waren immer noch Schneepflüge unterwegs, aber da die breiten Hauptstraßen inzwischen geräumt waren, kamen wir diesmal zügig voran. Als Robert vom Inkster Boulevard auf die North Main Street bog, erklärte er mir, dass Winnipeg eigentlich aus zwei Stadtzentren besteht.

„Wo Portage und Main Street aufeinandertreffen, finden Sie das Geschäftsviertel. Da gibt's nichts Grünes", sagte er, „auch im Sommer nicht. Nur Hochhäuser, Banken und Einkaufszentren. Das alte Zentrum ist *The Forks*, ungefähr einen Kilometer südöstlich von Portage und Main, wo der Assiniboine in den Red River mündet. Vor 250 Jahren hatten Ojibwe und Cree an dieser Stelle ihren Handelsplatz. Im Sommer ist dort richtig was los, da tummeln sich die Touristen, auch wenn das jetzt schwer vorstellbar ist."

Schwer vorstellbar, allerdings, dachte ich, während ich aus dem Fenster sah. Billighotels, Bars und Vergnügungslokale dominierten beide Seiten der North Main Street. Dazwischen kleine Handyshops, Trödelläden und Tattoo-Studios. Vor dem dampfenden Abzugsschacht einer Suppenküche standen Obdachlose, die auf ein warmes Frühstück und einen Kaffee warteten. Männer und Frauen, irgendwo zwischen dreißig und fünfzig, in schäbigen Jacken oder Mänteln. Ausgestoßene aus der Gemeinschaft der *Joe Citizens*, der Normalbürger.

„Viele Leute in Winnipeg sichern nachts ihre Wagentüren, wenn sie hier durchfahren", sagte Robert. „Wenn sie mit geschlossenen Augen fahren könnten, würden sie es tun. Niemand will das sehen."

Wir überquerten die Bahnschienen und Robert deutete linker Hand auf ein großes rundes Gebäude mit riesigen Glasfenstern und einem Dach aus Holzschindeln. Ein kupfernes Gebilde, das an einen Adler mit ausgebreiteten Schwingen erinnerte, kauerte obenauf.

„Thunderbird House", erklärte er, „das indianische Gemeinschaftszentrum. Dort hat Dan seine Sozialstunden abgeleistet."

Die Main Street führte direkt in die Innenstadt. Nur wenig später tauchte Stadtzentrum Nr. 1 mit seinen Banken- und Bürohochhäusern auf. Robert setzte mich vor der Autovermietung in der Nähe des großen Hauptbahnhofes ab und reichte mir einen Zweitschlüssel zu seinem Haus. „Ich weiß nicht, wann ich heute nach Hause kommen werde", sagte er. „Im Kühlschrank ist noch Pizza."

„Danke", sagte ich.

„Nein", meinte er. „Ich danke Ihnen, Adam. Ich bin froh, dass Sie gekommen sind."

Ich sah ihn an. „Danken Sie mir, wenn ich den Fall abgeschlossen habe."

Ich mietete einen silbernen Jeep Grand Cherokee mit Allradantrieb und integriertem Navigationssystem, besorgte mir zusätzlich noch einen Stadtplan und machte mich auf den Weg. Zuerst wollte ich versuchen, etwas über Lucas Cardinal herauszufinden. Er war Daniels bester Freund gewesen und vermutlich der Mensch, der ihn vor zehn Jahren zuletzt lebend gesehen hatte.

Lucas wohnte damals mit seiner Mutter in der Manitoba Avenue in North End. Vielleicht konnte ich in der Nachbarschaft etwas über seinen Verbleib herausfinden, auch wenn Robert das schon versucht hatte. Vielleicht hatte er nicht die richtigen Fragen gestellt.

Der übrig gebliebene Schnee auf den Straßen hatte sich in grauen Matsch verwandelt, der unter den Rädern wegspritzte. Ich fuhr die North Main Street zurück und hielt mich laut Navi hinter den Bahnschienen westlich. Links von mir befanden sich die breiten Gleisanlagen, auf denen Rangierloks standen und zahllose rostige Güterwaggons. Ein metallenes Labyrinth wie aus einer Endzeitsaga. Rechter Hand Lagergebäude und heruntergekommene Ziegelhäuser mit Graffiti an den Wänden. Einige der Häuser, die offensichtlich bewohnt waren, hatten vernagelte Fenster. Der frische Schnee hatte sich wie eine saubere Schicht über alles gelegt, aber ein paar Plusgrade und die Trostlosigkeit würde unwillkürlich zum Vorschein kommen.

Von der Jarvis Avenue bog ich nach rechts auf die McPhillips Street und von dort in die Manitoba Avenue. Die Nummer 105 hatte ich schnell gefunden. Ich parkte den Jeep in einer Schneelücke am Straßenrand und stieg aus. Vor dem Nachbarhaus, einem schäbigen Holzbungalow, der unter der Last des Schnees zusammenzubrechen drohte, war eine beleibte alte Frau in einem riesigen hellblauen Anorak dabei, den Weg von der Haustür zur Straße freizuschaufeln. Ihr Gesicht, das von einem unter dem

Kinn verknoteten, pinkfarbenen Kopftuch zusammengehalten wurde, war puterrot und sie keuchte gefährlich, als würde sie jeden Moment einen Kreislaufkollaps erleiden. Als ich auf sie zuging, unterbrach sie ihre mühsame Arbeit und stützte sich ächzend auf die Schaufel.

„Adam Cameron", stellte ich mich vor. „Ich suche Mrs Cardinal."

„Die wohnt nicht mehr hier", stieß die Frau röchelnd hervor, „und zwar schon eine ganze Weile nicht mehr. Was wollen Sie denn von ihr?" Ihre kleinen Augen sahen mich neugierig an. Eine weiße Atemwolke, die nach Alkohol roch, umhüllte ihr rotes Gesicht.

„Kann ich helfen?" Ich streckte die Hand nach der Schneeschaufel aus und nach einigem Zögern gab sie sie mir. In kurzer Zeit hatte ich den Weg freigeschaufelt. Endlich war mir warm, von den Fingern bis zu den Zehen.

„Sind Sie ein Verwandter von Marna?", fragte die alte Dame. Sie atmete immer noch geräuschvoll.

Das war der Vorteil meiner Physiognomie und meiner langen Haare: Niemand kam auf die Idee, dass ich ein Cop oder von der Presse sein könnte. „Irgendwie schon. Eigentlich suche ich Lucas, ihren Sohn. Er ist mein Cousin", flunkerte ich.

Indianer sein heißt, mehr Cousins und Cousinen zu haben, als ein Baum Blätter hat. Das war eine der ersten Lektionen, die ich während meiner Zeit in den Reservaten lernte. Das heißt, niemanden von der Tür zu weisen, der Hunger hat oder einen Platz für die Nacht braucht. Mit dieser Auffassung war ich in den ersten Monaten unserer Ehe gelegentlich bei Susan angeeckt. Zugegeben, manchmal hatten ziemlich merkwürdige Gestalten vor unserer Tür gestanden und behauptet, ich wäre ihr Cousin.

Und da ich mir nie sicher sein konnte, dass, wer auch immer da draußen stand, nicht tatsächlich mein Cousin war, hatte ich nie jemandem die Tür gewiesen. Wenn der Besuch nach zwei Wochen immer noch da war, hatte meistens Susan die Sache in die Hand genommen.

Jemandes Cousin zu sein, das funktionierte fast immer, wenn ich in indianischen Kreisen ermittelte.

Die rotgesichtige Alte musterte mich eindringlich von oben bis unten und setzte dann eine verächtliche Miene auf. „Die arme Marna ist vor vier Jahren gestorben. Und ihr feiner Herr Sohn ist nicht einmal zur Beerdigung gekommen."

„Sie haben also keine Ahnung, wo er sein könnte?"

„Nein. Und ich will's auch nicht wissen. Der Junge hat seiner Mutter nichts als Ärger gemacht. Dauernd stand die Polizei vor der Tür. Und schließlich ist er dann im Knast gelandet. Marna hat sich die Augen rotgeheult wegen dem Jungen. Er war ihr Einziger, aber das wissen Sie ja sicher, wenn Sie mit ihm verwandt sind." Wieder musterte sie mich streng. Inzwischen war die Farbe aus ihrem Gesicht gewichen, nur die Nase leuchtete noch rot, und auf den Wangen zeigten sich purpurne, verzweigte Äderchen.

Ich räusperte mich. „Sein Vater war mein Onkel."

Die Frau machte eine wegwerfende Handbewegung. „Lucas' Vater war ein schlimmer Herumtreiber, ein Nichtsnutz, und Lucas ist nach ihm geraten. Er hat sich nicht blicken lassen, als seine Mutter krank wurde und Hilfe brauchte. Ich hab immer gesagt: Ihm soll es mal genauso gehen. Dass niemand für ihn da ist, wenn er Hilfe braucht. Damit er am eigenen Leib spürt, wie das ist." Sie seufzte. „Zum Glück war da das Mädchen, das Marna immer mal besucht hat. Wenigstens die hat sich um sie gekümmert."

„Welches Mädchen?"

Sie zuckte mit den Achseln. „Irgendeine Nichte, glaube ich. Manchmal brachte sie ihre beiden Jungs mit."

„Wissen Sie, wie sie hieß?"

Die Frau schloss die Augen und schien krampfhaft nachzudenken. Aber dann schüttelte sie den Kopf. Sie nahm mir die Schaufel aus der Hand. „Besten Dank, junger Mann. Ihre Mutter kann stolz auf Sie sein."

„Meine Eltern leben nicht mehr", sagte ich. „Deshalb suche ich ja nach Lucas. Er ist der einzige Verwandte, der mir geblieben ist."

„Das ist wirklich traurig", meinte sie, „wenn der einzige Verwandte ein Nichtsnutz ist. Aber ich weiß wirklich nicht, wie ich Ihnen weiterhelfen soll. Vielleicht sitzt Lucas ja wieder ein. Als Marna noch lebte, war die Polizei jedenfalls regelmäßig da und hat sich nach ihm erkundigt."

Ich nickte verständnisvoll. „Danke für den Hinweis."

„Nichts für ungut." Sie röchelte und schenkte mir ein zahnloses Lächeln.

„Wer wohnt denn jetzt in der 105?" Ich wies auf das Nachbarhaus.

„Die Kings", sagte sie. „Junge Leute, die sind arbeiten."

„Kennen Sie jemanden, der mit Marna näher befreundet war?"

„Meine Schwester, die stand auf alles, was mit Indianern zu tun hatte. Sie war da sehr romantisch veranlagt, wissen Sie. Aber Rosa lebt auch nicht mehr. Deshalb wohne ich jetzt in ihrem Haus."

Weil ich mich nicht mehr bewegte, wurde mir wieder kalt. Und auf diese Weise kam ich auch nicht weiter. Ich verabschiedete mich höflich und die Frau in Hellblau und Rosa wünschte mir viel Glück.

Das konnte ich brauchen. Im Auto stellte ich den Motor an und wärmte meine Hände an der Lüftung. Dann warf ich einen Blick auf meinen Stadtplan. Mein nächstes Ziel war das Erziehungsheim, in dem Daniel damals seine Strafe verbüßt hatte, und aus dem er aus unerklärlichen Gründen eine Woche vor seinem Tod davongelaufen war.

Conny Legrand arbeitete dort immer noch als Leiterin. Möglicherweise hatte sie auch ohne vereinbarten Termin ein paar Minuten Zeit für mich. Robert hatte sie mir sehr warmherzig geschildert und ich setzte große Hoffnungen auf ein Gespräch mit ihr. Vielleicht hatte ich ja Glück und Conny Legrands Interesse an Daniel war nicht mit ihm gestorben.

7. Kapitel

Zu meiner Überraschung war das Erziehungsheim eine zweistöckige viktorianische Villa mit roter Backsteinfassade, Erkern und großen weißen Fensterrahmen. Das Ganze sah überhaupt nicht nach einer Strafanstalt aus, wäre da nicht dieser hohe, schmiedeeiserne Zaun mit bedrohlichen Spitzen gewesen, der das Grundstück umgab. Das Tor war natürlich verschlossen.

Ich klingelte. Kurz darauf knackte und rauschte es in der Gegensprechanlage und eine knarrende Stimme fragte: „Wer ist da?"

Ich nannte meinen Namen und fragte nach Conny Legrand.

Wieder das Knacken. „Sind Sie angemeldet?"

„Nein, aber es ist wichtig. Sagen Sie ihr, es geht um den Tod von Daniel Blueboy, einem ihrer Schützlinge."

„Na gut. Warten Sie."

Nach einer Weile knarrte die Stimme erneut aus der Gegensprechanlage. „Ich lasse Sie jetzt rein. Achten Sie bitte darauf, das Tor wieder hinter sich zu schließen."

„Natürlich", sagte ich zu dem kleinen schwarzen Kasten.

Der Türöffner summte, ich schob das Tor auf und betrat den Vorgarten mit den großen Bäumen. Nachdem ich mich vergewissert hatte, dass das Tor wieder eingerastet war, lief ich über den knirschenden Schnee zum Haupteingang.

Auch die schwere, zweiflügelige Holztür am Eingang war verschlossen, aber als ich klingelte, drückte jemand auf den Türöffner, ohne noch einmal nachzufragen. Ich betrat die Eingangshalle und wartete. Drinnen roch es nach Farbe, das freundliche Orange an den Wänden schien frisch zu sein. Die gerahmten Bilder, die überall hingen, waren offensichtlich Kunstwerke der Bewohner und ich betrachtete sie neugierig.

Plötzlich sprang eine Tür hinter mir auf und ich fuhr erschrocken herum. Eine mollige Mittvierzigerin mit ahornroten, hochgesteckten Haaren und dunkelrotem Lippenstift streckte mir klirrend ihre Hand entgegen. „Conny Legrand. Sie kommen wegen Daniel?"

Wie sie das sagte, klang es, als wäre er einer von den Jungs, die zurzeit in ihrer Obhut waren, und nicht jemand, der seit zehn Jahren unter der Erde lag. Das fand ich sympathisch. Außerdem war Mrs Legrands Stimme ein Phänomen: Sie war tief wie die eines Mannes.

Conny Legrand trug große Silberohrringe, hatte viel Rouge auf den Wangen und stark geschminkte Augen. Ihr üppiger Körper steckte in einer Art Sack aus Seide, der in allen möglichen Grüntönen schillerte. Immerhin roch sie gut und für ihr schrilles Aussehen überraschend dezent.

Ich brauchte einen Augenblick, um mich an ihre Erscheinung und die Stimme zu gewöhnen. „Ja", sagte ich schließlich.

„Der Junge ist seit zehn Jahren tot." Das klang nicht ablehnend, es war einfach eine Feststellung, die einen neugierigen Unterton hatte.

„Ich weiß."

„Und was interessiert Sie an einem Toten?"

„Ich will herausfinden, was passiert ist."

„Ist es dafür nicht ein bisschen spät?" Wieder klirrten die Armbänder an ihrem weichen Handgelenk, wenn sie eine Handbewegung machte.

„*Gerechtigkeit ist keine Frage des Zeitpunkts*", zitierte ich meinen Vater.

Mrs Legrand lachte. „Wer, verdammt noch mal, sind Sie überhaupt? Doch nicht etwa ein Cop?" Stirnrunzelnd stemmte sie ihre Hände in die molligen Hüften.

„Adam Cameron", stellte ich mich vor. „Daniels Bruder Robert hat mich um Hilfe gebeten."

„Er hat Sie um *Hilfe* gebeten?"

Ich mochte Conny Legrand auf Anhieb und entschied, ihr die Wahrheit zu sagen. „Ich bin Privatdetektiv."

Sie presste ihre beringte Rechte auf den roten Mund, um nicht laut loszulachen, aber inzwischen konnte ich derartige Reaktionen einigermaßen gelassen hinnehmen. Ich hielt bloß kurz die Luft an, verzog jedoch keine Miene.

„Tut mir leid", sagte sie mit einem amüsierten Lächeln, „aber Sie sehen gar nicht aus wie Philip Marlowe."

In ihrer Stimme klang kein Hohn, nur eine Art amüsierter Spott. Ich beschloss, nicht beleidigt zu sein, weil mich das keinen Schritt weiter gebracht hätte.

„Können Sie sich ausweisen?", fragte sie.

„Nein", sagte ich. „Ich komme aus Seattle und meine Lizenz als Privatdetektiv gilt in Kanada nicht. Ihnen meinen Ausweis zu zeigen, wäre eine strafbare Handlung."

Mrs Legrand schmunzelte erneut und ich sah die Lachfältchen um ihre Augen. „Na kommen Sie schon, hier sind im Augenblick nur Sie und ich und ich werde Sie auch nicht an die Cops verpetzen. Indianerehrenwort."

Ich griff in meine Jackentasche und reichte ihr meinen Ausweis. Nachdem sie einen Blick darauf geworfen hatte, gab sie ihn mir zurück. Überraschend packte sie mich am Ärmel. „Kommen Sie mit, Mr Marlowe, trinken wir einen Kaffee in meinem Büro." Sie öffnete die Tür und schob mich dort hinein, wo sie hergekommen war.

Conny Legrands Büro war ein gemütlicher heller Raum mit einem großen Schreibtisch aus golden schimmerndem Kiefernholz, bestückt mit den üblichen Gerätschaften: Telefonanlage, Computer, Faxgerät. An den Wänden Regale, die mit psychologischen Fachbüchern, Zeitschriften und bunten Aktenordnern gefüllt waren. Es gab einen metallenen Aktenschrank mit Schloss, ein Waschbecken, eine Kaffeemaschine auf dem Schränkchen daneben und jede Menge Grünpflanzen, die üppig wuchsen. Die Kaffeemaschine gurgelte leise.

Ich zog meinen Parka aus. Mrs Legrand nahm ihn mir ab und hängte ihn an die Garderobe. Sie bot mir einen Platz auf einem Besucherstuhl an und noch ehe ich mich setzen konnte, sagte sie: „Rühren Sie sich nicht von der Stelle, ich bin gleich wieder da.“ Und verschwand.

Conny Legrands Terminkalender lag aufgeschlagen auf dem Schreibtisch, er war voller Eintragungen – auch am heutigen Tag. Daneben ein paar Zeitschriften über Sozialarbeit. Die Wände waren vollgepinnt mit Fotos, die Conny Legrand bei verschiedenen Aktivitäten mit Jugendlichen zeigten. Sie lachte viel auf diesen Fotos. Es war auch eines dabei, auf dem sie gemeinsam mit Daniel zu sehen war. Diese Aufnahme musste ihr etwas bedeuten, sonst würde sie zehn Jahre nach seinem Tod nicht mehr dort hängen.

Daniel hatte den Arm um Conny Legrands Schulter gelegt und grinste über das ganze Gesicht. Erneut fiel mir auf, wie gut aussehend er war, mit seinen auffallend großen, schräg liegenden Augen und den vollen Lippen. War Conny Legrand Daniel Blueboys Charme erlegen? Immerhin war sie damals noch zehn Jahre jünger gewesen.

Der Gedanke schien mir zwar absurd, aber ich hatte mir angewöhnt, allen Spuren nachzugehen und jede Möglichkeit in Betracht zu ziehen.

Mrs Legrand kam zurück in ihr Büro. Während sie mir Kaffee eingoss, fragte sie: „Warum hat Robert Sie ausgerechnet jetzt engagiert? Gibt es etwas Neues über Daniels Tod?“

„Robert sagt, sein Bruder wäre ihm im Traum erschienen und hätte ihm zu verstehen gegeben, dass er nicht von allein dort hingekommen wäre, wo man ihn gefunden hatte."

„Na, außer der Polizei hat das ja wohl keiner geglaubt."

„Hat die Polizei damals mit Ihnen gesprochen?"

Conny Legrand setzte sich hinter ihren Schreibtisch und trank einen Schluck Kaffee. „Nein. Wahrscheinlich haben die Cops das nicht für nötig gehalten. Aber ich habe mit der Polizei gesprochen."

„Erinnern Sie sich noch, mit wem Sie gesprochen haben?"

„Mit einem Sergeant Stout. Ich sprach mit ihm am Telefon und er sagte mir, dass Dan tot sei. Er würde später vorbeikommen, um mir ein paar Fragen zu stellen."

„Und, kam er?"

„Ja. Er war mir ehrlich gesagt nicht besonders sympathisch. Stout war ein vierschrötiger, unsensibler Kerl. Er stellte mir Fragen und ich erzählte ihm, was ich wusste. Zum Beispiel, dass Dan mich noch angerufen hatte in jener Nacht."

„Er hat Sie angerufen?", fragte ich überrascht. „Wann genau war das? Können Sie sich daran erinnern?" Ich holte meinen Spiralblock hervor, um mir Notizen zu machen, aber mein Kugelschreiber streikte und ich fluchte leise. Mrs Legrand reichte mir einen Kuli von ihrem Schreibtisch.

„Es war spät, aber noch vor Mitternacht", sagte sie. „Mein Mann und ich hatten uns einen Film angesehen und wollten gerade ins Bett gehen. Ich glaube, es war Viertel vor zwölf."

„Haben alle Ihre Schützlinge Ihre Privatnummer?"

Trotz des vielen Rouge auf ihren Wangen sah ich, wie Conny Legrand die Röte ins Gesicht stieg. Die Frage war gemein gewesen.

„Keine Privatnummern", antwortete sie, „aber sie haben die Handynummern von allen Mitarbeitern. Es ist das, was wir ihnen unentwegt eintrichtern: Wenn du in Schwierigkeiten steckst, ruf uns an! Mach keine Dummheiten und es gibt keine weiteren Strafen. Ruf an und wir kommen und holen dich nach Hause, egal, wo du bist."

Nach Hause, dachte ich. Tatsächlich schien das Wohnheim etwas von einem Zuhause zu haben. Nur, warum war Daniel dann abgehauen?

„Die Jungs kennen die Prozedur genau", fuhr Mrs Legrand fort. „Wenn einer unerlaubt in der Stadt ist und getrunken hat, dann holen wir ihn ab und regeln das intern. Das heißt, er verliert für einige Zeit seine Privilegien."

„Privilegien?" Ich trank einen Schluck von meinem Kaffee, der mit einer Prise Zimt gewürzt war. Er schmeckte köstlich.

„Ja. Zum Beispiel nehmen wir ihm seinen Wochenendpass ab, so dass er das Wochenende hier drinnen verbringen muss. Oder er bekommt zusätzliche Arbeiten aufgebrummt."

„Was wollte Daniel von Ihnen, als er Sie anrief?"

„Erst einmal sagte er nur seinen Namen. Ich war froh, seine Stimme zu hören. Daniel war schon mehrere Tage abgängig und die Polizei suchte nach ihm. Ich fragte ihn, wo er sei, doch darauf wollte er mir nicht antworten. Er sagte aber, dass er zurückkommen wolle." Sie seufzte. „Ich versuchte, ihn dazu zu bringen, es gleich zu tun. ‚Komm nach Hause, Dan', habe ich immer wieder zu ihm gesagt, ‚noch ist nichts passiert.' Ich habe auf ihn eingeredet wie eine Mutter."

Mrs Legrand schüttelte den Kopf in der Erinnerung. „Aber Dan sagte, er könne jetzt nicht kommen, weil er getrunken hätte und ich würde doch wissen, wie das läuft."

„Wie läuft *es* denn?"

„Dan wurde wegen unerlaubten Entfernens aus dem

Wohnheim von der Polizei gesucht. Wenn das bei einem unserer Jungs der Fall ist, dann sind wir dazu verpflichtet, ihn zuerst aufs zuständige Polizeirevier zu bringen, wenn er wieder auftaucht. Die füllen dort ein Formular aus und wir nehmen den Ausreißer mit nach Hause. Hier geht alles weiter wie gehabt, während er auf seinen Gerichtstermin wartet. Der Richter entscheidet dann, ob er mit ein paar Wochen in Oakdale Hall bestraft wird oder ob gar nichts passiert, was auch oft genug vorkommt."

„Aber Daniel wollte nicht aufs Polizeirevier."

„Nein. Wenn die Cops dort feststellten, dass er getrunken hatte – und das hätten sie festgestellt –, wäre seine Strafe noch härter ausgefallen. Dan wollte um keinen Preis zurück ins Jugendgefängnis. Gegen Oakdale Hall ist unsere Einrichtung hier ein Ferienheim, und er wusste das nur zu gut."

Ich nickte und nahm noch einen Schluck von Conny Legrands köstlichem Kaffee. „Was passierte weiter?"

„Ich sagte ihm, er solle sich nicht von der Stelle rühren, ich würde ihn in ein paar Minuten dort abholen. Dan lachte und fragte, ob ich hellseherische Kräfte hätte, dass ich wüsste, wo er sei."

„Er hat Ihnen also nicht gesagt, wo er ist?"

„Nein. Ich glaube, er war in einer Telefonzelle und es war jemand bei ihm. Seine Freundin vermutlich. Ich hörte jemanden weinen und er flüsterte ihren Namen."

„Seine Freundin? Hieß sie Arlene?"

Conny Legrand hob die Schultern. „Ich will es nicht beschwören, aber ich glaube, er sagte Chanel. Dans Freundin hieß Chanel. Chanel Pourier, wenn ich mich recht erinnere. Sie hatte einen guten Einfluss auf ihn. Wenn mit ihr alles in Ordnung war, hielt er sich an die Regeln."

„Wie lauten die Regeln?", fragte ich, während ich Chanels Namen notierte.

„Vormittags Schule, am Nachmittag Sozialstunden im Thunderbird House. Wer Wochenendausgang bekommt, hat bis 18 Uhr wieder zurück zu sein. Kein Alkohol und keine Drogen."

„Aber Daniel hat sich nicht an die Regeln gehalten. Er ist abgehauen und er hat getrunken."

„Ja." Mrs Legrand seufzte. „Irgendetwas muss damals passiert sein. Eines Tages kam Dan völlig außer sich von seinem Wochenendausgang zurück. Er verschwand sofort in seinem Zimmer und drehte die Musik so laut auf, dass die anderen sich beschwert haben, etwas, das wahrlich selten vorkommt. Ich versuchte, mit ihm zu reden, aber er hat mir nicht gesagt, was ihn so fertig macht. Daniel war völlig durch den Wind ... damals vermutete ich, dass es etwas mit seiner Freundin zu tun hatte. Ich machte mir große Sorgen um ihn." Sie faltete die Hände und tippte mit den Zeigefingern gegen ihre Lippen. „Am Montag kehrte er dann nach seinen Sozialstunden im Thunderbird House nicht ins Wohnheim zurück. Ich rief seine Mutter an, aber die wusste auch nicht, wo Dan war, und ich glaubte ihr. Ich gab ihm noch Zeit bis Dienstag, aber dann musste ich sein Verschwinden der Polizei melden. Die Cops haben ihn sofort zur Fahndung ausgeschrieben. Der Anruf Samstagnacht war das Erste, was ich wieder von ihm hörte. Daniel sagte, er müsse da etwas klären und dann käme er zurück. ‚Morgen, Conny', versprach er mir."

„Nur, dass es für ihn kein Morgen mehr gab."

„Nein."

„Wie sind Sie am Telefon verblieben?"

„Wir verabredeten, dass ich ihn am Sonntag gegen Mittag bei ihm zu Hause in der Polson Avenue abholen würde. Er versprach mir, da zu sein. Und wenn Daniel etwas versprach, dann hielt er es auch." Dunkle Rinnsale aus Wimperntusche zogen über ihre Wangen und Conny Legrand sah plötzlich alt aus. Sie zupfte ein Kleenex aus dem Pappspender und tupfte sich die Augen. „Als ich Sonntag bei ihm zu Hause anrief, offenbarte mir seine Mutter völlig aufgelöst, er sei in der Nacht nicht nach Hause gekommen." Sie schniefte. „Eine Vermisstenanzeige brauchten wir nicht aufgeben, Dan wurde ohnehin von den Cops gesucht." Mrs Legrand lachte verzweifelt. „Ich habe ihn einfach zu sehr gemocht. Er war etwas Besonderes. Intelligent, witzig, kreativ, charmant. Er liebte das Leben. Ach Mist."

„Daniel Blueboy war hier in diesem Wohnheim für straffällige Jugendliche, weil er Autos geklaut und Einbrüche begangen hat, und zwar wiederholt. Er hat Drogen genommen und offensichtlich mehr Alkohol getrunken, als er vertragen konnte."

Mrs Legrand runzelte die Stirn und blickte mich mit ihren grünen Augen fragend an. „Macht das seinen Tod etwa weniger schlimm?"

„Nein. Aber für mich klingt das weder witzig noch sonderlich intelligent. Daniel war kein Musterknabe und es kann durchaus sein, dass sein Tod etwas mit seinem Lebenswandel zu tun hat. Vielleicht war er an die falschen Leute geraten."

„Finden Sie es raus, Mr Marlowe", sagte sie, einen Anflug von Gereiztheit in der Stimme.

„Das werde ich", sagte ich ruhig.

Mrs Legrand trank ihren Kaffee aus. „Wissen Sie", sagte sie nach einer Weile mit versöhnlicher Stimme, „im Laufe meiner Karriere hier in diesem Haus sind mir viele Jungen wie Daniel begegnet. Alkohol, Drogen, Einbrüche, Raub – ein ewiges Katz-und-Maus-Spiel mit der Polizei. Und später, mit fünfundzwanzig, da wurden sie urplötzlich zu ganz normalen Familienvätern." Sie sah mich an, mit einer so großen Traurigkeit, dass ich ihr den „Marlowe" verzieh. „Glauben Sie, Mr Cameron, dass Sie tatsächlich herausfinden werden, was damals in dieser Nacht mit Daniel passiert ist? Nach so langer Zeit?"

„Mrs Legrand", sagte ich, „das kann ich Ihnen nicht versprechen. Aber ich bin nicht zum Spaß hier in dieser hässlichen kalten Stadt, das versichere ich Ihnen." Unwillkürlich leckte ich über meine aufgesprungenen Lippen.

„Blistex", sagte sie schmunzelnd.

Irritiert sah ich Mrs Legrand an.

„Kaufen Sie sich schleunigst eine Lippenpomade, sonst werden Sie bald mit blutigen Lippen herumlaufen. Die Besten sind von Blistex."

Ich brummelte einen Dank für ihren Tipp und verkniff es mir, erneut über meine Lippen zu lecken.

Mrs Legrand schwieg einen Moment, ihre Augen wurden schmal. „Ich möchte Ihnen gerne helfen, Mr Cameron, wirklich. Was immer Daniel Blueboy für Fehler gemacht hat, so jung zu sterben hat er nicht verdient."

Ich nickte. „Nach zehn Jahren noch jemanden zu finden, der Daniel gut kannte, ist schwierig", räumte ich ein. „Deswegen bin ich Ihnen sehr dankbar, dass Sie so kooperativ sind."

„Was ist mit Robert, seinem Bruder?", fragte sie. „Er weiß bestimmt mehr über Daniel als ich."

„Robert leidet unter Schuldgefühlen, weil er Daniel an jenem Abend eine Flasche Wodka gekauft hat. Auch er sagt nichts Schlechtes über seinen Bruder. Aber es muss doch jemanden geben, der Daniels weniger sonnige Seite gekannt hat."

„Die weniger sonnige Seite?" Conny Legrand räusperte sich und hob die Schultern, wie um sich zu entschuldigen. „Daniel war tatsächlich die überwiegende Zeit fröhlich und schaffte es, die anderen mit seiner Fröhlichkeit anzustecken. Sehen Sie, die meisten Kids, die hier untergebracht sind, sind sehr unglückliche junge Menschen. Sie

fühlen sich zurückgewiesen, sind oft depressiv und hegen nicht selten Selbstmordabsichten. Wenn man jung und verletzlich ist, macht man gern Fehler." Sie hielt inne. „Auch Dan hat Fehler gemacht. Aber er hatte einen wunderbaren Sinn für Humor und er hatte Pläne für die Zukunft. Er dachte, dass er eine hätte, wissen Sie."

„Sie hören nicht auf von Daniel zu sprechen, als wäre er ein Engel gewesen", erwiderte ich daraufhin. „Aber er war hier, in einem Erziehungsheim mit einem hohen Zaun, dessen schmiedeeiserne Enden spitz wie Speere sind."

Mrs Legrand zuckte mit den Achseln. „Natürlich war er kein Engel, das ist keiner der Jungs hier. Daniel war ein typischer Teenager, der es genoss, jung zu sein. Er baute drauf, dass ihm einiges verziehen würde."

„Und Sie haben ihm immer wieder verziehen?"

„Ja. Ich sah mehr in ihm als einen Kleinkriminellen und Alkoholiker. Er sprühte vor Lebendigkeit, hatte Träume und war dabei, seine persönlichen Dämonen zu besiegen, als er da draußen den Kältetod starb." Mrs Legrands Stimme, die schon vorher wie die eines Bären geklungen hatte, wurde noch rauer. „Ich habe nie aufgehört mich zu fragen, was er wohl gedacht hat, als er wusste, dass er sterben muss."

Ich schluckte, denn dieselbe Frage ging auch mir immer wieder durch den Kopf. Zuletzt heute Morgen, als ich mit Robert in der eisigen Kälte auf dem windigen Feld gestanden hatte.

„Waren Sie eigentlich auf seiner Beerdigung?", fragte ich.

„Oh ja, natürlich. Wir waren alle dort, mein Mann, meine Tochter Amy und ich. Es waren unglaublich viele Leute da, alle wollten Daniel noch einmal sehen. Er war im offenen Sarg aufgebahrt, wissen Sie.

Amy sah ihn von uns dreien zuerst. Sie wurde auf einmal ganz bleich und flüsterte: ‚Mom, Dans Nase ist gebrochen.'

Dann sah auch ich es. Er hatte zwei tiefe, parallele Schnitte über der Nase und Abschürfungen auf der Wange. Als wir Dans geschundenes Gesicht sahen, waren wir alle drei sehr bestürzt. Meine Tochter hatte noch wochenlang Alpträume. Ich glaube, sie schwärmte damals für Daniel, was ich ihr nicht verübeln konnte."

„Könnte es sein, dass die beiden ...?"

„Nein", unterbrach sie mich mit einem Lächeln. „Amy war zwölf, ein mageres Ding, und Dan hatte eine Freundin, das sagte ich Ihnen doch."

„Gut", lenkte ich ein. „Noch einmal zurück zur Beerdigung. Haben Sie sich nicht gewundert über Daniels Verletzungen?"

„Doch, natürlich. Als ich seinen Bruder Robert fragte, wo die Verletzungen in Dans Gesicht herkämen, meinte er, der ermittelnde Polizeibeamte hätte seiner Mutter gesagt, dass sie vom Sturz herrührten und ein Körper meistens so aussehen würde, wenn er lange gefroren war. Da ich keine Ahnung davon hatte, wie gefrorene Körper aussehen, ging ich über meine Zweifel hinweg und habe die Erklärung akzeptiert. Alles war auch so schrecklich genug, ich wollte die Familie nicht noch mehr durcheinanderbringen."

Ich nickte, als könnte ich ihre Beweggründe verstehen, aber ich verstand sie nicht. Conny Legrand war eine intelligente Frau und Daniel Blueboy war ihr Schützling gewesen. Sie hätte nachfragen und nicht locker lassen dürfen.

„Was hielten Sie von der Theorie der Polizei, dass sich Daniel auf dem Weg ins Stony-Mountain-Gefängnis befand, als er da draußen erfror?"

„Nichts", sagte Mrs Legrand schniefend. „Ich glaube nicht daran. Damals nicht, heute nicht, niemals."

Die Entschiedenheit in ihrer Stimme ließ mich aufhorchen. „Was macht Sie so sicher?"

„Die Jungs hier im Wohnheim kennen die Geschichten

aus Stony Mountain: Brutale Wärter, harte Drogen, die vielen Selbstmorde. Das Gefängnis musste schon mehrmals für einige Monate geschlossen werden, weil gewalttätige Gangmitglieder beinahe das Kommando übernommen hätten." Sie schüttelte den Kopf. „Nein, Dan wollte um keinen Preis nach Stony Mountain. Außerdem kannte er die Gesetze besser als manch einer, der beruflich damit zu tun hat. Die Beamten in Stony Mountain sind fast alle Polizisten. Sie hätten ihn dort gar nicht eingelassen, weil er noch kein Erwachsener war. Dan wäre niemals freiwillig ins Gefängnis gegangen, da bin ich mir sicher. Keine Ahnung, wie die Cops auf die Idee kamen, so etwas zu vermuten." Sie warf einen Blick auf ihre Armbanduhr. „Tut mir leid, Mr Cameron, aber in zehn Minuten habe ich eine Mitarbeiterbesprechung und ich brauche fünf Minuten, um mich wieder herzurichten." Sie lächelte schief aus ihrem maskaraverschmierten Gesicht, notierte Zahlen auf einem Zettel und reichte ihn mir. „Meine Handynummer", meinte sie spitzbübisch. „Rufen Sie mich an, wenn Sie noch Fragen haben."

Ich nahm den Zettel und erhob mich. „Danke, dass Sie mich so kurzfristig empfangen haben, Mrs Legrand." Ich wollte ihr den Kugelschreiber zurückgeben, aber sie winkte ab. „Behalten Sie ihn – zur Erinnerung."

Ich packte den Stift und meine Aufzeichnungen in meine Ledertasche und zog meinen Parka an.

„Ich bringe Sie noch nach draußen."

„Das müssen Sie nicht. Ich finde den Weg. Schon vergessen: Ich bin ein Detektiv."

„Ich weiß. Aber ohne mich kommen Sie nicht hinaus."

Mrs Legrand hüllte sich in einen großen Wollschal und brachte mich bis zum schmiedeeisernen Tor. Dort reichte sie mir die Hand. „Ich wünsche Ihnen viel Glück in dieser hässlichen kalten Stadt, Mr Cameron. Kaufen Sie sich einen Blistex. Und noch eine Bitte: Rufen Sie mich an, bevor Sie nach Hause fliegen. Ich möchte unbedingt wissen, was Sie herausgefunden haben."

„Das werde ich. Versprochen."

Ich ging und Conny Legrand schloss das Tor.

8. Kapitel

Während ich bei laufendem Motor und hochgedrehter Heizung im Auto saß, um die mit einer dünnen Frostschicht überzogenen Scheiben frei zu bekommen, meldete sich mein Magen. Es war nach eins. Conny Legrand hatte ihre Mittagspause geopfert, um meine Fragen zu beantworten. Nun, ihrer Figur würde es nichts schaden, bei mir jedoch ging das Hirn auf Standby-Modus, wenn ich nichts im Magen hatte.

Ich fuhr also in die Stadt zurück, um in nettem Ambiente etwas zu essen. Gleich auf der anderen Seite der Gleise fand ich das „Riverview" – ein Restaurant mit Blick auf den zugefrorenen Red River.

Wie in den meisten Restaurants wies ein Schild darauf hin, dass man platziert wurde. Eine junge Asiatin unterzog mich einer strengen Musterung. Es war immer wieder dasselbe: Ich musste nicht mal abgerissen aussehen oder nach Alkohol riechen, um die misstrauischen Blicke des Personals auf mich zu ziehen.

Schon als Teenager war mir klar geworden, dass meine Physiognomie das Verhalten der Menschen mir gegenüber beeinflusste. Wie ich mich auch kleidete oder verhielt: Schmale Augen, braune Haut, schwarzes glattes Haar und hohe Wangenknochen ließen die Leute irgendetwas denken. Etwas, das ihnen oft selbst nicht bewusst war. Daran hat sich bis heute nichts geändert, nur, dass ich mittlerweile damit umgehen konnte.

Mein charmantes Lächeln überzeugte die Bedienung schließlich und ich wurde zum gewünschten Platz am Fenster geführt. Die junge Frau war klein und zierlich, sie hatte mandelförmige Augen und einen dunklen Teint. Eigentlich ganz hübsch, dachte ich, abgesehen von den vorstehenden Zähnen, die ihr Lächeln verhunzten.

Ich studierte die Karte und entschied mich für ein Rindersteak in Rotweinsauce. Den pikierten Blicken der übrigen Gäste zum Trotz (ich war offensichtlich der einzige Ureinwohner unter den Gästen) genoss ich den Ausblick, die wohlige Wärme und die Vorfreude auf ein Gericht aus guter Küche.

Nach gut fünfzig Minuten, in denen ich meine Gedanken über Daniels letzte Nacht in Stichpunkten niedergeschrieben hatte, verwandelte sich meine Vorfreude in Ärger. Ich hätte es wissen müssen: In einem Mittelklasserestaurant musste jemand wie ich mit längeren Wartezeiten rechnen.

Die kleine Asiatin brachte schließlich mein Essen und entschuldigte sich mit einem Hasenlächeln dafür, dass es so lange gedauert hatte. Ich wusste, dass sie nichts dafür konnte und sparte mir einen Kommentar.

Das Steak war zart und schmeckte hervorragend, was mich wieder ein wenig versöhnte. Ich bestellte mir noch einen Cappuccino und starrte auf meine Notizen. Das Gespräch mit Conny Legrand war aufschlussreich gewesen und hatte mich ein Stück weitergebracht. Ich hatte jetzt den Namen von Daniels Freundin: Chanel Pourier. Außerdem wusste ich nun, dass er kurz vor Mitternacht noch gelebt hatte und wahrscheinlich mit diesem Mädchen zusammengewesen war.

Ich musste Chanel Pourier finden.

Nachdem ich meine Rechnung bezahlt hatte, fuhr ich zunächst zum Seven Lakes General Hospital, draußen in

West Kildonan. Vor zehn Jahren war Daniel Blueboys gefrorene Leiche in dieses Krankenhaus gebracht worden, und dort hatte der Pathologe auch die Autopsie vorgenommen. Dass man Daniel nicht ins Gerichtsmedizinische Institut gebracht hatte, besagte eindeutig, dass der Coroner, der sich die Leiche am Fundort angesehen hatte, nicht von einem Verbrechen ausgegangen war.

Ich stellte den Jeep auf dem Krankenhausparkplatz ab und fragte am Empfangstresen in der Eingangshalle nach der Pathologie. Sie befand sich in einem neuen Anbau des Krankenhauses. Ich lief durch ein paar lange Korridore und kam schließlich an eine zweiflügelige Schwungtür mit Milchglasscheiben, auf der PATHOLOGIE stand. Sie war nicht verschlossen. Dahinter erstreckte sich ein weiterer Korridor mit verschiedenen Bürotüren und einem Aufzug am Ende des Ganges.

Die erste Tür auf der linken Seite stand offen und ich warf einen Blick hinein. Hinter einem Schreibtisch saß eine rothaarige junge Frau Anfang zwanzig mit angemalten Lippen und einem Ausschnitt, der keine Fragen offen ließ. Was mich – zumindest in dieser Umgebung – einigermaßen irritierte. Sie kaute Kaugummi und war so in ein Kreuzworträtsel vertieft, dass sie mich überhaupt nicht wahrzunehmen schien. Ich räusperte mich leise. Schließlich riss sie sich von ihrem Rätsel los, hob den Kopf und sah zur Tür.

„Kann ich reinkommen?", fragte ich und versuchte es mit einem Lächeln.

„Bitte."

Das Blau ihrer Augen war genauso unecht wie alles Übrige an ihr, das stellte ich fest, als ich näher trat. An ihrem T-Shirt steckte ein Namensschild: Vivien Doll. Obwohl ich mich selber dafür verachtete, rutschte mein Blick beim Entziffern ihres Namens ein Stück zu weit nach rechts und verfing sich in der Mulde zwischen ihren üppigen Brüsten.

Vivien hörte auf zu kauen und grinste. Dabei entblößte sie eine Reihe makellos weißer Zähne. Ich nannte ihr meinen Namen und fragte sie, wer der leitende Chefpathologe sei.

„Dr. Zimosky", antwortete sie kauend.

„Und seit wie vielen Jahren arbeitet er hier als Pathologe?"

„Keine Ahnung, aber ich glaube, schon ewig. Ich bin hier bloß Aushilfe."

Das hatte ich bereits vermutet. „Wäre es möglich, den Doktor einen Augenblick zu sprechen, Miss Doll?"

„Was wollen Sie denn von ihm?"

„Es geht um einen Fall, der zehn Jahre zurückliegt. Vielleicht kann Dr. Zimosky mir weiterhelfen."

Vivien musterte mich mit halb neugierigem, halb skeptischem Blick. „Sind Sie 'n Cop oder so was?"

Ich zeigte ihr meinen Presseausweis. Sie starrte den Ausweis an und ich hatte das Gefühl, noch etwas sagen zu müssen. „Es geht um einen Jungen, der vielleicht ermordet wurde."

„Hat Zimosky das übersehen?", fragte Vivien mit aufgerissenen Augen.

„Möglicherweise – falls er es war, der die Leiche des Jungen untersucht hat."

Auf einmal hatte ich ihre ungeteilte Aufmerksamkeit. Vivian Doll witterte eine willkommene Abwechslung in ihrem öden Aushilfsjob und gab sich überraschend hilfsbereit. „Der Doc ist in der Autopsie und dort möchte er nicht gestört werden, ich kriege sonst Ärger. Aber bevor er den nächsten Toten aufschnippelt, geht er immer in sein Dienstzimmer, um den Papierkram zu erledigen und einen Kaffee zu trinken."

„Na schön, dann werde ich warten."

„Es ist die zweite Tür auf der rechten Seite. Sein Name steht dran. Er kommt mit dem Aufzug."

„Danke", sagte ich und zwinkerte ihr zu, bevor ich ging. Sie wurde tatsächlich rot und senkte den Kopf.

Eine geschlagene Stunde tat ich nichts anderes, als auf einem harten Plastikstuhl zu sitzen und zu warten. Ich war nahe dran aufzugeben, als sich die Edelstahltür des Aufzuges am Ende des Korridors öffnete und ein gebeugtes Männchen in einem weißen Kittel auf mich zu kam. Seine Schuhsohlen hinterließen bei jedem Schritt auf dem glänzenden Linoleum ein klebriges Geräusch.

Ich erhob mich. „Dr. Zimosky", fragte ich, „kann ich Sie kurz sprechen?"

Der Mann hatte ein graues Gesicht und seine rotgeränderten Augen schwammen in glasbodendicken Brillengläsern. Unwillkürlich dachte ich an Roberts Ausspruch, dass der Pathologe, der Daniel untersucht hatte, blind wie ein Maulwurf gewesen sein musste. Vielleicht hatte er damit gar nicht so Unrecht.

„Worum geht es denn?", fragte Zimosky gereizt. Formalingeruch umgab ihn wie eine Aura.

Ich wappnete mich. Der Pathologe würde es mir nicht leicht machen. „Adam Cameron", stellte ich mich vor. „Mein Cousin Daniel Blueboy ist vor zehn Jahren hier eingeliefert worden. Er ist erfroren. Ich würde gerne denjenigen sprechen, der ihn obduziert hat. Waren Sie das?"

„Vor zehn Jahren?" Zimosky zog seine buschigen Augenbrauen zusammen und musterte mich eindringlich durch die dicken Gläser seiner Brille. „Mein Namensgedächtnis ist nicht besonders gut."

„Vielleicht hilft das Ihrem Gedächtnis", sagte ich, zog Daniels Foto aus der Tasche und zeigte es ihm.

Zimosky betrachtete das Foto, brummelte etwas Unverständliches und warf einen Blick über den leeren Gang. Widerstrebend sperrte er die Tür auf und ließ mich in sein Dienstzimmer.

Es war ein nüchterner Raum: zwei hohe Fenster, ein großer Schreibtisch, auf dem sich Aktenordner türmten und zwei hohe graue Aktenschränke. Im Fenster stand eine Topfpflanze, deren fünffingrige Blätter eine ungesunde Farbe hatten. Vermutlich waren sie halb erfroren. Die Temperatur in Zimoskys Büro konnte höchstens 16°C betragen. Ich kam mir vor wie in einem Eisschrank.

Mit einer Handbewegung wies der Pathologe auf einen unbequem aussehenden Besucherstuhl vor seinem Schreibtisch und ich setzte mich.

„Hören Sie", sagte er, während er sich in einem gepolsterten, mit schwarzem Leder bezogenen Drehsessel hinter seinem Schreibtisch verschanzte, „zehn Jahre sind eine lange Zeit und ich habe jeden Winter drei oder vier erfrorene Leute auf meinem Tisch. Die meisten von ihnen sind Ureinwohner. Aus dem einfachen Grund, weil Winnipeg nun mal das größte Reservat Kanadas ist." Zimoskys Stimme ließ keine überschäumende Hilfsbereitschaft erkennen, aber das war ich gewohnt und ich ließ mich davon nicht beeindrucken.

„Sie erinnern sich also nicht an meinen Cousin?"

„Doch, natürlich erinnere ich mich. Siebzehn Jahre, Ureinwohner. Er hatte etliche Promille Alkohol im Blut und starb an Unterkühlung." Der Pathologe zuckte mit den Achseln. „Zu viel Alkohol, zu dünne Kleidung, nur leichtes Schuhwerk. In der Nacht, als der junge Mann erfror, sank die Temperatur auf beinahe dreißig Minusgrade. Niemand mit klarem Verstand zieht bei solchem Wetter mit einfachen Turnschuhen und einer dünnen Jacke los."

„Hatte mein Cousin irgendwelche Verletzungen?"

„Ein paar Abschürfungen, die vom Sturz in den harschen Schnee herrührten. Keine der Verletzungen war die Todesursache."

„Was geschah mit seinen Sachen?"

„*Seinen Sachen?*"

„Ja, wo sind seine Kleidung und seine persönlichen Sachen abgeblieben? Daniels Mutter – meinen Tante – war damals mehrere Male hier, um beides abzuholen. Vergeblich."

„Wir dürfen die Sachen nicht herausgeben, solange der Fall nicht abgeschlossen ist." Über seinen Schreibtisch hinweg sah Dr. Zimosky mich missmutig an.

„Aber der Fall *ist* abgeschlossen. Und zwar seit zehn Jahren."

„Werden die Sachen von den Angehörigen nicht abgeholt, dann werden sie nach einiger Zeit vernichtet."

„Was heißt: *einige Zeit*?"

„Zwei Jahre."

„Wollen Sie damit sagen, dass die Familie meines Cousins die Sachen erst nicht bekommen hat, weil der Fall nicht abgeschlossen war, und dann, als er es war, haben Sie die Sachen *vernichtet*, statt meine Tante zu benachrichtigen?"

Zimoskys Augen hinter den Brillengläsern funkelten kalt. Seine knochigen gelben Hände spielten nervös mit einem Kugelschreiber. Immer wieder drückte er auf den Druckknopf, ließ die Mine hervorspringen und verschwinden. „Hören Sie, Mr Cameron, nicht *ich* habe die Sachen des Jungen in den Müll geworfen, sondern derjenige, der dafür zuständig war. So ist hier der ganz normale Ablauf. Wir sind eine Pathologie und keine Altkleidersammlung." Sein Unterkiefer bebte und sein herrischer Tonfall konnte seine Unsicherheit nicht verbergen.

Zimosky starrte mich an. „Sonst noch was?"

„Ich würde gerne den Autopsiebericht einsehen."

„Wozu?", fragte er. „Da werden Sie auch nichts anderes finden als das, was ich Ihnen gerade gesagt habe."

Nun war ich erst recht neugierig. Um an den Obduktionsbericht und die Autopsiefotos zu kommen, brauchte ich eine notariell beglaubigte Vollmacht vom nächsten Angehörigen des Opfers. Die musste ich mir so schnell wie möglich besorgen. Ich hoffte, dass Robert mir einen guten Anwalt in der Stadt nennen konnte. Jemanden, der kompetent war und bekannt dafür, dass er sich für Ureinwohner einsetzte.

„Der Autopsiebericht ging damals nicht an meine Familie, wie es üblich ist. Und die Kleidung meines Cousins wurde vernichtet, statt sie seiner Mutter auszuhändigen. Finden Sie das nicht auch merkwürdig?"

„Worauf wollen Sie hinaus?"

„Auf gar nichts. Ich habe Ihnen eine einfache Frage gestellt."

„Die ich nicht beantworten werde", sagte Zimosky aufgebracht.

„Auf Wiedersehen, Dr. Zimosky", sagte ich und stand auf. „Danke, dass Sie mir Ihre kostbare Zeit geopfert haben."

Ich verließ das Dienstzimmer des Pathologen und ging zurück ins Büro der vollbusigen jungen Dame, die ihr Kreuzworträtsel inzwischen fast vollständig gelöst hatte. Nur drei Kästchen waren frei geblieben, in der Mitte stand ein i.

Vivien Doll sah mich verwundert an, vermutlich hatte sie mich über ihrem Rätsel längst vergessen. „Sie haben aber Ausdauer", bemerkte sie beeindruckt. „Haben Sie den Doc gesprochen?"

„Ja. Allerdings war er nicht sonderlich mitteilsam. Deshalb möchte ich einen Antrag auf Akteneinsicht stellen."

„Dazu brauchen Sie eine eidesstattliche Erklärung der nächsten Verwandten", klärte sie mich höflich auf.

„Ich weiß."

Wortlos reichte sie mir ein Antragsformular und während ich es ausfüllte, fragte ich, wann ich wiederkommen konnte.

„Wenn Sie die Vollmacht haben", sagte sie. Ich nickte und gab ihr das ausgefüllte Formular zurück. „Welcher Begriff fehlt Ihnen denn noch?", fragte ich und deutete auf ihr Rätsel.

„Ein Fluss in Ägypten mit drei Buchstaben", sagte sie.

„Versuchen Sie es mit Nil", schlug ich vor und verabschiedete mich.

Mittlerweile war es noch kälter geworden und ich begann zu frösteln, als ich ins Freie trat. Es war endlich an der Zeit, meine Winterkleidung aufzurüsten. Auf dem Weg zum Krankenhaus war ich an einem großen Einkaufszentrum vorbeigekommen und dorthin fuhr ich jetzt zurück.

Ich hatte Mühe, zwischen all den wild geparkten Einkaufswagen einen Parkplatz zu finden, zumal sich überall Schneeberge auftürmten. Ganz Winnipeg schien hier draußen versammelt zu sein. Die meisten kamen jetzt von der Arbeit und wollten noch schnell ihre Einkäufe erledigen. Kein guter Zeitpunkt für mich und mein Vorhaben, denn Einkaufen war nicht meine Stärke.

Ich achtete zwar auf meine Kleidung, hasste es jedoch, mich in Umkleidekabinen zu zwängen. Normalerweise kaufte Susan für mich ein. Sie kannte meine Größen und ihr Geschmack war absolut treffsicher. Doch nun musste ich mir selbst helfen.

Zahllose Menschen strömten mir entgegen, als ich in der Mall nach einem Outdoor-Laden Ausschau hielt. Ich fand einen MEC, einen *Mountain Equipment Coop*, und erstand mit Hilfe einer geduldigen Angestellten eine wattierte Cordhose und ein paar schwarze Moonboots, diese gefütterten Thermostiefel, die zwar verboten aussehen, aber bei derartigen Temperaturen durchaus zweckmäßig sind. Eine Fellmütze mit Ohrenklappen, ein langärmliges Unterhemd und ein rot-schwarz-kariertes Fleecehemd vervollständigten meine Ausrüstung. Susan wäre stolz auf mich gewesen.

Als ich mit Kreditkarte zahlen wollte, erklärte man mir, dass der MEC eine Non-Profit-Organisation sei und man Mitglied sein müsse, um hier einkaufen zu können. Ich schwitzte und war genervt vom Anprobieren, also erstand ich für ein paar kanadische Dollar eine lebenslange Mitgliedschaft bei MEC.

Nur raus hier, dachte ich, als ich mit meinen Papiertüten den Laden verließ. Aber dann fiel mir Conny Legrands Tipp mit der Lippenpomade wieder ein. Ich suchte nach einem Supermarkt und fand verschiedene Sorten Blistex direkt an der Kasse. Ich entschied mich für einen mit Erdbeergeschmack. Bei der Gelegenheit erstand ich noch eine Packung Spaghetti, Zwiebeln, eine Knoblauchzehe, Tomaten, eine abgepackte Portion Hackfleisch und ein Sixpack Bier. Ich zahlte und verließ fluchtartig die Hallen mit den einkaufswütigen Menschen.

9. Kapitel

Um zurück in die Polson Avenue zu gelangen, musste ich nur ein paar Kreuzungen passieren. Der Kombi stand nicht unter dem Carport und im Haus brannte kein Licht. Offensichtlich war Robert noch nicht da. Ich stellte den Jeep am Straßenrand ab und brachte meine Einkäufe in die Küche.

In Nicks Zimmer setzte ich mich an den Laptop und checkte meine Mails, danach tätigte ich ein paar Anrufe. Zuerst wählte ich unsere Nummer zu Hause. Kathy, unser Kindermädchen, war am Apparat. Ich hatte völlig vergessen, dass Susan heute ihren Archäologieabend mit diesem Professor hatte. Und dass nun niemand von uns beim Elternabend erscheinen würde. Mein schlechtes Gewissen währte nur kurz. Ich liebte meine Kinder, Elternabende waren mir jedoch ein Gräuel.

Ich fragte Kathy nach Amina, und die Studentin rief die Kinder ans Telefon. Aminas Stimme klang leise, aber sie versicherte mir, dass es ihr gut gehe. „Wann kommst du wieder, Dad?", fragte sie.

„Bald, Amina."

Ob ich schon ahnte, wer der Mörder sei, fragte Mike. „Leider nicht", musste ich ihm antworten. „Aber wenn es einen Mörder gibt, finde ich ihn, versprochen."

Ich rief Alice an, berichtete von meinem Tag und gab ihr Roberts Nummer durch. Ein Handy konnte schließlich auch geklaut werden oder verloren gehen.

Zuletzt wählte ich die Nummer von Kendra Greene, einer Quileute-Ärztin, die am Northwest Hospital & Medical Center in Seattle arbeitete. Ich hatte Kendra kennen gelernt, als ich mir bei der Verteidigung gegen den tätlichen Angriff eines militanten Tierschützers den Arm ausgerenkt hatte. Sie hatte das wieder in Ordung gebracht, ich hatte eine Kolumne über indianische Ärzte geschrieben und wir waren in Verbindung geblieben. Gelegentlich holte ich mir bei Kendra medizinischen Rat.

Ich berichtete ihr kurz von meinem aktuellen Fall und beschrieb ihr, wie Daniel Blueboy vermutlich gestorben war. Dann bat ich sie darum, mir genau zu erklären, was bei Unterkühlung mit dem menschlichen Körper passiert.

„Der Begriff Unterkühlung wird erst dann benutzt, wenn die Körperkerntemperatur unter 35°C absinkt", sagte sie. „Auf kaltem Boden, wie im Fall des Jungen, verliert der Körper schnell an Wärme, weil die Konduktion groß ist."

„Konduktion?"

„Die Kontaktwärmeleitung", erklärte Kendra. „Die Schalendurchblutung wird reduziert. Auf diese Weise versucht der Körper, die inneren Organe warm zu halten, wobei die äußeren Körperregionen als Isolationsschicht wirken. Sobald 27°C kaltes Blut ans Herz gelangt, bricht der Kreislauf zusammen. Deshalb sollten Unterkühlte so wenig wie möglich bewegt werden, bis sie im Krankenhaus sind."

„Was ist, wenn derjenige Alkohol getrunken hat?", fragte ich.

„Es kommt darauf an, wie viel er getrunken hat. Alkohol verstärkt die Hautdurchblutung und der Körper kühlt schneller aus. Dabei haben die Unterkühlten das Gefühl, ihnen wäre warm."

„Bei –28°C, leichter Kleidung und – nehmen wir an – zwei Promille, wie schnell könnte der Tod eingetreten sein?"

Kendra schien zu überlegen. „Wie groß und wie schwer war der junge Mann denn?"

„Ich weiß nicht genau, aber ich schätze, er war über eins siebzig und wog ungefähr 70 Kilo. Er war sehr sportlich."

„Dann dürfte der Tod nach zwei bis drei Stunden eingetreten sein“, sagte sie.

„Gibt es bei einer Unterkühlung irgendwelche eindeutigen Zeichen? Äußerlich, meine ich.“

„Nein, meistens nicht. Bei einer Unterkühlung kann man äußerlich nichts erkennen, außer vielleicht Hautverletzungen vom Fallen. Meistens sind die Menschen gegen Ende vollkommen desorientiert.“

Ich bedankte mich bei Kendra und versprach, mich mit einem Essen zu revanchieren.

Sie lachte. „Dann schuldest du mir jetzt schon zwei Abendessen.“

„Ach“, sagte ich, „solche Schulden begleiche ich furchtbar gern.“

Als es auf sieben zuging, setzte ich Wasser auf, schnitt Tomaten und Zwiebeln. Spaghetti Bolognese war eines der wenigen Gerichte, die ich beherrschte.

Als die Sauce fertig und die Nudeln gar waren, klappte die Tür und wenig später erschien Robert in der Küche. Zuerst wirkte er irritiert, mich am Herd stehen zu sehen, aber dann lächelte er schüchtern und meinte: „Eine warme Mahlzeit in meiner Küche. So bin ich nicht mehr empfangen worden, seit Nora fort ist.“

„Meine Kinder lieben Spaghetti“, sagte ich. „Sehr viel weiter reichen meine Kochkünste aber auch nicht.“ Ich bot ihm ein Bier an, das er mit einem kaum merklichen Zögern nahm. Vermutlich war es Robert unangenehm, dass ich eingekauft hatte, obwohl er der Gastgeber war.

Wir aßen gemeinsam und tranken jeder ein Bier. Ich erzählte Robert, wo ich gewesen war und was ich herausgefunden hatte. Sicher, viel war es nicht, aber dass er enttäuscht wirkte, verunsicherte mich. Hatte er gedacht, ich könnte Wunder vollbringen? Ich stellte immer wieder fest, dass die Leute im Grunde keine Ahnung hatten von der Arbeit eines Privatdetektivs. Ihre Vorstellungen entsprachen den Klischees, die Fernsehserien und Romane verbreiteten: Der Detektiv mit dem Superhirn und dem schnellen Auto löste seine Fälle binnen 60 Minuten, Werbeunterbrechung inklusive.

Meine Arbeit bestand jedoch zum größten Teil darin, Leute zu befragen und mir aus ihren mehr oder weniger ehrlichen Antworten etwas zusammenzureimen. Nicht jeder war so offen und kooperativ wie Conny Legrand. Den meisten Leuten musste ich die Informationen aus der Nase ziehen.

„Daniels Kleidung ist vom Krankenhaus entsorgt worden", sagte ich.

„Aber wieso haben sie seine Sachen nicht meiner Mutter gegeben, als sie sie damals holen wollte?"

„Da wäre der Fall noch nicht abgeschlossen gewesen, hat der Pathologe gesagt. Als er es war, und die Sachen nicht abgeholt wurden, haben sie sie auf den Müll geworfen."

Robert schüttelte ärgerlich den Kopf. „Daniel war Indianer, deshalb hat niemanden interessiert, was wirklich passiert ist. Die Weißen verachten uns. Sie glauben, unsere eigene Schwäche ist dafür verantwortlich, dass wir so leben. Wäre Dan ein weißer Junge aus einem reichen Viertel gewesen, hätte das Krankenhaus die Eltern angerufen, damit sie die Sachen holen können."

Ich schwieg – darauf gab es nichts zu erwidern. Robert hatte Recht. Wäre Daniel ein weißer Junge gewesen, wären mit Sicherheit auch die polizeilichen Ermittlungen anders verlaufen.

„Kennen Sie einen Anwalt in der Stadt, der vorrangig Ureinwohner vertritt und unbürokratisch arbeitet?", fragte ich. „Ich brauche eine von Ihnen beglaubigte eidesstattliche Erklärung, um Daniels Akte und die Autopsiefotos einzusehen. Das würde mir vielleicht weiterhelfen."

Auf meine Frage hin wurde Robert aschfahl und sackte in sich zusammen. Aber er fasste sich schnell wieder. „Ja, es gibt so jemanden", sagte er. „James Littlecrow, ein Ojibwe. Er hat sein Anwaltsbüro in der Austin Street, nur ein paar Blocks vom Thunderbird House entfernt."

„Kennen Sie den Mann persönlich?" Ich versuchte beiläufig zu klingen.

Robert druckste herum. „Er war Noras Chef. Sie hat für ihn als Sekretärin gearbeitet. Littlecrow ist sehr beliebt in der indianischen Gemeinde, er hat schon vielen geholfen. Die Cops sind nicht gut auf ihn zu sprechen, weil er immer wieder Leute vertritt, die die Polizei gern hinter Gittern sehen würde."

Ich lächelte. „Hört sich so an, als wäre er unser Mann. Können wir morgen zusammen zu ihm fahren?"

„Ich muss arbeiten", brummte Robert unwillig. „Ist zwar nur ein Aushilfsjob, aber ich brauche das Geld."

Als ich ihn fragte, was das für ein Job sei, sah er weg, als ob es ihm peinlich wäre. „Kisten stapeln in einer Lagerhalle. Ist besser als nichts." Er schien bedrückt und ich wartete, bis er weiterredete. „Als Nora noch hier wohnte, waren die Kosten für das Haus kein Problem. Sie hat bei Littlecrow gut verdient. Ich weiß nicht, wie lange ich alleine für die Miete aufkommen kann, wenn meine Baufirma mich nicht bald wieder einstellt."

Robert klang müde und resigniert und ich wusste nicht, wie ich ihm helfen sollte. Ein Großteil meiner Klienten waren Menschen aus der Unterschicht, so gesehen stand Robert Blueboy gut da. Allerdings wusste ich genauso gut, wie schnell sich das ändern konnte.

Nur, dass ich keine Angst zu haben brauchte, eines Tages obdachlos zu sein und nach einer warmen Mahlzeit anzustehen, wie die Männer und Frauen auf der North Main Street. Dafür hatten meine Adoptiveltern gesorgt.

Robert hoffte, dass seine Frau und sein Sohn zu ihm zurückkehren würden. Ich wusste nicht, warum sie ihn verlassen hatte, und es ging mich auch nichts an. Ich war nicht hier, um seine Ehefrau aufzuspüren, sondern um herauszufinden, wer seinen Bruder Daniel auf dem Gewissen hatte, oder ob der Tod des Jungen vielleicht doch ein Unfall gewesen war.

Robert schien keine Antwort von mir zu erwarten. Er war in Gedanken bei seiner Familie. „Tut mir leid", sagte er auf einmal und hob den Kopf. „Aber im Augenblick ist mein Leben ziemlich durcheinander."

„Ich weiß. Aber ich kann Ihnen Ihre Frau und Ihren Sohn nicht zurückbringen, Robert. Sie haben mich beauftragt herauszufinden, was mit Daniel passiert ist. Und dazu brauche ich Ihre Hilfe."

Er sah mich an, mit einem verstörenden Ausdruck von Hoffnung im Blick. „Ich habe schon verstanden", sagte er. „Ich werde es morgen einrichten, dass ich mich mit Ihnen bei Littlecrow treffen kann."

„Gut", sagte ich und holte meinen Notizblock hervor. „Ich hätte da noch ein paar Fragen."

„Schießen Sie los."

„Als Daniel in der Nacht nicht nach Hause kam, hat Ihre Mutter ihn da als vermisst gemeldet?"

„Nein. Dan wurde polizeilich gesucht. Mom dachte, er versteckt sich vielleicht vor den Cops. Sie war sich sicher, dass er sich bald bei ihr melden würde."

Keine Vermisstenanzeige, notierte ich. „Und Sie haben erst durch Sergeant Stout von Daniels Tod erfahren?"

„Am Donnerstagmorgen meldeten sie im Radio, dass man einen jungen männlichen Ureinwohner erfroren am Stadtrand gefunden hatte. Mom war kurz davor durchzudrehen. Ihr Gefühl sagte ihr, dass es sich um Dan handelte. Aber noch hatten wir Hoffnung. Als Stout vor der Tür stand, wussten wir sofort, dass Dan tot war."

„Musste Ihre Mutter ihn identifizieren?"

„Ja, am nächsten Tag. Es war schrecklich. Sie haben ihr ein Beruhigungsmittel gegeben."

„Beschreiben Sie mir den Besuch der beiden Polizisten, die später noch einmal bei Ihnen waren. Erzählen Sie mir alles, woran Sie sich erinnern können."

An Robert Blueboys konzentriertem Blick konnte ich erkennen, wie seine Gedanken zurückwanderten. „Die Cops sagten, sie wären die beiden Streifenbeamten, die zuerst am Fundort von Dans Leiche waren. Er hätte mit dem Gesicht nach unten im Schnee gelegen, deswegen auch die Verletzungen auf seiner Wange und seiner Nase. Sie berichteten uns, dass die Autopsie nichts Neues ergeben hatte. Dan hatte eine Menge Alkohol im Blut. Er war gestolpert und gefallen. Vielleicht war er eingeschlafen, weil er so betrunken war, und ist dann im Schnee erfroren."

Robert schluckte und ich spürte erneut die beklemmende Schuld, die seit zehn Jahren in ihm wühlte. Er war es gewesen, der seinem Bruder den Wodka besorgt hatte, und dieses Bewusstsein würde ihn nie mehr loslassen. Ich wusste, wie heimtückisch Schuldgefühle sein können. Wenn sie nur groß genug waren, vermochten sie jemandem wie Robert, der sowieso schon zweifelte, den Boden unter den Füßen wegzuziehen.

Er holte tief Luft und fuhr fort. „Der ältere Cop befragte uns noch einmal genau nach Daniels letztem Abend. Er notierte sich die Namen der Leute, mit denen Dan rumgehangen hatte, wann er und Lucas gegangen waren, alles."

„Okay", sagte ich. „Ich habe Hallas Adresse ausfindig machen können und werde ihm gleich morgen einen Besuch abstatten. Außerdem will ich im Thunderbird House versuchen, jemanden zu finden, der sich an Daniel erinnert."

„Fragen Sie nach Marvin Awasis."

Ich schrieb mir den Namen auf. „Wer ist das?"

„Awasis gehört dort sozusagen zum Inventar. Er ist Medizinmann, Schwitzhüttenleiter, Sozialarbeiter, Beichtvater, je nachdem, wofür er gebraucht wird. Er macht viel mit den Kids von der Straße, weil er früher selbst mal auf der Straße gelebt hat. Sie lieben ihn. Er ist streng mit ihnen, aber er lässt sie nicht hängen."

„Kannte er Daniel gut?"

„Ja. Marvin betreute Dan, wenn er dort seine Sozialstunden leistete. Ich glaube, eine Zeit lang hat er bei meinem Bruder die Vaterrolle übernommen. Dan verehrte Marvin. Manchmal brachte er irgendwelche Sprüche über Traditionen mit nach Hause, die er von ihm gehört hatte. Unserer Mutter gefiel das natürlich." Robert lächelte traurig. „Ich glaube allerdings nicht, dass Dan es damit sonderlich ernst gemeint hat."

„Wieso glauben Sie das?"

„Wenn er es getan hätte, würde er vermutlich noch leben." Robert seufzte. „Aber vielleicht ist das Leben in einer Stadt wie Winnipeg einfach nicht mit unseren alten Traditionen vereinbar. Deshalb ist Emma auch ins Reservat zurückgegangen mit ihren Kindern und unserer kranken Mutter."

„Haben *Sie* je daran gedacht, zurückzugehen?"

Robert schüttelte den Kopf. „Nora hatte ihren Job, ich meinen und Nick hatte seine Freunde hier. Nein, solange ich eine Familie hatte, habe ich nicht daran gedacht zurückzukehren."

Und jetzt konnte er nicht zurück, dachte ich, weil er darauf hoffte, dass seine Frau und sein Sohn eines Tages zu ihm zurückkehren würden.

Robert fragte, ob er sich noch ein Bier nehmen könne. Es war spät und ich hundemüde. Also verabschiedete ich mich und ging in mein Zimmer. Nach einer ausgiebigen Dusche lag ich noch eine Weile wach im Bett und fragte mich, ob ich Daniel Blueboy an diesem Tag näher gekommen war.

10. Kapitel

Als ich am nächsten Morgen in die Küche kam, telefonierte Robert. Dem wenigen, was er sagte, entnahm ich, dass er mit jemandem in Littlecrows Kanzlei sprach und einen Termin vereinbaren wollte. Ich sah ihn fragend an.

Er zuckte mit den Achseln, hielt die Sprechmuschel zu und flüsterte: „Sein Terminplan ist voll, aber vielleicht klappt es trotzdem."

Es musste klappen. Immerhin hatte Roberts Frau bis vor wenigen Wochen für den Mann gearbeitet.

Offensichtlich schien wieder jemand am anderen Ende der Leitung zu sein, denn Robert lauschte konzentriert und sagte schließlich: „Ja, danke, Maggie. Wir werden da sein." Er legte auf. „Heute Abend viertel nach fünf in der Kanzlei. Littlecrow wird alles vorbereiten."

Ich hätte die Autopsieakten gerne eingesehen, bevor ich mit weiteren Zeugen sprach, aber es war nicht zu ändern. Mit der Vollmacht in der Hand würde ich am nächsten Vormittag der Pathologie des Seven Lakes General Hospital einen zweiten Besuch abstatten, in der Hoffnung, dass der Autopsiebericht und die Fotos etwas Licht auf Daniel Blueboys Tod und auf die mysteriösen Verletzungen in seinem Gesicht werfen würden.

„Gut", sagte ich. „Dann treffen wir uns gegen fünf vor Littlecrows Kanzlei. Die Adresse habe ich."

„Ich fahre jetzt", sagte Robert. „Will noch ein paar Dinge erledigen, bevor ich Kisten stapeln muss. Bis heute Abend."

Er verschwand und ich beschmierte zwei Toastscheiben mit Erdnussbutter und Orangenmarmelade. Nachdem ich den Toast mit Kaffee heruntergespült hatte, wählte ich die Nummer von Bill Halla – in der Hoffnung, dass er im Dienst und nicht zu Hause war. Seine Frau war am Apparat und ich setzte darauf, dass sie keines der Mädchen auf dem Klassenfoto war und damals womöglich ein Techtelmechtel mit einem Jungen namens Ryan LaSalle gehabt hatte. Ich ließ es darauf ankommen und meldete mich mit diesem Namen. Ich sei ein alter Schulfreund ihres Mannes und wäre gerade in der Stadt. Ob Bill denn noch bei der Polizei sei, fragte ich sie.

Mrs Halla klang freundlich und aufgeschlossen. Ja, ihr Mann habe Spätdienst gehabt und würde noch schlafen. Aber so gegen eins könne ich noch einmal anrufen, da wäre er wach. Er würde sich bestimmt freuen über meinen Anruf.

Ich legte auf und wählte Mark Flanagans Nummer im Verlagshaus der *Winnipeg Free Press*. Von einem Kollegen namens Baker bekam ich die Auskunft, dass er auf den Malediven Urlaub machte, am Montag aber wieder in der Redaktion sein würde. Montag, dachte ich wehmütig, da wollte ich längst wieder zu Hause sein, in Seattle bei meiner Familie, die mir auf einmal fehlte. Aber wie es aussah, würde daraus so schnell nichts werden.

Ob er mir weiterhelfen könne, fragte Baker, ob ich eine Story für Flanagan hätte. Ich erklärte ihm, dass ich ein Kollege sei und hoffte, dass Flanagan eine Story für mich hätte. Baker lachte und legte auf.

Als nächstes tippte ich die Durchwahl zu meiner Schwester in ihrem Büro. Aber der Anruf wurde zu Carla umgeleitet, die Mädchen für alles war im Verlag.

„Alice hat gerade ein Meeting mit Anzeigenkunden. Soll ich ihr etwas ausrichten?"

„Sag ihr, dass es mir gut geht. Aber wie es aussieht, wird es noch ein paar Tage dauern, bis ich wieder zurück bin. Ich melde mich später bei ihr."

„Alles klar."

„Carla?"

„Ja?"

„Wie viel Grad sind bei euch in Seattle?"

Carla lachte. „Fünf, glaube ich."

„Plus oder Minus?"

„Plus."

„Ich habe Heimweh."

Carla lachte wieder. Sie war sechsundzwanzig und rothaarig. Ihre Vorfahren stammten aus Irland. Wir waren einmal zusammen im Bett gelandet. Das war nach unserer Verlagsweihnachtsfeier vor einem Jahr gewesen. Susan musste damals zu Hause bleiben, weil die Kinder krank waren und ich hatte zu viel getrunken an diesem Abend. Susan hatte es nie erfahren und Carla hatte keine große Sache daraus gemacht. Wir blieben Freunde. Ich war mir nicht sicher, aber ich hatte die Vermutung, dass Carla auch mit Alice ein kurzes Verhältnis hatte. Meine Fragen, die Carla betrafen, wurden jedoch von meiner Schwester nie eindeutig beantwortet.

„Ist es kalt in Snow Peg City?", fragte Carla.

Snow Peg City? „Ja, und wie."

„Hauptsache, dir friert nichts ab", meinte sie kichernd.

„Ich gebe mir Mühe", antwortete ich und legte auf.

Schließlich wappnete ich mich mit meinen neu erworbenen Kleidungsstücken gegen die arktische Kälte (ich sah darin aus, als wollte ich zu einer Polarexpedition aufbrechen), schmierte Blistex auf meine rauen Lippen und fuhr in die Stadt.

Um Bill Halla einen unangemeldeten Besuch abzustatten, war es noch zu früh. Wenn ich ihn aus dem Bett holte, würden die Chancen, dass er mit mir redete, noch schlechter stehen als ohnehin schon.

Also fuhr ich zuerst zum Thunderbird House, dem indianischen Gemeinschaftszentrum Ecke Main Street und Higgins Avenue, in dem Daniel seine Sozialstunden abgeleistet hatte. Ich bog auf die Zufahrt ab und stellte den Jeep in eine Parklücke vor dem großen runden Gebäude mit der eindrucksvollen Architektur, hinter deren Bedeutung ich erst nach eingehender Betrachtung kam.

Das Ganze hatte Ähnlichkeit mit einer Jurte. Es war ein einstöckiger Ring aus Glas und dunklen Balken, von oben bedeckt durch die schützend ausgebreiteten Schwingen eines stolzen Kupferadlers. Die großen Glasflächen reflektierten das strahlende Blau des Himmels.

Als ich zum Eingang lief, rieben die gefütterten, noch etwas steifen Hosenbeine meiner Neuerwerbung aneinander und machten schleifende Geräusche. Auf der kurzen Strecke fror ich natürlich nicht und beglückwünschte mich zu meinem Kauf.

Im Inneren des Gebäudes umgaben mich weiche Holztöne. An den weißen Wänden hingen farbenfrohe indianische Gemälde und die großen Glasfenster ließen viel natürliches Licht herein. Über einer Informationstafel, an der verschiedene Kurse und Veranstaltungen angekündigt wurden, prangte der Slogan: *Trommeln statt Drogen.* Thunderbird House war eine warme Insel der Sicherheit inmitten dieser kalten, grauen Stadt.

Ich sprach einen jungen Indianer an, der Papierkörbe in einen Müllsack leerte, und fragte ihn nach Marvin Awasis.

„Der hat heute freigenommen. Aber am Abend ist Sweatlodge", nuschelte er durch eine Zahnlücke im Oberkiefer. „Da kommt er bestimmt."

Der Gedanke an eine Schwitzhüttenzeremonie mitten in dieser Stadt fiel mir schwer, aber ich wusste natürlich, dass Sweatlodges überall dort abgehalten wurden, wo mehr als zwei Indianer beisammen waren.

„Wann geht es los?"

„Gegen sieben, draußen, bei den Tipis. Vergiss nicht, ein Handtuch mitzubringen."

Ich nickte, dachte jedoch nicht daran, mich an der Sweatlodge zu beteiligen. Ich würde etwas eher da sein und versuchen, Marvin Awasis ein paar Fragen zu stellen, bevor er ins feuchtheiße Dunkel der Schwitzhütte verschwinden konnte.

Nach meinem Besuch im Thunderbird House fuhr ich weiter in die Innenstadt, zur Stadtbücherei in der George Street. Büchereien sind wahre Fundgruben, wenn man jemanden aufstöbern will. Ich suchte im Sterberegister von Winnipeg, um auszuschließen, dass ich Toten hinterherjagte. Aber ich fand weder einen Lucas Cardinal (Marna Cardinal, verstorben am 14. Juni 2003, war verzeichnet) noch jemanden mit dem Namen Chanel Pourier.

Im Einwohnerverzeichnis stieß ich auf die Adresse von Therena Goodstriker, einer der beiden Cousinen. Sie wohnte in der Toronto Street Nr. 122. Eine Janelle Goodstriker war nicht verzeichnet, aber mit Sicherheit konnte mir Therena sagen, wo ihre jüngere Schwester sich derzeit aufhielt.

Ich recherchierte noch ein paar Details über die Jugendstrafanstalt Oakdale Hall und das Stony-Mountain-Gefängnis und stieß dabei auf Louis Riel, den berühmten Anführer der Métis. Ich druckte mir das Wichtigste über Stony Mountain und Oakdale Hall aus, und im Anschluss an meinen Besuch in der Stadtbibliothek fuhr ich nach St. Boniface, dem französischen Viertel der Stadt, wo Louis Riel geboren und begraben war. Riel hatte sich Zeit seines Lebens für die Landrechte der Métis eingesetzt und es kurzzeitig sogar bis ins Parlament geschafft. 1884 führte er dann jedoch die Rebellion der Métis gegen die kanadische Regierung an und wurde ein Jahr später wegen Hochverrats verurteilt und durch den Strang hingerichtet.

Vor der Universität von St. Boniface stand eine moderne Bronzestatue von Louis Riel, die ihn mit merkwürdig verschobenen Schultern und mächtigem Brustkorb darstellte, mit wie Ohren abstehenden Hüftknochen und nacktem Geschlecht. Etwas befremdet betrachtete ich die Statue, dann schloss ich die Augen und zollte Riel meinen Respekt.

Nachdem ich in einem kleinen französischen Restaurant etwas zu mir genommen hatte, machte ich mich auf den Weg zu Bill Halla.

Ich fand die Young Street unweit der Innenstadt, in einer schmucken Wohnsiedlung mit kleinen Holzhäusern, die vermutlich in den Fünfzigern oder Sechzigern erbaut worden waren. Halla wohnte in einem einstöckigen Haus, dessen Holzverkleidung in einem frischen Apricot gestrichen war. Ein weißer Zaun umgab das Häuschen mit den weißen Fensterläden. Es war eine gute Gegend, die meisten Häuser hier wurden von ihren Bewohnern liebevoll gepflegt.

Ich dachte an Betty Blueboy, die ihre Kinder gerne in einer besseren Gegend hätte aufwachsen sehen, es aber nur bis zu einem gemieteten Ziegelbungalow im Stadtteil West Kildonan gebracht hatte, ein paar Blocks von North End entfernt, dem *Harlem der Prärie.*

Ich klingelte an der Haustür und eine hübsche Brünette öffnete mir. Sie hatte rote Wangen und streckte mir ihren Bauch wie einen Schiffsbug entgegen. Bill Hallas Frau war hochschwanger.

„Ryan LaSalle", sagte ich. „Wir haben heute Morgen miteinander telefoniert. Ich war in der Nähe und dachte, ich schaue einfach mal vorbei."

Hallas Frau musterte mich von oben bis unten, aber sie

schien nicht zu wissen, dass es in der Klasse ihres Mannes keinen indianischen Jungen gegeben hatte.

„Bill“, rief sie ins Haus hinein, „dein Schulfreund ist da.“

Sie schob ihren Bauch zurück in den Hausflur und ihr Mann erschien in der Tür. Bill Halla war so groß wie ich, etwa eins fünfundachtzig und durchtrainiert. Er hatte kurzgeschnittenes dunkelbraunes Haar (die typische Copfrisur) und ein offenes, sympathisches Gesicht. Ich schätzte ihn auf Anfang dreißig. Die Operationsnarbe seiner Hasenscharte war hinter einem gepflegten Schnurrbart verborgen, aber an der Lippe war sie zu erkennen. Graue Augen musterten mich mit tiefer Skepsis. Halla hatte ein gutes Gedächtnis. Er wusste, dass in seiner Klasse kein Indianerjunge gewesen war.

„Wer, zum Teufel, sind Sie?“, fragte er. Sein Blick war leicht argwöhnisch, aber auch neugierig.

„Adam Cameron“, stellte ich mich vor. „Geben Sie sich keine Mühe, Sie kennen mich nicht.“

Seine Miene verfinsterte sich, was ich nachvollziehen konnte. Niemand mochte es, wenn er hereingelegt wurde. „Und was wollen Sie dann von mir?“

„Erinnern Sie sich an Robert Blueboy? Er war damals an der Inkster Schule in Ihrer Parallelklasse. Sie haben ihm mal geholfen, als er auf dem Schulhof verprügelt wurde. Und vor zehn Jahren, da waren Sie dabei, als man seinen Bruder Daniel erfroren dreizehn Kilometer außerhalb der Stadt auf einem freien Feld fand.“

Halla musterte mich und schien sich zu fragen, was ich wohl von ihm wollen könnte. Aus dem Inneren des Hauses rief seine Frau, er solle seinen Schulfreund doch hereinlassen, sie würde Kaffee kochen.

Der Polizist war ganz offensichtlich nicht glücklich über meinen Besuch, aber er kapitulierte mit einem Achselzucken und ließ mich ein. Zwei kleine Mädchen kamen aus einem Zimmer gesprungen und umringten ihren Vater quietschend.

„Wir gehen nach unten, Darling", sagte er zu seiner Frau, die in der offenen Küchentür stand.

„Willst du mich gar nicht vorstellen?", fragte sie.

Halla zog die Stirn kraus. „Lori, meine Frau", brummte er.

„Freut mich, Sie kennen zu lernen, Ryan", meinte sie lächelnd. „Ich bringe euch dann den Kaffee."

Halla führte mich eine Betontreppe hinunter, in eine Art Hobbyraum mit einer großen Eisenbahnanlage. Es roch nach Holz, Leim und Farbe. Ich lief um die Anlage herum, begutachtete mit vorgetäuschtem Interesse die liebevollen Details – einen kleinen Teich neben den Gleisanlagen, Brücken und Tunnel, eine Feuerwehr und sogar eine Polizeistation mit einem Streifenwagen davor. „Eine tolle Anlage", sagte ich anerkennend. „Da steckt bestimmt eine Menge Arbeit drin."

„Hier kann ich mich entspannen nach dem Dienst", meinte Halla, schon halb versöhnt ob meiner Notlüge. „Ist ein ziemlich harter Job, bei dem man zu oft zu viel Schlimmes zu sehen bekommt. Wenn ich nach einer Zwölf-Stunden-Schicht nach Hause komme, will ich einfach nicht mehr daran denken."

Ich nickte. „Das verstehe ich gut. Es tut mir leid, Mr Halla, dass ich Sie angelogen habe, aber ich wusste nicht, wie ich Sie sonst zu einem Gespräch bewegen sollte."

Halla setzte eine Lok um und fragte vorsichtig: „Wieso schickt Robert Blueboy Sie zu mir? Der Fall seines Bruders ist abgeschlossen." Er sah mich verunsichert an. „Seit zehn Jahren abgeschlossen."

Es war unfair, ihn schon wieder zu belügen, aber es blieb mir nichts anderes übrig. Ich holte tief Luft und sagte: „Ich weiß, das muss Ihnen seltsam vorkommen. Aber ich bin

Roberts Cousin und habe seine kranke Mutter betreut. Betty Blueboy, Sie erinnern sich sicher an Sie. Meine Tante ist vor zwei Monaten gestorben. Der mysteriöse Tod ihres Sohnes hat ihr all die Jahre keine Ruhe gelassen – sie hat immer wieder von ihm gesprochen. Bevor sie starb, musste ich ihr versprechen herauszufinden, wer Daniel auf dem Gewissen hat. Ich bin kein Cop, deshalb habe ich auf Ihre Hilfe spekuliert, Mr Halla."

„Verstehe. Ich weiß nur nicht, was Sie hoffen, von mir zu erfahren. Daniel Blueboys Tod war ein Unfall."

„Seine Mutter und seine Geschwister haben das nie geglaubt."

Halla lehnte sich gegen den kleinen Tisch, der an einer Wand stand, verschränkte die muskulösen Arme vor der Brust und schüttelte den Kopf. „Ja, so ist es immer: Die Hinterbliebenen wollen nicht wahrhaben, dass es keinen Schuldigen gibt."

„Meine Tante war der Überzeugung, Daniel wäre niemals freiwillig dort rausgegangen. Nicht bei –28°C."

Halla zuckte mit den Achseln. „Was der Junge da draußen wollte, haben wir uns damals auch gefragt."

„Könnte er sich mit jemandem getroffen haben?"

„Möglich wäre es. Aber es gab keinerlei Anhaltspunkte dafür, dass noch jemand bei ihm war."

„Betty erzählte mir, dass Sie und Ihr Partner die ersten Polizisten am Fundort waren."

„Ja, daran erinnere ich mich, als wäre es gestern gewesen", sagte Halla. „Ich war ein *Rookie*, kam frisch von der Polizeiakademie in Regina und war Detective Napope zugeteilt worden. Wir waren die ersten Cops am Fundort."

„Wer hat Sie gerufen?"

„Gleisarbeiter, soweit ich mich erinnere."

„Wer kam noch zur Fundstelle – außer Ihnen?"

„Ein Ermittlungsbeamter und der Coroner."

„Keine Spurensicherung?"

Er schüttelte den Kopf. „Sergeant Stout, der die Ermittlungen leitete, hat sich den Fundort und die Leiche angesehen und entschieden, dass die Jungs von der Spurensicherung nicht erst den weiten Weg machen müssen. Der Tote hatte keine nennenswerten Verletzungen, es gab keine Kampfspuren, nichts. Stout checkte den Namen des Jungen und stellte fest, dass er polizeilich gesucht wurde. Nachdem der Coroner seine Arbeit getan hatte, bestellte Sergeant Stout einen Ambulanzwagen und ließ die Leiche abtransportieren."

Halla zuckte mit den Achseln, als wäre das alles eine ganz normale Sache gewesen. Aber ich sah ihm an, dass seine Erinnerungen an diesen Einsatz plötzlich deutlicher zum Vorschein kamen, als ihm lieb war.

Konnte es sein, dass die Polizei nicht so genau hingesehen hatte, weil der Tote ein Indianer war? Aber Halla war damals ein *Rookie* gewesen, ein blutiger Neuling. Selbst wenn er sich gedacht hatte, dass es angebracht wäre, die Spurensicherung zu rufen, hätte er es vermutlich nicht gesagt. Wenn es also zu Unterlassungen gekommen war, dann war nicht er dafür verantwortlich, sondern der leitende Ermittlungsbeamte, dieser Sergeant Stout.

Ich hatte nicht vor, Halla in die Enge zu treiben. Vermutlich war er ein ganz passabler Cop und er war kooperativ, obwohl ich ihn ausgetrickst hatte.

„Erinnern Sie sich noch daran, was in Ihnen vorging, als sie den Toten sahen?"

Inzwischen hatte Bill Halla mit Sicherheit mehr vom Leben gesehen, als er sich jemals ausgemalt hatte, aber vielleicht wusste er noch, was er gefühlt hatte, als er damals vor Blueboys gefrorener Leiche stand.

Halla hob den Kopf und sah mich verwundert an. Diese Frage hatte er nicht erwartet. In diesem Moment klopfte es und seine Frau brachte den Kaffee. Er nahm ihr die beiden großen Tassen ab und bedankte sich.

„Amüsiert ihr euch?", fragte sie mit einem warmen Lächeln.

„Klar, Schatz", murmelte Halla.

„Mutter ist jetzt da, wir fahren einkaufen", sagte sie zu ihrem Mann. „Die Mädchen wissen, dass du hier unten bist. Aber lass sie nicht so lange unbeaufsichtigt."

Halla nickte. Seine Frau reichte mir die Hand und sagte: „Nett, Sie kennen gelernt zu haben, Ryan."

„Ganz meinerseits", brachte ich hervor. „Bill hat wirklich großes Glück. Wann ist es denn so weit?"

„Jederzeit." Sie strahlte mich an und ließ uns allein.

Ich sah Halla an und hob entschuldigend die Schultern. Für einen Moment herrschte unangenehme Stille. Dann reichte er mir einen der Kaffeebecher und stellte seinen auf dem kleinen Tisch ab. Bill Halla hatte meine Frage nicht vergessen, doch er ließ sich Zeit mit der Antwort.

„Ich hatte noch nie einen erfrorenen Menschen gesehen und den Anblick des Jungen, wie er da steif im Schnee lag, kann ich bis heute nicht vergessen. Er lag seitlich auf dem Bauch und als Sergeant Stout und der Coroner ihn umdrehten, sah ich, dass er versucht hatte, seine Hände zu wärmen. Er hatte sie unter die Achseln geschoben. Ich war damals nur ein paar Jahre älter als dieser Junge und die ganze Szenerie hat mich ziemlich mitgenommen. Ich musste mich übergeben."

Halla hatte also am Fundort gekotzt, das hatte ihm bestimmt keine Pluspunkte eingebracht bei seinem Vorgesetzten. Ich machte ein mitfühlendes Gesicht und nickte. „Sergeant Stout ist zu meiner Tante gefahren, um sie vom Tod ihres Sohnes zu unterrichten. Aber Sie und dieser Napope haben einige Tage später noch einmal mit den Blueboys gesprochen, um sich genau über Daniels letzten

Abend zu informieren. Hatte Sergeant Stout das nicht schon ausreichend getan?“

Halla druckste herum. „Doch. Aber Stout war ein alter Hase mit Erfahrung in solchen Dingen. Wissen Sie, im dritten Distrikt ist es immer dasselbe. Die Streifencops fahren herum und sammeln Leute ein, die in irgendwelche Verbrechen verwickelt sind: Schlägereien, Prostitution, Diebstähle, Drogendelikte, illegale Waffen, Alkoholmissbrauch – das ganze Programm. So lange, bis die Stadtgefängnisse voll sind. Jede Samstagnacht sammeln wir die Betrunkenen in der Arlington Street ein, nehmen auf dem Revier ihre Personalien auf, stecken sie in die Ausnüchterungszelle und lassen sie am nächsten Morgen wieder laufen. Nur, damit sie am darauf folgenden Samstag betrunken durch dieselbe Straße torkeln.“ Er sah mich betreten an. „Tut mir leid, ich wollte Ihnen nicht zu nahe treten, aber siebzig Prozent der Straftäter, die wir aufgreifen, sind nun mal Ureinwohner.“

„Und aus diesem Grund hielt Sergeant Stout es nicht für notwendig, im Fall Daniel Blueboy noch irgendwelche Anstrengungen zu unternehmen.“ Halla nannte das *Erfahrung*. Für mich war es Ignoranz gegenüber Menschen mit einer anderen Hautfarbe. Konnte es sein, dass die Winnipegger Stadtpolizei ein Rassismusproblem hatte?

„Daniel Blueboy war kein *Fall*, Mr Cameron“, sagte Halla in neutralem Ton. „Der Obduktionsbericht ergab eindeutig, dass der Junge eine beachtliche Menge Alkohol im Blut hatte und erfroren war. Stout wusste, dass wir überlastet waren. Wir hatten eine Vielzahl ungelöster Fälle auf dem Tisch. *Richtige* Fälle.“

„Aber Ihr Partner Napope nahm die Sache ernst. Es muss doch einen Grund dafür gegeben haben, dass er mit Ihnen noch einmal zu meiner Tante gefahren ist, um sie zu befragen.“

„Leon Napope war ein Cree, er stammte vom selben Volk wie die Familie des Jungen. Er fühlte sich verantwortlich. Leon war ein guter Cop und wollte einen Schuldigen finden. Die Mutter tat ihm Leid."

„Hatte er denn einen Verdacht?"

Halla zuckte wieder mit den Achseln. „Er verdächtigte wohl den Freund des Jungen, mit dem er an seinem letzten Abend umhergezogen ist."

„Lucas Cardinal."

„Ja, ich glaube, so hieß er."

„Aber der Verdacht erhärtete sich nicht."

„Nein. Die Akte Blueboy wurde geschlossen, es gab andere Fälle, die gelöst werden mussten. Wissen Sie, in Winnipeg kommt ein Polizist auf fünfhundert Einwohner. In einigen Revieren ist kaum was los. Aber draußen in North End brennt jede Nacht die Luft. Jeder zweite Jugendliche rennt dort mit einer Waffe herum. Dauernd rufen Leute bei uns an, weil sie sich nicht trauen, ihr Haus zu verlassen. Wir hatten zu tun."

„Warum sind Sie nicht noch einmal zu meiner Tante gefahren, wie Sie es versprochen hatten?"

„Weil ... herrgottnochmal, die Mutter war völlig verzweifelt, weil ihr Junge tot war. Sie hatte Leon und mich angefleht herauszufinden, wer der Schuldige war. Sie hoffte so sehr, dass es einen Schuldigen gab. Aber es gab keinen. Sergeant Stout hat ihr telefonisch mitgeteilt, dass der Fall abgeschlossen ist. Und das war's." Er hob die Hände. „Und jetzt entschuldigen Sie mich bitte. Ich muss mich um meine Töchter kümmern." Plötzlich hatte er es eilig, mich loszuwerden. Wir stiegen hinauf ins Erdgeschoss und kaum hatten Hallas Töchter ihn im Flur bemerkt, hingen sie wieder wie Kletten an seinen Beinen.

Bevor ich mich verabschiedete, fragte ich nach den Adressen von Stout und Napope. Beide waren seit mehreren Jahren pensioniert, wo sie wohnen würden, wisse er nicht, sagte Halla.

Ich schüttelte ihm die Hand und dankte ihm, dass er mir seine Zeit geopfert hatte.

Ich stieg zurück in meinen Jeep und verließ die Siedlung mit den schmucken bunten Holzhäuschen. Hier sah sogar der Schnee am Straßenrand sauber aus. Alles wirkte rein und friedlich. Doch obwohl Bill Halla mich in sein Haus gelassen und meine Fragen bereitwillig beantwortet hatte, blieb von meinem Gespräch mit dem Polizisten ein fader Nachgeschmack zurück. War Hallas Schilderung der Geschehnisse vollständig gewesen, oder hatte er mir etwas verschwiegen? Der Mann hatte einen aufrichtigen Eindruck gemacht, aber vielleicht war er darin geübt.

Etwas stimmte nicht. Nur was?

Es war kurz vor vier und ich beschloss, irgendwo einen Kaffee zu trinken, denn den von Hallas Frau hatte ich kaum angerührt. An einer Straßenecke fand ich einen Coffeeshop und setzte mich in eine gemütliche Ecke, um meine Notizen zu ergänzen. In Bill Hallas Gegenwart hatte ich keine Aufzeichnungen gemacht, um meine Tarnung nicht auffliegen zu lassen.

Immerhin, dank Halla hatte ich jetzt auch den Namen des zweiten Streifenpolizisten: Leon Napope. Ich musste den Mann finden. Napope war ein Cree, er war seit einigen Jahren pensioniert, das waren die besten Voraussetzungen für ein offenes Gespräch. Offensichtlich hatte es bei den polizeilichen Ermittlungen zu Daniel Blueboys Tod einige Schlampereien gegeben. Bill Halla hatte das – so unerfahren er damals auch gewesen sein mochte – sehr wohl wahrgenommen, aber er hatte nicht interveniert, weil er ein Neuling war. Der ältere Napope hatte offensichtlich noch versucht, weiter zu ermitteln, aber aus irgendeinem Grund damit aufgehört. Diesen Grund musste ich herausfinden.

Ich hatte mit Robert da draußen gestanden, auf dem freien Feld, auf dem Daniel gestorben war. Seitdem glaubte ich noch weniger daran, dass er in jener Novembernacht freiwillig an diesen einsamen Ort gekommen war. Conny Legrand hatte recht. Betrunken oder nicht, er war da nicht hingelaufen, es ergab einfach keinen Sinn.

11. Kapitel

Pünktlich um 17 Uhr bog ich in die Austin Street und fand ohne Probleme eine Parklücke vor dem Gebäude, in dem sich Littlecrows Kanzlei befand. Direkt neben mir stand Roberts roter Kombi. Er saß da und wartete. Als er mich erkannte, stieg er aus.

„Schon lange gewartet?", fragte ich.

„Nur fünf Minuten."

In dem einstöckigen Gebäude, einem grauen Klotz aus Fertigbetonteilen, waren die meisten Fenster hell erleuchtet. Während wir die vereisten Stufen zum Eingang hinaufstiegen, erzählte ich Robert kurz von meinem Gespräch mit Bill Halla, aber er schien nicht wirklich bei der Sache zu sein.

Die Wände im Inneren des Bürogebäudes hatten einen lindgrünen Anstrich, der braune Linoleumbelag im Korridor glänzte vor Nässe. Eine ältere Indianerin kämpfte mit einem Wischmob gegen den hereingetragenen schmutzigen Schnee. Als sie uns hörte, hob sie kurz den Kopf, wischte dann aber ohne einen Gruß weiter.

Im Erdgeschoss befanden sich außer Littlecrows Kanzlei noch einige Büros verschiedener Organisationen. Im ersten Stock waren das „IMC Winnipeg" untergebracht, ein unabhängiges Medienzentrum, und eine Organisation mit dem Namen „Copwatch".

Robert steuerte zielgerichtet auf eine offene Tür zu und ich folgte ihm. In einem kleinen Empfangsraum mit gepolsterten Stühlen hingen Drucke mit indianischen Motiven an den Wänden und auf einem Tisch lag eine große Auswahl an Zeitschriften und Flyern.

Robert machte einen bedrückten und nervösen Eindruck. Hier zu sein, ging ihm offensichtlich nahe. Vielleicht hatte er seine Frau hin und wieder von der Arbeit abgeholt und in diesem Raum auf sie gewartet. Er vermisste sie, das konnte ich nachempfinden.

Robert klopfte an Littlecrows Bürotür. Eine Indianerin öffnete und musterte ihn mit finsterem Blick.

„Hallo Maggie", sagte Robert, und seine Stimme klang unsicher. Er nickte in meine Richtung. „Das ist Adam Cameron. Wir kommen wegen der Vollmacht."

Maggies Blick hellte sich auf, als er zu mir schwenkte. Sie lächelte und ich erwiderte ihr Lächeln. Ich schätzte sie auf Mitte dreißig. Ihr glänzend schwarzes Haar trug sie in der Mitte gescheitelt und straff nach hinten gekämmt. Sie hatte weit auseinander stehende, schräge Augen und eine flache Nase mit kräftigen Nasenflügeln. Vielleicht entsprachen ihre Gesichtszüge keinem Schönheitsideal, aber ich ertappte mich dabei, dass ich sie länger ansah, als höflich gewesen wäre.

Maggie trat zur Seite, um uns hereinzulassen. Sie war einen Kopf kleiner als ich, langbeinig und schlank und trug ein schickes dunkelrotes Kostüm, das sie bestimmt nicht bei „Eddie Bauer" gekauft hatte.

James Littlecrow saß lesend hinter einem großen dunklen Schreibtisch, in einem gediegen eingerichteten Büro mit glänzendem Parkettfußboden. Der Anwalt erhob sich und kam hinter seinem Schreibtisch hervor, um uns zu begrüßen. Littlecrow war schätzungsweise Anfang fünfzig, sportlich und überragte mich noch um ein paar Zentimeter. Sein schwarzer Anzug saß tadellos, vermutlich war er von Hugo Boss oder Armani. In solchen Dingen kannte ich mich nicht sonderlich gut aus, aber ich sah wohl, dass der Anzug teuer war.

Der Anwalt bemerkte meinen Blick und begann zu lachen. „Wundern Sie sich über meinen Aufzug, Mr Cameron? Ziehen Sie keine falschen Schlüsse, das ist nicht meine übliche Bürokleidung. Meine Frau hat Karten für die heutige Premiere von ‚La Traviata' in der Centennial Concert Hall ergattert. Und da ich aufgrund unseres Termins nicht mehr nach Hause kann, musste ich mich hier umziehen."

„Tut mir leid, wenn wir Ihnen Unannehmlichkeiten bereiten", sagte ich.

„Kein Problem." Sein Handschlag war fest und seine braunen Augen von sympathischer Offenheit. Er wies auf die beiden gepolsterten Stühle vor seinem Schreibtisch. „Setzen Sie sich doch bitte", sagte er und nahm wieder hinter seinem Schreibtisch Platz.

Er musterte Robert und mich mit einem Blick, der zu fragen schien, wie es dazu gekommen war, dass wir hier zusammen saßen. „Und Sie sind tatsächlich Privatdetektiv, Mr Cameron?", wandte er sich schließlich an mich.

„Journalist und privater Ermittler", sagte ich und reichte ihm meine beiden Ausweise.

Er nahm sie kurz in Augenschein und gab sie mir zurück. „Beachtlich", meinte er anerkennend. „Bestimmt haben Sie es nicht leicht, akzeptiert zu werden."

„Meine Klienten sind fast ausnahmslos Ureinwohner, Mr Littlecrow. Sie akzeptieren mich, weil ich einer der ihren bin."

„Sind Sie das?"

Ich wusste, worauf er anspielte. Littlecrow hatte meinen Hintergrund gecheckt, das hätte ich an seiner Stelle auch getan. Ich sah zu Maggie hinüber. Sie errötete leicht und senkte den Blick.

„Ich sehe zumindest so aus, oder nicht?", sagte ich.

Littlecrow lächelte und wandte sich an Robert. „Sie haben Mr Cameron also engagiert?"

Robert zuckte zusammen wie ein Kind, das bei etwas Verbotenem erwischt wird. „Ja, das ist richtig", stammelte er. „Ich möchte wissen, warum mein Bruder sterben musste."

Littlecrow nickte. „Mr Cameron hat keine Lizenz für Kanada, wussten Sie das? Er könnte bestraft werden für das, was er für Sie tut."

„Ja, das hat er mir erzählt", sagte Robert und sah mich verunsichert von der Seite an. „Er sagte, er würde es trotzdem tun."

„Das ist richtig", bekräftigte ich.

„Also gut." Der Anwalt schob zwei Formulare über den Schreibtisch, die bereits von ihm unterzeichnet waren. Maggie zeigte Robert die Stelle, wo er seine Unterschrift setzen musste. Aber dort, wo ich hätte unterschreiben müssen, hatte Maggie Winterhawk bereits ihren Namenszug hinterlassen.

Verwundert sah ich Littlecrow an.

„Ich halte es für ehrenhaft, was Sie für Robert tun, Mr Cameron", erklärte er. „Aber wir wollen doch nicht, dass Sie Ärger mit der Winnipegger Polizei bekommen und in den Kerkern von Stony Mountain landen. Maggie wird Sie ins Leichenschauhaus begleiten. Robert ist jetzt offiziell unser Mandant."

Robert sah überrascht auf. „Aber ... ich kann ..., wie soll ich ...?", stammelte er.

„Schon gut, Robert. Nora ist oft länger geblieben, wenn ich sie brauchte. Sehen Sie es als eine Art Wiedergutmachung."

„Vielen Dank, dass Sie so unbürokratisch helfen", beendete ich die unangenehme Situation.

Littlecrow lehnte sich zurück. „Ich hoffe, Sie können Mr Blueboy helfen, einen Schlussstrich unter diese tragische Geschichte mit seinem Bruder zu ziehen."

„Das hoffe ich auch", erwiderte ich.

Robert sprang auf. Er schien es eilig zu haben, aus Littlecrows Büro zu kommen. Ein wenig wunderte es mich, dass weder Maggie noch der Anwalt ihn nach seiner Frau fragten, wo sie doch bis vor vier Wochen noch hier gearbeitet hatte, und ihre Arbeit ganz offensichtlich geschätzt worden war.

Ich verabredete mich mit Maggie Winterhawk am nächsten Morgen um neun Uhr im Seven Lakes Hospital und erhob mich ebenfalls, um Littlecrow über den Schreibtisch hinweg die Hand zu schütteln.

„Eine Frage hätte ich noch", sagte ich, als ich schon in der Tür stand. „*Copwatch*, was bedeutet das?"

„Das ist eine Organisation von Freiwilligen, die den Straßenpolizisten auf die Finger schaut. Die Leute tragen rote Westen mit einem gelben Kreuz. Sie patrouillieren durch die Innenstadt und dokumentieren Zusammenstöße zwischen Polizei und Passanten. Sie filmen mit Videokameras, greifen jedoch nicht ein."

„Hat Winnipegs Stadtpolizei Probleme mit rassistischen Beamten?"

„Es hat eine Reihe von Vorkommnissen gegeben", antwortete Littlecrow. „Gerald Moore, der Polizeichef, steht ziemlich unter Druck."

„Inwiefern?"

„Er hat bei seinem Amtsantritt vor drei Jahren ein paar strukturelle Neuerungen angeordnet, die ihm jetzt auf die Füße fallen. Die Bürokratie der Behörde ist nicht einfacher, sondern verworrener geworden. Moores neue Programme und die ständigen Fortbildungskurse kommen bei den Cops nicht gut an. Für sie ist der Stress nur noch größer geworden. Sie sind hoffnungslos überlastet und da kommt es schon mal vor, dass sie die Nerven verlieren. Besonders unter der indianischen Bevölkerung mehren sich die Beschwerden."

Ich sah mich nach Robert um, aber der war schon verschwunden. „Hört sich nach einem abendfüllenden Thema an", sagte ich.

„Ja. Aber ‚La Traviata' ruft."

Ich nickte. „Auf Wiedersehen, Mr Littlecrow. Und viel Vergnügen heute Abend."

Robert wartete auf den Stufen vor dem Eingang. Ich warf einen Blick auf meine Armbanduhr. Es war kurz vor sechs, in einer Stunde begann die Schwitzhüttenzeremonie am Thunderbird House. Wenn ich Marvin Awasis vorher treffen wollte, musste ich los.

Ich erzählte Robert, was ich vorhatte und dass ich nicht wusste, wie lange das Ganze dauern würde. Vielleicht musste ich ja bis nach der Schwitzhüttenzeremonie warten, um mit Awasis zu sprechen.

„Ich treffe mich heute Abend mit Freunden auf ein Billardspiel", sagte er. „Keine Ahnung, wann ich zurück bin."

Ich nickte. „Dann sehen wir uns auf jeden Fall morgen früh."

Die Sweatlodge-Zeremonie fand hinter dem großen Hauptgebäude statt, auf einem Platz, wo auch im Winter vier mit Segeltuch bespannte Tipis standen. In einem flachen, blockhausähnlichen Gebäude befanden sich die Toiletten und die Duschen. Dorthin wurde ich geschickt, als ich jemanden nach Marvin Awasis fragte, denn das Gebäude wurde auch zum Umkleiden genutzt.

Als ich im schlecht beleuchteten Umkleideraum stand, stieg mir der säuerliche Geruch von ungewaschenen Leibern in die Nase. Umzingelt von halbnackten Männern, konnte ich mühelos erraten, welcher von ihnen Awasis war. Er hatte sich bereits seiner Kleider entledigt und trug nur noch ein um die Hüften geschlungenes rotes Handtuch. Er war ein kräftiger Mann mit einem breiten Brustkorb und muskulösen langen Armen. Sein grobes, dunkles Gesicht war von den Narben einer schweren Akne entstellt. Ich schätzte ihn auf Ende sechzig.

Entschuldigungen murmelnd, drängelte ich mich zu ihm durch, und als ich vor ihm stand, sah ich die Sonnentanznarben auf seiner Brust. Fragend blickte Awasis mich an.

„Adam Cameron", sagte ich. „Haben Sie einen Augenblick Zeit für mich? Ich würde gerne mit Ihnen über Daniel Blueboy sprechen."

Awasis musterte mich von oben bis unten und meinte: „Jetzt nicht. Aber hinterher können wir ein Bier zusammen trinken."

„Wann ist *hinterher*?", fragte ich, denn ich wusste, dass Schwitzhüttenzeremonien zwei, genauso gut aber auch vier Stunden dauern konnten.

„Nur *Manitu* weiß, wie lange es dauert", bemerkte er grinsend, und die anderen Männer lachten. „Schwitz mit uns, Bruder, dann vergeht die Zeit schneller. Und du wirst dich hinterher wie neugeboren fühlen."

Auch das noch, dachte ich. „Aber ich habe kein ...." Ich hatte den Satz noch nicht zu Ende gesprochen, da kam ein Handtuch geflogen. Mir blieb nichts anderes übrig, als es aufzufangen.

Awasis nickte mir zu. Der Mann erwartete von mir, dass ich mit ihm und den anderen schwitzte, wie ein ordentlicher Indianer es ab und zu tun sollte. Ich warf noch einen Blick in die Runde. Die Hälfte der Männer waren Penner, jedenfalls rochen sie so, aber da ich etwas von Awasis wollte, nahm ich die Herausforderung an und begann mich zu entkleiden.

Die übrigen Anwesenden schlüpften einer nach dem anderen in ihre Badelatschen und verließen den muffigen Umkleideraum. Ich schlang mir das steife Handtuch um die Hüften und tappte zur Außentür. Bis zur Schwitzhütte, neben der das Feuer für die Steine brannte, waren es schätzungsweise zehn Meter. Mit Badelatschen konnte mir niemand aushelfen. Entweder ich lief barfuß über den Schnee oder ich musste für den kurzen Weg wieder in meine schwarzen Moonboots steigen.

Natürlich wollte ich mich nicht zum Gespött der anderen machen. Ich entschied, ein Held zu sein und ging barfuß nach draußen. Nur zwei Minuten später bereute ich meine Entscheidung. Es waren noch fünf Männer in der Reihe, die vor mir in die Schwitzhütte kriechen mussten. Ihre weißen Atemwolken stiegen in die Nacht. Awasis stand neben dem niedrigen Eingang, eine Räucherschale in der Hand, aus der sich jeder Rauch zufächerte, bevor er in die Hütte kroch. Und das dauerte, denn die Reinigung mit Salbei wurde trotz Kälte ausgiebig zelebriert.

Das Gefühl, meine Fußsohlen würden am festgetretenen Schnee ankleben, schien nicht nur ein Gefühl zu sein. Meine Zehen waren vermutlich schon abgestorben. Ich trat unwillkürlich von einem Bein aufs andere, immer schneller, um so wenig wie möglich Kontakt mit dem eisigen Boden zu haben. Außerdem drehte ich mich dabei im Kreis, um die Wärme des Holzfeuers abwechselnd im Rücken und auf der Brust zu spüren.

„Stammestänze gibt's Sonntagnachmittag", sagte ein Obdachloser, dem einige Zähne fehlten. Die Männer lachten. Ein schwerbäuchiger Dicker, der als nächstes mit dem Reinigen dran gewesen wäre, winkte mich nach vorn. Ich fächerte mir mit ein paar hastigen Bewegungen Rauch zu. Mein gemurmelter Dank ging in lautstarkem Zähneklappern unter.

In der Schwitzhütte war es dunkel und ich tastete mich so lange vorwärts, bis ich gegen einen nackten Leib stieß.

„Hey, nicht so stürmisch, Süßer", nuschelte der Zahnlose, der vor dem freundlichen Dicken gestanden hatte, was erneut mit Gelächter kommentiert wurde. Ich hockte mich auf den mit Lattenrosten und Matten ausgelegten Boden. Kurz darauf wurde ich von beiden Seiten gewärmt.

Es dauerte noch ein paar Minuten, bis jeder der Männer an seinem Platz saß und meine Nachbarn ein Stück von mir abrückten. Awasis war der Letzte, der hineinkroch. Er gab dem Feuermann ein Zeichen, dass er nun die ersten glühenden Steine hereinreichen konnte.

Mit jedem Stein, der in der Kuhle in der Hüttenmitte verschwand, wurde es wärmer. Die glühenden Steine schienen in der Dunkelheit zu pulsieren. Schließlich schloss der Feuermann den Eingang der Schwitzhütte. Awasis warf Salbei auf die Steine. Funken sprühten und tanzten zur niedrigen Decke. Ein herbsüßer Duft verbreitete sich im Kuppelzelt. Dann kippte Awasis mit einer Kelle Wasser auf die Steine und sie erwachten zischend zum Leben.

Sekunden später war ich von einer heißen Wolke eingehüllt, die in meinen Lungen brannte und meine Haut zum Glühen brachte. Ich japste nach Luft, aber es kam kein Schweiß. Ich hatte da draußen so erbärmlich gefroren, dass ich eine längere Aufheizphase brauchte, bis die ersten Schweißtropfen aus meinen Poren traten.

Einen Moment lang erinnerte ich mich an die berüchtigten Sweatlodges von Richard Two Two in Pine Ridge, South Dakota, wohin es mich nach dem Tod meiner Adoptiveltern als erstes verschlagen hatte. Mein Freund Richard hatte es in der Sweatlodge jedes Mal so heiß werden lassen, dass ich fürchtete, schreiend rausrennen zu müssen, weil meine Haut jeden Moment Blasen schlagen könnte.

Diese Gefahr bestand hier jedenfalls nicht. Aber Awasis machte seine Sache gut. Eingehüllt in feuchte Dunkelheit und würzige Hitze, verlor ich vollkommen mein Zeitgefühl. In der vierten und letzten Runde lief der Schweiß in Strömen über mein Gesicht und meinen Körper.

Nachdem die Männer geduscht und sich wieder angezogen hatten, verabschiedeten sie sich einer nach dem anderen von Marvin Awasis, bis auf zwei, die es nicht eilig zu haben schienen.

„Daniel Blueboy, was?", fragte er mich.

Ich nickte. „Erinnern Sie sich an ihn?"

Der alte Mann sah mich nachdenklich an. „Ob ich mich an Dan erinnere? Klar erinnere ich mich an den Jungen. Wie könnte ich ihn auch vergessen. Das war eine schlimme Sache damals."

Ihre Winterjacken über dem Arm, verließen nun auch die letzten beiden Männer den Umkleideraum.

„Ich habe ein paar Fragen zu Daniel", sagte ich. „Nun ja, in Wahrheit sind es eine Menge Fragen."

„Und wer bist du, dass du dich für einen toten Jungen interessierst?" Awasis löschte das Licht im Umkleideraum und schloss die Tür ab.

Ich hatte mit ihm geschwitzt und entschied, ihm die Wahrheit zu sagen. „Ich bin Privatdetektiv aus Seattle. Daniels Bruder Robert hat mich gebeten, Nachforschungen anzustellen. Er glaubt, dass Daniel ermordet wurde."

Wir standen im kleinen Flur und ich hörte es irgendwo rumpeln. Awasis wandte sich zu mir um und runzelte die narbenzerfurchte Stirn. „Robert hat einen *Detektiv* angeheuert? Kann er dich denn bezahlen?"

„Offiziell bin ich privat hier und ich nehme auch kein Honorar."

„Und was nimmst du dann?"

Diese Frage brachte mich völlig aus dem Konzept. „Was ich *nehme*?"

„Ja. Was ist dein Gewinn bei dieser Geschichte, Adam, dein Motiv? Und komm mir nicht mit Ausflüchten, sonst setzte ich dich vor die Tür und du hörst kein Wort mehr von mir."

Ich schluckte. Wann war ich, verdammt noch mal, zuletzt von jemandem so gnadenlos durchschaut worden? Es war Margret Cameron, meine Mutter gewesen, die behauptet hatte, dass ich in Lucie Pratt, die Nachbarstochter verliebt war, obwohl ich vehement das Gegenteil behauptete. Ich war vierzehn Jahre alt, Lucie hatte Hasenzähne und Brüste so groß wie Honigmelonen.

„Die kurze oder die lange Version?", fragte ich mit trockener Kehle.

Awasis lachte. „Wie du willst. Mir genügt die einfache Wahrheit."

Als ob die Wahrheit jemals einfach wäre, dachte ich und sagte: „Ich wurde von einem weißen Ehepaar adoptiert, als ich drei war. Wer meine richtigen Eltern sind, habe ich nie erfahren. Meine Adoptiveltern kamen vor vierzehn Jahren bei einem Flugzeugabsturz ums Leben. Sie waren wohlhabend." Ich holte tief Luft. Awasis schwieg und wartete. „Ich arbeite fast ausschließlich für indianische Klienten und verlange kein Honorar von ihnen." Ich hob die Schultern. „Vermutlich will ich etwas wieder gut machen."

Keine Ahnung, ob Awasis mit meiner Kurzversion zufrieden war oder nicht. Er schüttelte grummelnd den Kopf und sagte: „Was willst du denn wieder gut machen, Junge? Dass du von zwei Menschen mit weißer Hautfarbe geliebt worden bist? Dass die beiden dich mit ihrer Liebe, ihrem Vertrauen und ihrem Geld davor bewahrt haben, am eigenen Leib erfahren zu müssen, wie das Leben hier unten in den niederen Regionen ist? Kannst du es nicht ertragen, dass du Glück gehabt hast, und so viele andere da draußen nicht?" Er schaute mich geradezu mitleidig an.

Ich schwieg und schloss kurz die Augen. Awasis war grausam mit seinen *einfachen Wahrheiten*. Und er hatte natürlich Recht: Ich war mit allen erdenklichen Privilegien aufgewachsen und sämtliche Möglichkeiten standen mir von Anfang an offen. Dennoch wäre ich lieber bei meiner richtigen Mutter groß geworden.

„Mein Geburtsname ist Adam Lee Blueboy", stieß ich hervor.

Seine Augen wurden zu schmalen Schlitzen, es war ein eindringlicher Blick, der seine Gedanken nicht verriet. „Na komm, Junge", sagte er schließlich. „Gehen wir nach nebenan ins Pub. Ich bin ziemlich ausgedörrt und könnte ein Bier vertragen. Außerdem scheint es mir, als würde deine Geschichte doch etwas länger dauern."

„Aber da ist noch jemand im Gebäude", bemerkte ich, weil ich Stimmen hörte.

„Ich weiß. Die beiden schlafen hier. Es sind Obdachlose, die gelegentlich nach einer Bleibe für die Nacht fragen. Als Gegenleistung dafür, dass sie im Warmen schlafen können, halten sie das Gelände sauber."

Wir traten ins Freie. In der Feuerstelle neben der Schwitzhütte glimmte noch Glut. In der eisigen Luft waren meine feuchten Haare, die aus der Kapuze hervorschauten, sofort mit Reif überzogen.

12. Kapitel

Bis zum Pub waren es rund zweihundert Meter. Irische Klänge und alkoholgetränktes Gelächter drangen aus der Kneipe auf die Straße. Das Lokal war ein schummrig beleuchteter Schuppen, an dessen ohnehin niedriger Decke sich die Rauchwolken sammelten. Die irische Musik dudelte von irgendwo aus einer Musikanlage. Die meisten Gäste waren indianischer Abstammung und Marvin Awasis wurde von allen Seiten begrüßt. Mich musterte man mit neugierigen Blicken. Das Los des Fremden.

Marvin strebte an einen kleinen Tisch in einer finsteren Ecke, wohin die Musik nur gedämpft vordrang und wo wir ungestört reden konnten. Kaum, dass wir uns unserer Jacken entledigt hatten und saßen, stand auch schon die Bedienung an unserem Tisch. Soweit ich das im Dämmerlicht erkennen konnte, hatte die junge Frau sandfarbenes langes Haar und ein hübsches, unverbrauchtes Gesicht.

„Was darf's denn sein, Marvin?", fragte sie freundlich.

„Ein Erdinger Spezial, Sammy. Schön kalt."

„Und der junge Mann?"

„Für mich ein Coors, Sammy."

Sammy lachte. „Kommt sofort, ihr beiden."

Marvin Awasis wandte sein narbenzerfurchtes Gesicht wieder mir zu. „Du suchst also den Kokon der Verwandtschaft, Adam Lee Blueboy aus Seattle?"

Ich schluckte trocken. Noch nie hatte mich jemand mit diesem Namen angesprochen, und als ich ihn nun aus dem Mund des alten Mannes hörte, hatte ich das Gefühl, neben mir zu stehen. War ich das wirklich: Adam Lee Blueboy?

„Ich habe furchtbare Angst vorm Fliegen", offenbarte ich ihm, „und mir graut vor Schnee und Kälte. Dass ich Robert als Klienten angenommen habe und mitten im Winter hierher gekommen bin ...", ich stockte. „Na ja, ich kann nicht leugnen, dass das etwas mit dem Namen meines Auftraggebers zu tun hatte."

„Weiß Robert davon?"

„Noch nicht."

„Aber du wirst es ihm sagen?"

„Das habe ich vor."

„Und, schon irgendwie weitergekommen auf deinem Weg *back to the roots*?"

„Nein. Daniel ist derjenige, um den es hier zuallererst geht."

„Dan ist tot."

„Stimmt. Und vielleicht war er mein Cousin. Doch selbst wenn er das nicht war – ich kann nicht mehr raus aus der Geschichte. Ich muss wissen, was mit dem Jungen passiert ist. Gestern stand ich mit Robert auf dem Feld, auf dem Daniel starb."

„Das lässt einen nicht mehr los, stimmt's?"

Ich schüttelte den Kopf. Sammy brachte unser Bier und stellte es mit einem entzückenden Lächeln vor uns auf den Tisch. Wir nickten einander zu und tranken.

„Daniel war nicht der Einzige, der dort draußen gefunden wurde", sagte Awasis und wischte sich mit dem Handrücken den Schaum vom Mund.

„Wie meinst du das?" Fragend sah ich ihn an.

„Na ja, vor fünf oder sechs Jahren haben sie ein Mädchen dort gefunden, eine junge Indianerin. Sie war übel zugerichtet. War vom Zug erfasst worden. Das war auch im Winter, wie bei Dan."

Ich holte meinen Spiralblock heraus und notierte das. Wie bei Daniel fragte ich mich, was ein junges Mädchen im

Winter an diesem trostlosen Ort so weit außerhalb der Stadt gewollt haben könnte. „War es Mord?", fragte ich Awasis.

„Keine Ahnung. Die Umstände ihres Todes konnten nicht aufgeklärt werden – wie es öfter vorkommt bei unseren Leuten."

„Hast du nicht irgendetwas munkeln hören? Du arbeitest doch mit den Kids von der Straße. Kann es sein, dass eine der Straßengangs aus North End Leuten, die ihnen in die Quere kommen, mit Vorliebe dort draußen eine Abreibung verpassen?"

„Das ist durchaus möglich", sagte Awasis. „Doch wenn, dann weiß ich nichts davon. Gangmitglieder meiden Thunderbird House wie der Teufel die Kirche und ich habe auch so gut wie keinen Kontakt zu diesen Leuten. Die Kids in den Straßengangs sind resistent gegenüber allem, was man ihnen entgegenbringt. Sei es Verachtung oder Vertrauen. Es gibt keine Aussteiger, Adam. Wer das glaubt, glaubt auch an den Weihnachtsmann."

Awasis trank von seinem alkoholfreien Bier, setzte das Glas behutsam wieder ab und sagte: „North End ist eine ganz spezielle Hölle, mein Freund. Nach Einbruch der Dunkelheit wagen sich dort nur noch mutige Weiße auf die Straße. Die Native Gangs, die dort ihr Unwesen treiben, nennen sich *Manitoba Warriors* oder *Indian Posse*, falls dir diese Namen etwas sagen."

Von den Straßengangs, die vorwiegend indianische Mitglieder rekrutierten, hatte ich schon gehört. Aber ich wusste nur wenig und Awasis klärte mich auf.

„Die *Warriors* gründeten sich 1990, während der Oka-Krise in Québec", erzählte er – und ich begann mich zu erinnern. Damals war ich einundzwanzig und sah aus wie Keanu Reeves in *Matrix*. Während die weißen Studenten an der Uni darüber diskutierten, ob US-Truppen am Persischen Golf zum Einsatz gebracht werden sollten, nachdem Hussein in Kuwait eingefallen war, ereiferten sich die indianischen Studenten über einen Aufstand der Mohawk-Indianer gegen einen Golfplatz auf ihrem heiligen Land in der Provinz Quebec.

„Die Mohawk errichteten Barrikaden", fuhr Awasis fort. „Unterstützt wurden sie dabei von den *Warriors*, einer radikalen, fundamentalistischen Gruppe zur Verteidigung der Rechte der First Nations. Nach drei Monaten griff die Polizei die Barrikaden an, dabei wurde ein Polizist getötet. Die Provinzregierung rief die Armee zu Hilfe, die begann, die Barrikaden zu räumen. Schließlich gaben die Mohawk ihren Kampf auf. Sieben Jahre später erwarben die kanadischen Behörden das Gelände von der Gemeinde Oka und gaben es an die Mohawk zurück. Ableger der *Warriors* landeten schließlich in Winnipeg, um unter dem Namen *Manitoba Warriors* die Rechte der Stadtindianer zu verteidigen."

Wie Awasis weiter erzählte, verstanden sich auch die *Indian Posse* als stolze Natives, die auf den Großen Geist hörten. Frei nach dem Motto: „Join the Great Spirit." Beide Gruppen waren trotz gleicher Ziele verfeindet, und ihre Auseinandersetzungen endeten hin und wieder mit einem Toten auf der einen oder auf der anderen Seite.

„Die Straßengangs werden – sicher zu Recht – von allen Seiten verteufelt", sagte Awasis, „aber für ihre Mitglieder bedeuten sie einen Halt. Sie übernehmen die Rolle einer Familie oder eines Beschützers. Die Jugendlichen kopieren doch bloß die Mächtigen, die Gewalt ausüben auf Schwächere, Ärmere oder Andersdenkende."

„Und Daniel?", fragte ich, um wieder zum Ausgangspunkt unseres Gesprächs zurückzukehren. „War Daniel Mitglied einer Gang?"

Marvin schüttelte den Kopf. „Nein, das hätte ich gewusst. Dan war viel zu weich, um in einer Gang akzeptiert zu werden. Er war kein knallharter Bursche, auch wenn er sich manchmal so gab. Dan war ein Familienmensch, er liebte seine Geschwister und seine Mutter. Das hätte er ihr niemals angetan, dazu war er auch viel zu schlau. Der Junge hatte einen schnellen Verstand und ein großes Lächeln. Seinen Charme und sein gutes Aussehen wusste er allerdings Gewinn bringend einzusetzen. Für ihn war es ein Leichtes, andere um den Finger zu wickeln, sie zu manipulieren."

„Das klingt, als hättest du einige Vorbehalte gegen ihn gehabt."

„Ich weiß nicht, wie das klingt", bemerkte Awasis unbeeindruckt, „ich sage nur, was wahr ist. Daniel war jung, er probierte sich aus. Der Zoff mit der Polizei war ein Sport für ihn und seinen Freund. Den beiden ging es um den Adrenalinkick: die Angst, erwischt zu werden, und das Hochgefühl, davongekommen zu sein. Dan und Lucas pflegten diese Kultur des Nervenkitzels."

„Lucas Cardinal?", hakte ich nach.

„Ja. Die beiden hingen immer zusammen, wie Kletten."

„Hat Lucas auch hier gearbeitet?"

„Ab und zu, ja. Aber er drückte sich gerne. Lucas war labiler als Daniel und er trank exzessiver. Dan ging regelmäßig zu den Treffen der anonymen Alkoholiker hier im Haus. Es schien, als würde er seine Alkoholprobleme tatsächlich in den Griff bekommen. Dan hat nie eines dieser Treffen versäumt, es sei denn, er saß mal wieder eine Strafe ab."

„Aber als man ihn fand, hatte er eine Menge Alkohol im Blut."

„Ich habe nicht gesagt, dass er clean war. Er kämpfte. Dan hatte ein Mädchen. Die war gut für ihn. Sie hat ihn manchmal hier abgeholt."

„War ihr Name Chanel Pourier?"

„Chanel, ja, ich glaube, so hieß sie."
„Hat er mit dir über sie geredet?"
„Nicht viel. Aber ich wusste, dass er sie sehr mochte. Dan war äußerst beliebt bei den Mädchen und jungen Frauen, die hierher kamen. Er flirtete mit jeder und den Ladys gefiel es, weil er höflich war und Achtung vor ihnen hatte. Das unterschied ihn von den meisten anderen jungen Männern, die hier herumhängen. Aber diese Chanel, die bedeutete ihm wirklich etwas. Sie war ja auch ein auffallend schönes Mädchen." Awasis winkte nach Sammy und wir bestellten jeder noch ein Bier.
„Ich erinnere mich", fuhr er fort, „dass Dan sich damals in unserer Bibliothek einige Bücher über die alten Traditionen und Mythen der Cree ausgeliehen hat. Er hat mich auch darüber ausgefragt. Aber ich hatte immer das Gefühl, als würden ihn meine Antworten nicht befriedigen. Anscheinend begriff ich nicht, worauf er hinauswollte."
„Was für Fragen hat er denn gestellt?"
„Es ging viel um Familie, um Kindererziehung. Ich sagte ja schon: Daniel war ein Familienmensch. Er hatte eine kleine Nichte, an der er sehr hing."
„Könnte es sein, dass diese Chanel schwanger war von ihm?"
Awasis hob die Schultern. „Schon möglich. Teenagerschwangerschaften sind in den indianischen Gemeinden nichts Ungewöhnliches."
„Ist Chanel später noch einmal hier aufgetaucht? Ich meine, nachdem Daniel tot war?"
„Nein. Jedenfalls nicht, dass ich mich daran erinnern könnte."
„Irgendwie merkwürdig", dachte ich laut.
„Was?"
„Daniel hat eine Freundin, aber nach seinem Tod ist sie plötzlich verschwunden. Niemand in der Familie kennt sie."

„Sie sah jung aus", bemerkte Awasis. „Vielleicht wollte sie nicht, dass ihre Eltern herausbekamen, dass sie mit Daniel befreundet war."

Awasis erzählte noch eine Weile über seine Arbeit und etwa eine halbe Stunde später beendeten wir unser Gespräch, weil jemand an unseren Tisch kam, der mit ihm sprechen wollte. Wir tauschten Telefonnummern und verabschiedeten uns.

„Viel Glück, junger Freund", rief er mir noch hinterher, als ich den Pub verließ.

Kurz vor Mitternacht bog ich in die Polson Avenue ein. Robert schien noch nicht da zu sein. Ich versuchte mir vorzustellen, wie er mit seinen Freunden Billard spielte und ausgelassen war, aber es gelang mir nicht. Robert wirkte auf mich immer ein wenig bedrückt und traurig. Aber schließlich hatte ihn seine Frau erst vor ein paar Wochen verlassen, deshalb war das nicht weiter verwunderlich.

Ich konnte nur vermuten, wie er sich fühlte, aber intensiver darüber nachzudenken, machte mir Angst. Am liebsten hätte ich Susan angerufen, um ihr zu sagen, dass ich sie liebte – aber um diese Zeit war sie gewöhnlich schon im Bett.

Ich schloss auf, machte Licht im Flur und zog meine Moonboots und den Parka aus. Die Tür zur Küche stand offen. Ich ging hinein, um mir ein Glas Wasser zu holen. Licht machte ich keins, denn der Lichtschein aus dem Flur reichte bis zur Spüle, wo ein umgestülptes Glas stand. Ich füllte es mit Leitungswasser und trank.

Ein muffiger, leicht säuerlicher Geruch stieg mir in die Nase – wahrscheinlich war am Morgen versehentlich der Abfalleimer offen stehen geblieben. Ich sah nach dem Eimer, aber der Deckel war geschlossen. Auf einmal hörte ich ein Geräusch in meinem Rücken und drehte mich erschrocken um. Eine dunkle Gestalt versuchte durch die offene Küchentür zu entwischen.

„He, Freundchen, nicht so eilig", stieß ich hervor. Ich ließ das Glas fallen, hechtete mich auf den Eindringling und warf ihn zu Boden. Er stank, es war der muffige Geruch der Verwahrlosung. Vermutlich hatte ich einen Obdachlosen bei einem Einbruch erwischt.

Keuchend rangen wir auf dem Küchenboden miteinander. Ich versuchte den Kerl, der sich wie eine Schlange wand, unter mich zu zwingen. Aber wir waren beide stark und er wehrte sich heftig. Plötzlich bekam ich einen Schlag gegen den Kopf und um mich herum wurde alles schwarz.

Als ich wieder zu mir kam, schmerzte das grelle Licht in meinen Augen. Ich lag rücklings auf dem Küchenboden und Robert kniete neben mir, einen besorgten Ausdruck im Gesicht.

„Bist du in Ordnung?", fragte er, beugte sich über mich und betrachtete mich mit verschwommenem Blick. Sein Atem roch nach billigem Fusel. Ich schob Robert weg und versuchte mich aufzurichten. Doch der Schwindel in meinem Kopf schickte mich auf den Boden zurück. Ich tastete mit den Fingern nach der schmerzenden Stelle an meiner linken Schläfe. Eine Beule begann zu wachsen, aber wenigstens blutete ich nicht.

„Keine Ahnung", brummte ich und startete einen zweiten Versuch, vom Küchenboden hochzukommen. Robert half mir, obwohl er sich selbst kaum auf den Beinen halten konnte. Ganz offensichtlich hatte er beim Billardspielen mit seinen Kumpels mächtig einen über den Durst getrunken. War er in diesem Zustand etwa Auto gefahren?

Ich zog einen Stuhl unter dem Tisch hervor und ließ mich darauf fallen. Robert hielt sich wankend an der Tischkante fest.

„Was ist denn passiert?“, fragte er, krampfhaft darum bemüht, mich nicht merken zu lassen, wie betrunken er war.

„Jemand war in der Küche, als ich kam.“ Ich tastete erneut über meine Schläfe und zuckte zusammen, als ich die Beule fand. „Ein Einbrecher, nehme ich an. Wahrscheinlich ein Obdachloser.“

Robert holte sich nun ebenfalls einen Stuhl heran und setzte sich mir gegenüber. Das alles geschah sehr langsam, wie in Zeitlupe. Er hatte Mühe, seine Bewegungen zu koordinieren. „Kein Einbrecher“, lallte er kopfschüttelnd.

Die Beule an meiner Schläfe sendete pulsierende Schmerzen aus und Roberts Zustand versetzte mich in tiefe Verzweiflung, die sich langsam in Groll wandelte.

„Und was macht dich so sicher?“, fragte ich ungehalten.

„Ich weiß, wer das war.“

Bestürzt sah ich ihn an. „Was willst du mir damit sagen, Robert?“

„Das war Scott, mein kleiner Bruder.“ Er flüsterte beinahe, aber ich verstand ihn. Nur, dass ich nicht glauben wollte, was er sagte.

„Hast du ihn gesehen?“

Wieder schüttelte er den Kopf.

„Aber die Tür war abgeschlossen und es brannte kein Licht im Haus, als ich kam“, wandte ich ein.

„Ja, ich weiß. Scott hat einen Schlüssel. Er schließt sich ein, wenn er hier ist und ich nicht da bin. Er sitzt gerne im Dunkeln.“ Robert wies auf eine Bierdose, die auf dem Küchentisch stand. „Scotty sitzt im Dunkeln und trinkt ein Bier. Er versucht sich vorzustellen, dass alle noch da sind. Mom, Dan, Emma, er und ich. Wie früher.“

„Dein Bruder lebt auf der Straße?“

„Jap.“

„Warum hast du mir das nicht gesagt?“

Robert hob die Schultern und sah weg. Er schämte sich für Scott. Und ganz offensichtlich schämte er sich auch dafür, dass er betrunken war.

„Verdammt", entfuhr es mir, als ich erneut über die Beule tastete, „dein Bruder hat ganz schön kräftig zugeschlagen." Ich suchte nach einem Gegenstand, den er benutzt haben könnte und entdeckte das schwere Senfglas am Boden, aus dem ich mein Wasser getrunken hatte. Scott musste es irgendwie in die Finger bekommen haben, während wir am Boden rangen.

„Es tut mir leid", nuschelte Robert. „Ich hätte ihn wissen lassen müssen, dass Sie ... dass du hier wohnst."

„Vielleicht solltest du das schleunigst nachholen", brummte ich mürrisch. „Kannst du denn Kontakt zu ihm aufnehmen?"

„Ja." Robert schniefte und strich sich mit dem Handrücken über den Mund. „Es gibt da einen kleinen Laden in der Arlington Street. Der Besitzer kannte unsere Mutter und Scott kann sich dort jeden Tag ein paar Lebensmittel holen."

„Ich will mit ihm sprechen", sagte ich.

Robert musterte mich bestürzt.

„Keine Angst", sagte ich seufzend, „ich will ihm nichts anhängen wegen dieser Sache. Ich will nur mit ihm reden, okay?"

„Aber was, wenn er nicht will?"

„Versuch's einfach, ja?"

„Okay."

„Ich gehe jetzt schlafen", sagte ich.

„Bist du sicher, dass alles in Ordnung ist mit dir?", fragte Robert noch einmal nach – und auf einmal tat er mir leid. Wie er da saß, mit hängenden Schultern, ein Häufchen Elend.

„Ja, ich bin in Ordnung. Aber hast du vielleicht Aspirin im Haus?"

Robert deutete auf eine Schublade. Ich fand ein Plastikfläschchen mit Aspirintabletten, schluckte drei und spülte mit Wasser nach. „Gute Nacht, Robert."

Ich ging zur Tür. Als ich schon halb im Flur stand, hörte ich ihn leise etwas sagen. Ich drehte mich um und sah ihn an.

„Es ist sein Geburtstag, weißt du", sagte er. „Nick hat heute Geburtstag. Und ich weiß nicht mal, wo er ist."

„Das tut mir leid, Robert. Geh schlafen. Morgen fühlst du dich besser."

Ich ging in das Zimmer seines Sohnes, setzte mich aufs Bett und ließ mich stöhnend zurücksinken. Was redete ich da für einen Unsinn? Robert würde am nächsten Morgen einen gewaltigen Kater haben und sich bei weitem nicht besser fühlen. Er vermisste seine Frau und seinen Sohn und er fühlte sich schuldig am Tod seines Bruders.

Ich wusste, dass Robert seit einiger Zeit auf einen Punkt zusteuerte, von dem aus es nicht mehr weit bis auf die North Main Street war. Der Verlust der Familie und des Jobs war der häufigste Grund dafür, dass Menschen auf der Straße landeten. Aber ich war kein Sozialarbeiter. Keine Ahnung, wie ich Blueboy in der kurzen Zeit, die ich hier sein würde, über den Verlust seiner Familie hinweghelfen sollte.

13. Kapitel

Es war eine miserable Nacht, mein Schlaf zersetzt von Kopfschmerzen und wirren Träumen, von denen ich am Morgen allerdings nur noch Fetzen in Erinnerung hatte: Dunkelheit, Kälte und ein behaartes Ungeheuer, das in winterlichen Wäldern auf der Pirsch nach Menschenfleisch war. Es hatte mich verfolgt. Ich hatte jämmerlich gefroren und panische Angst gehabt.

Diese Flashbacks, fragte ich mich, waren das echte Erinnerungen, oder spielte das Gehirn mir Streiche?

Vor dem Spiegel im Badezimmer schob ich mein Haar zurück und betrachtete meine linke Schläfe. Über Nacht hatte sich ein blauer Fleck gebildet und die Schwellung war deutlich zu sehen. Der Schmerz pochte dumpf in der linken Schädelhälfte. Ich band mir keinen Zopf, in der Hoffnung, dass mein langes Haar die Beule einigermaßen verdecken würde.

Robert schlief wohl noch, als ich kurz vor acht in die Küche kam. Ich machte Frühstück für zwei – Eier mit Speck, Toast und Kaffee – aber als ich meinen Auftraggeber aus dem Bett holen wollte, brummelte er nur, dass er erst später zur Arbeit müsse, ich solle ihn einfach in Frieden lassen.

Roberts Schlafzimmer war ein trostloser Raum, in dem nur das Ehebett und ein Schrank standen. Helle Vierecke an den Wänden zeigten die Stellen, an denen einmal Bilder gehangen hatten.

Ich schloss die Tür wieder und ging über den Flur zum Wohnzimmer, das ich bis dahin noch nicht betreten hatte.

Wir hatten uns bisher ausschließlich in der Küche aufgehalten. Als ich das Wohnzimmer sah, wusste ich auch, warum.

Sie hatte ihm nicht viel gelassen. Nur ein Regal mit einzelnen Büchern, einen alten Sessel und einen Fernseher, der auf dem nackten Boden stand. Es war kalt im Raum. Robert hatte die Heizung abgedreht, aus Kostengründen, wie ich annahm.

Nora Blueboy war nicht einfach so auf und davon mit ihrem Sohn, sie hatte ihren Auszug sorgfältig geplant, das wurde mir jetzt klar. Während Robert arbeiten war, hatte sie einen Möbelwagen kommen lassen und mitgenommen, was sie brauchte. Das Kinderzimmer war der einzige Raum, der noch wohnlich aussah. Nick, der sicherlich an seinem Spiderman-Poster hing, hatte es für seinen Vater zurückgelassen. Vielleicht als Zeichen, dass er wiederkommen würde.

Gegen den Türrahmen gelehnt, dachte ich an meine Familie und was sie mir bedeutete. Dass ich das manchmal vergaß, bei all dem, was ich zu sehen und zu hören bekam.

Ich ging zurück in die Küche, frühstückte und schluckte noch drei Aspirin gegen den Kopfschmerz. Kurz vor neun verließ ich das Haus. Der Kombi stand unter dem Dach, Robert war also doch betrunken gefahren.

Kopfschüttelnd stieg ich in den Jeep und machte mich auf den Weg zum Seven Lakes General Hospital, um mich wie verabredet mit Maggie Winterhawk zu treffen.

Es war vier Minuten nach neun, als ich die Eingangshalle der Klinik betrat. Maggie wartete bereits. Sie trug einen beigen Mantel mit einer pelzbesetzten Kapuze. Darunter einen sportlichen braunen Hosenanzug, der sie unnahbar wirken ließ. Ich reichte ihr die Hand und sie begrüßte mich mit einem Lächeln.

Ich merkte, dass Maggie die blaue Beule an meiner Schläfe trotz offener Haare sofort registriert hatte, aber sollte sie neugierig sein, dann ließ sie es sich nicht anmerken.

Maggie Winterhawk war eine schöne Frau mit traurigen Augen und ich fragte mich, was die Ursache für den Schmerz war, den sie mit sich herumtrug. Aber ich bekam nicht auf alle meine Fragen Antworten, und ich wusste auch, dass es manchmal besser war, seine Neugier im Zaum zu halten.

Wir liefen durch die Korridore und sprachen über Daniel Blueboy. Im Verwaltungsbüro der Pathologie saß diesmal eine seriöse ältere Dame mit strenger Frisur und hellblauem Rollkragenpulli. Mit mürrischem Blick nahm sie die eidesstattliche Erklärung aus meinen Händen entgegen. Ihr Namensschild wies sie als Esta Erb aus.

„Kleinen Moment, bitte", sagte sie und drückte einen Knopf auf dem Display ihres Telefons. Ich nickte ihr mit einem freundlichen Lächeln zu, was sie geflissentlich ignorierte. Wenig später erschien ein pickliger junger Mann in weißem Kittel in der Bürotür. „Mrs Winterhawk wünscht Akteneinsicht, Thomas", sagte Mrs Erb.

Mich erwähnte sie gar nicht. Es gab einen Typ Frau, bei dem mein Charme einfach nichts auszurichten vermochte. Viele Weiße in Amerika und Kanada glaubten auch heute noch, was ihnen ihre Großeltern über Indianer erzählt hatten: Dass wir unsauber waren und ansteckende Krankheiten hatten. Dass unsere Faulheit an unserer Misere Schuld war und wir allesamt dem Alkohol verfallen waren.

Mrs Erb reichte dem jungen Mann die Vollmacht und Thomas gab uns mit einer müden Handbewegung zu verstehen, dass wir ihm folgen sollten. Er schlurfte mit gebeugtem Rücken vor uns her über den Gang und für einen

Moment kam mir in den Sinn, dass er Dr. Zimoskys Sohn sein könnte. Aber als er uns die Tür zum Archiv öffnete, las ich sein Namensschild: Thomas Cada.

Ich half Maggie aus ihrem Mantel. Sie sah mich daraufhin einen Moment überrascht von der Seite an und ich unterdrückte ein Lächeln. Der junge Mann verschwand im Archiv und wir setzten uns an einen grauen Resopaltisch.

Ich räusperte mich und sagte: „Es ist sehr nett von Ihnen, dass Sie das tun."

„Es ist mein Job", bemerkte Maggie reserviert. „Ich arbeite für Mr Littlecrow und er hat mich damit beauftragt, Ihnen zu helfen."

Ich musterte Maggie aufmerksam und sie senkte den Blick. „Was ist eigentlich los?", fragte ich. „Irgendetwas stimmt doch da nicht. Nora Blueboy hat noch bis vor vier Wochen für Sie beide gearbeitet, aber weder Sie noch Littlecrow haben sich gestern nach ihr erkundigt. Robert ist völlig am Boden zerstört, weil seine Frau mit dem Jungen fort ist."

Maggie schüttelte ärgerlich den Kopf, zwischen ihren geschwungenen Augenbrauen bildeten sich Falten. „Haben Sie ihn denn mal gefragt, *warum* Nora mit dem Jungen auf und davon ist?"

„Nein. Ich bin Privatdetektiv und kein Ehetherapeut."

Nun musste sie lächeln und angesichts ihres Lächelns besserte sich meine Laune augenblicklich – ich vergaß sogar meine Kopfschmerzen.

„Nein, sind Sie nicht." Wieder schüttelte sie den Kopf. „Ich möchte nicht darüber sprechen, Adam. Sie haben Recht – hier geht es um Daniel."

„Ist Robert fremdgegangen?", fragte ich.

„Nein."

„Er ist Alkoholiker, nicht wahr?"

Maggie antwortete nicht, sie sah weg.

„Gestern Abend hatte er ziemlich einen über den Durst getrunken, als er nach Hause kam. Er ist in diesem Zustand Auto gefahren."

„Hat er Ihnen die Beule verpasst?" Sie deutete auf meine Schläfe.

„Nein, die habe ich seinem Bruder Scott zu verdanken, aber das ist eine andere Geschichte." Ich lehnte mich zurück. „Robert sagte, es wäre der Geburtstag seines Sohnes. Er war ein Häufchen Elend und ich habe mir wegen des Alkohols keine Sorgen gemacht. Er hatte schließlich einen Grund, sich zu betrinken."

„Für solche Leute gibt es immer einen Grund", sagte Maggie.

„Sie wissen doch etwas", drängte ich sie.

Maggie seufzte. „Nora hat mir erzählt, dass der Tod seines Bruders Robert damals sehr zu schaffen gemacht hat, weil er sich schuldig fühlte. Er trank seinen Kummer weg, bekämpfte seine Schuldgefühle mit Alkohol. Als Nora ihn kennen lernte, war er nahe dran vollkommen abzudriften. Doch mit ihrer Hilfe schaffte er es. Robert war trocken, als die beiden heirateten. Aber als seine Mutter drei Jahre später versuchte, sich das Leben zu nehmen, fing er wieder an zu trinken. Er hat Nora geschlagen, wenn er betrunken war. Sie verzieh ihm und er schaffte es ein zweites Mal. Aber sie hat ihm geschworen, ihn zu verlassen, wenn er das nächste Mal rückfällig werden würde."

„Und als Roberts Mutter vor zwei Monaten starb, wurde er rückfällig."

„Ja. Er trank, bekam Alpträume, verlor seinen Job. Alles innerhalb eines Monats. Maggie verließ ihn."

Robert hatte also seinen Job verloren und sich geschämt, es mir zu sagen. „Hat er seinen Sohn auch geschlagen?"

Maggie schüttelte den Kopf.

„Robert vermisst seine Frau und seinen Sohn. Ich glaube

nicht, dass er es alleine schafft."

„Es soll weh tun."

Ich sah ihr in die Augen. „Sie meinen, Robert hat noch eine Chance?"

„Vielleicht. Doch zuerst muss er seine Dämonen loswerden."

„Ich weiß."

Nach gut zwanzig Minuten kam Cada mit einem braunen Umschlag zurück und reichte ihn Maggie. Sie zog den Inhalt heraus. Es waren vier Blätter. Das Autopsieprotokoll bestand aus zwei Blättern, das dritte war das Formular, auf dem die Kleidungsstücke und die persönlichen Gegenstände des Toten aufgelistet waren, und auf dem vierten standen die Ergebnisse des toxikologischen Labors.

„Was ist mit den Autopsiefotos?", fragte ich Cada.

Er hob seine hängenden Schultern und ließ sie wieder fallen. „Da waren keine."

„Aber sie müssen da sein."

„Ich habe nachgesehen, da war nichts."

„Müssten die Fotos nicht mit in diesem Umschlag stecken?", fragte Maggie.

„Nein. Die Autopsiefotos werden bei uns gesondert aufbewahrt."

„Sehen Sie noch einmal nach, vielleicht hat sie jemand falsch eingeordnet."

Cada war sich seiner Sache sicher, das sah ich ihm an, aber er wagte nicht, Maggie in ihrem schicken Hosenanzug zu widersprechen. Er schlurfte davon und ich las den Autopsiebericht. Leider erfuhr ich nicht viel Neues.

Man hatte Daniel Blueboys gefrorene Leiche am Morgen des 22. November 1997 in die Pathologie des Seven Lakes General Hospital gebracht. Im Kurzbericht des Coroners vom Fundort stand Daniels Name und sein Geburtsdatum, der 18. März 1980. Des Weiteren hatte Dr. Hands geschrieben: Verhaftet am 15. August 1997, jugendlicher Straftäter, in Klammern: NAI – *Native American Indian.*

Der Coroner hatte keine äußerlichen Verletzungen gefunden, die auf ein Gewaltverbrechen schließen ließen. *Natürliche Todesursache,* hatte Dr. Hands zuerst vermerkt. Das hatte er allerdings wieder durchgestrichen und stattdessen *Tod durch Unfall* darunter geschrieben.

Am Tag darauf war Daniels Leiche von Dr. Zimosky obduziert worden. Ich las seinen Bericht.

Daniel Blueboy war einen Meter fünfundsiebzig groß und wog 73 kg. Alter: 17 Jahre. Die für das bloße Auge sichtbaren Verletzungen waren eine Hautabschürfung auf der rechten Wange und zwei tiefere Abschürfungen auf dem Nasenrücken. Als Ursache für diese als oberflächlich eingestuften Verletzungen vermutete Zimosky harschen Schnee oder eine scharfe Eiskante, auf die Daniel bei seinem Sturz mit dem Gesicht aufgeschlagen war. Weitere offensichtliche Verletzungen gab es nicht.

Die Untersuchung der Organe hatte ergeben, dass Daniel Blueboy ein gesunder junger Mann gewesen war. Die Ergebnisse der toxikologischen Untersuchung sagten aus, dass man keine Drogen in seinem Blut gefunden hatte. Der Blutalkoholwert betrug 1,5 Promille. Das war weniger, als ich vermutet hatte. Mit 1,5 Promille fiel man nicht ins Koma oder konnte nicht mehr laufen. Soweit ich wusste, durfte man in Kanada mit 0,8 Promille noch ein Auto steuern.

Ich überflog die Liste mit Daniels Kleidungsstücken und stutzte plötzlich. *Linker Schuh,* stand da. Ich las die Eintragung noch einmal, aber ich hatte mich nicht geirrt. Daniel Blueboy trug nur einen Schuh, als man ihn hier einlieferte.

Mich packte die Aufregung. Eigentlich war mir die ganze Zeit warm gewesen in meinem Fleecehemd und den Thermohosen, aber nun merkte ich, wie sich ein eisiger Klumpen in meinem Magen bildete und von dort aus Kälte abstrahlte. *Nur ein Schuh.* Wie war das möglich? Hatte man den anderen nicht gefunden? Wieso hatte Bill Halla mir nichts davon erzählt?

„Was ist los?", fragte Maggie stirnrunzelnd, als sie mein verstörtes Gesicht sah.

„Daniel Blueboy trug nur einen Schuh, als man ihn hier einlieferte. Jedenfalls ist nur einer auf der Liste seiner Kleidungsstücke vermerkt."

„Vielleicht hatte man den anderen noch nicht gefunden, als die Leiche abtransportiert wurde", mutmaßte Maggie. „Hier steht, dass kleine Steine an seiner rechten Socke klebten und dass sie verrutscht war. Vermutlich ist er noch ein ganzes Stück gelaufen und hat dabei den Schuh verloren."

„Das glaube ich nicht. Mit Sicherheit hat die Polizei am Fundort der Leiche nach dem fehlenden Schuh gesucht. Und wenn man ihn gefunden hätte, dann wäre er hier mit aufgeführt." Ich tippte mit dem Zeigefinger auf die Liste. „Blueboy trug nur einen Schuh, als man ihn fand, aber die Cops hielten es nicht für nötig, die Spurensicherung zu holen. Für sie war Daniel nichts weiter als ein jugendlicher Straftäter, ein NAI, der auf einem einsamen Feld den Kältetod gefunden hat. Keiner von denen war wild darauf, sich seinetwegen Arbeit zu machen."

Ich fühlte Wut in mir aufsteigen über die Schlamperei der Polizei. Andererseits war der fehlende Schuh ein erster wirklicher Anhaltspunkt dafür, dass es vielleicht doch einen Schuldigen gab an Daniels Tod. Jemand hatte ihn da rausgefahren und vielleicht hatte Daniel den Schuh im Wagen seines Mörders verloren.

Thomas kam zurück und schüttelte den Kopf. „Keine Fotos", sagte er lahm. „Ich habe alles durchgesehen."

„Das kann doch nicht wahr sein", rief ich und donnerte mit der Faust auf den Tisch. Der junge Mann zuckte erschrocken zusammen. Sein blasses, pickeliges Gesicht bekam rote Flecken.

„Ich bin erst seit einem halben Jahr hier im Archiv", stotterte er. „Aber ich weiß, dass der ganze Kram früher drüben, im Keller des Hauptgebäudes untergebracht war. Vielleicht sind die Fotos beim Umzug verloren gegangen."

Thomas sah Maggie Hilfe suchend an, als fürchtete er, dass ich ihm gleich etwas tun würde, weil er die Autopsiefotos nicht auftreiben konnte.

„Schon gut", sagte sie. „Wir glauben Ihnen ja." Sie reichte ihm die vier bedruckten Blätter, die von Daniel Blueboys Leben übrig geblieben waren. „Ich brauche jeweils zwei Kopien davon."

Thomas nickte dienstbeflissen und eilte überraschend flink zum Kopierer. Er stempelte die Kopien ab und unterzeichnete sie. Maggie bedankte sich bei Cada und verabschiedete sich. Draußen auf dem Flur drückte sie mir einen Satz der Kopien in die Hand.

„Ich wette, Zimosky hat von dem fehlenden Schuh gewusst", bemerkte ich wütend. „Er hätte es mir sagen müssen."

„Vielleicht hat er es einfach vergessen, Adam", versuchte Maggie mich zu beruhigen. „Das Ganze ist immerhin zehn Jahre her."

„Erstaunlicherweise konnte Zimosky sich sehr gut an den Fall erinnern", erwiderte ich, drehte mich um und lief mit langen Schritten über den Gang, am Verwaltungsbüro vorbei und klopfte an die Tür von Dr. Zimoskys Dienstzimmer. Ich drückte die Klinke herunter, aber die Tür war verschlossen.

Mrs Erb kam aus ihrem Büro geschossen. „Was erlauben Sie sich?", zeterte sie aufgebracht.

„Ich muss Dr. Zimosky sprechen", sagte ich. „Es ist dringend."

„Der Doktor arbeitet."

„Adam", versuchte Maggie mich zu beschwichtigen, „was erwarten Sie sich bloß davon?"

In diesem Moment öffnete sich die Edelstahltür am Ende des Ganges mit einem schleifenden Geräusch. Dr. Zimosky stand im Aufzug. Als er mich erblickte, schien er am liebsten kehrt machen zu wollen, gab sich jedoch einen Ruck und kam auf uns zu. Wortlos sperrte er die Tür zu seinem Dienstzimmer auf.

„Dr. Zimosky, dieser Mann hier, der ...", ereiferte sich die Sekretärin.

„Schon gut, Esta, das ist in Ordnung." Er ließ Maggie und mich in sein Büro, schloss die Tür und bot uns einen Platz an. Maggie setzte sich, ich blieb stehen. So wütend wie ich war, konnte ich unmöglich sitzen.

„Wollen Sie mir die junge Dame nicht vorstellen, Mr Cameron?", fragte Zimosky und verschanzte sich hinter seinem Schreibtisch. Der Pathologe hatte sich also meinen Namen gemerkt.

„Maggie Winterhawk", sagte Maggie. „Ich bin Mitarbeiterin der Anwaltskanzlei von James Littlecrow. Robert Blueboy, der Bruder des toten Jungen, ist unser Mandant. Mr Cameron ist ..."

„Der Cousin, ich weiß", fiel er ihr ärgerlich ins Wort. „Was gibt es denn für ein Problem? Ich hatte Mr Cameron doch alles gesagt, was ich weiß."

Ich machte ein paar Schritte auf den Schreibtisch zu und hielt Zimosky die Kopien des Autopsieberichtes unter die Nase. „Da steht, dass Daniel Blueboy nur einen Schuh trug, als man ihn hier einlieferte", sagte ich mit aufgebrachter Stimme. „Warum haben Sie mir das nicht schon vorgestern gesagt?" Ich musterte ihn mit einem Blick, von dem ich wusste, dass er Menschen zurückweichen ließ. Meine Kopfschmerzen waren wieder stärker geworden, was meine Laune nicht unbedingt besserte.

Dr. Zimosky rührte sich nicht von der Stelle, hob jedoch nervös die Hände und sagte: „Starren Sie mich nicht so an, verdammt noch mal. Ich hatte es vergessen. Das Ganze ist zehn Jahre her und Vergesslichkeit ist schließlich kein Verbrechen."

„Merkwürdig", sagte ich. „An die übrigen Details konnten Sie sich doch noch sehr genau erinnern. Zum Beispiel daran, dass Daniel Blueboy ein gesuchter Straftäter war und die Temperatur in der Nacht, in der er starb, auf –28°C sank."

Zimosky zuckte ungerührt mit den Achseln. Seine Augen schwammen in den dicken Brillengläsern.

Ich beugte mich über seinen Schreibtisch. „Wo sind Daniel Blueboys Autopsiefotos, Doktor Zimosky?"

Diesmal wich der Pathologe zurück. „Sind sie nicht im Archiv?"

„Nein, sind sie nicht", mischte sich Maggie ein.

Zimosky zuckte erneut mit den Achseln. „Keine Ahnung, wo sie sind. Ich habe sie jedenfalls nicht. Das Archiv ist umgezogen, vielleicht sind sie falsch einsortiert worden."

Resigniert ließ ich mich nun doch auf den zweiten Besucherstuhl fallen. „Warum wurde Daniels Leiche erst am nächsten Tag obduziert?"

„Weil ein gefrorener Körper rund vierundzwanzig Stunden braucht, um aufzutauen."

„In Ihrem Autopsiebericht steht als Todesursache Unterkühlung. Hat der fehlende Schuh Sie nicht nachdenklich gemacht?"

„Nein, Mr Cameron. Der Junge war betrunken, da verliert man schnell mal einen Schuh. Außerdem ist es Sache der Polizei, sich über solche Dinge Gedanken zu machen. Meine Aufgabe besteht darin herauszufinden, ob jemand auf unnatürliche Weise zu Tode gekommen ist. Ich habe die Kleidung des Toten damals dem ermittelnden Polizeibeamten zur weiteren Untersuchung übergeben. Was er damit gemacht hat, weiß ich nicht. Irgendwann waren die Sachen wieder da."

Verdammt, dachte ich. Irgendwann waren sie wieder da, aber Betty Blueboy hatte sie nicht ausgehändigt bekommen. Stattdessen wurden sie vernichtet. Allmählich platzte mir der Kragen.

„Aus dem Kurzbericht des Coroners konnten Sie entnehmen, dass Daniel Blueboy von der Polizei gesucht wurde. Ein jugendlicher Straftäter, Ureinwohner – war das ausreichend für Sie, um sich über einen fehlenden Schuh keine Gedanken zu machen?", fragte ich laut.

Zimoskys Gesicht erstarrte. „Wollen Sie mir unterstellen, dass ich meine Arbeit nicht ordentlich gemacht habe, Mr Cameron? Ob Ureinwohner oder nicht, auf meinem Tisch sind alle gleich."

Das bezweifelte ich. Ich war der Überzeugung, dass der finanzielle oder soziale Status eines Toten sehr wohl damit zu tun hatte, wie genau Dr. Zimosky arbeitete. Dieser Mann steckte voller Vorurteile und seine Gleichgültigkeit und Ignoranz hatten möglicherweise dazu beigetragen, dass ein Verbrechen ungesühnt geblieben war.

„Der Schuh wurde also nirgendwo gefunden?", fragte Maggie.

„Vermutlich nicht. Sonst wäre er mitgebracht worden und auf der Liste der Kleidungsstücke aufgeführt."

„Ihnen ist doch klar, Dr. Zimosky, dass Sie mit Ihrem Autopsiebericht die Arbeit der Polizei maßgeblich beeinflussen", sagte Maggie sachlich. „In Ihrem Bericht geben Sie als Todesursache Unterkühlung an – ohne verdächtige

Begleitumstände. Damit bestand für die Polizei so gut wie keine Notwendigkeit, sich weiter mit dem Fall zu befassen."

„Die Todesursache *war* Unterkühlung, Mrs Winterhawk, auch wenn Sie oder der angebliche Cousin Ihres Mandanten das nicht wahrhaben wollen. Die Verletzungen des Jungen waren oberflächlich und haben mit absoluter Sicherheit nicht zum Tode geführt. Blueboy war betrunken, das hat seinen Tod beschleunigt."

„Aber ein fehlender Schuh *ist* ein verdächtiger Begleitumstand", sagte ich.

„Ein fehlender Schuh ist Sache der Polizei, Mr Cameron", erwiderte Zimosky, und ich sah, dass er sich jedes Wort genau überlegte. „Meine Aufgabe ist einzig und allein, die Todesursache festzustellen." Er erhob sich aus seinem Drehstuhl und selbst als er stand, wirkte er wie ein Zwerg. „Und jetzt entschuldigen Sie mich bitte alle beide, ich habe zu arbeiten. Eine weitere Frostleiche wartet, sie ist gerade aufgetaut."

Zimosky brauchte mich nicht hinauszuwerfen. Fluchtartig verließ ich das Dienstzimmer des Pathologen und Maggie eilte mir nach. Ich ging mit langen Schritten zurück ins Archiv. Cada zuckte erschrocken zusammen, als er mich sah – als wäre ich ein böser Geist.

„Ich muss wissen, wer Daniel Blueboys Akte zuletzt angefordert hat", sagte ich.

Der junge Mann gab die Aktennummer in den Computer ein; nach ein paar Mausklicks sagte er: „Ein Sergeant Homer Stout."

„Wann war das?"

„Dezember 1999. Danach hat sich niemand mehr für Blueboy interessiert."

Im Sturmschritt lief ich durch die weißen Korridore, Maggie versuchte mir zu folgen. Als wir wieder in der Eingangshalle des Krankenhauses angelangt waren, hielt sie mich am Arm fest.

„Nun warten Sie doch, Adam“, sagte sie besänftigend. „Sie dürfen nicht jedes Mal so aufgebracht reagieren, wenn Ihnen jemand unangenehm ist.“

„Ich bin aber aufgebracht“, rief ich laut. Die Leute in der Halle drehten sich zu uns um und starrten uns an. „Tut mir leid“, sagte ich zerknirscht und ließ meine Arme sinken.

„Schon gut“, Maggie lächelte. „Zum Glück sind Sie ja nicht auf mich wütend.“

Ich sah verlegen weg und schüttelte den Kopf. „Das ist alles so deprimierend. Der Junge wird mit nur einem Schuh da draußen im Schnee gefunden und die Polizei spart sich die Mühe, die Spurensicherung kommen zu lassen. Aber das ist noch nicht alles: Als nächstes ignoriert auch der Pathologe den fehlenden Schuh.“

„Überrascht Sie das wirklich so sehr?“

Ich starrte schweigend in das Grün eines riesigen Ficus. „Nein“, antwortete ich schließlich.

Maggie nahm mich am Arm. „Kommen Sie, ich würde gerne noch einen Kaffee mit Ihnen trinken, bevor ich in die Kanzlei zurückfahre. Vielleicht können wir uns einen Augenblick in Ruhe unterhalten.“

Ich nickte. „Ich hole uns einen. Schwarz oder mit Milch und Zucker?“

„Ohne alles“, sagte Maggie.

Ich warf ein paar Münzen in einen der Kaffeeautomaten und füllte zwei Styroporbecher. Maggie setzte sich inzwischen auf eine mit orangefarbenem Kunstleder bezogene Couch neben einem Ficus mit glänzenden Blättern. Als ich mit den Bechern auf sie zuging, fragte ich mich, ob sie verheiratet war und ob ihre Ehe der Grund für die Traurigkeit in ihren Augen war. Eine Traurigkeit, die auch dann nicht verschwand, wenn Maggie lächelte.

„Danke." Sie nahm ihren Kaffee entgegen. Ich setzte mich neben sie auf die Couch, blies in meinen Becher und trank einen Schluck.

„Sie haben Dr. Zimosky fachliches Versagen vorgeworfen, Adam. Da war es kein Wunder, dass er so reagiert hat. Niemand hört gerne, dass er einen Fehler gemacht hat."

„Ja. Aber sein *Fehler* hat dazu geführt, dass womöglich ein Mörder frei herumläuft. Sie haben es doch selbst gesagt: Wenn der Coroner kein Interesse zeigt, arbeitet der Pathologe oberflächlich und die Ermittlungsbeamten werden ebenfalls nachlässig. Jedenfalls, wenn das Opfer ein *NAI* ist und ein gesuchter Straftäter dazu."

„Was haben Sie denn jetzt vor?", fragte sie sanft und ich glaubte unterschwellige Besorgnis in ihrer Stimme zu hören.

„Gestern war ich bei einem der Streifenpolizisten, die als erste am Fundort von Daniels Leiche waren. Bill Halla kam damals frisch von der Polizeiakademie und die ganze Geschichte hat ihn ziemlich mitgenommen. Ich glaube, er war nicht einverstanden mit der Art und Weise, wie sein Vorgesetzter die Ermittlungen angegangen ist. Aber er war noch in der Probezeit und hat sich wohl nicht getraut, etwas zu sagen." Ich trank von meinem Kaffee. „Halla muss von dem fehlenden Schuh gewusst haben. Ich will noch einmal mit ihm sprechen."

„Sie waren bei diesem Mann zu Hause? Bei einem Cop?" Maggies Gesicht wurde noch besorgter.

„Ja. Robert und er sind eine Zeit lang auf dieselbe Schule gegangen. Ich habe es mit einem Trick versucht und es hat funktioniert. Halla ist ein ganz netter Kerl – für einen Cop. Auf jeden Fall hat er mir bereitwillig geantwortet."

Maggie zog die Stirn in Falten. „Sie bewegen sich hart am Rande der Legalität, Adam. Wenn dieser Halla der WPA meldet, dass Sie bei ihm waren und ihn ausgefragt haben, dann haben Sie im Handumdrehen einen von deren scharfen Anwälten am Hals. Nicht einmal Littlecrow kann Ihnen dann noch helfen."

„WPA?", fragte ich. „Was ist das denn für ein Verein?"

„Die *Winnipeg Police Association*, ein Interessenverband der Stadtpolizei. Mit den Mitgliedsbeiträgen werden Anwälte angeheuert, die Polizeimitglieder vor jeglichen Anschuldigungen aus der Bevölkerung schützen und sie bei einem Rechtsstreit vor Gericht vertreten. Das geht sogar so weit, dass sie Polizisten vor Verweisen und Rügen durch Vorgesetzte schützt."

Einigermaßen verblüfft sah ich Maggie an. „Heißt das, ein Polizist zahlt Mitgliedsbeiträge an diesen Verein, und wenn er grobe Fehler macht oder schlampig arbeitet, kann er von seinem Vorgesetzten nicht einmal dafür gerügt werden?"

Maggie presste die Lippen zusammen und nickte.

„Das ist ungeheuerlich", sagte ich.

„Ja. Wie so vieles andere in unserer Zeit." Maggie trank ihren Kaffee aus, warf den Styroporbecher in einen Abfallbehälter und erhob sich. „Ich muss jetzt ins Büro, Adam. Viel Glück bei Bill Halla. Und hier", sie reichte mir ihre Visitenkarte mit ihrer Adresse, ihrer Festnetz- und der Handynummer. „Rufen Sie mich an, wenn Sie in Schwierigkeiten stecken."

„Danke", sagte ich und steckte die Karte ein.

„Bedanken Sie sich bei Littlecrow." Sie wandte sich zum Gehen.

„Maggie?"

„Ja?"

„Würden Sie heute Abend mit mir essen gehen?"

Maggie versuchte, ihre Überraschung zu verbergen. Sie lächelte. „Warum nicht. Holen Sie mich gegen sechs an der Kanzlei ab."

Nun lächelte auch ich. „Dann bis heute Abend."

Sie ging und ich fragte mich, was ich da gerade getan hatte. Maggie Winterhawk war eine schöne Frau, aber in ihrem Blick lag Einsamkeit. Das war keine gute Voraussetzung für ein harmloses Abendessen. Aber sie war auch Roberts Anwältin und damit konnte ich meine Einladung rechtfertigen.

Nachdem ich meinen Kaffee ausgetrunken hatte, verließ ich das Krankenhausgebäude, um Bill Halla einen zweiten Besuch abzustatten. Es war Mittwoch und ich hoffte, dass der Polizist noch in derselben Schicht war wie am Tag davor. Bis zu seiner Wohnsiedlung würde ich ungefähr eine halbe Stunde brauchen, dann war es elf. Halla schlief mit Sicherheit noch, aber das war mir egal. Diesmal würde ich ihn aus dem Bett holen und ihn auf den Kopf zu nach jenen Dingen fragen, die er mir bei unserem gestrigen Gespräch verschwiegen hatte.

14. Kapitel

Ein zweites Mal bei Leuten zu erscheinen, die ich bereits befragt hatte, war meistens schwieriger als das erste Mal. Lori Halla betrachtete mich mit einiger Verwunderung, als sie mich vor ihrer Tür stehen sah.

„Ich muss noch einmal mit Ihrem Mann sprechen", erklärte ich. „Es ist dringend."

„Bill schläft", erwiderte sie verunsichert. „Er hat eine harte Schicht hinter sich."

„Es geht um einen toten Jungen, Mrs Halla. Wecken Sie bitte Ihren Mann, er wird es verstehen."

Ihr ging wohl eine Menge durch den Kopf in diesem Moment, aber sie ließ mich ins Haus und stieg nach oben, um ihren Mann zu wecken. Wie unvorsichtig sie war. Ich hätte sie bestehlen können, ihre Kinder entführen, sie töten. Hatte Bill Halla, der Cop, seiner Frau nicht eingetrichtert, keinen Fremden ins Haus zu lassen? Vermutlich glaubte sie immer noch, ich wäre Ryan LaSalle, ein ehemaliger Schulkamerad ihres Mannes.

Ich hörte laute Stimmen aus dem Obergeschoss, kurz darauf kam Lori Halla die Treppen herunter, eine Hand am Geländer. Ihrem Gesichtsausdruck nach zu urteilen, wusste sie nun, dass ich nicht der war, für den ich mich ausgegeben hatte.

Nette Menschen, die mir oder anderen nichts getan hatten, zu belügen oder unter Druck zu setzen, gehörte zu den unangenehmen Dingen in meinem Beruf, die sich leider nicht umgehen ließen.

„Warum haben Sie mich belogen?", fragte Mrs Halla, als

sie bei mir angelangt war. Sie hatte die Hände ins Kreuz gedrückt und den runden Bauch nach vorn gestreckt, als wolle sie mich damit aus dem Haus treiben.

„Manchmal ist es notwendig, zu einer Notlüge zu greifen."

„Mein Mann ist ein guter Polizist", sagte sie. „Er hat schon mehrere Auszeichnungen bekommen."

„Ihr Mann hat nichts zu befürchten, Mrs Halla", beruhigte ich sie. „Ich will nur, dass er mir noch ein paar Fragen beantwortet, das ist alles. Es wird nicht lange dauern."

Der Polizist kam die Treppe herunter, noch schlaftrunken, die dichten Haare zerzaust. Auf seinen Wangen lagen dunkle Bartschatten. Sein Blick sagte mir, dass er nicht damit gerechnet hatte, mich noch einmal wiederzusehen. Vermutlich wusste er nicht, ob er wütend sein sollte oder doch lieber vorsichtig. Auf jeden Fall war er nicht erfreut über mein abermaliges Auftauchen und machte keinen Hehl daraus. „Was wollen Sie denn noch?", fragte er ungehalten. „Ich habe Ihnen doch alles gesagt."

„Das haben Sie eben nicht."

Halla seufzte und warf seiner Frau, die ihn fragend ansah, einen vielsagenden Blick zu.

„Gehen wir nach unten", sagte er zu mir.

Nachdem Halla die Tür seines Hobbyraumes hinter sich geschlossen hatte, wandte er sich zu mir um. „Ich weiß nicht, was Sie von mir wollen, Mr Cameron. Ich war ein junger Streifenpolizist und hatte damals nicht viel zu sagen. Ich war noch in der Probezeit, da hält man lieber seinen Mund."

Daraufhin sagte ich nichts und ihm wurde klar, dass er das Falsche gesagt hatte.

„Worüber hielten Sie denn lieber Ihren Mund, Mr Halla?"

Der Polizist hob abwehrend die Hände. „Hören Sie, ich arbeite hart und habe mir nichts vorzuwerfen."

„Das glaube ich Ihnen und ich habe auch nicht vor, Ihnen etwas anzuhängen. Robert Blueboy möchte wissen, was mit seinem Bruder passiert ist. Und es gibt Gründe für die Annahme, dass Daniel nicht freiwillig auf dieses Feld gelangte, auf dem er starb."

„Was soll denn das heißen? Wollen Sie damit andeuten, dass ich lüge?"

Ich merkte, wie sich sein Tonfall änderte. Halla ging in Verteidigungshaltung. Eine falsche Frage, eine falsche Geste, und er würde kein Wort mehr sagen.

„Nein. Aber Daniel Blueboy trug nur einen Schuh, als man ihn fand, und trotzdem hielten Sie und Ihre Kollegen es nicht für nötig, die Spurensicherung zu holen. War es das, worüber Sie lieber den Mund hielten?"

Ich sah die Überraschung auf seinem Gesicht, aber er hatte sich gut im Griff. Halla fragte nicht: „Woher wissen Sie das?" Stattdessen fragte er: „Wer sind Sie wirklich, Mr Cameron?"

„Ich bin Journalist", antwortete ich und zeigte ihm meinen Presseausweis.

Seine Stirn verfinsterte sich „Na schön", sagte er. „Wenn Sie – wie ich annehme – den Autopsiebericht eingesehen haben, dann wissen Sie ja auch, dass Blueboy etliche Promille im Blut hatte. Wenn Leute an Unterkühlung sterben, wird ihnen am Ende warm. Wir nahmen an, dass der Junge den Schuh ausgezogen hatte."

„Aber wenn er ihn ausgezogen hatte, dann hätte die Polizei den Schuh finden müssen."

„Der Spürhund hat danach gesucht und nichts gefunden. Aber der Fundort der Leiche war auch schon völlig zertrampelt. Nichts wies darauf hin, dass wir uns am Schauplatz eines Verbrechens befanden, deswegen hat keiner darauf geachtet, beim Umherlaufen vielleicht Spuren zu vernichten. Detective Napope sagte später zu mir, er hätte so ein merkwürdiges Gefühl gehabt, als ob sich an diesem Ort Ungeheuerliches zugetragen hätte. Er meinte, es hätte etwas Böses in der Luft gelegen. Aber ich wusste, dass Napope von den Kollegen wegen solcher Visionen belächelt wurde. Sie taten es als Indianerhokuspokus ab. Deswegen erzählte er auch nur mir davon." Halla schluckte.

„Warum haben Sie Daniels Familie nichts von dem fehlenden Schuh erzählt?"

„Weil Sergeant Stout es so angeordnet hat", antwortete er. „Er sagte, es könne unsere Ermittlungen beeinträchtigen, wenn jemand davon wüsste. Und er sollte Recht behalten. Ein paar Tage später fand man den fehlenden Schuh im Wagen von Jerry DeMarco, einem Gangmitglied und einschlägig vorbestraften jungen Mann, der für uns kein Fremder war – genauso wie Daniel."

Er machte eine Pause und ich sah ihn fragend an. Halla zuckte mit den Achseln und sprach weiter: „Wir ermittelten und erfuhren durch einen unserer Informanten, dass Blueboy im Sommer mit Jerry und seinen Jungs auf Diebestour gewesen war. Mehrere Einbrüche in Häuser, bei denen alles mitging, was nicht niet- und nagelfest war und sich leicht verkaufen ließ. In einem Haus fanden die Jungs halbautomatische Waffen. Jerry und sein Bruder Loyd waren begeistert und wollten das ganze Arsenal mitgehen lassen, um die Waffen später zu verkaufen. Nach Aussage unseres Informanten hielt Daniel wenig von der Sache, ihm war das Ganze wohl zu heiß.

Er verdrückte sich und Jerrys Jungs versuchten, die Waffen aus dem Keller zu schaffen. Aber ein Nachbar bemerkte etwas und rief die Polizei. Loyd und zwei andere wurden gefasst. Jerry konnte uns entkommen. Es verbreitete sich das Gerücht, dass Daniel Jerry und seine Kumpels verpfiffen hätte. Daraufhin verpfiff Loyd Daniel und er landete im Jugendknast.

Einige Tage nachdem man Blueboy tot aufgefunden hatte, wurde Jerry von einer Streife erwischt und in seinem Auto, eingeklemmt unter dem Beifahrersitz, fand man den fehlenden Schuh."

„Und warum haben Sie mir das nicht schon gestern erzählt?"

„Weil ich, verdammt noch mal, zurzeit andere Dinge im Kopf habe. Es kann jeden Moment losgehen bei meiner Frau." Er sah mich an und merkte wohl, dass ich ihm nicht glaubte.

„Was war mit Lucas Cardinal, Daniels Freund, mit dem er an seinem letzten Abend zusammen war? Hatte der auch etwas mit den Waffen zu tun?"

„Ich glaube nicht. Sergeant Stout hatte nach Daniels Tod mit Cardinal gesprochen. Cardinal sagte, er wüsste nicht, ob Jerry mit Daniel noch eine Rechnung offen hätte und ob sie sich an diesem Abend über den Weg gelaufen wären. Er selbst hätte sich noch vor Mitternacht von seinem Freund getrennt. Stout glaubte ihm, und mit Sicherheit hatte er Gründe dafür."

„Trotzdem war Napope mit Ihnen noch einmal bei Daniels Mutter."

„Da wusste er noch nicht, dass Sergeant Stout bereits mit Lucas Cardinal gesprochen hatte. Stout hatte sich auf Jerry DeMarco versteift und Napope auf Lucas. Aber DeMarco zauberte ein Alibi aus dem Ärmel und Cardinal hatte vermutlich ebenfalls eins, sonst hätte Stout ihn nicht laufen lassen."

„Die Polizei hatte keinen Verdächtigen mehr, also wurde die Akte Daniel Blueboy geschlossen."

Halla nickte. „Genau so war es."

Ich dachte nach und er sah mich lauernd an. „War das jetzt alles? Mir wäre es lieb, wenn Sie dieses Haus von nun an meiden würden, Mr Cameron. Meine Frau steht kurz vor der Entbindung und der Arzt hat gesagt, sie soll sich nicht aufregen."

„Wenn Sie die Wahrheit gesagt haben, komme ich nicht wieder."

Halla begleitete mich nach oben.

„Ist dieser Jerry DeMarco in der Stadt?"

„Er sitzt in Stony Mountain, soweit ich weiß."

„Und sein Bruder Loyd?"

„Der steht auf unserer Fahndungsliste. Seinen Unterschlupf konnten wir bisher nicht ausfindig machen."

„Sie sagten, Jerry gehört zu einer Gang. Zu welcher?"

„Zu den *Indian Posse*. Sein Bruder Loyd gehört natürlich auch dazu. Deshalb ist er für uns so schwer zu fassen. Die Jungs haben ihre Verstecke."

„Wissen Sie, wo ich Ihren ehemaligen Partner Leon Napope finden kann?"

„Ich glaube, er ist in sein Reservat zurückgekehrt, nachdem er aus dem Polizeidienst ausgeschieden ist. Das war ein paar Wochen nach Blueboys Tod."

„Welches Reservat?"

„Das weiß ich nicht."

„Sie waren Partner und er hat Ihnen nie gesagt, aus welchem Reservat er stammt?"

Halla stöhnte leise. „Doch, das hat er. Ich habe es vergessen." Er zuckte mit den Achseln. „Im Norden gibt es eine Menge kleiner Reservate."

„Und was ist mit Sergeant Stout?"

„Der ist auch schon seit ein paar Jahren pensioniert."

„Wohnt er in der Stadt?"

Halla stand in der offenen Haustür. „Besser, Sie lassen ihn in Ruhe."

Ich sah ihn an. „Ich kriege es so oder so heraus."

„Nicht von mir."

„Mr Halla", startete ich einen letzten Versuch, „Sie hatten doch damals jede Menge Bedenken darüber, wie ihr Vorgesetzter mit dem Fall umgegangen ist. Der tote Junge ging Ihnen all die Jahre nie aus dem Sinn, obwohl Sie danach mit weitaus schrecklicheren Fällen konfrontiert waren. Sagen Sie mir, wo ich Stout finden kann, und ich verspreche Ihnen, dass ich Sie nie wieder behelligen werde."

Der Polizist musterte mich eindringlich. „Geben Sie mir Ihr Wort darauf?"

„Ja."

„Er wohnt drüben in St. James."

„Haben Sie noch Kontakt zu ihm?"

„Kaum. Er will niemanden sehen. Stout hat Lungenkrebs."

„Aber Sie wissen, in welcher Straße er wohnt."

„Valour Street. Die Nummer weiß ich nicht. Aber er hat so einen blickdichten Holzzaun um sein Grundstück gezogen."

„Ich danke Ihnen, Mr Halla."

Als ich schon am Gartentor war, sagte er: „Mr Cameron!"

Ich drehte mich um. „Ja?"

„Homer Stout mag keine ...", er stockte, sah mich an und sagte: „Ich meine, er ist auf Leute wie Sie nicht gut zu sprechen."

Ich nickte und ging zu meinem Jeep.

Von Halla aus fuhr ich direkt nach St. James, um Homer Stout ein paar Fragen zu stellen. Der Mann hatte Krebs, dieser Umstand würde es mir vielleicht erleichtern, ihm dieses oder jenes Zugeständnis zu entlocken – jedenfalls hoffte ich das. Wenn der Tod nahte, war man eher geneigt, sein Gewissen zu erleichtern.

Ich war nicht wild darauf, einen kranken alten Mann im Nachhinein für sein Fehlverhalten zur Rechenschaft zu ziehen. Ich wollte nur wissen, ob dieser Jerry DeMarco etwas mit Daniels Tod zu tun hatte.

Mich vorher telefonisch anzumelden, hätte wenig Sinn gehabt, nach dem, was Halla mir über Stout erzählt hatte. Mir blieb nichts anderes übrig, als wieder einmal mit der Tür ins Haus zu fallen.

Die Siedlung, in der der pensionierte Sergeant wohnte, war noch etwas nobler als die Gegend, aus der ich gerade kam. Ich fand Homer Stouts Haus in der Valour Street sofort. Es war von einem mannshohen, blickdichten Holzzaun umgeben, von dieser Art gab es nur einen in der ganzen Straße. Als ob der Ex-Polizist etwas zu verbergen hatte.

Am schmiedeeisernen Tor fand ich eine Klingel mit Namensschild und Gegensprechanlage. Auf der Fahrt hatte ich mir bereits einen Spruch überlegt, der mich ins Haus bringen könnte. Doch zuvor wollte ich probieren, ob ich es bis vor die Haustür schaffte, ohne vorher zu klingeln.

Von innen war ein Riegel vor das Tor geschoben, der ließ sich jedoch mit einem Griff durch das Gitter leicht öffnen. Das würde mir bei einem ehemaligen Polizisten zwar nicht unbedingt Pluspunkte einbringen, aber ich rechnete mir größere Chancen aus, zu Stout vorzudringen, wenn ich direkt vor seiner Haustür stand.

Mit dem, was ich vorhatte, verletzte ich die oberste Regel aus dem *Handbuch für angehende Privatdetektive*, die lautete: Tu nichts Illegales. Das widerrechtliche Betreten von Privatgelände *war* eine Straftat. Und meine Berufshaftpflicht hätte hier in Kanada nicht gegriffen, weil ich hier gar nicht ermitteln durfte. Aber ich hatte Maggie Winterhawks Karte in meiner Tasche. Sie und Littlecrow würden mir helfen, wenn ich wegen unerlaubten Betretens von Privatbesitz Ärger bekommen sollte.

Ich zog den Riegel zurück, trat in den Vorgarten und schloss das schmiedeeiserne Tor wieder hinter mir, das dabei einen unangenehmen Quietschton von sich gab. Kaum war ich ein paar Schritte auf das Haus zugegangen, tobte auch schon ein riesiger Schäferhund um die Ecke und sprang mit langen Sätzen auf mich zu.

Mir schoss durch den Kopf, dass ich kein Schild mit der Warnung: *Vorsicht bissiger Hund!* am Tor gesehen hatte, da war er auch schon da. Viel zu schnell, als dass ich noch hätte flüchten können. Das Tier sprang mich an. Instinktiv riss ich den rechten Arm schützend vor mein Gesicht, der Hund warf mich zu Boden und ich spürte seine scharfen Zähne in meinem Handrücken.

Ich brüllte los, versuchte unter dem Tier hervorzukommen und mich gleichzeitig vor seinen Zähnen zu schützen. Da ertönte ein Pfiff und eine kratzige Frauenstimme rief: „Custer, zurück!“

Der Hund ließ von mir ab, blieb aber über mir und bleckte knurrend die Zähne. Er stank aus dem Maul – nach Hundefutter. *Wenigstens ist er nicht hungrig,* dachte ich. Aber eine wirkliche Erleichterung war der Gedanke in meiner misslichen Lage nicht.

„Custer, hierher!“, rief die Frau. Custer knurrte mich noch einmal drohend an und trollte sich widerwillig. Ich hob den Kopf. Die Frau schnappte den Hund am Halsband, murmelte etwas von „blöder Köter“ und zerrte ihn hinters Haus.

Benommen rappelte ich mich auf die Knie und begutachtete die Wunden, die Custers Zähne in meiner Hand hinterlassen hatten. Ich blutete aus zwei Rissen auf dem Handrücken, aber auf den ersten Blick schienen keine Knochen oder Sehnen verletzt zu sein. Vielleicht hatte ich noch einmal Glück gehabt. Auf einen Besuch im Seven Lakes General Hospital legte ich nämlich keinen großen Wert.

„Sind Sic in Ordnung, junger Mann?", fragte eine greise Stimme, die von der Straße her kam.

Ich wandte mich um und sah einen eingemummten alten Herrn mit roter Nase und Ohrenklappen hinter dem Tor stehen, der neugierig in den Vorgarten spähte.

„Ich glaube schon", antwortete ich, noch halb unter Schock. Meine rechte Hand, von der Blut in den Schnee tropfte, fing an zu schmerzen und ich überlegte, wann ich meine letzte Tetanusimpfung bekommen hatte. Mühsam kam ich auf die Beine.

„Seien Sie froh, dass er ihnen nicht an die Kehle gegangen ist", krächzte der Alte. „Der Hund ist nämlich auf Menschen abgerichtet."

„Red keinen Blödsinn, Aaron", sagte die Frau, die jetzt ohne Custer wieder hinter dem Haus hervorkam. „Dieser Mann ist unbefugt hier eingedrungen, obwohl das Tor verriegelt war. Custer ist ein ganz normaler Wachhund."

Mrs Stout – wie ich annahm – trug braune Hosen und einen alten Pullover voller Hundehaare. Ihre Gesichtshaut war runzlig wie eine alte Kartoffel und ihre Stimme klang, als würde sie täglich zwei Schachteln Zigaretten rauchen.

Ich hielt meine verletzte Rechte am Handgelenk, hoffte, dass die Wunde aufhörte zu bluten, während die beiden darüber stritten, ob ich nun selbst daran Schuld war, dass Custer mir die an Kehle wollte oder nicht.

„Ich bin hier, weil ich mit Ihrem Mann sprechen möchte, Mrs Stout", sagte ich und bemühte mich, meine Stimme fest klingen zu lassen.

„Wer immer Sie auch sind, mein Mann ist für niemanden zu sprechen. Wenn Sie nicht augenblicklich hier verschwinden, rufe ich die Polizei."

Ein heiseres Kichern drang an meine Ohren. Ich warf einen Blick zum Tor, wo immer noch der Alte stand und neugierig darauf wartete, was weiter passieren würde.

„Ich bin Journalist", rief ich ihm zu. „Ist es wahr, dass Custer auf Menschen abgerichtet ist?"

Noch ehe der Alte antworten konnte, hatte mich Stouts Frau an der Jacke gepackt und zog mich zum Haus. „Gehen Sie schon rein", zischte sie, „Sie brüllen ja noch die gesamte Nachbarschaft zusammen."

Ich folgte ihr ins Haus. Immerhin, ich war dort, wo ich hinwollte, auch wenn ich Federn gelassen hatte. „Wie kann ich sicher sein, dass Sie mir Custer nicht erneut auf den Hals hetzen?", fragte ich vorsichtshalber. Meine Hand hatte aufgehört zu bluten, wie ich erleichtert feststellte.

Mrs Stout schloss die Tür hinter mir. „Ich habe Ihnen Custer nicht auf den Hals gehetzt. Sie sind ..."

„Unbefugt hier eingedrungen, ich weiß." Ärgerlich starrte ich sie an. „Ich muss dringend Ihren Mann sprechen und ich dachte, meine Chancen würden besser stehen, wenn ..."

„Sie den Fuß in die Tür schieben können?", fragte sie kopfschüttelnd.

„Sozusagen." Ich räusperte mich.

Mrs Stout dirigierte mich in die Küche, die unangenehm nach altem Zigarettenqualm roch, riss ein Papiertuch vom Spender und hielt es mir hin. Ich wickelte es um meine Rechte.

„Woher wissen Sie, wo wir wohnen?", fragte sie. „Wir stehen nicht im Telefonbuch." Abschätzig musterte sie mich von oben bis unten.

„Von einem ehemaligen Kollegen Ihres Mannes."

„Das glaube ich nicht."

„Glauben Sie doch, was Sie wollen."

„Wer?"

„Das tut nichts zur Sache."

„Und Sie sind wirklich Journalist?"

Mit der Linken zog ich meinen Presseausweis aus der Innentasche meines Parkas und zeigte ihn ihr.

„Seattle", sagte sie verwundert. „Was wollen Sie denn hier in Winnipeg?"

„Journalisten interessieren sich nun mal auch für Ereignisse, die nicht vor ihrer Haustür stattfinden", antwortete ich. Ich nahm das blutgetränkte Papiertuch von meinem Handrücken. Es tat weh und ich verzog das Gesicht.

Mrs Stout zeigte sich plötzlich besorgt. „Lassen Sie mal sehen", sagte sie, aber ich wich vor ihr zurück.

„Fassen Sie mich bloß nicht an. Lassen Sie mich mit Ihrem Mann sprechen und ich verschwinde wieder."

Sie hob beschwichtigend die Hände, riss ein weiteres Küchentuch vom Spender und reichte es mir. Das blutige nahm sie mit spitzen Fingern und ließ es in den Mülleimer fallen.

„Worum geht es denn?"

„Das würde ich gerne mit Ihrem Mann besprechen."

„Wollen Sie ihm etwas anhängen? Er ist todkrank."

„Ich weiß. Ich möchte ihm nur ein paar Fragen stellen über einen zehn Jahre zurückliegenden Fall. Ihr Mann hat damals die Ermittlungen geleitet und vielleicht erinnert er sich an etwas, das mir weiterhelfen kann."

„Das ist alles?" Misstrauisch blickte sie mich an.

Ich nickte.

Sie holte eine eingeschweißte Mullbinde aus einer Schublade, öffnete die Verpackung und reichte mir die Binde. Anstalten, meine Hand zu verbinden, machte sie jedoch nicht. Ich hätte sie auch nicht gelassen.

„Kommen Sie", sagte sie. Ich folgte ihr in das Wohnzimmer, in dem Homer Stout zusammengesunken in einem Rollstuhl hockte und auf den Bildschirm starrte. Neben ihm stand ein fahrbares Sauerstoffgerät. In seinen Nasenlöchern steckten durchsichtige Schläuche.

Als er mich sah, richtete er sich mühsam auf, warf seiner Frau einen empörten Blick zu und wollte etwas sagen, da wurde er von einem grässlichen Hustenanfall geschüttelt.

Es röchelte und blubberte in seinen Bronchien. Seine Frau klopfte ihm auf den Rücken und hielt ihm eine Nierenschale vor den Mund, damit er den Schleim ausspucken konnte, der sich in seinen Lungen gesammelt hatte.

Ich zwang mich hinzusehen.

Noch ehe Stout sich gefasst hatte, sagte seine Frau: „Er ist Journalist und will mit dir reden. Custer hat ihn angefallen und Aaron hat es gesehen. Ich musste ihn reinlassen, er hat geblutet. Beantworte seine Fragen, dann verschwindet er wieder. Er hat es mir versprochen." Sie sah mich an und erwartetet eine Bestätigung. Ich nickte mit zusammengebissenen Zähnen.

Homer Stout hustete wieder, doch diesmal war es ein kürzerer Anfall. Seine Frau stellte den Fernseher ab und ließ uns allein. Ich setzte mich auf die Armlehne des zweiten Sessels und begann meine Hand zu verbinden. Stouts Atem rasselte laut.

„Davon, wie bereitwillig Sie mir antworten, hängt es ab, ob ich hinterher noch zu Ihrem Nachbarn gehe und mich mit ihm über Custers antrainierte Vorlieben unterhalte, Mr Stout."

„Wollen Sie mir drohen, Mr ...?" Er starrte mich mit unverhohlener Feindseligkeit an.

„Cameron, Adam Cameron. Ich bin weitläufig mit Robert Blueboy verwandt. Er bat mich nachzuforschen, was vor zehn Jahren mit seinem Bruder Daniel passiert ist."

„Keine Ahnung, von wem Sie sprechen", krächzte Stout. Seine schlaffe Haut hatte die Farbe einer vergilbten Zeitung. Die Lippen waren schmal und blutleer.

„Keine Sorge, sowie ich hier fertig bin, werde ich Ihrem Gedächtnis ein wenig auf die Sprünge helfen." Ich stopfte das Ende der Binde fest, zog mit der Linken Daniels Foto aus meiner Jackentasche und hielt es ihm vor die Nase. „Erinnern Sie sich jetzt?"

„Vage“, krächzte Stout. „Das ist verdammt lange her.“

Der Mann rang nach Luft, die ihm vermutlich jeden Tag knapper wurde. Das Reden fiel ihm schwer, deshalb zählte ich auf, was ich wusste. Dass Daniel am Abend des 22. November 1997 zuletzt gesehen worden war, und zwar von seinem Freund Lucas Cardinal. Dass Gleisarbeiter ihn fünf Tage später dreizehn Kilometer vom Stadtrand entfernt tot auf einem freien Feld gefunden hatten, nur bekleidet mit Turnschuhen, Jeans und einer ungefütterten Jacke. Dass der Pathologe Daniels Verletzungen als oberflächlich eingestuft und als Todesursache Unterkühlung auf den Totenschein geschrieben hatte.

„Mehr kann ich Ihnen dazu auch nicht sagen“, bellte Stout, noch ehe ich mit meinen Ausführungen fertig war.

„Ich glaube schon“, erwiderte ich ungerührt.

Der Schmerz in meiner Hand pulsierte und ich dachte für einen Augenblick an die Horrorgeschichten meiner Mutter über Wundstarrkrampf.

„Ich habe den Bericht des Gerichtsmediziners gelesen“, sagte ich schließlich und beobachtete Stout dabei. „Daniel Blueboy trug nur einen Schuh, als man ihn fand.“

Für einen Moment entgleisten Stouts Gesichtszüge, er war zu krank, um sich unter Kontrolle zu haben. Er hustete, sein Atem ging lauter und er versuchte, seine Lunge von rasselndem Schleim zu befreien. Ich spürte keinen Funken Mitleid.

„Lassen Sie mich das Offensichtliche feststellen: Ein junger Mann wird dreizehn Kilometer vom Stadtrand entfernt auf einem freien Feld tot aufgefunden. Obwohl in den Nächten Minustemperaturen von beinahe 30 Grad herrschten, war er leicht bekleidet und trug nur einen Schuh. Sosehr Ihre Leute auch suchten, Sergeant Stout, sie konnten den fehlenden Schuh nicht finden. Sie waren damals mit den Ermittlungen in diesem Fall betraut. Ich will wissen, warum Sie die Spurensicherung nicht geholt haben und warum es keine gerichtliche Untersuchung gab."

„Es gab keinen Grund, die Spurensicherung kommen zu lassen. Ich hatte alles im Griff, verdammt noch mal." Stouts Stimme versagte. Er räusperte sich wütend und sein ganzer Körper zuckte dabei. „Wir haben den Jungen noch am Fundort identifizieren können. Er wurde polizeilich gesucht. Es gab keine Spuren eines Gewaltverbrechens. Diese Kids von der Straße, die saufen jeden Samstag bis zum Umfallen und der Junge ist nicht wieder aufgestanden. Das nennt man Pech. Bei dieser Kälte, da bleibt eben ab und zu einer auf der Strecke."

Ich merkte, wie ich vor Wut zu kochen begann und nicht übel Lust verspürte, dem alten Mann an die Gurgel zu gehen. Dass er todsterbenskrank war, machte ihn kein bisschen menschlicher. „Daniel Blueboy lebte nicht auf der Straße", sagte ich. „Er hatte ein Zuhause."

„Er war aus einer Strafanstalt abgehauen und hatte getrunken."

„Es war ein Wohnheim für Jugendliche, Mr Stout. Und 1,5 Promille kommen als Todesursache kaum in Frage."

Stout kniff die Lippen zusammen. Er war ignorant und stur, und er hatte nichts mehr zu verlieren. Meine Hoffnung, dass er sein Gewissen erleichtern wollte, war geplatzt. Ich war mit meinem Latein am Ende.

„Sie haben Ihre Kollegen angewiesen, nichts von dem fehlenden Schuh an die Öffentlichkeit dringen zu lassen, um die laufenden Ermittlungen nicht zu gefährden. Haben Sie überhaupt ermittelt, Mr Stout?"

„Natürlich habe ich das", krächzte er. „Ich habe diesen Lucas Cardinal befragt. Und dann wurde der fehlende Schuh im Auto von einem gefunden, den wir schon lange suchten."

„Jerry DeMarco?"

Stouts wächserne Hände zitterten vor Erregung. „Sie wissen doch alles", herrschte er mich röchelnd an. „Wieso belästigen Sie mich dann noch?"

„Hat Jerry DeMarco zugegeben, Blueboy aus der Stadt gefahren und dort draußen allein zurückgelassen zu haben?"

„Nein, hat er nicht. Aber das tat nichts zur Sache. Wir hatten unsere Beweise und wussten Bescheid. DeMarco ging sowieso hinter Gitter, für all die anderen Verbrechen, die er begangen hatte."

„Warum haben Sie der Familie Blueboy nichts von Jerry und dem Schuh erzählt? Sie hatte ein Recht darauf."

„Weil wir nicht noch mehr Ärger provozieren wollten. Bei den Straßengangs in North End herrscht Vendetta. Blueboy hat DeMarco bei einem Bruch verpfiffen. DeMarco schafft Blueboy aus der Stadt und der Junge stirbt. Das wäre immer so weitergegangen, sogar im Knast." Stout hob die Hände. „Deshalb verschwand Jerry hinter Gittern und der Tod des Jungen war offiziell ein Unfall. Das war für alle besser so."

Ich stand auf und begann umherzulaufen. „Und für Sie auch, nicht wahr? Keine lästigen Befragungen weiterer Zeugen, kein Papierkrieg, und die Kosten für eine teure gerichtliche Untersuchung haben Sie als vorbildlicher Polizist auch eingespart."

„Ist das eine Unterstellung?"

„Ja", erwiderte ich wütend. „Als Polizist standen Sie doch für das Gesetz, Mr Stout. Sagt Ihnen das was, *Gesetz*?"

Stout zog es vor, diese Frage nicht zu beantworten.

„Wissen Sie noch, wer das war, der Jerry DeMarco mit Blueboys Schuh im Auto erwischte?"

„Das waren Streifenpolizisten."

Ich blieb stehen und sah ihn an. „Die Namen?"

„Das Ganze ist zehn Jahre her und ich bin ein kranker Mann."

„Auch wenn Ihre Lungen den Dienst verweigern, Ihr Hirn funktioniert noch erstaunlich einwandfrei", sagte ich ungerührt. „Denken Sie nach. Sonst muss ich Ihrer ehemaligen Dienststelle einen Besuch abstatten."

„Tun Sie das", sagte Stout, mit einem Ausdruck unheimlicher Befriedigung im Gesicht. Offensichtlich war er sich der Loyalität seiner ehemaligen Kollegen sehr sicher.

„Das werde ich", erwiderte ich.

Mrs Stout kam zur Tür herein und ließ sie weit offen stehen. „Mein Mann muss jetzt seine Medikamente nehmen", sagte sie. „Ich muss Sie auffordern zu gehen."

Das ließ ich mir nicht zweimal sagen. Aus Stout würde ich nichts mehr herauskriegen und zudem war ich so wütend, dass ich kurz davor war, die Beherrschung zu verlieren. Doch – was hätte das gebracht? Stout hatte keine Angst vor mir und dem, was ich herausfinden könnte. Er war bloß stinksauer, weil jemand wie ich in seine heiligen vier Wände vorgedrungen war und ihn so hilflos gesehen hatte. Wie es aussah, hatte er höchstens noch ein paar Wochen zu leben. Er würde jämmerlich ersticken.

Ich verließ den Raum, ohne Worte des Abschieds. In diesem Fall war Höflichkeit einfach zu viel verlangt. Im Hausflur entdeckte ich einen gerahmten Spruch, der mir vorher nicht aufgefallen war. Er lautete: „Es gibt nur zwei Arten von Menschen: Polizisten und Arschlöcher."

Ich beeilte mich, aus dem Haus zu kommen.

15. Kapitel

Meine Hand schmerzte zunehmend und ich hatte genug für heute. Am liebsten wäre ich nach Hause gefahren, um mich von dem Schrecken zu erholen. Aber um 18 Uhr hatte ich eine Verabredung mit Maggie, also konnte ich in der Zwischenzeit noch zu Therena Goodstriker fahren, Daniels Cousine. Ich hatte die Hoffnung, sie könnte mir bei meiner Suche nach Chanel Pourier weiterhelfen.

Das Navigationssystem leitete mich zurück in die Innenstadt, zu einem großen Gebäudekomplex mit Appartementhäusern aus den sechziger Jahren. Es waren hässliche Wohnblocks – einer sah aus wie der andere. Ich fuhr langsam die Toronto Street entlang. Bei der Nummer 122 angekommen, manövrierte ich den Jeep in eine Parklücke und stieg aus.

Eingemummte Kinder tobten vor dem Wohnblock auf schmutzigen Schneehaufen herum. Ich suchte das Klingelschild nach dem Namen Goodstriker ab und wollte eben klingeln, als eine junge Frau mit tief ins Gesicht gezogener Wollmütze die Tür öffnete. Lächelnd huschte sie an mir vorbei.

Mit dem Fuß verhinderte ich, dass die Tür wieder ins Schloss fiel. Eine bessere Gelegenheit, ins Haus zu kommen, hätte sich mir nicht bieten können. Therena wohnte im vierten Stock. Ich klingelte an der Wohnungstür und kurz darauf hörte ich Schritte. Die Tür wurde einen Spalt weit aufgezogen. Ich bekam ein halbes Gesicht mit einem braunen, entschieden skeptisch dreinblickenden Auge zu sehen.

„Therena Goodstriker?“, fragte ich.

„Wer will das wissen?“

„Adam Cameron. Ich komme von Robert Blueboy und hätte ein paar Fragen an Sie. Es geht um Ihren Cousin Daniel. Könnten Sie mir vielleicht zehn Minuten Ihrer Zeit opfern?“

Die Tür öffnete sich nur wenige Zentimeter weiter. Therena war nicht besonders hübsch, aber ihre Augen waren eindrucksvoll. „Dan ist tot“, sagte sie. „Und zwar schon ziemlich lange. Was bringt es noch, über ihn zu reden?“

„Ich will herausfinden, was damals passiert ist, und würde gerne alles hören, was Sie wissen.“

Erst dachte ich, Therena würde mir die Tür vor der Nase zuschlagen, doch sie steckte den Kopf heraus und betrachtete neugierig meinen dilettantischen Verband. „Was haben Sie denn mit Ihrer Hand gemacht?“

Ich hob meine Rechte. Der Verband war dabei sich zu lösen und auf dem Handrücken hatte sich ein roter Fleck gebildet. Therenas Blick zeigte ihre Besorgnis. Sollte mein Zusammenstoß mit Custer am Ende doch zu etwas nütze gewesen sein?

„Bevor ich hierher kam, habe ich den Polizisten befragt, der damals mit den Ermittlungen betraut war. Custer, sein Schäferhund, mochte mich nicht.“

Therena öffnete ihren Mund, sagte aber nichts. Stattdessen ließ sie mich in die Wohnung. Glück gehabt, dachte ich. Es war also etwas dran: Bei einem schwer verwundeten Helden werden die meisten Frauen schwach.

Die Wohnung hatte einen schmalen Flur, von dem fünf Türen abgingen. Hinter einer hörte ich das Krachen und Piepsen eines Nintendo Gameboys und kindliches Kichern. Therena führte mich in eine kleine Küche, in der es nach Frischgebackenem duftete. Auf einem Blech lagen Blaubeermuffins. Schlagartig überfiel mich die Erinnerung an meine Kindheit. Auch Margret hatte oft Blaubeermuffins gebacken. Mir lief das Wasser im Mund zusammen. Inzwischen war es halb vier. Seit dem Frühstück hatte ich nichts mehr gegessen.

„Ziehen Sie Ihre Jacke aus und setzen Sie sich", bestimmte Therena. Sie trug Bluejeans und einen grünen Pullover mit kleinen flauschigen Eisbären darauf. Ich gehorchte brav.

„Erzählen Sie mal", sagte Therena und löste behutsam den locker gewordenen Verband. Sie nahm mich am Handgelenk, drehte und wendete meine Hand und begutachtete die Verletzung mit kundigem Blick. Ihr Körper strahlte eine angenehme Wärme aus.

Ich erzählte ihr von meiner Begegnung mit Custer und dabei wurde mir erst richtig bewusst, dass das Ganze auch hätte anders ausgehen können. „Vielleicht hätte er mir die Gurgel zerfetzt, wäre Mrs Stout nicht zufällig dabei gewesen, ihn zu füttern", sagte ich. Allein bei dem Gedanken rann mir ein kalter Schauer über den Rücken.

„Es sieht schlimmer aus, als es ist", meinte Therena daraufhin. „Die Verletzungen sind nur oberflächlich. Ich kann versuchen, die Wunden zu desinfizieren, aber Sie sollten trotzdem einen Arzt aufsuchen und sich impfen lassen. Tierbisse sind voller Bakterien und Viren. An Wundstarrkrampf zu sterben, ist kein schöner Tod."

Das waren exakt die Worte meiner Mutter und ich stöhnte leise. „Sind Sie Krankenschwester?", fragte ich kleinlaut.

„Nein", erwiderte sie lächelnd. „Aber meine Mutter."

Therena trat zur Wand und öffnete ein gut gefülltes Medizinschränkchen. Sie nahm eine Plastikflasche mit Sprühaufsatz heraus, eine eingeschweißte Binde und eine Rolle Pflaster.

„Sie sind gut ausgerüstet", bemerkte ich.

„Ja, glücklicherweise. Meine Mutter sorgt immer dafür,

dass die Hausapotheke komplett ist. Wenn man lebhafte Jungs im Haus hat, ist es gut, auf alles vorbereitet zu sein."

Einer der lebhaften Jungs, ich schätzte ihn auf sieben oder acht, kam in die Küche gestürmt, um zwei Dosen Seven Up aus dem Kühlschrank zu holen. „Hi", begrüßte er mich und wollte gleich wieder verschwinden. Als er jedoch meine verletzte Hand sah und begriff, was seine Mutter vorhatte, kam er neugierig zum Küchentisch und kniete sich auf einen Stuhl.

„Jay, das ist Adam", sagte Therena.

„Hi Jay."

Therena besprühte die beiden blutigen Risse auf meinem Handrücken mit einem Antiseptikum. Ich atmete tief ein und biss die Zähne zusammen. Der Junge ließ mich nicht aus den Augen.

„Hast du dich geprügelt?", fragte er.

„Ein Hund hat ihn gebissen", sagte seine Mutter.

Jay verzog das Gesicht. Da erschien ein weiterer Junge in der Tür. Er war ein oder zwei Jahre älter als sein Bruder, hatte lockiges, schulterlanges Haar und auffällig große, eindrucksvolle Augen. Sie waren so schwarz, dass man die Pupille nicht von der Iris unterscheiden konnte.

„Wo bleibst du denn?", fragte er Jay.

„Jeff, das ist Adam", sagte Therena.

Der größerer Junge nickte mir nur zu.

„Ich komm ja schon." Jay verdrehte die Augen, kletterte vom Stuhl und verschwand mit seinem Bruder aus der Küche.

„Wie vertraut waren Sie und Ihre Schwester denn mit Daniel?", fragte ich, als der Schmerz endlich abklang und Therena meine Hand fachmännisch verband.

„Er war unser Cousin."

„Kannten Sie seine Freundin?"

„Seine Freundin? Welche? Daniel sah gut aus, und er

wusste es. Die Mädchen mochten ihn. Er flirtete gerne. Ich weiß nicht, wie seine Freundinnen hießen."

„Erinnern Sie sich an eine Chanel Pourier?"

„Pourier? Ja, kann schon sein. Mit ihr war er immer wieder mal zusammen."

„Immer wieder mal?"

„Ja. Wie es schien, kamen sie nicht voneinander los."

„Sie wissen nicht zufällig, wo ich Chanel Pourier finden kann?"

„Nein, tut mir leid." Therena befestigte das Ende des Verbandes mit einem Pflasterstreifen. Ich testete, inwieweit ich meine Hand noch bewegen konnte, und bedankte mich.

„Robert meinte, Daniel hätte ein enges Verhältnis zu Ihrer Schwester Janelle gehabt."

Therenas Hände zuckten kurz und ich sah, dass sie ihre Lippen aufeinander presste. „Ja, Jan und Daniel verstanden sich. Dan hat meiner Schwester alles Mögliche erzählt. Ich fand das nicht gut. Sie war zu jung dafür. Er hatte ständig Ärger mit der Polizei und sie hat sich große Sorgen um ihn gemacht."

„Wo ist Ihre Schwester denn jetzt?"

„Ich weiß es nicht."

Das kam mir ein wenig zu schnell. „Sie wissen es nicht?" Verwundert musterte ich die junge Frau.

Therena stand auf und räumte Antiseptikum und Pflaster wieder in den Medizinschrank. „Wir haben uns nach einem Streit aus den Augen verloren."

Ich ahnte, dass sie log, sagte aber nichts. „Worum ging es denn bei diesem Streit?"

„Ich glaube nicht, dass Sie das etwas angeht." Sie wandte sich ab, lehnte sich gegen die Spüle und verschränkte die Arme vor der Brust.

„Natürlich nicht. Verstehen Sie mich nicht falsch, aber

ich bin dankbar für Ihre Offenheit, Therena. Mit Ihrer Schwester zu sprechen, könnte mir wirklich weiterhelfen. Vielleicht kann sie mich zu dieser Chanel Pourier führen. Haben Sie nicht wenigstens eine Vermutung, wo Ihre Schwester jetzt sein könnte?"

„Tut mir leid", sagte sie, einen Anflug von Gereiztheit in der Stimme.

Ich schrieb ihr meine Handynummer und Roberts Festnetznummer auf einen Zettel und schob ihn in die Mitte des Tisches. „Nur für den Fall, dass Ihnen noch etwas einfallen sollte." Dann erhob ich mich.

„Um ehrlich zu sein", sagte Therena, „verstehe ich nicht, warum Robert die ganze Sache noch einmal aufwühlt. Dans Tod war schlimm genug. Und die ganze Geschichte nach zehn Jahren auszukramen, macht ihn auch nicht wieder lebendig."

Sie begleitete mich zur Tür, schien es auf einmal eilig zu haben, mich loszuwerden.

„Robert sieht das anders. Die Ungewissheit hat sich für ihn als Falle erwiesen, aus der er alleine nicht mehr herauskommt", sagte ich. „Er glaubt, dass jemand für Daniels Tod verantwortlich ist und möchte, dass derjenige bestraft wird."

Therena sagte daraufhin nichts. Als ich mich von ihr verabschiedete, wies sie auf meine verbundene Hand. „Wenn die Wunden anfangen zu puckern, gehen Sie zu einem Arzt."

„Versprochen", sagte ich. „Und wenn Ihnen noch etwas einfällt, dann erreichen Sie mich auf meinem Handy oder bei Robert."

Als ich wieder im Wagen saß, kramte ich meine Notizen über Stony Mountain hervor und wählte die Nummer der

Verwaltung. Ich erkundigte mich nach den Besuchszeiten und den Bedingungen für eine Besuchserlaubnis.

Letztere waren erstaunlich unkompliziert. Ich müsste nur ein Formular ausfüllen und ein Foto von mir mitbringen. Wenn Jerry einverstanden war, mich zu treffen, konnte ich während der offiziellen Besuchszeiten mit ihm sprechen. Kurzentschlossen meldete ich mich für den nächsten Vormittag im Gefängnis an, für eine Unterredung mit Jerry DeMarco. Irgendwie musste ich nun noch zu diesem Foto kommen, wofür mir eine knappe Stunde blieb. Ich entschied, es in einem der großen Kaufhäuser Ecke Portage und Main zu versuchen.

Als ich das Stadtzentrum erreichte, wurde es bereits dunkel und Neonschriftzüge in allen Farben leuchteten an den tristen Betonbauten. Die großen Kaufhäuser in der Portage Avenue waren durch breite unterirdische Gänge und verglaste Brücken miteinander verbunden, so dass man, wenn draußen ein Blizzard tobte, bequem stundenlang shoppen konnte, ohne jemals einen Schritt ins Freie tun zu müssen.

Ich fuhr in die Tiefgarage des Portage Place und suchte mich bis zu einem Fotostudio durch, wo ich auf einem Hocker sitzend abgelichtet wurde, schweißgebadet – in meiner perfekten Wintergarderobe. Für fünf Dollar bekam ich zwei Abzüge in der gewünschten Größe und sah zu, dass ich wieder zu meinem Wagen kam.

16. Kapitel

Vom Parkhaus fuhr ich über die Main Street zu Littlecrows Kanzlei, um Maggie Winterhawk abzuholen. Als ich in eine Parklücke vor der Kanzlei bog, kam Maggie mir schon entgegen. Ich öffnete die Beifahrertür und sie stieg ein. Ein zarter Duft nach frischem Grün umgab sie.

„Wie ist es mit Bill Halla gelaufen?", fragte sie nach einer kurzen Begrüßung und entdeckte im selben Augenblick meine verbundene Hand. „Oh mein Gott", rief sie erschrocken aus, „Sie haben sich mit einem Polizisten geprügelt?"

„Nein, habe ich nicht", beruhigte ich sie.

„Aber was ist dann mit Ihrer Hand passiert?"

Ich erzählte ihr, dass ich nach meinem Gespräch mit Bill Halla noch zu Homer Stout gefahren war, dem Beamten, den man damals mit den Ermittlungen betraut hatte. „Er ist jetzt pensioniert und lässt sich von einem deutschen Schäferhund namens Custer bewachen."

„Custer", sagte Maggie und auf ihrer glatten Stirn bildete sich eine Zornesfalte. „Und der Hund hat Sie in die Hand gebissen."

„Ja, und dabei hatte ich noch Glück. Ich glaube, er wollte mir an die Kehle."

Ich hörte, wie Maggie scharf einatmete.

„Letztendlich war es meine eigene Schuld", gab ich zu. „Stouts Tor war von innen verriegelt und ich bin einfach rein."

„War da kein ‚Vorsicht bissiger Hund'-Schild am Tor?"

„Nein. Das wäre mir mit Sicherheit aufgefallen."

„Wo wohnt dieser Stout denn?"

„In St. James."

"Sleepy Hollow", sagte Maggie schmunzelnd.

"Was?"

"In St. James, da leben eine Menge alte Leute, deswegen wird die Wohngegend auch Sleepy Hollow genannt." Sie wies auf meine verbundene Hand. „Haben Sie sich wenigstens eine Tetanusimpfung geben lassen?"

„Nein, bisher nicht."

Wortlos tippte Maggie die Lewis Street 15 in das Navigationssystem des Jeeps und sagte: „Fahren Sie!"

Ich startete und folgte den Anweisungen des Navis.

„Wer hat Ihre Hand verbunden?", fragte Maggie. „Sieht ziemlich professionell aus."

„Ich war noch bei Therena Goodstriker, einer von Blueboys Cousinen, die hat die Wunde desinfiziert und verbunden. Eigentlich wollte ich ihre Schwester sprechen, die damals eng mit Daniel befreundet war. Aber die Schwestern haben sich verkracht und Therena weiß angeblich nicht, wo Janelle sich jetzt aufhält."

Das Navi lotste mich in Richtung Süden – aus der Innenstadt heraus. Wir querten den Red River über eine große Betonbrücke und befanden uns im Stadtteil Osborne Village.

„Führen Sie mich in Ihr Lieblingsrestaurant?", fragte ich.

„Haben Sie etwas anderes erwartet?", erwiderte Maggie kokett. Sie erklärte mir, dass Osborne Village eine Art Halbinsel zwischen Assiniboine und Red River war.

Historische Gebäude mit kleinen Läden säumten die Hauptstraße. Im Gegensatz zur Innenstadt war es hier beinahe idyllisch. Die Computerstimme führte mich weiter, in eine wenig befahrene Gegend mit vielen großen Bäumen und geschmackvollen Wohnhäusern. Das Navi blinkte: Zielpunkt erreicht. Maggie deutete mir, in eine Einfahrt zu biegen.

Das dazugehörige Holzhaus war nicht groß und hatte ein steiles Satteldach. Man musste kein Detektiv sein, um herauszufinden, dass das kein Restaurant war, sondern ein Wohnhaus. Jetzt fiel mir auch wieder ein, dass Lewis Street 15 auf Maggies Visitenkarte gestanden hatte. Wollte sie mich ihrem Mann vorstellen, bevor ich sie zum Essen ausführen durfte?

„Denken Sie am besten gar nichts, Adam", sagte sie lächelnd. „Kommen Sie einfach mit."

Zwei Klingeln mit Namensschildern waren neben der Haustür angebracht. Auf der einen stand Praxis Dr. Winterhawk, auf der anderen M. Winterhawk. Langsam dämmerte mir, warum Maggie mich hierher gelotst hatte.

„Der Doc ist mein Vater", erklärte sie, als sie die Tür aufschloss. „Er ist schon einundsiebzig und praktiziert eigentlich nicht mehr. Aber er hilft immer noch, wenn Leute zu ihm kommen. Bevor wir essen gehen, werden Sie sich von ihm eine Tetanusimpfung geben lassen."

Widerspruch schien aussichtslos. Wenigstens gab es keinen Ehemann. Ein kleiner Pieks war eindeutig das kleinere Übel.

Maggie klopfte an eine Kiefernholztür und ein hagerer alter Mann öffnete. Seine Augen leuchteten und er lächelte, als er seine Tochter sah. „Maggie, schön, dass du da bist." Dann entdeckte er mich. „Oh, du hast Besuch mitgebracht, das ist gut."

Maggie erklärte ihrem Vater, warum ich da war. Er schien enttäuscht zu sein. Was hatte er denn erwartet?

Dr. Winterhawk bestand darauf, sich die Verletzung anzusehen, was er auch gründlich tat. „Sie haben Glück gehabt, Mr Cameron", sagte er. „Es sind keine Sehnen und keine Knochen verletzt."

Ich bekam eine Tetanusimpfung, Maggie verband meine Hand und ich fühlte mich besser.

Nachdem Maggie sich frisch gemacht hatte, stiegen wir wieder in den Jeep und fuhren zu einem kleinen indischen Restaurant ganz in der Nähe. Von einem Kellner in weißem Hemd und roter Seidenweste wurden wir in einer gemütlichen Ecke platziert und Maggie bestellte einen australischen Chardonnay. Der Kellner schien Maggie zu kennen und musterte mich abschätzig, vermutlich überlegte er, ob ich ihrer würdig war. Langsam fragte ich mich, ob ich mit dieser spontanen Idee, Maggie Winterhawk zum Essen einzuladen, nicht etwas in Gang gesetzt hatte, das ich überhaupt nicht wollte.

Maggie lächelte, als wir saßen. „Eigentlich koche ich gerne", sagte sie, „aber ich habe nur am Wochenende Zeit dazu, weil ich oft nicht vor sieben aus der Kanzlei komme. Mein Vater liegt mir ständig in den Ohren, Littlecrow darum zu bitten, mich pünktlicher gehen zu lassen."

„Und, haben Sie ihn jemals darum gebeten?"

„Ja", sie lachte. „Ich bekam eine Gehaltserhöhung, die ich nicht ausschlagen konnte."

Der Kellner brachte den Wein, den Maggie bestellt hatte, und die Speisekarten.

„Darf ich für Sie bestellen, Adam?", fragte sie.

„Ja, gern."

„Gibt es etwas, das Sie nicht mögen?"

„Da gibt es eine Menge", antwortete ich. „Aber ich esse fast alles – wenn es gar ist", fügte ich schnell hinzu.

Maggie bestellte zweimal Lamm Mayamara. Während wir auf das Essen warteten, tranken wir Wein und plauderten über Belangloses. Auch wenn ich gerne gewusst hätte, ob Maggie je verheiratet war, fragte ich sie nicht. Stattdessen fragte ich sie nach ihrer Arbeit.

Maggie seufzte, als ob sie dieses Thema lieber nicht angesprochen hätte. „Manchmal scheint unser Job eine Sisyphosarbeit zu sein", antwortete sie, „das ist deprimierend.

Wissen Sie, achtzig Prozent der Leute, die vor Manitobas Gerichten verurteilt werden, sind First Nations. Deshalb muss ich Überstunden machen."

„Aber wie kommt es dazu?", fragte ich. „Wie werden aus schwierigen Jugendlichen Straftäter?"

„Ich weiß nicht, wie es woanders ist, aber ich habe das Gefühl, diese Stadt da draußen verschlingt ihre Menschen. Ein Drittel der indigenen Bevölkerung von Manitoba lebt hier, in Winnipeg. Zum großen Teil sind das Leute, die ihrer Kultur völlig entfremdet sind. Dazu kommt, dass es unter den Indianern und Métis viele allein stehende Frauen gibt. Sie sind geschieden, verwitwet oder leben getrennt. Und sie haben Kinder, die sie alleine großziehen müssen." Maggie hielt inne und nahm einen Schluck Wein.

„Haben Sie Kinder, Adam?"

„Ja, einen Jungen und ein Mädchen."

„Wie alt sind die beiden?"

„Mike ist acht und Amina zehn."

Maggie lächelte. „In diesem Alter ist die Welt meistens noch in Ordnung. Aber Teenager sind anstrengend: Sie sagen nicht, wohin sie gehen und wann sie wiederkommen. Ratschläge betrachten sie als Einmischung. Natürlich wird getrunken und es werden Drogen ausprobiert. Meistens ist niemand da, der die Kids zur Räson bringt."

Maggie machte eine Pause, dann sagte sie: „Viele der indianischen Frauen gehen auf den Strich, um ihre Kinder zu ernähren. Ihre Töchter lernen, dass dies die einzig lukrative Einnahmequelle für sie ist, und folgen ihren Müttern auf die Straße. Die Söhne finden sich in Gangs zusammen, da können sie wenigstens beweisen, dass sie richtige Kerle sind. Alles weitere passiert ganz von allein: Die Demografen prophezeien eine Zunahme von Verbrechen in der Stadt und schon sind indianische Jugendliche in der Presse. Ein Indianer, der vor Gericht steht, steht dort nicht als Individuum, sondern als Vertreter seines Volkes."

„Das klingt alles ziemlich aussichtslos", sagte ich. „Sind wir ein besiegtes Volk, Maggie?"

Sie richtete ihre intelligenten schwarzen Augen auf mich und ich beobachtete die harte Falte zwischen ihren Augenbrauen. „Wir versuchen zu überleben", antwortete sie, „aber manchmal ist es verdammt schwer. Die Selbstmordrate unter den indianischen Frauen in dieser Stadt ist sieben Mal höher als im Landesdurchschnitt. Immer wieder werden unsere Frauen und Mädchen ermordet, weil sie leichte Opfer sind. Und die Täter werden nie gefunden."

„Wollen Sie damit sagen, dass Winnipegs Cops schlampig ermitteln?"

„Ja. Entweder sie ignorieren uns oder sie machen Jagd auf uns." Maggie sprach voller Leidenschaft und ich ahnte, dass sie deshalb Überstunden machte, weil es ihre Art war, gegen diese Ungerechtigkeit zu kämpfen. „Tut mir leid", sagte sie unvermittelt, „das ist kein Thema für ein gemütliches Abendessen, nicht wahr?" Sie schüttelte den Kopf und lächelte ihr trauriges Lächeln.

„Nein", sagte ich ehrlich. „Aber ich habe Sie nach Ihrer Arbeit gefragt und es interessiert mich, was Sie darüber zu berichten haben. Nur dass mir das, was ich höre, die Stadt nicht unbedingt sympathischer macht. *Winterpeg*, die Hauptstadt des Schnees", sagte ich mit pathetischer Stimme.

„Oh", stieß Maggie hervor, „Winnipeg ist nicht nur Hauptstadt des Schnees. Es ist auch die Hauptstadt der Kinderarmut und der Autodiebstähle. Aber das steht natürlich in keinem Reiseführer."

Der Kellner brachte unser Essen und Maggie lehnte sich zurück, damit er servieren konnte. Es duftete köstlich nach Curry und Limonen. Das Gericht bestand aus Lammfleischstücken in einer grünen Currysauce, frischem Gemüse und Limonenblättern in Kokosmilch. Dazu gab es Basmatireis. Wir aßen und tranken Wein.

„Sind Sie eigentlich in Winnipeg aufgewachsen?", fragte ich Maggie.

„Ja, ich bin eine richtige Stadtindianerin. Und Sie, Adam, sind Sie ein Fischindianer?"

Über diese Frage musste ich schmunzeln. Die Indianer der amerikanischen Nordwestküste wurden häufig als *Fischindianer* bezeichnet, weil sie sich früher größtenteils durch Fischfang ernährt hatten. In alten Anthropologie-Lehrbüchern stand sogar, dass eines ihrer körperlichen Merkmale lange Arme seien, weil sie früher Fische mit Speeren gefangen hatten. Nun ja, meine Arme waren weder zu lang noch zu kurz.

„Ich glaube nicht, dass ich ein Fischindianer bin", antwortete ich und erzählte ihr von meiner Adoption und dass ich seit vierzehn Jahren auf der Suche nach meiner richtigen Mutter war. Inzwischen hatte ich zwei Gläser von dem guten Chardonnay getrunken, deshalb erzählte ich Maggie auch, dass mein richtiger Name Adam Lee Blueboy war und ich irgendwie gehofft hatte, mit Robert verwandt zu sein.

Neugierig sah sie mich an. „Aber das hat sich nicht bestätigt, oder?"

„Nein. Bisher nicht."

„Soll ich mal ein bisschen nachforschen für Sie?"

Maggies Angebot überraschte mich. „Das würden Sie tun?"

Sie legte lächelnd den Kopf schief. „Ja, warum nicht? Wir haben des öfteren mit solchen Fällen zu tun und die Kanzlei hat ganz gute Verbindungen zu den Adoptionsbehörden des Landes."

Ich kramte in meiner Ledertasche und förderte eine Kopie meiner Adoptionsurkunde zutage. „Hier, die habe ich immer dabei."

Maggie nahm die Kopie und überflog sie. „Ich sehe, was ich tun kann", sagte sie und steckte sie ein. „Aber Sie müssen wissen, Adam, dass wir nur dann Eltern und Kinder zusammenführen, wenn beide es wollen. Will ein Teil das nicht, wird das von uns selbstverständlich respektiert."

„Verstehe."

„Waren Ihre Adoptiveltern gut zu Ihnen?"

„Ja", sagte ich. „Aber seit ich eine Familie habe, ist es für mich noch wichtiger geworden zu wissen, wo ich herkomme." Ich sah Maggie an. „Was ist mit Ihnen? Warum haben Sie keine Familie?"

„Ich hatte eine Familie", erwiderte Maggie mit rauer Stimme, „aber das ist lange her."

Sie erzählte mir, dass sie jung geheiratet und eine Tochter bekommen hatte. Eines Tages, als ihr Mann die Kleine aus dem Kindergarten abgeholt hatte, war ihnen ein Betrunkener in die Seite gefahren. Beide waren sofort tot gewesen.

„Der Fahrer war ein Weißer. Er wurde wegen unangemessener Fahrweise verurteilt, das war alles", sagte sie verbittert.

„Es tut mir leid, Maggie", sagte ich und wollte spontan nach ihrer Hand greifen, tat es aber dann doch nicht. Es würde ihr nicht helfen, ihre Last zu tragen.

„Es ist zwölf Jahre her, meine Tochter Danita wäre jetzt fünfzehn. Ein Teenager."

Ich schluckte beklommen. Ich hatte Maggie zum Essen eingeladen, weil ich den Abend statt mit Robert lieber mit einer schönen Frau verbringen wollte. Nun saß ich da, mit Maggie und ihrer Geschichte und der ganzen Traurigkeit, die sie umgab.

„Wie haben Sie überlebt?", fragte ich.

„Ich habe mich um ein Stipendium beworben und Jura studiert. Leicht ist es mir nicht gefallen, aber ich hatte einen starken Antrieb. Ich wollte dafür sorgen, dass Leute wie dieser Fahrer nicht mehr so leicht davonkommen würden. Recht und Gesetz machen sich lustig über uns Indianer, Adam. Das wollte ich ändern. Für Littlecrow arbeite ich seit sechs Jahren."

„Er ist beeindruckend."

„Ja, das ist er." Ihre Augen leuchteten. Und ich ahnte, dass es noch eine andere Geschichte gab, eine, die ich noch weniger hören wollte als die vorangegangene.

Sachte lenkte ich das Thema wieder auf sicheres Terrain. Ich fragte Maggie nach Nora Blueboy und erfuhr, dass Roberts Frau mit Littlecrow und Maggie in Verbindung stand und bereit war, Robert noch eine Chance zu geben. Voraussetzung dafür war, dass er den Tod seines Bruders und seine damit zusammenhängenden Schuldgefühle verarbeitete und sich bei den anonymen Alkoholikern anmeldete.

„Wo ist Nora mit dem Jungen?"

Maggie schüttelte den Kopf. „Ich habe Ihnen schon viel zu viel gesagt, Adam. Finden Sie heraus, wie Daniel Blueboy gestorben ist. Vielleicht helfen sie Robert damit, seine Ehe zu retten."

Plötzlich wurde mir unbehaglich. Ich hatte das Gefühl, dass die Sache mir über den Kopf wuchs. Diese kalte Stadt in der kanadischen Prärie schien ein Ort der Tragödien zu sein.

Ich spürte, wie die Schmerzen in meiner Hand stärker wurden. Eine unendliche Müdigkeit überkam mich. Es war ein schlimmer Tag gewesen. Aber ich war auch ein Stück vorwärts gekommen.

„Sie sehen müde aus", sagte Maggie. „Ich werde den Kellner rufen."

Nachdem ich die Rechnung bezahlt hatte, brachen wir auf. Ich fuhr Maggie die wenigen Meter bis zu ihrem Haus.

In der Wohnung ihres Vaters brannte noch Licht und mir kam in den Sinn, dass der alte Mann es vielleicht gerne gesehen hätte, wenn ich am nächsten Morgen mit seiner schönen Tochter am Frühstückstisch sitzen würde. Er konnte ja nicht wissen, dass ich aus Seattle kam und verheiratet war.

Maggie wusste es nun. „Gute Nacht, Adam“, sagte sie und streifte meine Wange mit einem flüchtigen Kuss. „Und haben Sie vielen Dank für den schönen Abend.“

„Ich habe zu danken“, erwiderte ich und hob meine verbundene Hand. „Vermutlich haben Sie mir das Leben gerettet.“

Maggie stieg aus und schlug die Tür zu. Zurück blieb der zartgrüne Duft ihres Parfums.

17. Kapitel

Roberts Kombi stand unter dem Carport, als ich nach Hause kam. Es war erst kurz vor elf, aber im Haus war alles dunkel. Vielleicht hatte Robert einen harten Tag gehabt und war schlafen gegangen. Ich hatte mich nicht bei ihm gemeldet, das war nicht unbedingt fair gewesen. Aber wenn er sich Sorgen gemacht hätte, dann hätte er mich schließlich auf dem Handy erreichen können. Jedenfalls schien es ihn nicht sonderlich zu interessieren, ob ich etwas Neues über Daniel herausgefunden hatte.

Seit meinem Zusammenstoß mit Scott am vergangenen Abend (war das wirklich erst gestern gewesen?), war ich vorsichtig geworden. Bevor ich in die Küche trat, machte ich Licht. Robert saß zusammengesunken am Küchentisch. Vor sich hatte er eine Flasche Wodka stehen, die nur noch zur Hälfte voll war.

Ich stellte Wasser auf den Herd und steckte Teebeutel in die Kanne. Dann setzte ich mich zu Robert an den Tisch.

„Wie lange sitzt du schon hier?"

„Seit neun."

Zwei Stunden, dachte ich. Hatte er zwei lange Stunden hier in der Dunkelheit gesessen, Wodka getrunken und auf mich gewartet? Augenblicklich bekam ich ein schlechtes Gewissen.

„Es tut mir leid, dass ich dich nicht angerufen habe. Ich war noch mit Maggie essen. Ich brauchte ihre Hilfe."

„Hilfe wofür?", lallte er und seine Hände ballten sich zu Fäusten. „Um dir von ihr sagen zu lassen, dass ich ein Arschloch bin?"

Ich hielt es für besser, nicht darauf einzugehen. „Warum trinkst du, Robert? Der Geburtstag deines Sohnes war gestern."

„Ich kann trinken, wann ich will", erwiderte er, setzte die Flasche an und nahm einen tiefen Zug. Sein Adamsapfel hüpfte, als er trank und ich hätte ihm die Wodkaflasche am liebsten aus der Hand gerissen. Aber das hätte auch nichts daran geändert, dass Robert auf dem besten Wege war, sein Leben zu ruinieren – und das seiner Familie noch dazu.

Er setzte die Flasche hart auf dem Tisch ab.

„Ich weiß, dass Nora deshalb mit dem Jungen fort ist", sagte ich und schnipste mit dem Finger gegen die Wodkaflasche.

Robert sah mich mit blutunterlaufenen Augen an. Sein Blick schwamm. „Maggie, die alte Schlampe. Das hätte sie nicht tun sollen. Sie hätte es dir nicht erzählen dürfen."

„Ich war längst von selbst darauf gekommen, Robert."

„Maggie, die feine Lady, die heimlich ihren Chef bumst", lallte er. „Die beiden *wissen*, wo Nora ist. Sie wissen es."

„Vielleicht hast du Recht", sagte ich ärgerlich, denn langsam platzte mir der Kragen. Ich hatte keine Lust, mir Roberts Beleidigungen anzuhören. „Wenn du aufhörst zu trinken, hast du vielleicht noch eine Chance."

„Eine Chance?" Er lachte rau. „Was weißt du denn schon? Sie kommt nicht wieder. Nora kommt nicht wieder mit dem Jungen. Ich habe sie geschlagen, verdammt. *Ich habe meine Frau geschlagen.*"

„Ich weiß."

Der Wasserkessel begann zu pfeifen. Ich stand auf und goss kochendes Wasser in die Kanne.

„Ich dachte, wenn du hier wohnst, bei mir, würde ich das Zeug nicht anrühren." Robert stierte auf die Tischplatte. Er bebte am ganzen Körper. „Ich hatte alles aus dem Haus geschafft, bevor ich zum Flughafen fuhr, um dich abzuholen. Ich dachte, ich könnte es schaffen, weil ich mich vor dir schämen würde. Aber ich schäme mich nicht."

Verdammt, schoss es mir durch den Kopf. Ich hatte das dämliche Bier gekauft, ohne zu ahnen, was ich Robert damit antun würde.

„Ich glaube, doch", sagte ich.

Er sah mich an. „Ich schaffe es nicht, Adam. Seit Nora mit dem Jungen weg ist, geht es nur noch bergab. Ich habe alles verloren. Meinen Bruder, meine Mutter, meine Frau und meinen Sohn." Er hob die zitternden Hände. „Meinen Job auch. Mein Chef hat mich gefeuert. Und Aushilfsjobs habe ich auch nicht, das war gelogen."

Ich goss Tee in zwei Tassen, stellte eine vor ihn hin und setzte mich wieder. „Was willst du eigentlich, Robert?"

„Dass alles so ist, wie es war."

„Das geht nicht", sagte ich. „Nichts wird jemals wieder so, wie es war. Alles verändert sich, wir verändern uns. Du bist schon jetzt nicht mehr derselbe, der du vor drei Stunden noch warst. Aber du kannst versuchen, deine Familie, dein Leben zurückzubekommen. Hör einfach auf zu trinken." Ich streckte die Hand aus. „Komm, gib mir die Flasche."

Robert schloss seine Rechte um den Flaschenhals, so fest, dass die Fingerknöchel weiß hervortraten. „Einfach aufhören?" Er lachte kopfschüttelnd. „Das ist ..."

„Nicht leicht, ich weiß", unterbrach ich sein Gestammel. „Es ist auch nicht leicht, nach zehn verdammten Jahren noch etwas über den Tod deines Bruders herauszufinden, aber ich versuche es trotzdem." Ich hielt ihm meine verbundene Hand vor das Gesicht. Roberts gerötete Augen weiteten sich fragend. Vermutlich war er so damit beschäftigt, sich selbst zu bemitleiden, dass er den Verband bisher gar nicht wahrgenommen hatte.

„Stouts Hund hat mich gebissen."

„Das tut mir leid."

„Das braucht dir nicht leid tun, Robert. Du selbst musst dir leid tun. Du brauchst Hilfe, verstehst du."

„Willst du mich zu einem Seelenklempner schicken?"

„Ich schicke dich nirgendwo hin. Aber wenn ich dich noch einmal betrunken erlebe, fliege ich zurück nach Seattle. Dann kannst du selbst herausfinden, warum dein Bruder sterben musste."

„Du meinst das ernst, nicht wahr?"

Sein Elend war so tief, dass ich Mitleid bekam. „Ja", sagte ich schließlich. „Melde dich in Thunderbird House bei den anonymen Alkoholikern an. Daniel ist dort auch hingegangen und laut Marvin Awasis hat er nie eine Sitzung versäumt."

„Dan war bei den anonymen Alkoholikern?", fragte Robert schleppend.

„Ja. Hast du das nicht gewusst?"

Er schüttelte den Kopf und ich fragte mich, was er überhaupt von seinem Bruder wusste.

„Gib mir die Flasche, Robert. Tu es für Daniel", sagte ich.

Ganz langsam, Zentimeter für Zentimeter, schob Robert die Wodkaflasche zu mir herüber. Ich nahm sie und leerte den Rest Wodka in den Ausguss. In meinem Rücken hörte ich ein gequältes und doch erleichtertes Seufzen.

Noch eine ganze Weile saßen Robert und ich da, tranken schweigend Tee und sahen uns müde an.

In der Nacht schlief ich schlecht. Mein Kopf dröhnte und der Schmerz in meiner Hand sandte pulsierende Wellen den rechten Arm hinauf. Am nächsten Morgen fühlte ich mich wie gerädert und wäre am liebsten im Bett geblieben.

Aber ich hatte ja den Besuchstermin im Stony-Mountain-Gefängnis. Also quälte ich mich aus dem Bett.

Den Versuch, Robert zu wecken, machte ich erst gar nicht. Ich wusste ja, dass er keinen Job hatte, also konnte er genauso gut liegen bleiben und seinen Rausch ausschlafen.

Während des Frühstücks las ich, was ich mir in der Stadtbibliothek über Stony Mountain ausgedruckt hatte, und erfuhr, dass die Strafvollzugsanstalt im Jahre 1876 speziell für Ureinwohner erbaut worden war. Zu den ersten Insassen gehörten die beiden Cree-Häuptlinge Poundmaker und Big Bear. Beide Männer hatten 1876 einen Landabtretungsvertrag mit Kanada unterzeichnet. Als Louis Riel die Häuptlinge 1884 um Unterstützung bei seinem zweiten großen Aufstand bat, kämpften sie jedoch an seiner Seite, denn ihnen war längst klar, dass man sie betrogen hatte. Der Aufstand der Métis wurde von Polizeikräften niedergeschlagen und beide Häuptlinge in Stony Mountain eingekerkert.

Auf der Fahrt fragte ich mich, wie die Gefangenen heute untergebracht waren, in einem Gemäuer, das 132 Jahre auf dem Buckel hatte. Als die hellen Kalksteinmauern der Strafanstalt schließlich aus der schneebedeckten Ebene auftauchten, wirkte das imposante Hauptgebäude mit seinem Glockenturm wie eine Mischung aus Palast und Festung. Die überdachten runden Wachtürme an den Mauerwinkeln verstärkten diesen Eindruck noch. Ein silberfarbener Wasserturm blinkte wie ein Ufo vor dem strahlend blauen Himmel. Stony Mountain war ein kalter, ein einsamer Ort. *Solche Orte gibt es viele hier*, dachte ich fröstelnd.

Ich suchte mir einen Parkplatz vor dem Hauptgebäude, trug mich in die Besucherliste ein und durchlief die Sicherheitszonen der Strafanstalt, die auf dem neuesten Stand waren. Nach der Leibesvisitation mit dem Metalldetektor in der Sicherheitsschleuse vor der Besucherzelle bekam ich einen Clip mit meinem Besucherausweis, den ich an mein

Flanellhemd zwackte. Immerhin, Jerry DeMarco war bereit, mit mir zu sprechen, sonst wäre ich gar nicht erst bis hierher vorgedrungen.

Es dauerte noch einmal zehn Minuten, bis der Türsummer ertönte und DeMarco von einem Vollzugsbeamten hereingeführt wurde. Er war um die dreißig, hatte schwarzes, schulterlanges Haar, ein schmales Gesicht und eng stehende Augen, die mich irgendwie belustigt und zugleich wachsam musterten.

DeMarco setzte sich mir gegenüber, wir waren durch ein Maschendrahtgitter voneinander getrennt. Eine Wache stand neben der Tür, die Arme hinter dem Rücken verschränkt. Ich sah Jerry an, dass er angestrengt darüber nachdachte, was ich wohl von ihm wollen könnte. Ich hatte ihm ausrichten lassen, dass ich Journalist sei und mit ihm über Daniel Blueboy sprechen wolle.

„Ich kann's nicht glauben, dass ich Besuch von einem Schreiberling habe", meinte DeMarco grinsend und entblößte eine Zahnlücke im Oberkiefer. „Der olle Jerry im Interesse der Öffentlichkeit."

Gegen meinen Willen musste ich lächeln. Jerry DeMarco gab sich wie ein pubertierender Halbwüchsiger, hinter seinen wachen Augen vermutete ich jedoch einen scharfen Verstand. Er wollte mich als Informationsquelle benutzen. Nun, ich würde das Spiel einfach eine Weile mitspielen.

„Mein Interesse gilt eigentlich mehr Daniel Blueboy als Ihnen, Jerry", sagte ich.

DeMarco zog eine Grimasse. „Blueboy? Der ist doch schon seit hundert Jahren tot."

„Es sind zehn, um genau zu sein."

„Wer interessiert sich schon für einen Indianerjungen, der seit zehn Jahren tot ist?"

„Im Augenblick ich."

Jerry musterte mich, begann zu grinsen und meinte:

„Eins zu Null für Sie."

Ich beschloss, kooperativ zu sein, vielleicht war Jerry es dann auch. „Robert Blueboy hat mich gebeten, die Wahrheit über den Tod seines Bruders herauszufinden."

Jerry lehnte sich zurück und lachte kopfschüttelnd. *„Die Wahrheit?* Nach all den Jahren? Wie nah sind Sie denn Ihrer *Wahrheit* schon gekommen, Mister Schreiberling?"

„Bis zu einem missglückten Bruch, bei dem es um Waffen ging und einem fehlenden Schuh, der in Ihrem Wagen gefunden wurde, Jerry."

DeMarcos Miene wurde ernst, seine Mundwinkel zuckten. „Scheiße Mann, was ist 'n das jetzt für 'ne Nummer? Ich hätte einfach auf meinen Instinkt hören und gar nicht herkommen sollen. Ihr Schmierentypen von der Presse seid doch alle gleich."

„Wie denn?"

„Ihr wollt die verdammte Wahrheit doch gar nicht hören. Euch geht es bloß um eine saftige Story."

Ich sah ihn an und schwieg. Das machte ihn nervös.

„Warum sehen Sie mich so komisch an?"

„Ich versuche, aus dir schlau zu werden."

DeMarco schüttelte den Kopf und stieß Luft durch die Zähne.

Ich beugte mich vor bis zum Gitter. „Hast du Blueboy da rausgefahren, Jerry, und ihn erfrieren lassen?"

„Haben die Cops Ihnen das erzählt?"

Ich nickte.

„Und denen glauben Sie natürlich, wo Sie es doch eigentlich besser wissen müssten. Oder sind Sie ein verdammter Apple?"

„Ich glaube gar nichts. Ich sammle Fakten."

„Fakten, pah. Winnipegs Cops sind auf dem Kriegspfad und raten Sie mal gegen wen. Für die ist unsereiner nicht mehr wert als der Dreck unter ihren Fingernägeln. Was glauben Sie, wie viel Ihre verdammten Fakten wert sind?"

Ich hob die Schultern. „Ich weiß es nicht, Jerry. Um es herauszufinden, bin ich hier und rede mit dir. Aber wie es aussieht, hast du mir nichts zu sagen. Also bleiben mir nur die *Fakten*, die ich von den Cops habe: Zwischen Daniel und dir gab es Ärger wegen eines missglückten Bruchs und einige Tage nach seinem Tod fand die Polizei seinen Schuh in deinem Wagen. Für mich klingt das ziemlich eindeutig."

Jerry kniff die Lider zusammen, betrachtete mich aus schmalen Schlitzen und meinte höhnisch: „Ja, alles passt, nicht wahr?"

„Hast du Daniel raus auf dieses Feld gefahren, Jerry?", wiederholte ich meine Frage.

„Habe ich nicht, verdammt noch mal", rief DeMarco und schlug mit der Faust auf den Tisch. „Ich habe Dan einige Male in meinem Wagen gehabt, aber nicht an diesem Abend. Ich hab 'ne Menge Scheiße gebaut, aber ich lass keinen Kumpel im Stich. Wofür halten Sie mich, Mister Ich-such-die-Wahrheit?"

„Keine Ahnung, Jerry. Ich weiß nur, dass Daniel nicht mehr dein Kumpel war. Es hieß, er hat euch verpfiffen. Dein Bruder und zwei andere sind dafür ins Gefängnis gewandert. Für mich ist das ein guter Grund, Daniel eine Abreibung zu verpassen."

Jerry grinste. „Die Abreibung, die hat er bekommen. Gleich nach dem Bruch mit den bescheuerten Waffen. Meine Jungs und ich haben ihn ordentlich in die Mangel genommen, das können Sie mir glauben."

„Und?"

„Was und? Dan hat geschworen, dass er uns nicht verpfiffen hat und wir haben das Kriegsbeil begraben."

„Du hast ihm geglaubt? Einfach so?"

Er lehnte sich zurück und begann mit dem Stuhl zu kippeln. „Ja, verdammt, ich habe ihm geglaubt. Einfach so. Er war irgendwie ein komischer Typ, aber einer mit Ehrgefühl. Meine Schwester stand auf ihn. Aber er hatte ja diese Tussi mit den irren Möpsen. Wie hieß sie doch gleich ...?"

„Chanel?"

„Ja, genau. Zugegeben, sie war eine kleine Schönheit. Sie hatte Klasse, da konnte mein Schwesterherz nicht mithalten."

„Und wie kam sein Schuh in deinen Wagen?"

Jerry hob die Schultern, sein Gesichtsausdruck war ernst und jetzt leicht verwirrt. Er hörte auf zu kippeln, stützte die Ellenbogen auf den Tisch und beugte sich nach vorn.

„Ich kann's mir nicht erklären, so sehr ich auch darüber nachdenke. Vielleicht haben die Cops mir den Schuh untergejubelt."

„Warum sollten sie das tun?"

„Damit sie mich endlich einbuchten konnten."

„Dafür hattest du ihnen ja wohl auch ohne diesen Schuh genügend Gründe geliefert."

Als Antwort zuckte Jerry mit den Achseln.

„Aber du hattest ja ein Alibi", bemerkte ich.

„Ein Alibi?" Er sah verwundert auf. „Wer sagt das?"

„Einer der Cops."

„Ich hatte kein verdammtes Alibi. Aus irgendeinem Grund wurde der blöde Schuh auf einmal nicht mehr erwähnt und ich war heilfroh deswegen. Wissen Sie, es gibt auch auf der Straße strenge Regeln, und wenn das Gerücht umgegangen wäre, dass ich was mit Dans Tod zu tun hatte, würde ich vielleicht jetzt nicht hier sitzen."

Ich nickte. „Wer könnte dir den Schuh noch untergejubelt haben?"

Jerry schniefte und betrachtete mich, als hätte ich ihm eine Fangfrage gestellt. Doch dann sagte er: „Keine Ahnung. Ich habe oft darüber nachgedacht und bin immer wieder bei Lucas gelandet. Er war zuletzt mit Dan zusammen, ich habe sie noch gesehen. Sie haben sich gestritten. Vielleicht hat Cardinal seinen Kumpel auf dem Gewissen. Und dann hat er versucht, es mir anzuhängen."

„Du hast die beiden gesehen in der Nacht, als Daniel starb?"

Jerry lehnte sich wieder zurück. „Ja. An irgendeiner Ecke zur Dalton Street. Sie waren beide betrunken und stritten lautstark. Dan konnte sich kaum noch auf den Beinen halten."

„Hast du gehört, worum es bei diesem Streit ging?"

„Um dieses Mädchen, Chanel, oder wie sie hieß. Dan wollte noch zu ihr und Lucas versuchte es ihm auszureden."

„Lucas hat behauptet, Daniel und er hätten sich nach diesem Streit getrennt."

„Keine Ahnung, Mann. Ich hab mich nicht weiter drum gekümmert. Es war arschkalt draußen." Er zuckte mit den Achseln. „Als ich weiter bin, stritten sie noch."

„Ist diese Chanel in der Stadt?"

Jerry zeigte erneut seine Zahnlücke. „Keine Ahnung, Kumpel. Denn ich war seit zwei Jahren nicht mehr in dieser Stadt."

„Was ist mit deinem Bruder, Loyd?"

„Was soll mit ihm sein?"

„Wo finde ich ihn?"

„Gar nicht. Er wird nicht mit Ihnen reden. Und ich habe es auch bloß getan, weil mir langweilig war."

„Willst du nicht wissen, wer dir Blueboys Schuh untergejubelt hat?"

„Wozu? Dan ist seit zehn Jahren in den ewigen Jagdgründen und ich werde in zwei Monaten hier rauskommen. Ich habe mir vorgenommen, mein Leben zu ändern. Ich werde mir eine hübsche Freundin suchen, Kinder in die Welt setzen und mindestens fünfzig werden. Alte Geschichten auszugraben, könnte meine Pläne gefährden."

„Warum hast du dich dann mit mir getroffen?"

„Das sagte ich doch schon: Mir war langweilig. Die Zeit vergeht elend langsam hinter diesen Mauern und ich bekomme nicht oft Besuch." Er grinste.

„Weißt du, wie ich Lucas Cardinal finden kann?"

„Keine Chance. Wenn ich es wüsste, hätte ich ihn mir längst vorgeknöpft."

„Du sitzt in einer Zelle", erinnerte ich ihn.

„Oh ja. Aber meine Arme reichen weit."

„Und was ist mit Chanel?"

„Sie geben nicht auf, was? Sie und Ihre Wahrheit."

„Wenn du etwas weißt, Jerry, warum sagst du es mir dann nicht?"

„Vielleicht, weil ich Angst habe, verdammt." Jerry schlug mit beiden Händen auf den Tisch. Der Wärter zuckte, rührte sich aber nicht.

Aufmerksam sah ich DeMarco an. Mit dieser Antwort hatte ich nicht gerechnet. „Du vertraust mir nicht", stellte ich sachlich fest.

Er schüttelte bedauernd den Kopf. „Ich kann nicht. Wahrscheinlich sind Sie ein netter Kerl, aber ich hänge an meinem Leben."

Ich nickte. Das musste ich akzeptieren. Ich erhob mich und gab dem Aufseher ein Zeichen, dass ich den Raum verlassen wollte.

„Was dieses Mädchen angeht, diese Chanel, fragen Sie doch mal Jean-Luc im ‚Calypso' in der Arlington Street. Der kennt fast jedes Mädchen in der Stadt. Sagen Sie ihm schöne Grüße von mir."

„Danke, Jerry."

„Ach, und noch was, Mr Schreiberling."

Ich drehte mich um.

„Wenn man alte Geschichten auskramt, weiß man nie, was man findet. Vielleicht mehr als einen einzelnen Turnschuh."

Während ich in die Stadt zurückfuhr, kamen mir immer wieder Jerrys letzte Worte in den Sinn. Hatte er mich warnen wollen? Doch vor wem? Wenn er wusste, wo sich Lucas Cardinal aufhielt, warum hatte er es mir dann nicht einfach gesagt?

Es war nach zwölf, als ich wieder in die Stadt eintauchte. Die letzte Nacht forderte ihren Tribut. Ich war todmüde und fühlte mich völlig ausgelaugt. Die Wunden in meinem Handrücken schmerzten. Ich beschloss, nach Hause zu fahren und ein Nickerchen zu machen. Das „Calypso", zu dem Jerry mich geschickt hatte, würde mit Sicherheit erst am späten Nachmittag oder Abend seine Türen öffnen.

Als ich an einer roten Ampel halten musste, warf ich einen Blick in den Rückspiegel und sah einen Streifenwagen hinter mir. Unwillkürlich kam mir in den Sinn, was Jerry gesagt hatte: „Winnipegs Cops sind auf dem Kriegspfad, und raten Sie mal, gegen wen."

Es war kein gutes Gefühl, die Polizei an der Stoßstange zu haben, wenn man lange Haare und braune Haut hatte. Sollte Homer Stout jemanden von seinen alten Kollegen auf mich angesetzt haben? Adam, jetzt wirst du paranoid, sagte ich mir. Streifenpolizisten fuhren nun mal Streife.

Der Polizeiwagen folgte mir noch bis in die Polson Avenue. Als ich neben Roberts Einfahrt parkte, fuhr er langsam weiter.

Robert war nicht zu Hause und ich hoffte, dass er nicht wieder unterwegs war, um sich voll laufen zu lassen. Ich schob eine von seinen Tiefkühlpizzas in die Röhre, und während sie im Ofen aufbackte, wählte ich die Nummer von Oakdale Hall. Nachdem ich dreimal mein Sprüchlein aufsagen musste, dass ich mit jemandem sprechen wollte, der vor zehn Jahren schon in der Jugendstrafanstalt gearbeitet hatte, wurde ich schließlich mit Carter Wapass verbunden, einem Jugendpsychologen und Sozialarbeiter.

Er konnte sich gut an Daniel erinnern und erklärte sich einverstanden, mit mir zu sprechen. Ich versuchte, noch am Nachmittag einen Termin mit ihm auszuhandeln. Um diese Zeit hatte er jedoch Einzelgespräche mit den Jugendlichen, und die gingen vor.

„Wenn Sie morgen früh um neun hier sind, habe ich Zeit für Sie. Dann sind die Jungs in der Schule", sagte er. „Und bringen Sie ein Foto von sich mit, das ist hier so Vorschrift."

„Ich werde da sein", sagte ich. „Mit Foto."

Ich verdrückte eine halbe Pizza, legte mich angezogen aufs Bett und schlief auf der Stelle ein. Als ich wieder aufwachte, war es halb vier. Ich kochte mir einen Kaffee, checkte meine Mails und fand eine von Susan. „Adam, Darling, wie geht es dir im kalten Norden? Ruf doch mal an, ich mache mir Sorgen."

Ich wählte unsere Nummer, aber es meldete sich nur der Anrufbeantworter. Ich legte auf und fuhr in die Arlington Street.

Das „Calypso" war ein Striplokal und hatte nur von Freitag bis Sonntag geöffnet. Ich musste mich also noch bis zum nächsten Abend gedulden, wenn ich diesen Jean-Luc nach Chanel fragen wollte. Langsam wurde es dunkel und auf der Bildfläche erschienen diejenigen, die das Tageslicht mieden.

In der Innenstadt, wo ihre Kundschaft aus Bankern und Geschäftsleuten bestand, waren die indianischen Prostituierten meistens jung und hübsch. *Frischfleisch* wurden sie genannt. Hier, in der Arlington Street, waren die meisten schon älter oder es waren Crackhuren, die mit fünfundzwanzig aussahen, als wären sie doppelt so alt. Ich lief an ihnen vorbei, tat so, als ob ich es eilig hätte, und wurde doch einige Male angesprochen.

„Na, ist dir kalt, Süßer?", fragte eine von ihnen spöttisch. Sie sah erstaunlich gut aus und ihre Stimme klang verwirrend sexy. Zwischen ihrem kurzen Rock und den hohen Stiefeln sah ich nackte braune Haut.

„Sieht man mir das an?"

„Ja." Sie lachte. „Wollen wir zu mir gehen? Ich hätte einiges zu bieten, wovon dir richtig heiß wird. Mein Name ist übrigens Queenie."

Queenie hatte unglaublich lange Beine und ein apartes Gesicht mit hohen Wangenknochen. Ich war mir nur nicht sicher, ob sie tatsächlich eine Sie war. Die Straße war voller Überraschungen.

„Kennst du eine Chanel Pourier, Queenie?", fragte ich.

Queenies Gesicht verfinsterte sich schlagartig. „Bist du 'n Cop oder so was?"

„Bin ich nicht. Ich suche Chanel, das ist alles."

„Kenn ich nicht. Und jetzt verpiss dich." Queenies Stimme war jetzt so dunkel, dass ich mir sicher war, einen Mann vor mir zu haben.

Ich machte, dass ich weg kam. In einer Apotheke kaufte ich ein Päckchen Mullbinden und Aspirin, dann fuhr ich in die Polson Avenue zurück. Robert war immer noch nicht da, und langsam begann ich mir Sorgen zu machen. Aber er besaß kein Handy, also konnte ich nichts tun.

Ich sortierte meine Notizen, vervollständigte die Akte, die ich über den Fall Blueboy angelegt hatte, und rief schließlich zu Hause an.

„Schön, deine Stimme zu hören", sagte ich, als Susan sich meldete. „Geht es dir gut?"

„Ja, es geht mir gut."

Ihr Archäologieabend war ein großer Erfolg gewesen, der Professor war ein kluger und faszinierender Mann, wie es herausklang, und möglicherweise würden sie weiter zusammenarbeiten. Ich hatte einen weißbärtigen alten Mann vor Augen und war froh, dass er Susans inneres Gleichgewicht wiederhergestellt hatte.

„Aber was ist mit dir?“, fragte sie. „Du klingst müde.“

„Ich hatte einen harten Tag. Unangenehme Mitmenschen, das Übliche eben.“ Den Zusammenstoß mit Custer und meine verletzte Hand verschwieg ich ihr. „Aber es scheint so, dass der Junge doch ermordet wurde.“

„Ich hoffe, du findest den Mörder“, sagte sie.

„Ja. Und dann komme ich nach Hause.“

„Was ist mit dieser Familie“, fragte Susan zaghaft. „Könnte es sein, dass ...“

„Nein“, unterbrach ich sie. „Es ist nur der Name, nichts weiter.“

„Das tut mir leid, Adam.“

„Ja, mir auch“, sagte ich. „Vielleicht werde ich meine Familie niemals finden.“

„Wir sind deine Familie, Adam“, sagte Susan leise.

„Ich weiß. Und ich liebe euch.“

Als ich später unter der Dusche stand, dachte ich darüber nach, wie schwer es für Susan sein musste, dass ich die Suche nach meinen Blutsverwandten, die mich offensichtlich nicht gewollt hatten, nicht endlich aufgab. Sie hatte Recht: Ich hatte eine Familie. Warum konnte mir das nicht genügen?

Robert kam in die Küche, als ich mich nach dem Duschen damit abmühte, meine Hand neu zu verbinden. Wortlos half er mir. Seine Hände zitterten nicht, das war ein gutes Zeichen. Als er zu sprechen begann, stellte ich erleichtert fest, dass sein Atem nicht nach Alkohol roch.

„Ich habe einen Aushilfsjob gefunden“, sagte er. „Kisten stapeln.“ Er lächelte verschämt. „Keine Angst, diesmal stimmt es. Und morgen Abend gehe ich zu den anonymen Alkoholikern.“

Ich nickte. Mir war zwar klar, dass das noch nicht viel heißen musste, schließlich hatte ich Robert gedroht zu verschwinden, wenn er es nicht täte, aber ich hatte das Gefühl, dass er es ernst meinte.

Ich erzählte Robert von Stony Mountain und meinem Gespräch mit Jerry DeMarco.

„Hältst du Jerry für schuldig?“, wollte er wissen.

„Ich weiß es nicht“, antwortete ich, „aber ich hatte den Eindruck, dass er die Wahrheit sagt. Ich tippe mehr auf Lucas Cardinal.“

18. Kapitel

Am nächsten Morgen fuhr ich nach East Kildonan, um mich in der Jugendstrafanstalt Oakdale Hall mit Carter Wapass zu treffen. Das Navigationssystem zeigte mir den Weg: Ich fuhr vorbei an Baumärkten, Speditionsfirmen, Lagerhallen und Autohäusern. Schließlich tauchten mit Stacheldraht bewehrte Betonmauern auf. Ich hatte die Jugendstrafanstalt erreicht.

Oakdale Hall war ein weitläufiger Betonkomplex. Allein der Anblick verursachte mir schon Beklemmungen. Stony Mountain hatte dagegen von außen beinahe heimelig ausgesehen. Dem Wachposten in seinem geheizten Pförtnerhäuschen nannte ich meinen Namen und ließ ihn wissen, dass ich einen Termin mit Carter Wapass hatte. Der Mann, ein blonder Hüne, dessen mächtiger Brustkorb beinahe seine Uniform zu sprengen drohte, betrachtete mich mit einer Mischung aus Misstrauen und Neugier.

Er nahm den Hörer vom Diensttelefon und wählte eine Nummer. Ich konnte nicht verstehen, was er sagte, aber schließlich öffnete er das kleine Fenster erneut und meinte: „Kleinen Moment. Mr Wapass wird gleich kommen und Sie abholen."

Er betätigte einen elektronischen Türöffner und ich trat in einen kleinen kahlen Raum, in dem zwei Stühle standen. Durch eine Scheibe konnte der Wachposten beobachten, was ich tat.

Wenig später erschien ein Indianer in meinem Alter mit Pferdeschwanz und einem fröhlichen Grinsen auf dem Gesicht. Er war höchstens einsfünfundsechzig groß. Es schien ihn nicht zu stören, dass er zu mir aufblicken musste. „Carter Wapass", stellte er sich vor. „Wir haben gestern miteinander telefoniert."

Wapass hatte einen eisernen Händedruck und ein offenes, gutmütiges Gesicht mit dunklen Augen.

„Adam Cameron", sagte ich. „Sehr freundlich von Ihnen, dass Sie dieses Treffen so schnell möglich gemacht haben."

Wapass nickte. „Ich kann mich sehr gut an Daniel erinnern. Und ich wäre froh, wenn ich helfen könnte, die Umstände seines Todes aufzuklären. Aber folgen Sie mir doch. In meinem Dienstzimmer ist es gemütlicher als hier."

Ich hatte damit gerechnet, genauer unter die Lupe genommen und nach Waffen untersucht zu werden, aber Wapass hatte nicht einmal meinen Ausweis sehen wollen. Ich folgte ihm und er führte mich in sein Dienstzimmer, das vollgestellt war mit Holzregalen, in denen Akten, verschiedene Nachschlagewerke und Gesetzesbücher standen. Schiefe Aktenstöße bedeckten auch seinen Schreibtisch. Er schob sie ein Stück zur Seite und bot mir mit einer Geste einen Platz an.

Wapass öffnete eine Schublade und reichte mir ein Antragsformular. „Bitte füllen Sie das aus", sagte er, „damit alles seine Ordnung hat. Haben Sie das Foto mitgebracht?"

„Ja." Ich griff in die Brusttasche meines Flanellhemdes und reichte es ihm. Wapass nahm es und grinste. Ich lächelte ebenfalls. Es sah aus wie ein Foto aus einer Verbrecherkartei.

Ich füllte das Besucherformular aus und schob es ihm über den Tisch. Er verglich meine Angaben mit denen auf meinem Führerschein und gab ihn mir zurück. Mit einer Büroklammer heftete er mein Foto an das Formular und ließ es in der Schublade verschwinden. Dann lehnte er sich in seinem Sessel zurück, verschränkte die Arme vor der

Brust und sagte: „Na schießen Sie los. Ich werde versuchen, Ihre Fragen so gut wie möglich zu beantworten."

Ich holte Notizblock und Stift heraus. „Wissen Sie noch, wann Daniel Blueboy hier eingesessen hat und wie lange?"

„Dan war ein paar Mal hier", sagte Wapass, „zuletzt im August und September 1997, also ein paar Wochen vor seinem Tod. Er wartete auf seinen Prozess. Der Junge war angeklagt wegen Diebstahls und Hehlerei."

„Und wie lautete das Urteil?"

„Der Richter schickte ihn für ein halbes Jahr in dieses Erziehungsheim, für Daniel die letzte Alternative zum Knast. Aber der Junge hat diese Chance nicht genutzt."

„Sehen Sie das so?"

„Nun, er ist dort abgehauen. Hätte er es nicht getan, würde er vermutlich noch leben."

„Abgesehen davon, dass er abgehauen ist – wie sahen Sie ihn? Haben Sie Daniel gemocht?"

Wapass musste nicht lange nachdenken. „Ja, ich mochte ihn. Daniel Blueboy war keiner von den harten Jungs, wie die meisten anderen hier. Aber er war jung und wollte Spaß haben. Die meisten Kids gehen ins Kino oder zum Tanz oder feiern Partys mit Freunden. Daniel und sein Kumpel Lucas hatten Spaß daran, mit der Polizei Katz und Maus zu spielen. Das machte ihn keineswegs zu etwas Besonderem, es ist ein beliebter Sport bei den Kids aus der Unterschicht."

„Hat Daniel mit Ihnen geredet?"

Wapass zuckte mit den Achseln. „Ich bin Psychologe und es ist mein Job, mit den Jungs zu reden. Als Dan herkam, war er sehr verschlossen. Wer zum ersten Mal allein in einer richtigen Zelle sitzt, dem wird so einiges bewusst. Und Daniel war überdurchschnittlich intelligent. Obwohl er Oakdale Hall hasste, er nannte es immer: *Das Betongrab*, beteiligte er sich am Unterricht und nutzte die Möglichkeit, am Boxtraining teilzunehmen. Seine Mutter besuchte ihn regelmäßig. Ich glaube, er hing sehr an ihr. Dafür wurde er von den anderen als Muttersöhnchen gehänselt."

„Gab es Ärger deswegen?"

Wapass schüttelte den Kopf. „Es schien ihm nichts auszumachen. Er gab nicht viel darauf, was die anderen dachten oder sagten."

„Vertraute er Ihnen?"

„Ich glaube schon. Jedenfalls erzählte er mir einiges. Zum Beispiel war ihm sehr wohl bewusst, dass er auf einen Abgrund zusteuerte, wenn er weiter so machte."

„Hat er Ihnen von Chanel erzählt, seiner Freundin?"

Carter Wapass zupfte sich an der Nasenwurzel. „Chanel ... ja, ich glaube, so hieß sie. Ein hübsches Mädchen, er hatte ein Bild von ihr in seiner Zelle. Er sagte mir, Chanel und er würden heiraten, wenn sie erst alt genug war."

Ich machte ein paar Notizen und sah wieder auf: „Seine Familie glaubt nicht an die Theorie der Polizei, dass Daniel in der Nacht, in der er starb, auf dem Weg ins Stony Mountain Gefängnis war, um sich dort selbst zu stellen."

Wapass lachte schnaubend, als hätte ich einen schlechten Witz gemacht. „Das hat wohl niemand hier geglaubt. Was sollte er dort? Er war noch nicht volljährig und die hätten ihn in Stony Mountain gar nicht reingelassen."

Das hatte auch Conny Legrand gesagt. Wenn diese Tatsache so offensichtlich war, warum hatte die Polizei dann an dieser Version festgehalten?

„Kennen Sie Jerry DeMarco?"

„Oh ja", erwiderte Wapass. „DeMarco war ein ganz anderes Kaliber als Daniel. Jerry und sein Bruder Loyd gehören zu den IP, den *Indian Posse*, einer berüchtigten Straßengang aus North End. Wir hatten nacheinander beide Brüder hier. Nur, dass sie nach ihrer Verurteilung nicht in einem Erziehungsheim, sondern in Stony Mountain landeten."

„Die Polizei verdächtigte Jerry DeMarco, Daniel raus

aus der Stadt gefahren zu haben. Die beiden hatten angeblich noch eine Rechnung offen, weil Daniel Jerry und seine Jungs verpfiffen haben soll. Was ist denn Ihre Meinung zu der ganzen Geschichte?"

„Wenn es so war, wie Sie sagen", meinte Wapass, „dann gab es kein Pardon für Daniel. Unter Gangmitgliedern steht auf Verrat die Todesstrafe. Ich glaube allerdings nicht, dass Daniel Jerrys Jungs verpfiffen hat, denn er wusste, was ihm blühte, wenn es herauskam. Und es kam immer heraus. Die Gangs haben da ihre Methoden."

„Ich habe Jerry gestern in Stony Mountain besucht", sagte ich. „Er sagt, er hätte nichts zu tun mit Daniels Tod. Er hätte Daniel mit seinem Freund Lucas Cardinal streiten sehen an seinem letzten Abend. Beide wären betrunken gewesen. Jerrys Aussage deckt sich mit der von Lucas, die er damals Robert gegenüber gemacht hatte. Allerdings hat Lucas behauptet, sie hätten sich nach diesem Streit getrennt."

„Aber Sie glauben Cardinal nicht, oder?"

Ich zuckte mit den Achseln. „Niemand scheint Lucas Cardinal zu verdächtigen. Aber er war nun mal der Letzte, der Daniel lebend gesehen hat. Sie haben sich gestritten. Lucas besaß kein Auto, er konnte Daniel nicht da rausgefahren haben. Aber vielleicht kannte er jemanden, der es für ihn getan hat."

„Lucas Cardinal war Daniel Blueboys bester Freund", sagte Wapass.

Ich sah ihm in die Augen. „Machen wir uns doch nichts vor. Alles und jeder hat seinen Preis."

Wapass erhob sich aus seinem Bürostuhl. „Kommen Sie, Mr Cameron, ich zeige Ihnen mal was. Und ziehen Sie Ihre Jacke an."

Er führt mich durch mehrere Gänge. Als wir an einer offenen Zelle vorbeikamen, blieb ich stehen und warf einen

Blick hinein. Es war ein drei mal drei Meter großer Raum mit einem Metallbett und einem Holztisch.

„Für Hausaufgaben", sagte Wapass, der meinem Blick gefolgt war. „Die meisten Jungs sind jetzt im Unterricht."

Die Wände der Zelle waren bedeckt mit Graffiti und ein zerkratztes Plexiglasfenster trübte den Blick nach draußen. Es war nicht die erste Gefängniszelle, die ich sah, aber ich versuchte, mich in Daniel hineinzuversetzen, als er das erste Mal hier drin allein war.

Wapass führte mich weiter. „Die Zellen für die Unbelehrbaren und Aufmüpfigen sind noch spartanischer", erklärte er. „Ein Betonbett mit Plastikmatratze, eine Metalltoilette und Videoüberwachung."

„War Daniel je in so einer *spartanischen* Zelle?"

„Nein, nie. Aber Lucas Cardinal schon."

Wir verließen das Gebäude und ich zog den Reißverschluss an meinem Parka zu, denn draußen wehte ein frischer Wind. Wir standen auf dem Freigelände der Strafanstalt und ich wusste sofort, warum Wapass mich hergeführt hatte. Von der drei Meter hohen Betonmauer, die das Freigelände umgab, sprangen mich gespenstische Gestalten an. Es war ein riesiges Wandgemälde, ich schätzte, drei Meter hoch und mehr als zehn Meter lang.

Auf dem ersten Segment der bemalten Mauer war auf der linken Seite ein Junge abgebildet, gänzlich in Weiß, gerahmt von dicken, schwarzen Linien. Ganz offensichtlich war er gefangen in der Geisterwelt. Er hatte die Arme ausgestreckt und den Mund aufgerissen, als würde er flehentlich etwas rufen. Aber er schrie ohne Laut von der Wand.

Zu seiner Rechten war ein anderer junger Mann zu sehen, der (so interpretierte ich es) aus dem Land der Lebenden zu seinem Freund in der Geisterwelt hinaufblickte. Doch augenscheinlich konnte er weder verstehen, was sein Freund sagte, noch konnte er ihm helfen.

„Einige von uns gingen damals auf Daniels Beerdigung", sagte Wapass. „Lucas Cardinal war auch da. Nach der Feier ließ er sich anstandslos von unseren Leuten mitnehmen. Es schien beinahe so, als ob er froh darüber wäre, dass er wieder nach Oakdale Hall gebracht wurde." Wapass schüttelte den Kopf, als würde ihm alles noch sehr gut im Gedächtnis sein. „Die ersten Tage saß Lucas völlig verzweifelt in seiner Zelle. Er aß nicht und redete kaum. Alles, was er immer wieder sagte, war: ‚Warum Daniel? Warum?'"

Wir beobachteten ihn und hofften, dass er seinen Kummer bald überwinden würde. Stattdessen wurde es immer schlimmer. Lucas fühlte sich nutzlos und wollte sterben. Gleichzeitig war er furchtbar wütend. Eines Tages brach die Wut aus ihm heraus. Er zertrümmerte Möbel und ließ sich an der Einrichtung aus. Am Ende wandte sich seine Zerstörungswut gegen ihn selbst. Mit einem scharfen Gegenstand, der ihm irgendwie in die Finger gekommen war, fügte er sich furchtbare Verletzungen zu."

Die Kälte kroch mir in die Knochen und ich begann zu schlottern, aber dieses unglaubliche Wandgemälde zog mich in seinen Bann. Die Bilder auf dem zweiten Mauersegment waren zu einer wüsten Albtraumvision verzerrt. Ein Junge hockte zusammengekrümmt in der Ecke, den rechten Arm ausgestreckt. Tiefe rote Schnitte wuchsen wie eine Leiter vom Handgelenk bis zum Ellenbogen. Das waren vermutlich die Selbstverstümmelungen, von denen Wapass gesprochen hatte. Dämonen in Tiergestalt wirbelten um Lucas' Kopf und schlugen mit Krallen auf ihn ein. Es sah so aus, als würden die Monster seine Seele zerstören.

„Im Frühling, als Lucas wieder mit den anderen zum Unterricht ging", fuhr Wapass fort, „sahen wir ihn vor der grauen Betonmauer stehen und sie anstarren. Er ignorierte die anderen, die ihn anrempelten und sich über ihn lustig machten. Schließlich bat er mich um Erlaubnis, die Wand bemalen zu dürfen. Ich beriet mich mit meinen Kollegen. Einige sprachen sich dagegen aus. Sie waren der Ansicht, Lucas dürfe für sein Randalieren nicht noch belohnt werden. Andere meinten, es würde ihn vielleicht davon abhalten, sich umzubringen." Wapass stieß einen Seufzer aus. „Das hoffte auch ich. Lucas bekam Acrylfarbe und ein Gerüst. Ich beobachtete ihn, wie er wütend Farbe auf den rauen Zement brachte. Er malte ohne zu zögern. Es war unglaublich, aber Lucas arbeitete frei Hand, ohne Skizzen, verstehen Sie? Nach und nach nahmen seine beunruhigenden Bilder Form an. Meistens musste ihn jemand von uns stoppen, sonst hätte er weitergemacht, bis er vom Gerüst gefallen wäre. Drei Monate hat er gebraucht, bis das Wandbild fertig war."

Wir liefen langsam weiter und der Schnee knirschte unter unseren Sohlen. Wapass blieb vor dem letzten Segment des Wandbildes stehen. Es zeigte einen Jungen, umgeben von Frauen, Männern und Kindern.

„Das ist Lucas, umgeben von Daniels Familie. Lucas leidet, aber er lebt. Und langsam, dank der Familie seines toten Freundes, findet er die Kraft, gegen seine Dämonen anzukämpfen."

Ich starrte auf das letzte Bild und sah das Zeichen, mit dem Lucas sein dramatisches Werk signiert hatte. Ein Medizinrad, dass sich rückwärts drehte, gegen das Leben gerichtet.

„Aber Lucas hat sich nie wieder bei Daniels Familie blicken lassen", sagte ich. „Er scheint vom Erdboden verschwunden zu sein."

„Das ist allerdings merkwürdig", meinte Wapass ehrlich erstaunt. Wir liefen an der bemalten Wand vorbei, zurück ins Verwaltungsgebäude.

„Ich müsste dringend mit Lucas Cardinal reden", sagte ich, „denn ich glaube, er weiß, was mit Daniel passiert ist."

Die Glastür schloss sich hinter uns und ich atmete erleichtert die warme, abgestandene Luft.

„Glauben Sie immer noch, Lucas hat etwas zu tun mit Daniels Tod?“, fragte Wapass. „Was denken Sie? Ist das Gemälde ein Beweis seiner Unschuld oder ein Eingeständnis seiner Schuld?“

Ich hob die Schultern. „Ich weiß es nicht. Möglich wäre beides.“

Wapass legte nachdenklich den Kopf schief. „Für mich wäre nur schwer vorstellbar, dass Lucas Daniels Tod zu verantworten hat. Seine Verzweiflung war echt und hat mich damals tief berührt.“

„Vielleicht war er so verzweifelt, weil er seinen besten Freund auf dem Gewissen hatte.“

Daraufhin erwiderte Wapasss nichts. Er brachte mich zurück zum Ausgang. „Werden Sie weiter nach Lucas suchen?“

„Ja, natürlich. Leider sieht es so aus, als ob er die Stadt verlassen hat.“

„Das glaube ich nicht. Haben Sie sein Signum gesehen, das rückwärts drehende Medizinrad?“

„Ja. Was hat es damit auf sich?“

„Er hat mir damals gesagt, er würde von nun an seine Bilder mit diesem Zeichen signieren, so lange, bis Daniels Tod aufgeklärt ist. Gehen Sie mal mit offenen Augen durch die Stadt, Mr Cameron.“

Ich nickte, denn ich begriff, was Wapass mir sagen wollte. Als wir uns verabschiedeten, tauschten wir Handynummern aus, falls ich noch Fragen haben sollte oder ihm noch etwas einfallen würde. Danach entließ er mich aus den grauen Betonmauern von Oakdale Hall, in deren Inneren Lucas Cardinals farbiger Schrei seit beinahe zehn Jahren überdauert hatte.

Ich nickte dem Wärter im Pförtnerhäuschen zu und eilte

zu meinem Jeep. Nach meinem Besuch in Stony Mountain und dem Gespräch mit Jerry DeMarco war ich fest davon überzeugt gewesen, dass Lucas Cardinal etwas mit Daniels Tod zu tun hatte. Aber dieses Wandgemälde hatte meine Überzeugung wieder ins Wanken gebracht. Die Verzweiflung, die mir daraus entgegengesprungen war. Die Heilung, die sich Lucas von Daniels Familie erhoffte.

Nur, warum war er nach seiner Entlassung aus Oakdale Hall nicht zu Betty Blueboy gegangen und hatte sich von ihr heilen lassen? Soweit ich Robert Glauben schenken durfte, hatte seine Mutter ein großes Herz gehabt – sie hätte den Jungen mit Sicherheit wie einen verlorenen Sohn aufgenommen.

War Lucas bei Betty gewesen, hatte er ihr erzählt, was er wusste, und sie hatte ihn aus dem Haus gewiesen? Betty Blueboy hätte Lucas nicht der Polizei übergeben, das lag nicht in ihrer Natur. Aber vielleicht hatte sie ihn verstoßen.

Oder Lucas war nach seiner Entlassung aus der Stadt verschwunden, weil er sich schuldig fühlte und wusste, dass er von Daniels Familie keine Vergebung erhoffen durfte. Schließlich, das kam mir jetzt wieder in den Sinn, war er nicht einmal zur Beerdigung seiner eigenen Mutter gegangen.

Von Oakdale Hall fuhr ich geradewegs aus der Stadt, zu dem Buswartehäuschen am Abzweig zur Trafostation, dem Fundort von Daniels Leiche. Ich stieg aus und betrachtete die bunten Graffiti genauer. Nachdem ich das Wandbild in der Jugendstrafanstalt gesehen hatte, war es nicht schwierig, Cardinals Handschrift zu erkennen. Ein großer roter Teufel prangte auf der Vorderfront. Ein Teufel in Uniformjacke, auf seinem Kopf trug er die schwarze Dienstmütze eines Streifencops, durch die sich zwei gebogene Hörner bohrten.

Ich suchte nach Cardinals Signum, dem rückwärts drehenden Medizinrad, und entdeckte es ganz unten, verdeckt von einer Schneewehe. Ich befreite es vom Schnee und das Datum kam zum Vorschein: 19. Dezember 2007. Cardinals Polizeiteufel war nicht älter als drei Wochen. Lucas war in der Stadt. Aber was wollte er mit seinem Bildnis sagen – hier, an dieser Stelle?

Auf der Fahrt zurück in die Polson Avenue bemerkte ich erneut einen Streifenwagen hinter mir. Sollten die Cops mich beobachten, musste ich noch vorsichtiger sein. Ein winziger illegaler Schritt und ich konnte des Landes verwiesen werden, oder schlimmer noch, hinter Gittern landen. Und das wollte ich um jeden Preis vermeiden.

19. Kapitel

Gegen sieben machte ich mich auf den Weg ins „Calypso". Als ich das schummrig beleuchtete Striplokal in der Arlington Street betrat, war es bereits gut gefüllt. Auf einem Podest wand sich eine spärlich bekleidete Dame zu schnulzigen Popklängen um eine Metallstange. Sie war gut gebaut, blond und jung. Zu jung und zu blond, um Chanel sein zu können. Ich sah ihr eine Weile zu, wie sie ihre Beine um die Stange schlang und den Oberkörper zurückfallen ließ, sodass ihr langes Haar den Boden streifte. Als die letzten Hüllen gefallen waren, wurde ihr Auftritt mit Pfiffen und Applaus quittiert.

Eine Inuit mit hochgeschnürten Brüsten berührte mich am Arm und fragte mich, was ich trinken wolle. Sie hatte ein breites, großflächiges Gesicht und ein abwesendes Lächeln. Offensichtlich stand sie unter Drogen.

„Ich suche Chanel Pourier", sagte ich. „Arbeitet sie hier?"

„Wer will das wissen?"

„Ich. Wir waren mal zusammen und ich würde sie gerne wiedersehen."

Die Frau musterte mich mit leicht verschwommenem Blick. „Ich glaube nicht, dass du das wirklich willst."

„Ist sie hier?"

„Sie sollte hier sein, aber das ist sie nicht. Der Chef ist stinksauer."

„Kann ich ihn sprechen?"

Sie schien einen Moment zu überlegen, sagte dann aber: „Na gut, komm mit."

Ich folgte ihr aus dem Lokal in einen mit Getränken vollgestellten Gang bis vor eine Tür, an der ein Büroschild klebte.

„Jean-Luc“, rief sie, „da ist so 'n Typ, der was von Chanel will.“

Die Tür sprang auf und ich stand einem mächtigen Glatzkopf in schillernd türkisblauem Satinhemd gegenüber. „Was willst du von ihr?“, fuhr er mich an.

„Sie sprechen, das ist alles.“

Seinem Blick nach zu urteilen, hielt er mich für harmlos. „Sie ist mal wieder nicht gekommen“, knurrte er. „Wahrscheinlich hat ihr Alter sie verprügelt.“

„Wo finde ich sie?“, fragte ich.

„Parr Street 87, ist nicht weit von hier. Wenn sie dort ist, dann sag ihr, wenn sie nicht binnen einer Woche wieder auf der Matte steht, ist sie gefeuert.“ Damit schlug er mir die Tür vor der Nase zu.

Die leicht bekleidete Inuit zuckte mit den Achseln. Ich sah, dass sie Schwangerschaftsstreifen am Bauch hatte.

„Warte hier“, sagte sie. Sie verschwand um eine Ecke und kam wenig später mit einer Sporttasche zurück. „Chanels Sachen. Gib sie ihr.“

Ich nahm die Tasche und verließ das Lokal.

Die Parr Street war eine Parallelstraße der Arlington Street. Auch hier flanierten Prostituierte. Als ich an einer roten Ampel halten musste, setzte sich eine von ihnen auf die Kühlerhaube und klopfte gegen die Windschutzscheibe.

Ich ließ die Scheibe auf der Beifahrerseite herunter und rief ihr zu, dass ich es eilig hatte und nicht interessiert war. Sie sprang erst herunter, als die Ampel auf Grün wechselte und ich langsam anfuhr.

Die Nummer 87 war ein blaues Holzschindelhaus in einer endlosen Reihe von schäbigen kleinen Häusern, zu denen keine Garagen gehörten. Ich fand ein paar Meter weiter eine Parklücke, holte die Tasche mit Chanels Sachen vom Rücksitz und lief auf dem vereisten Bürgersteig zurück zum Haus.

Von drinnen hörte ich Musik und Gelächter. Die Schreie einer Frau drangen aus einem mit Plastikband geflickten Fenster im Obergeschoss, aber ich konnte nicht unterscheiden, ob sich da jemand lautstark amüsierte oder verprügelt wurde.

Ich klopfte, und als niemand reagierte, betrat ich das Haus. In den schummrig beleuchteten Räumen im Erdgeschoss stieg eine Party. Es roch nach Marihuana, nach billigem Alkohol und aufdringlichem Parfüm. Niemand schien sich um meine Anwesenheit zu scheren. Ich stand ein paar Minuten im Durchgang zur Küche und beobachtete die Tanzenden. Der Physiognomie nach zu urteilen, waren die meisten von ihnen Indianer, Inuit oder Mischlinge. Sie standen trinkend herum oder tanzten zu wilden Klängen, die ich keiner Musikrichtung zuordnen konnte. Aber vielleicht war ich auch nur nicht auf dem Laufenden.

Eine vollbusige Lady tanzte wie ein Derwisch. Ein Typ mit Irokesenschnitt, der an der Wand lehnte, musterte mich mit gerunzelter Stirn. Er beugte sich zu der Frau neben ihm und sagte ihr etwas ins Ohr. Vermutlich wollte er von ihr wissen, wer ich war, denn sie warf einen kurzen Blick zu mir herüber, zuckte nur mit den Achseln und begann zu tanzen.

Eine Dreizehn- oder Vierzehnjährige mit kaum entwickelten Brüsten und schmalen Hüften knutschte mit einem Mann, der älter als Vierzig aussah und mit kräftigen Griffen ihren Hintern knetete.

Jemand drängelte sich an mir vorbei und erkannte mich. Es war Queenie, die langbeinige Schönheit mit den hohen Wangenknochen und der rauchigen Stimme. Sie griff nach meinem Arm und zog mich in den dämmrigen Flur.

„Wer, zur Hölle, hat dich denn eingeladen?"

„Die Tür war offen. Ich habe Musik gehört und dachte, ich schau mal rein."

„Das ist keine öffentliche Party, Schätzchen." Sie musterte mich mit hochgezogener Augenbraue. „Bist du dir sicher, dass du kein Cop bist?" Mit einem geübten Griff schob sie den ausgestopften BH ein Stück nach oben. Ihre nackten Schultern waren knochig, die Arme lang und dünn. Ihre langen Fingernägel hatte sie blutrot lackiert.

„Bin ich." Ich musste lächeln. „Ich suche Chanel." Ich hob die Sporttasche in die Höhe. „Das gehört ihr."

Queenie grapschte nach der Tasche, aber ich war schneller. „Hey, hey, hey", sagte ich, „die will ich ihr schon selber geben. Es gehört nämlich noch eine Nachricht von Jean-Luc dazu."

Queenie spuckte verächtlich auf den Boden, was nicht sehr damenhaft war. In diesem Moment polterte es über uns und unsere Köpfe fuhren herum. Jemand kam die Treppe heruntergerannt, stolperte, verlor das Gleichgewicht und stürzte. Der Kerl landete zu unseren Füßen und rappelte sich fluchend auf. Im Licht der 60-Watt-Birne sah ich, dass seine rechte Hand blutete. Verwünschungen ausstoßend humpelte er zur Tür und verschwand nach draußen.

Queenie warf mir einen bestürzten Blick zu, und was ich in ihren Augen las, behagte mir gar nicht. Kurzentschlossen sprang ich die Treppe nach oben, Queenie auf ihren Highheels hinterher. In dem Zimmer mit der geklebten Fensterscheibe lag eine halbnackte, zusammengekrümmte Gestalt auf dem Bett. Das Laken unter ihr war voller Blut.

„Das Schwein", kreischte Queenie. Ich ließ die Tasche fallen und beugte mich über die Frau, um sie umzudrehen. Ihr Gesicht war bis zur Unkenntlichkeit blutig geschlagen, aber sie atmete. „Ruf einen Krankenwagen", sagte ich zu Queenie. Als sie zögerte, rief ich: „Jetzt!"

„Ist das wirklich notwendig?"

„Ja, verdammt, das *ist* notwendig", schrie ich sie an.

„Warum gibt sie dem Arschloch nicht endlich den Laufpass", meinte Queenie kaltschnäuzig.

„Ist *das* Chanel Pourier?"

Queenie nickte. Die Frau auf dem Bett bewegte sich und stöhnte. Sie wollte mit einer Hand nach ihrem zerstörten Gesicht greifen, aber ich hielt ihren Arm fest und redete beruhigend auf sie ein. Mit der anderen Hand zog ich mein Handy aus der Jackentasche und begann den Notruf zu wählen. Ich bestellte einen Krankenwagen und gab der Notrufzentrale gerade Straße und Hausnummer durch, als ich Polizeisirenen hörte. Ich klappte das Handy zu, ließ Chanel los und trat ans Fenster. Zwei Streifenwagen hielten vor dem Haus, Cops sprangen heraus. Rotes und blaues Licht pulste an der Zimmerdecke.

„Scheiße", rief Queenie, nahm ihre Highheels in die Hände und stürzte aus dem Zimmer.

„Verdammt", fluchte auch ich. Wie sollte ich den Cops meine Anwesenheit neben der blutig geschlagenen Frau erklären? Queenie, die einzige Zeugin meiner Unschuld, hatte sich aus dem Staub gemacht. Niemand sonst im Haus hatte mich je zuvor gesehen. Alle würden zusammenhalten. Ich war der perfekte Täter.

Es dauerte nicht lange, da erschien ein Cop mit vorgehaltener Waffe in der Tür. „Hände hoch und keine falsche Bewegung", brüllte er.

Gehorsam hob ich meine Hände und sah, dass der Verband an meiner Rechten voller Blut war. *Na wunderbar!*, dachte ich.

Dem Cop, er war schätzungsweise Anfang fünfzig und hatte einen rotblonden Schnauzer, war der blutige Verband natürlich nicht entgangen. Ich überlegte krampfhaft, was ich sagen konnte, damit er sich beruhigte. Bei meinen Recherchen über Polizeiarbeit vor einem Jahr hatte ich in einem Testbericht gelesen, dass der durchschnittliche Beamte ab 170 Herzschlägen pro Minute kaum noch einen gesprochenen Satz mitbekommt, der länger als zwei Sekunden dauert und mehr als sechs Wörter enthält.

Deshalb sagte ich nichts.

„An die Wand, *fucking Indian*", brüllte er. Ich ging zur Wand und drückte meine Handflächen dagegen. „Beine auseinander." Er trat mir mit dem Stiefel seitlich gegen das Knie. Der Schmerz schoss mir bis ins Hirn und ich stieß einen überraschten Laut aus. Der Cop tastete mich nach Waffen ab und war dabei nicht zimperlich. Als er mir Handschellen anlegte, betrat ein zweiter Polizist mit vorgehaltener Waffe den Raum.

Einen Moment lang wusste ich nicht, ob ich besorgt oder erleichtert sein sollte, als ich in das vertraute Gesicht von Bill Halla blickte. Er ließ die Waffe sinken, als er mich erkannte, und sagte zu seinem Kollegen: „Schon gut, Brad, ich kenne ihn."

Brad zögerte.

„Du wirst unten gebraucht", sagte Halla. „Und deine Handschellen auch."

Mit zornigem Blick und ruppigen Bewegungen befreite Brad mich wieder von den Handschellen und verschwand nach unten. Halla beugte sich über die verletzte Frau.

„Sie atmet noch", sagte ich und rieb mir die Handgelenke. „Ich habe einen Krankenwagen gerufen."

Halla schob seine Dienstwaffe ins Holster zurück. „Sind hier oben noch mehr Leute?"

„Keine Ahnung, ich war bloß in diesem Zimmer. Aber ich glaube nicht."

„Was ist passiert?"

„Ich stand unten im Flur mit einer Dame namens Queenie, als jemand von hier oben mit blutigen Händen flüchtete. Also bin ich hoch. Queenie kam mir nach. Sie kann alles bezeugen."

„Verdammt, Cameron, Sie haben mir versprochen, dass ich Sie nie wiedersehe. Was zum Teufel machen Sie hier?"

„Ich habe nach ihr gesucht." Ich nickte mit dem Kopf in Richtung Bett.

„Nach einer *Nutte*?"

„Sie war mal Daniel Blueboys Freundin."

„Dann scheint sie mit Vorliebe an die falschen Männer zu geraten."

„War der Typ, der ihr das angetan hat, ihr Freund?"

Halla nickte. „Alle nennen ihn nur Hairspray-Johnny, weil er Pink-Panther-Haarspray säuft, um sich für ein paar Dollar in eine bessere Welt zu beamen." Der Cop stieß einen Seufzer aus. „Früher war Listerine-Mundwasser der absolute Renner. Aber seit die Regierung ihnen die Wohlfahrt gekürzt hat, sind sie auf Pink Panther umgestiegen. Das Zeug ist billiger und hat mehr Prozente." Halla schüttelte resigniert den Kopf. „Es ist nicht das erste Mal, dass er sie so schlägt. Aber sie weigert sich immer wieder, gegen ihn auszusagen."

„Dann werde ich also nicht verhaftet?"

„Das ist nicht witzig", brummte der Cop.

„Nein." Erleichtert schüttelte ich den Kopf. „Übrigens: Danke! Ihr Kollege hatte ziemlich rüde Umgangsformen."

„Nehmen Sie es Brad nicht krumm", sagte Halla. „Er ist bei so einem Einsatz mal schwer verletzt worden von einem betrunkenen ..."

„Fucking Indian?", beendete ich den Satz für ihn.

Halla räusperte sich verlegen. „Das haben Sie gesagt."

Wieder Blaulicht und Sirenen. Der Krankenwagen parkte vor dem Haus und Halla benachrichtigte per Funk seine Kollegen, dass die Verletzte im Obergeschoss lag. Wenige Minuten später waren die Sanitäter da. Sie hoben Chanel auf eine Trage, bedeckten sie mit einer warmen Decke und schnallten sie fest. Dann wurde sie fortgeschafft. Ob man ihr Gesicht im Krankehaus wieder so weit hinbekommen würde, dass sie weiter für Jean-Luc arbeiten konnte, wagte ich zu bezweifeln.

Bill Halla vergewisserte sich, dass niemand in dem anderen Raum im Obergeschoss war, dann stieg er die Treppe nach unten und ich folgte ihm. Plötzlich sah ich aus den Augenwinkeln etwas Dunkles auf seinen Kopf zufliegen. Ich packte Halla an der Schulter und riss ihn nach hinten. Er landete halb auf der Treppe, halb auf meinen Knien, und im selben Moment zerschellte mit lautem Knall eine Flasche an der Wand. Die Scherben und der Inhalt landeten auf Halla. Stechender Uringeruch stieg mir in die Nase.

„Fuck." Halla rappelte sich vorsichtig auf, als am Fuß der Treppe einer seiner Kollegen erschien – ein indianischer Cop, groß wie ein Bär – und mit der Waffe auf mich zielte.

„Schon gut, Tommy", sagte Halla. „Er war's nicht."

„Alles in Ordnung?", fragte der Hühne.

„Nein, verdammt. Das Schwein hat in die Flasche gepisst."

In diesem Moment bewegte sich etwas unter der Treppe und ein junger Bursche, höchstens fünfzehn oder sechzehn, wollte sich davonmachen. Tommy stellte ihn. „Na, wen haben wir denn da?", sagte der indianische Cop und richtete die Waffe auf den Schritt des Jungen. „Rühr dich nicht von der Stelle, Freundchen, oder du singst ein paar Tonlagen höher."

„Verräter", zischte der Junge. „Du beschissener Apple."

Halla ging nach unten, um dem Flaschenwerfer Handschellen anzulegen. Als die Verschlüsse klickten, wandte der Junge den Kopf und spuckte dem Polizisten ins Gesicht. Halla holte zum Schlag aus.

„Du elendes Rassistenschwein", schrie der Junge ihn an. „Na los, schlag doch zu. Ich will sehen, wie du einen Indianer schlägst."

„Nicht, Bill", sagte Tommy ruhig.

Halla gab dem Jungen einen Stoß, dass er in die Arme des anderen Cops stolperte. Tommy brachte ihn nach draußen in den Streifenwagen.

„So eine verdammte Scheiße", fluchte Halla und wischte sich die Spucke von der Schläfe. Auf seiner nassen Uniform klebten immer noch Glassplitter und er stank nach Pisse.

Bill Halla kannte die meisten der Anwesenden im Haus mit Vornamen. Auch Queenie. Er befragte sie und sie erzählte ihm mit dunkler Männerstimme, was sich zugetragen hatte. Ich war erleichtert, dass sie bei der Wahrheit blieb.

Die Cops ließen die meisten Partygäste gehen. Hairspray-Johnny wurde ein paar Blocks weiter gefasst und zu dem Jungen in den Streifenwagen verfrachtet. Zurück blieben Queenie, die drei anderen Bewohnerinnen des Hauses, Bill Halla, sein Partner Tommy und ich.

Die Frauen begannen aufzuräumen. Queenie saß mit zusammengepressten Knien auf einer Couch, Bill Halla und Tommy auf Stühlen am Küchentisch und ich stand mit dem Rücken gegen die Wand gelehnt.

„Wer ist der Typ überhaupt, Bill?", fragte Queenie Halla und nickte in meine Richtung.

„Was hat er dir denn gesagt?"

„Dass er Chanel sucht."

„Er ist Journalist."

„Will er einen Artikel über Nutten schreiben?" Demonstrativ rückte Queenie ihre falschen Brüste zurecht und setzte ein charmantes Lächeln auf. Ich musste unwillkürlich schmunzeln.

„Ich glaube nicht", sagte Halla und rieb sich müde das Gesicht.

„Ich recherchiere den Tod eines Cree-Jungen, der vor zehn Jahren unter merkwürdigen Umständen starb", sagte ich. „Chanel war damals seine Freundin."

„Wie hieß er denn?", fragte Queenie und steckte sich eine Zigarette zwischen die roten Lippen. Tommy, der Hühne mit dem Kindergesicht, stand auf, um ihr Feuer zu geben.

„Danke, Tommy", flötete Queenie. Dann wandte sie sich wieder mir zu.

„Daniel Blueboy", antwortete ich auf ihre Frage. „Kannten Sie ihn?"

„Oh nein. Vor zehn Jahren hab ich noch mit meinem Vater Fallen gestellt im Reservat." Sie grinste, inhalierte tief und hob das Kinn, um den Rauch nach oben zu blasen. „Aber Chanel hat mir von ihm erzählt."

„Sie hat Ihnen von Daniel erzählt?", fragte ich neugierig.

„Ja. Das war der Junge, der ihr das Herz gebrochen hat. Er ist Schuld an ihrem verpfuschten Leben."

„Daniel war siebzehn, als er starb", wandte ich vorsichtig ein.

„Sie glaubte, er würde sie heiraten. Aber er hat sie nur benutzt."

„Benutzt? Inwiefern?"

„Als Chanel ihn kennen lernte, war er fünfzehn und seine sexuellen Erfahrungen beschränkten sich auf rumknutschen und fummeln. Sie hat ihn entjungfert. Und wie der Zufall es manchmal will, der Bursche war ein Naturtalent. Sie trafen sich regelmäßig, um zu vögeln und zu trinken. Später kam er dann nur noch, weil er wollte, dass Chanel ihm Alkohol kaufte. Da hatte sie längst gemerkt, dass er ihr etwas bedeutete, obwohl er drei Jahre jünger war als sie. Aber Dan hatte inzwischen eine andere kennen gelernt und Chanel war abgeschrieben."

Chanel Pourier war also drei Jahre älter als Daniel. Aber irgendwer hatte mir gesagt, dass seine Freundin jünger gewesen war als er. Mir dämmerte, dass die verletzte Frau aus dem Obergeschoss, die Frau, von der Queenie sprach, gar nicht die war, nach der ich suchte.

Nur, nach wem suchte ich dann?

„Wusste Chanel, wer das Mädchen war, das Daniel kennen gelernt hatte?"

Queenie schüttelte den Kopf. „Sie hätte es gerne gewusst und hat wohl auch alles darangesetzt, es herauszufinden. Aber dann war Daniel tot und sie ist immer wieder an die falschen Männer geraten."

„Haben Sie ein Foto von Chanel?"

Queenie sah mich verwundert an. „Sie haben Sie doch gesehen."

„Ja, nur dass sie nicht zu erkennen war."

Sie stand auf, stöckelte zu einer Kommode und holte aus einem Schubfach ein Foto, das sie mir reichte. Ich betrachtete die junge Frau, die an einem Geländer stand und in die Kamera lächelte. Ihr Lächeln war hübsch, aber sie war kein „heißer Feger", wie Jerry DeMarco sie bezeichnet hatte. Chanel war ein Durchschnittstyp.

„Kann ich das behalten?", fragte ich.

Als Antwort zuckte Queenie mit den Achseln und ich steckte das Foto ein.

Bill Halla erhob sich. „Wenn Hairspray-Johnny zurückkommt, lasst ihn nicht rein", sagte er.

„Klar Chef", meine Queenie.

Der Cop schüttelte den Kopf. An mich gewandt, sagte er: „Es ist zum Heulen. Wenn der Typ raus ist aus dem Knast, steht er noch am selben Tag reumütig vor ihrer Tür. Und

Chanel wird ihn reinlassen. Irgendwann, wenn er wieder auf dem Pink-Panther-Trip ist, wird er sie umbringen."

Queenie drückte ihre Kippe in einen Aschenbecher und verließ die Küche. Vermutlich wollte sie nicht hören, was Halla sagte.

Der Cop blickte auf die Uhr. „Jetzt ist es erst elf", sagte er zu seinem Kollegen. „Ich muss kurz zu Hause vorbei und eine andere Uniform anziehen. Ich will nicht genauso nach Pisse stinken wie die Penner, die wir aufsammeln."

Der indianische Cop nickte. „Was machen wir mit ihm?" Er nickte in meine Richtung.

„Nichts", sagte Halla. „Wäre er nicht gewesen, würde ich jetzt vielleicht im Krankehaus liegen."

Tommy stand auf und verschwand im Badezimmer.

„Danke", sagte ich.

Halla erhob sich. „Fahren Sie nach Hause, Cameron. Heute ist Zahltag, da lebt es sich gefährlich im Harlem der Prärie." Er deutete auf meine verbundene Hand. „Haben Sie sich geprügelt?"

„Das war Custer, Stouts Hund", antwortete ich. „Wie es scheint, ist es für einen wie mich sogar in einem Spießerviertel gefährlich."

Der Cop zuckte mit der Schulter. „Ich hatte Sie gewarnt."

Robert saß mit einer Tasse Tee in der Küche. Ich erzählte ihm von meinem Besuch in Oakdale Hall und von Cardinals Wandgemälde. Robert hatte zwar davon gehört, es sich aber nie angesehen.

„Das solltest du", sagte ich zu ihm. „Es erzählt von Lucas, aber auch von deinem Bruder."

Schließlich berichtete ich ihm von meiner Suche nach Chanel Pourier, und dass sie nicht das Mädchen war, mit der Daniel eine Zukunft geplant hatte. Ich zeigte Robert das Foto von Chanel, das Queenie mir gegeben hatte.

„Aber das *ist* Dans Mädchen", behauptete er. „Ich erinnere mich an sie."

„Er war mit Chanel zusammen", sagte ich, „das stimmt. Aber dann hat er eine andere kennen gelernt. Dieses andere Mädchen muss ich finden. Sie weiß etwas, da bin ich mir sicher."

Robert schüttelte den Kopf. „Wer soll denn dieses mysteröse Mädchen sein? Dan hat seine Freundinnen nicht vor uns versteckt. Im Gegenteil: Er nutzte jede Gelegenheit, um mit ihnen anzugeben."

Ich hob den Kopf und sah ihn an. Mir war da eine Idee gekommen. „Hat deine Mutter Daniels persönliche Sachen aufgehoben?"

„Mit Sicherheit", sagte Robert. „Aber der ganze Kram ist in Narrow River, bei Emma."

„Ich muss da hin. Vielleicht gibt es ein Foto von diesem Mädchen, einen Brief, einen Namen, irgendetwas, das mich weiterbringt."

„Es sind fast 350 Kilometer bis ins Reservat", wandte Robert ein. „Und für morgen haben sie Schneefall angesagt."

„Ruf deine Schwester an."

Er blickte auf die Küchenuhr. „Sie wird schon schlafen."

„Versuch es. Bitte."

„Okay, wie du willst."

Ich ging duschen und mich umziehen, und als ich in die Küche zurückkehrte, sagte Robert, dass Emma mich am nächsten Tag erwarten würde.

„Kommst du nicht mit?", fragte ich verwundert.

„Ich muss morgen arbeiten", sagte er entschuldigend.

Ich klopfte ihm auf die Schulter. „Das ist gut. Ich finde den Weg auch alleine."

20. Kapitel

Obwohl ich froh war, die Stadt für eine Weile verlassen zu können, wurde mir nach ein paar Kilometern mulmig zu Mute. Ich war es nicht gewohnt, im weißen Nichts unterwegs zu sein, es machte mir Angst. Ich stellte das Radio ein, um mich abzulenken. John K. Samson, der Sänger der kanadischen Band „The Weakerthans" brüllte: „I hate Winnipeg".

Der Highway 6 war geräumt und über die Straße wirbelnder Schnee bildete bizarre Figuren am Rand. Ich war schon eine gute Stunde gefahren, als es erneut heftig zu schneien begann. Der Wetterbericht hatte es vorausgesagt.

Ab und zu musste ich anhalten, um die Windschutzscheibe vom Schnee zu befreien, der zu schwer war für die Scheibenwischer. Mit 50 km/h manövrierte ich den Jeep durchs Schneegestöber. Als ein Schneepflug vor mir auftauchte, musste ich noch langsamer fahren, aber wenigstens war nun die Straße wieder frei.

Irgendwann hörte das Schneegestöber auf – so plötzlich, wie es begonnen hatte. Ich tankte an einer Raststätte und trank einen Kaffee. Wenig später begannen die Wälder, sie drängten sich an die Straße, dicht und tief verschneit. Endlich war ich am Abzweig zum Narrow River Reservat. Von da an wurden die Straßenverhältnisse schlechter und ohne Allradantrieb wäre ich wohl nicht mehr vorwärtsgekommen.

Gegen eins erreichte ich die Siedlung Narrow River. Ich fuhr im Schritttempo durch den Ort. Der Rauch von Holzfeuern stieg aus den Kaminen der verstreut stehenden, überwiegend eingeschossigen Fertighäuser. Davor parkten verschneite oder freigeräumte, meist leicht ramponierte Autos.

Jugendliche amüsierten sich mit ihren bunten Skidoos. Hunde balgten sich in den Schneewehen. Ein paar Kinder spielten Hockey auf der vereisten Straße und ich hielt vorsichtig an, um einen Jungen mit tief ins Gesicht gezogener Wollmütze nach Emma Sam zu fragen. Er zeigte die Straße hinunter. „Das letzte Haus auf der linken Seite. Das mit dem Schneemann."

„Danke", sagte ich.

Emma Sam wohnte in einem dunkelrot gestrichenen Holzhaus mit einer überdachten Veranda. Davor stand ein großer Schneemann mit Kohleaugen und einer Zapfennase. Auf dem Kopf trug er eine alte Jagdmütze mit Ohrenklappen – so eine, wie sie bei mir auf dem Beifahrersitz lag. Ich musste lächeln und stieg aus. Die Luft war irre kalt, noch kälter als in der Stadt.

Ich stieg die Stufen zur Veranda hinauf. Eine Schneeschaufel lehnte neben der Eingangstür und auf der anderen Seite war Feuerholz an die Wand gestapelt, mannshoch. Eine gute Isolierung gegen die Kälte.

Ich klopfte.

Drinnen rührte sich etwas, aber niemand kam zur Tür, also klopfte ich noch einmal. Schließlich öffnete sich die Tür mit Schwung.

„Mrs Sam?", fragte ich.

„Die bin ich."

„Adam Cameron."

„Kommen Sie rein."

Sie trat einen Schritt zurück, um mich vorbeizulassen, und schloss die Tür hinter mir. Vom Foto in Roberts Küche hatte ich Emma attraktiver in Erinnerung, aber da war sie auch zehn Jahre jünger gewesen. Roberts Schwester war klein und hatte ein rundes Gesicht mit schmalen Augen, einer breiten Nase und vollen Lippen. Ihre glatten Haare trug sie zu einem Pferdeschwanz gebunden.

„Kaffee?", fragte sie. „Ich habe gerade welchen gemacht."

„Danke, gern", erwiderte ich.

In Emma Sams Küche war es warm und es duftete appetitlich nach Fettgebackenem. Auf dem Herd stand ein Topf, in dem etwas auf kleiner Flamme vor sich hin köchelte. Der Geruch von Fleischsuppe und Fladenbrot löste etwas in mir aus, eine Empfindung, die ich nicht benennen konnte. Vielleicht hatte das etwas mit meinem Leben vor der Adoption zu tun, aber ich konnte diesen tief vergrabenen Erinnerungen jetzt nicht nachgehen, denn ich war hier, um etwas über Daniel zu erfahren.

Emma goss Kaffee in einen großen Keramikbecher und stellte ihn auf den Holztisch. Ich zog meinen Parka aus und setzte mich. „Danke."

Den Kaffee in der Hand stand Emma mit dem Rücken gegen die Spüle gelehnt. Sie trug einen weiten, dunkelblauen Pullover, der mit Mehl bestäubt war und in dessen hochgeschobenen Ärmeln Teigreste hingen. Dazu ausgebeulte Jogginghosen, die ihrer molligen Figur nicht eben schmeichelten, ebenso wenig wie der Pullover. Zumindest ist sie nicht eitel, dachte ich. Denn schließlich hatte Emma gewusst, dass ich kommen würde.

„Wie war die Fahrt?", fragte sie und nippte von ihrem Kaffee.

„Viel Schnee. Ich konnte bloß 50 fahren." Keine Ahnung, warum mir auf einmal unbehaglich wurde unter ihrem taxierenden Blick.

„Ein langer Weg wegen eines toten Jungen", bemerkte sie, stellte den Kaffeebecher beiseite und verschränkte die Arme vor der Brust.

„Robert hat mich gebeten, Daniels Mörder zu finden. Und ich dachte, Sie können mir vielleicht weiterhelfen."

Emma schüttelte ärgerlich den Kopf. „Eine dumme Idee von ihm. Was soll dabei herauskommen?"

„Die Wahrheit."

„Das glauben Sie doch selbst nicht. Dafür ist es viel zu spät. Außerdem, was haben Sie für ein Interesse daran, Daniels Mörder zu finden?"

Ich hatte mit allem gerechnet, nur nicht damit, auf Ablehnung zu stoßen. „Das ist mein Job", sagte ich.

„Ihr Job?" Emmas Körper straffte sich, stirnrunzelnd sah sie mich an. „Sind Sie ein Cop?"

Ich schüttelte den Kopf. Was hatte Robert seiner Schwester eigentlich über mich erzählt? „Ich bin Privatdetektiv. Hat Ihr Bruder das nicht erwähnt?"

„Was?" Sie atmete geräuschvoll ein. „Robert hat einen Privatschnüffler angeheuert? Ist er von allen guten Geistern verlassen?" Fassungslos hob sie die Hände und ließ sie wieder fallen.

Den Privatschnüffler ignorierte ich. „Wollen Sie denn nicht wissen, wie ihr Bruder starb?"

Emma stützte sich ruckartig von der Spüle ab und begann umherzulaufen. „Natürlich will ich wissen, wie Dan gestorben ist", sagte sie und gestikulierte wild. „Seit zehn Jahren ist es die eine große Frage, die ich mir immer wieder stelle. Was ist passiert in jener Nacht? Wieso war er da draußen, ganz allein?" Ihre Stimme wurde rau, als sie sagte: „Aber darauf gibt es keine Antwort. Dan hat die Antwort mit ins Grab genommen."

„Das glaube ich nicht."

„Glauben Sie doch, was Sie wollen, Mr Cameron." Sie drehte das Gesicht zur Wand, damit ich die Tränen nicht sehen konnte, die ihr in die Augen schossen.

„Robert war der Meinung, Sie könnten mir weiterhelfen. Sie haben Daniels Sachen aufbewahrt. Außerdem wissen Sie mehr als er, weil Sie Ihre Mutter betreut haben."

„Lassen Sie Mom aus dem Spiel, verdammt noch mal. Es war schlimm genug, sie leiden zu sehen. Sie hat Dans Tod nie verwunden."

Ich hielt es für besser, zu schweigen. Emma konnte mich nicht leiden. Vielleicht mochte sie Männer im Allgemeinen nicht, vielleicht hatte ich es auch bloß falsch angepackt. So oder so, ich hatte es vermasselt. Von Emma Sam hatte ich nichts zu erwarten. Mit Sicherheit gehörte sie nicht zu den Frauen, die sich überreden ließen.

Zwei, drei tiefe Atemzüge lang starrte ich auf den Kaffeebecher in meinen Händen, dann stellte ich ihn sacht auf den Tisch und erhob mich.

„Dann ist es wohl besser, wenn ich jetzt gehe", sagte ich und griff nach meinem Parka.

In diesem Augenblick wurde die Haustür aufgerissen und zwei vermummte Gestalten stürmten in die Küche. Sie brachten Schnee und kalte Luft herein.

„Wer ist das, Mom?", rief das größere der beiden Ungeheuer.

„Mr Cameron, Schatz. Er wollte gerade gehen."

Beide Kinder pellten sich aus ihren Sachen und zum Vorschein kam ein etwa zwölfjähriges Mädchen mit einem schimmernden Zopf und ein Junge mit zerzaustem, halblangem Haar, der ungefähr acht oder neun sein musste.

„Warum bleibt er nicht zum Essen, Mom?", fragte das Mädchen. „Mom's Bannockfladen sind nämlich die besten", wandte sie sich strahlend an mich.

Emma schien ins Wanken zu geraten, denn die Gastfreundschaft gebot, einen Fremden nicht aus dem Haus zu weisen, wenn das Essen auf dem Herd stand. Ich räusperte mich verlegen, weil ich nicht wusste, was ich sagen sollte. Tatsächlich hatte ich großen Hunger, und wenn ich zum Essen bleiben durfte, bekam ich vielleicht eine zweite Chance, einen positiven Eindruck zu machen. Das Telefon klingelte, und ehe Emma den Hörer abheben konnte, hatte der Junge ihn schon am Ohr. Er lauschte und griente auf einmal über das ganze Gesicht. Dann wandte er den Blick zu mir und musterte mich von oben bis unten. „Ja, der ist da. Aber Mom hat gesagt, er muss jetzt gehen."

Das konnte nur Robert sein. Vielleicht gab es doch noch Hoffnung auf ein Mittagessen und ein paar Antworten von Emma.

„Für dich", sagte der Junge und hielt mir den Hörer entgegen.

Ich sah Emma fragend an und sie machte eine Geste, dass ich ihn nehmen sollte.

Robert erkundigte sich, wie die Fahrt gewesen sei und ob Emma schon mit mir gesprochen hätte.

„Ich komme zurück", sagte ich. „Deine Schwester will nicht mit mir reden."

Ich hörte Robert leise stöhnen.

„Was hast du ihr denn gesagt, wer ich bin und was ich von ihr will?", fragte ich.

Da stand Emma plötzlich direkt vor mir und nahm mir den Hörer aus der Hand. „Warum hast du mir nicht erzählt, dass er ein *Privatdetektiv* ist?", fragte sie ihren Bruder. „Was hat dich bloß geritten, so etwas Dämliches zu tun?"

Ich hörte Robert reden. Sah, wie Emma den Hörer umkrampfte und ihre Augen noch dunkler wurden. Dann legte sie auf.

Sie sah mich an und sagte: „Nun setzen Sie sich schon, Mr Cameron, und essen Sie mit uns."

Als der dampfende Topf mit Suppe vor uns stand und Emma mit einer Kelle die Teller füllte, musste ich Fragen beantworten. Deena und Hunter waren aufgeweckte Kinder und wie es aussah, hatte Emma nicht oft Besuch. Seit Hunter spitzgekriegt hatte, dass ich Privatdetektiv war, erwies sich seine Neugier als grenzenlos. Unter anderem wollte er wissen, was mit meiner Hand passiert war und ob ich eine Waffe besaß.

Ich erzählte ihm von meinem Zusammenstoß mit Custer und Hunter lauschte mit offenem Mund. Als ich zugab, Angst gehabt zu haben, lächelte Emma unerwartet und ich sah, dass sie immer noch hübsch war. Über dem runden Schwung ihrer Wangen leuchteten Augen, die von einem warmen Braun waren.

Sie sah verlegen auf ihren Teller, dann sagte sie zu ihren Kindern: „Okay, ihr zwei, ihr könnt jetzt spielen. Mr Cameron und ich haben einiges zu besprechen."

Hunter brummte zwar enttäuscht, gehorchte aber seiner Mutter. Beide Kinder räumten das Geschirr in die Spüle, dann verschwanden sie aus der Küche.

„Sie haben nette Kinder", sagte ich. „Und vielen Dank für das Essen, es war sehr gut."

Emma lächelte wieder. „Ich habe meinem Onkel Vernon versprochen, ihm etwas von der Suppe zu bringen. Würden Sie mich begleiten?"

„Warum nicht", sagte ich. Vielleicht konnte ich dem alten Mann bei der Gelegenheit ein paar Fragen über Daniel stellen.

Ich hatte bei *begleiten* an eine kurze Autofahrt gedacht, aber Emma erklärte mir, dass ihr Onkel in einem Haus am See lebte, das im Augenblick nur zu Fuß zu erreichen war.

„Wie weit ist es denn?", fragte ich vorsichtshalber.

„Nicht weit, nur zwei Kilometer."

Obwohl mir ganz und gar nicht wohl war bei dem Gedanken, zwei Kilometer durch den Schnee zu laufen, zog ich meinen Parka an. Gedanken an den *Windigo* drängten sich mir auf. Aber ich wollte vor Emma nicht zugeben, dass ich Angst vor Schnee, Kälte und einem Ungeheuer mit einem Eisherzen hatte. Ich ging nach draußen und holte Handschuhe und Mütze aus dem Auto. Mit meiner neuen Pelzmütze auf dem Kopf und Blistex auf den Lippen wappnete ich mich gegen meine Dämonen.

Emma trug ebenfalls wattierte Hosen. Außerdem einen schwarzen Parka mit vielen Taschen und einer mit Wolfsfell gefütterten Kapuze. An den Füßen hatte sie rote Schneestiefel, die wie Signallampen leuchteten. Die Suppe hatte sie in eine Tupperbox gefüllt und trug sie in einem Rucksack auf dem Rücken.

Wir liefen einen freigeschaufelten Weg entlang, der von ihrem Haus zum Seeufer führte. Nach ein paar Schritten wurde die Spur schmaler und ich musste hinter Emma laufen. Die Sonne schien zwar, aber die Luft war eisig. Auf dem Thermometer neben der Verandatür hatte ich –25°C abgelesen.

„Was hat Robert gesagt, dass Sie Ihre Meinung geändert haben?", fragte ich und hustete, so fest biss die kalte Luft in Kehle und Lunge.

„Nicht reden", sagte sie.

Also redete ich nicht. Vermutlich war es auch besser so, wenn ich nicht wollte, dass meine Zunge und meine Lunge zu roten Eisklumpen wurden.

In der in dickes Weiß gehüllten Wildnis hörten alle Geräusche auf zu existieren. Eine rötliche Nachmittagssonne verwandelte den Schnee auf dem See in eine glitzernde Diamantendecke. Stille und Einsamkeit waren überwältigend, aber ich konnte keinen Frieden empfinden, da ich zunehmend Panik verspürte. *Du bist nicht allein, Adam*, sagte ich mir. Dieses Haus ist bloß zwei Kilometer entfernt, weit kann es also nicht mehr sein.

Wenig später waren wir da.

Vernon Blueboy wohnte in einem Blockhaus, das mindestens schon hundert Jahre alt war. Immerhin, der alte Mann hatte Strom und fließend Wasser. Seine Suppe wärmte ihm Emma allerdings in einem schwarzen Topf auf dem Holzherd auf.

Ich stellte Vernon ein paar Fragen zu Daniel, aber sein Gedächtnis schien nicht mehr sonderlich gut zu funktionieren und ich erfuhr nichts, das mir weitergeholfen hätte. Wir blieben noch auf einen Kaffee. Emma spülte das Geschirr, fegte den Dielenboden und stopfte die schmutzige Wäsche ihres Onkels in einen großen Rucksack, den ich trug, als wir den Rückweg antraten.

Obwohl ich mich bewegte und dabei Vernon Blueboys Schmutzwäsche auf dem Rücken schleppte, wurde mir schnell kalt, als die Sonne hinter den Wolken verschwand und es anfing zu schneien. Die Luft bestand plötzlich nur noch aus Schneeflocken, die einem das Atmen erschwerten. Aus was auch immer Blistex gemacht war, das Zeug gefror auf meinen Lippen. Ich versuchte Emma zu erkennen, die nur wenige Meter vor mir lief – jedenfalls tat sie das vor einer Minute noch.

Emma war nicht mehr da. Die Panik packte mich. Mein Mund wurde trocken und die Beine verweigerten mir den Dienst. Ein Geräusch hinter mir ließ mich zusammenfahren. Ich drehte mich um, konnte aber nichts erkennen. Noch eine Drehung um die eigene Achse und ich hatte die Orientierung verloren, obwohl es nur zwei Richtungen gab, in die ich hätte gehen können.

Ich wollte rufen, aber aus meiner Kehle kam nur ein heiseres Krächzen. Plötzlich hörte ich ein schnelles Reiben und Knirschen, Schritte von großen Füßen im Schnee. In diesem Wirbel aus Weiß versuchte ich, das Geräusch zu orten, als plötzlich eine dunkle Pranke nach mir griff und ich einen kläglichen Laut von mir gab.

„Ist alles in Ordnung, Adam?", fragte Emma besorgt. „Es ist nicht mehr weit, gleich sind wir da."

Wenig später saß ich zähneklappernd in Emmas Wohnzimmer und wärmte meine Füße am Kamin, während sie in der Küche Tee brühte. *Hatte ich tatsächlich geglaubt, von einem* Windigo *verfolgt zu werden?* Was war bloß los mit mir?

Emma brachte den Tee, reichte mir eine Tasse und setzte sich in den anderen Sessel. Die Kälte hatte ihre Wangen gerötet. Auf einmal sah sie viel jünger aus.

„Was war denn da draußen mit Ihnen los, Adam?"

Ich legte meine Finger um die Tasse, damit sie warm wurden, und starrte in das Feuer aus Kiefernscheiten. „Ich weiß nicht. Auf einmal hatte ich die Orientierung verloren."

Emma lächelte. „So geht es vielen Stadtmenschen hier draußen. Als ich vor sieben Jahren nach Narrow River zurückkehrte, hatte ich Anfangs auch Probleme."

„Schnee und Kälte versetzen mich in Panik, Emma. Ich weiß nicht, wo es herkommt, aber das ist schon seit meiner Kindheit so."

Einen Augenblick sah sie mich mit schiefgelegtem Kopf an, dann sagte sie: „Mir gibt der Schnee Geborgenheit. Ich mag die weiche, weiße Stille."

Ich schämte mich für meinen Aussetzer auf dem Rückweg, aber ich konnte jemandem wie Emma auch nicht erklären, welch panische Angst ich verspürt hatte. Wie sollte sie, die sich im Schnee *geborgen* fühlte, mich verstehen?

Später saß ich mit Deena und Hunter am großen Tisch und spielte Mensch-Ärgere-Dich-Nicht. Auf der anderen Hälfte der Tischplatte waren verschieden große, aus dünnen Kiefernzweigen gefertigte Kanada-Gänse aufgereiht. Daneben stand eine Schüssel mit Wasser, in der entnadelte Zweige weichten, um sie später besser in die gewünschte Form bringen zu können.

Emma fertigte diese Gänse für Touristen, um sich ein

Zubrot zu verdienen, wie sie sagte. Deena hatte mir stolz erklärt, dass sie ihrer Mutter manchmal dabei half.

Obwohl ich pausenlos heißen Tee in mich hineinkippte, wollte mir nicht richtig warm werden. Während ich mit gespielter Leidenschaft würfelte und meine Figuren setzte, wurde es draußen dunkel. Keine Ahnung, wohin Emma verschwunden war. An den ersten beiden Spielrunden hatte sie sich noch beteiligt, aber danach war sie ohne Erklärung aus dem Zimmer gegangen und nicht wiedergekommen.

Bisher hatte ich ihr noch keine einzige meiner Fragen gestellt, und auf Daniels Sachen waren wir auch nicht zu sprechen gekommen. Draußen schneite es heftig und den Gedanken, zurück in die Stadt zu fahren, hatte ich längst aufgeben. Ich war unkonzentriert und dachte an Daniel, da warf Deena mich endgültig aus dem Spiel. Sie quietschte vor Freude und klatschte in die Hände.

Als Emma kurz darauf wieder ins Zimmer trat, wirkte sie wie verwandelt. Sie trug saubere Jeans und eine weite weiße Leinenbluse, die das Dunkel ihrer Haut betonte. Ihr Haar war frisch gewaschen und noch feucht. Als sie sich über meine Schulter beugte, um mir frischen Tee nachzugießen, merkte ich, dass es nach Zeder duftete.

Emma lächelte angesichts meiner Verlegenheit.

Nach dem gemeinsamen Abendessen drängten Deena und Hunter auf ein weiteres Mensch-Ärgere-Dich-Nicht. Wir taten ihnen den Gefallen. Emma siegte. „Und jetzt Abmarsch ins Bett, ihr beiden", sagte sie.

Die Kinder verschwanden im Bad, und nachdem sie noch einmal zurückgekommen waren, um uns Gute Nacht zu wünschen, saßen Emma und ich allein im Wohnzimmer vor dem Kamin.

„Na, schieß los", sagte sie unvermittelt. „Du hast dir deine Fragen redlich verdient."

„Was hat Robert am Telefon gesagt, dass du deine Meinung geändert hast?“

„Er hat mir erzählt, dass du einer von den Guten bist.“

Ich musste lächeln. „Und du hast ihm einfach so geglaubt?“

„Ein wenig Menschenkenntnis besitze ich auch.“

„Ach, und deshalb wolltest du mich erst einmal vor die Tür setzen?“

„Ich war wütend.“

„Was hat dich wirklich umgestimmt?“

Emma starrte in die Flammen. „Er hat gesagt, dass du seine letzte Chance bist.“ Sie wandte langsam den Kopf und sah mich an. „Hilf ihm, Adam.“

„Ich kann deinem Bruder nicht helfen, Emma. Alles, was ich tun kann, ist herausfinden, was mit Daniel passiert ist.“

„Okay“, flüsterte sie. „Das ist doch schon was.“

Ich erzählte Emma, was ich bisher in Erfahrung gebracht hatte, und bat sie, mir zu zeigen, was ihre Mutter von Daniels Sachen aufbewahrt hatte. Sie verschwand und kam mit einem Schuhkarton zurück, den sie auf den Tisch stellte. Im Karton befanden sich unter anderem Zeugnisse, Urkunden von Boxwettkämpfen, ein paar Postkarten und Fotos.

Emma nahm eine kleine, perlenbestickte Schildkröte heraus und im selben Augenblick schossen ihr Tränen in die Augen.

„Schon gut“, sagte ich und legte meine Hand auf ihre. „Das kann ich auch alleine. Du musst das nicht tun.“

Während ich Daniel Blueboys Habseligkeiten durchsah, begann Emma aus eingeweichten dünnen Kiefernzweigen eine Gans zu bilden. Sie schien völlig versunken in ihre Arbeit zu sein.

Ich sah die Postkarten durch, doch die überwiegend kurzen Grüße waren meistens nichtssagend. Auch die wenigen Fotos waren schnell durchgesehen. Der größte Teil stammte von Betty Blueboys Geburtstag aus dem Jahr, in dem Daniel starb. Es gab ein Foto von Lucas, zusammen mit Daniel und eines von seiner Cousine Janelle.

Janelles Foto betrachtete ich eingehender. Auf dem Gruppenfoto in Roberts Küche war ihr Gesicht halb von Scotts Gesicht verdeckt, deshalb sah ich erst jetzt, dass Janelle Goodstriker eine kleine Schönheit war, wie man sie nicht oft findet. Obwohl das Foto abgegriffen und verknickt war, sah ich, dass sie keine Probleme mit unreiner Haut hatte, wie die meisten anderen Teenager in diesem Alter. Janelle hatte ebenmäßige Gesichtszüge, die dennoch nicht fade wirkten. Es waren ihre Augen, die vor Lebensfreude sprühten.

Ich drehte das Foto um. Auf der Rückseite stand eine Widmung. *Für Daniel, von Cousine Janelle.* Noch einmal sah ich mir das Foto an. Janelle blickte selbstbewusst in die Kamera. Ihre schrägen Augen schienen etwas ausdrücken zu wollen. Etwas, das über Freundschaft hinausging. Und plötzlich wusste ich es: Janelle Goodstriker war das Mädchen, das Daniel geliebt hatte. Und sie hatte ihn geliebt. Das war es, was ihre Augen sagten: *Ich liebe dich.* Auch wenn die Widmung auf der Rückseite etwas anderes glauben machen wollte.

Daniel Blueboy war mit seiner Cousine zusammen gewesen. Chanel und Janelle waren zwei verschiedene Namen, wurden aber ähnlich ausgesprochen. Daniel hatte Janelle geschützt, indem er sich weiterhin mit Chanel traf. Er hatte Chanel benutzt, wie Queenie es erzählt hatte.

„Was hast du denn?", fragte Emma und hielt in ihrer Arbeit inne.

Ich zeigte ihr das Foto.

„Unsere Cousine Janelle", sagte sie. „Was ist mit ihr?"

„Ich glaube, Daniel war mit ihr zusammen."

„Mit Janelle?" Emma stieß Luft durch die Zähne und lachte kopfschüttelnd. „Das kann nicht sein. Sie waren Cousin und Cousine. Anfangs wussten sie das zwar nicht, aber später schon."

Ich sagte nichts, sah Emma nur an.

Sie hob die Schultern. „Ja, kann sein, dass er sie mochte. Aber wenn sie wirklich zusammen waren, dann haben sie ein uraltes Tabu gebrochen. In unserem Volk sind Beziehungen zwischen Cousin und Cousine verboten."

„Hat Daniel sich ausgekannt mit den alten Regeln und Tabus?"

Ich dachte an mein Gespräch mit Marvin Awasis. Dass Daniel ihn über die alten Geschichten ausgefragt hatte. War Janelle der Grund dafür gewesen? Hatte Daniel nach einem Ausweg für sie beide gesucht?

„Ich weiß nicht", antwortete Emma. „Ein wenig schon, denke ich."

„Was wäre passiert, wenn es herausgekommen wäre?"

„Ich nehme an, Janelles Vater hätte nicht zugelassen, dass die beiden sich weiterhin treffen. Er war ein sehr traditioneller Mann. Außerdem war das Mädchen erst fünfzehn. Und unsere Mom? Keine Ahnung, wie sie reagiert hätte. Vielleicht hätte sie das Ganze nicht so verbissen gesehen."

„Weißt du, wo ich Janelle finden kann?"

„Frag am besten ihre Schwester Therena."

„Da war ich schon. Sie sagte, sie hätte sich mit Janelle zerstritten und wüsste nicht, wo ihre Schwester jetzt ist."

Emma runzelte die Stirn. „Zerstritten? Das glaube ich nicht. Janelle war bei Moms Beerdigung und Therena war auch da. Die beiden verstanden sich prima."

„Waren die Jungs auch da?"

„Nein. Die sind bei ihrem Vater geblieben."

Ich nahm mir vor, gleich zu Therena zu fahren, wenn ich zurück in Winnipeg war. Die Lösung des Falles lag bei Janelle, da war ich mir jetzt ganz sicher.

21. Kapitel

Als es Zeit war, schlafen zu gehen, zeigte Emma mir eine kleine Kammer, in der ein Kleiderschrank, eine Kiefernkommode und eine aufgeklappte Schlafcouch standen. Bettdecke und Kopfkissen waren frisch bezogen. Die Luft war kühl im Raum. Mein Blick blieb kurz an einem Rollstuhl hängen, der in der Ecke neben der Kommode stand.

Emma bemerkte meinen Blick. „Der gehörte Mom. Wenn du willst, kann ich ihn rausstellen."

„Nein, das ist schon in Ordnung. Wenn ich das Licht ausschalte, sehe ich ihn ja nicht mehr."

Sie lächelte. „Das Bad ist gleich frei, ich muss nur Zähne putzen. Frische Handtücher findest du im Regal."

Ich nickte. „Danke."

Emma stand da, als wollte sie noch etwas sagen, aber als ich sie fragend ansah, wandte sie sich ab und verließ das Zimmer. Ich setzte mich auf das Bett und prüfte die Matratze. Sie war in Ordnung. Mein Blick fiel wieder auf den Rollstuhl. Er irritierte mich, weil er ein Symbol dafür war, was einem alles passieren konnte. Ich nahm eine Decke und legte sie darüber.

Als ich hörte, wie Emma rief: „Bad ist frei", ging ich duschen. Leider war das warme Wasser schon nach wenigen Minuten aufgebraucht, sodass ich mir den Schaum mit kaltem Wasser vom Körper spülen musste.

Die Wunden an meiner Hand heilten gut und ich verzichtete auf einen Verband. Im Bett fror ich. Ich schob die Hände unter meine Achseln und abwechselnd einen Fuß in die Kniekehle des jeweils anderen Beines. Aber was ich auch anstellte – mir wurde einfach nicht warm. Füße und Hände blieben kalt und das unangenehme Gefühl hielt den Schlaf fern.

Irgendwann musste ich dann doch eingeschlafen sein, aber die Kälte verfolgte mich in meine Träume.

Ein Holzhaus im Schnee. Die Dunkelheit draußen war blau und eisig, doch im Haus, da war es hell und im Herd brannte ein Feuer. Ein kleiner Junge und seine jüngere Schwester spielten zusammen auf dem Küchenboden vor dem Herd, der pulsend Wärme abstrahlte. Sie spielten mit kleinen geschnitzten Holztieren, die abgegriffen glänzten: Biber, Bär, Elch, Otter und Schildkröte.

Beide Kinder trugen Windeln und verkleckerte T-Shirts. Von nebenan ertönte das kollernde Lachen einer Frau. Der braunhäutige Junge hielt inne in seinem Spiel und lauschte. Wieder hörte er das vertraute Lachen und dann die Stimme eines Mannes. Auch das war vertraut. Genauso wie das hohle, schmerzende Gefühl in seinem Bauch.

Der Junge spielte weiter mit seiner Schwester. Irgendwann würde die Mutter schon kommen. Viel Zeit verging. Das schmerzende Gefühl in seinem Bauch verschwand wieder. Die Mutter kam nicht. Stattdessen spürte er einen kühlen Luftzug an seinen nackten Beinen. Er stand auf und ging hinaus in den engen Flur. Die Tür nach draußen stand offen und Schnee wehte herein. Er fürchtete sich, denn die Mutter hatte ihn gewarnt. Da draußen hauste der Windigo, *ein behaartes Ungeheuer mit einem Herz aus Eis, das Appetit auf kleine Jungen hatte. Der kleine Junge hatte Angst, aber ganz in der Nähe hörte er das Lachen seiner Mutter.*

„Mama“, rief er, doch sie antwortetet nicht. Sein Herz klopfte laut. Krampfhaft umklammerte er die kleine hölzerne Schildkröte in seiner Hand.

„Mama“, schrie er. Hatte der wilde Mann die Mutter ge-

holt? Der Junge schlüpfte in seine kleinen Gummistiefel, aber die Angst vor dem Windigo *hielt ihn davor zurück, über die verschneite Schwelle zu treten. „Mama!", brüllte er in die dunkelblaue Nacht.*

Plötzlich umfing ihn jemand mit seinen warmen Armen und eine sanfte Stimme flüsterte an seinem Ohr: „Schon gut, Adam, du hast nur geträumt."

Seine Mutter, sie war zurückgekommen, unversehrt. Nun konnte ihm nichts mehr passieren. Der vertraute Zederndu ft ihrer Haare hüllte ihn ein und er drängte sich in die Wärme, die von ihrem Körper ausging.

Als ich begriff, dass der Zederndu ft und der warme Körper kein Traum waren, war es längst zu spät. Emma war unter meine Decke geschlüpft und ihre Hände verteilten Wärme auf meinem Körper. Sie murmelte beruhigende Worte, die meinen Alptraum vertreiben sollten. Ihre Küsse weckten mich endgültig auf und ganz allmählich kam mein Verstand in Bewegung.

Emma war nicht nur gekommen, um mich aus meinem Alptraum zu retten, sie hatte noch anderes im Sinn und darin war sie keineswegs zögerlich. Sie nahm meine linke Hand, schob sie unter ihr Flanellnachthemd und führte mich zu einer Stelle an ihrem Körper, die glühte. Die Hand fühlte sich sehr wohl dort und blieb, obwohl der Verstand etwas anderes sagte.

Ich rührte mich nicht, wagte kaum zu atmen.

Nach einer Weile drückte Emma mich leise seufzend auf die Matratze zurück und schob sich über mich. Ihr Körper bedeckte meinen mit seiner Wärme und ich fand die glühende Stelle wieder. Das Wort *Einwintern* kam mir kurz in den Sinn, dann dachte ich nichts mehr.

Später knipste Emma das kleine Licht neben dem Bett

an, stützte ihren Kopf auf den Arm und betrachtete mich lächelnd.

„Was wird das?", brummte ich verlegen. Nun war mir endlich warm, dafür plagte mich das schlechte Gewissen. Was passiert war, hatte ich nicht gewollte, hatte es aber auch nicht verhindert. Es war warm und tröstlich gewesen und ich hatte beides gebraucht: Wärme und Trost.

„In ein paar Stunden wirst du wieder fort sein", flüsterte sie. „Ich kann dich nicht haben, Adam, deshalb möchte ich dich noch ein Weilchen ansehen."

Ich schloss die Augen und stöhnte leise.

Emmas Linke strich über meine Brust. „Du hast nach deiner Mutter geschrien", sagte sie.

„Habe ich das?" Blinzelnd sah ich sie an.

„Ja. Es muss ein schlimmer Traum gewesen sein. Ich bin wach geworden von deinen verzweifelten Rufen nach ihr."

Ich brauchte noch einen Augenblick, um mich daran zu gewöhnen, dass Emma in meinem Bett lag, nackt, und dass wir miteinander geschlafen hatten. Keine Ahnung warum, vielleicht aus Verlegenheit oder dem Gefühl heraus, ihr eine Erklärung schuldig zu sein, jedenfalls erzählte ich ihr von meinem Traum. Dass der *Windigo* mich seit meiner Kindheit in meinen Träumen verfolgte und dass ich auf der Suche nach meiner richtigen Mutter war.

„Ich wurde adoptiert, Emma, und meine Adoptiveltern haben mir das verschwiegen, auch dann noch, als ich bereits erwachsen war. Sie starben vor vierzehn Jahren bei einem Flugzeugunglück. Erst als meine Schwester und ich ihren Nachlass sortierten, sieß ich auf meine Adoptionspapiere."

Emma hörte nicht auf, mich zu streicheln. Immer in eine Richtung, wie bei einem felligen Tier. Ihr warmes Bein lag auf meinen Knien. „Das muss ein ziemlicher Schock für dich gewesen sein."

„Allerdings. Meine ganze Welt, alles, woran ich bisher geglaubt hatte, geriet ins Wanken."

„Waren sie gut zu dir, deine Eltern?"

„Ja, waren sie. Trotzdem ist da diese ewige Sehnsucht in mir, meine richtige Mutter zu finden. Es ist eine Sehnsucht, die nicht aufgibt. Obwohl ich Angst vorm Fliegen und vor Schnee und Kälte habe, bin ich in das Flugzeug nach Winnipeg gestiegen, mitten im Winter."

„Du vermutest deine Herkunft in Winnipeg?", fragte sie neugierig.

„Irgendwo in Manitoba", antwortete ich. „Aber es war Roberts Name, der mich meine Ängste überwinden ließ."

„*Roberts Name?*" Eine Weile blieb es still, doch Emmas Hand war immer noch in Bewegung. „Was willst du mir damit sagen, Adam?"

„Dass mein richtiger Name Adam Lee Blueboy ist."

Emma schwieg und hörte auf, mich zu streicheln. Ihr ganzer Körper schwieg. Die Hände, der Mund, die Beine. Plötzlich wirkte sie wie erstarrt.

Ich hob den Kopf, um sie anzusehen. „Was hast du denn?"

„Du hast gedacht, wir wären deine Familie?"

„Stört dich das? Ich meine, dass mich auch ein starkes persönliches Interesse trieb, als ich Roberts Auftrag annahm?"

„Nein", flüsterte Emma, doch etwas in ihrer Stimme ließ mich aufhorchen und ich spürte ein Frösteln.

„Es hätte doch sein können, dass deine Mutter ein Kind weggegeben hat, als sie noch sehr jung war. Oder eine Schwester von ihr." Ich seufzte leise. „Aber deine Mom hat ihre vier Kinder großgezogen und eine Schwester hatte sie nicht."

Ein unterdrückter Laut kam aus Emmas Kehle. Fieberhaft suchten ihre Hände unter der Decke nach dem Flanellnachthemd und als sie es zu fassen bekam, hielt sie es vor ihre Brust und flüchtete aus meinem Bett. Die Wärme nahm sie mit.

Ich war verwirrt. Noch verwirrter als nach meinem Traum. Ich zog mir etwas über und ging ihr nach. Emma stand in der Küche. Sie hatte die Arme um den Oberkörper geschlungen und starrte aus dem Fenster über der Spüle, hinaus in die kalte Winterdunkelheit.

Ich stellte mich hinter sie, umfasste ihre Arme und drückte meine Nase in ihr Haar. „Emma, was hast du? Habe ich etwas falsch gemacht?"

Sie fuhr herum und schob mich von sich, als wäre ich plötzlich von einer ansteckenden Krankheit befallen. „Wir beide haben vielleicht etwas falsch gemacht." Tränen rannen über ihre Wangen. „Wie alt bist du, Adam?"

„Achtundreißig, wieso?"

Emma schien fieberhaft zu rechnen. Ihr Gesicht verfinsterte sich zunehmend. „Dann könnte es sein. O Gott, Adam." Sie presste eine Hand auf ihren Mund.

„Was könnte sein? Emma!" Ich nahm sie an den Armen und schüttelte sie. „Sprich mit mir."

„Dass du mein Bruder bist."

Ich stieß mich von ihr los und taumelte einen Schritt zurück. „Aber ..." Das konnte nicht sein.

„Robert weiß nichts davon", sagte Emma. „Niemand von uns kannte Moms Geheimnis. Sie hat mit uns Kindern nicht darüber gesprochen, weil ... Mom wollte nicht, dass wir dachten, sie wäre eine schlechte Mutter."

„Aber woher weißt *du* es?"

Mit fahrigen Bewegungen setzte Emma Kaffeewasser auf und ich hockte mich auf die Tischkante. Ich hatte nicht nur meine Frau betrogen, sondern war auch noch mit der eigenen Schwester ins Bett gegangen. Mir war hundeelend zumute.

Emma erzählte mir, dass ihre Mutter auch ganz zuletzt

noch wache Momente gehabt hatte, in denen ihre Gedanken klar gewesen waren.

„Wahrscheinlich spürte sie, dass es zu Ende ging, und sie wollte, dass ich von dem kleinen Jungen wusste, der unser Bruder ist." Emma schluckte und sah mich tapfer an. „Mom war damals erst sechzehn und hat sich nicht zugetraut, ein Kind allein großzuziehen. Sie konnte kaum für sich selber sorgen und der Vater des Jungen war längst über alle Berge, als sie merkte, dass sie schwanger war."

Der Wasserkessel pfiff und sie goss das heiße Wasser in die Filtertüte mit dem Kaffee.

„Deine Mutter hat ihr Kind gleich nach der Geburt weggegeben?", fragte ich mit wild klopfendem Herzen.

Emma wandte sich zu mir um. „Ich weiß nicht genau, aber ja, ich glaube schon."

„Ich war drei, als ich adoptiert wurde." Langsam, sehr langsam, wich der Druck von meiner Brust. „Hast du bei deiner Mutter irgendwelche Papiere gefunden?"

„Nein, nichts. Aber wenn du deine Adoptionspapiere hast, dann muss doch der Name deiner richtigen Mutter drinstehen."

„Eben nicht. Nichts steht drin, nur das Datum der Adoption und mein Name. *Adam Lee Blueboy*. Und der Name eines Anwalts für Familienrecht, hier in Manitoba. Ich habe damals versucht, ihn ausfindig zu machen. Aber er war schon seit einigen Jahren tot. Die Spur führte ins Leere."

„Und keine Hinweise in den Sachen deiner Eltern?"

„Nichts."

Emma kam auf mich zu, legte ihren Kopf an meine Brust und begann zu weinen. Ich umarmte sie.

„Mom sagte, sie hätte ihr Baby zu guten Leuten gegeben."

„Hat sie dir gesagt, wie er hieß, ihr Sohn?"

Emma trat einen Schritt zurück und wischte sich mit

dem Handrücken über die Augen. „Nein. Sie sagte, sie wolle den Namen nicht aussprechen, weil ihr das ein Messer in die Brust stoßen würde."

Draußen dämmerte der Morgen, weiß und kalt. Emma und ich saßen am Küchentisch, tranken Kaffee und redeten.

„Ich verstehe nicht, wieso Carl und Margret mich überhaupt adoptiert haben", sagte ich.

„Was gibt es daran nicht zu verstehen, Adam? Sie haben sich ein Kind gewünscht. Und ein junges, dunkelhäutiges Mädchen wusste nicht, wie es sein Kind ernähren sollte."

„Aber es war nicht so, dass Carl und Margret keine eigenen Kinder bekommen konnten. Ich habe eine Schwester, Alice."

„Vielleicht haben sie dich gesehen und sich in dich verliebt. So etwas kommt vor."

„Warum haben sie mir nicht einfach die Wahrheit gesagt?"

„Vielleicht, weil die Wahrheit dich wütend gemacht hätte."

„Was könnte mich wütender machen, als nicht zu wissen, wo ich herkomme?"

„Ein Leben als Mitglied der Blueboy-Familie zum Beispiel. Dan ist tot, Scott lebt auf der Straße und Robert ist dabei, sein Leben im Alkohol zu ersäufen. Ich werfe unserer Mutter nichts vor, sie hat getan, was sie konnte. Aber irgendwie scheint es für die Mitglieder unserer Familie nicht möglich zu sein, ein normales Dasein zu führen. Dergleichen ist dir erspart geblieben, Adam."

„Was ist mit dir?", fragte ich. „Führst du kein normales Leben?"

Emma sah mich an, als müsse sie erst darüber nachdenken. „Es ist ganz in Ordnung so", sagte sie schließlich. „Ich bin froh, aus der Stadt weg zu sein. Für Deena und Hunter ist es besser, in Narrow River aufzuwachsen. Nicht, dass es hier keine Drogen und keinen Alkohol gäbe, aber die Stadt ist wie eine Falle, aus der es kein Entrinnen gibt. Wenn unsereiner zu lange dort lebt, dann gibt es kein Zurück mehr. Die Stadt macht einen untauglich für das Leben hier draußen. Wir verlieren unsere Fähigkeiten und damit auch unsere Identität. Ich habe den Absprung gerade noch so gepackt. Das habe ich meiner Mutter zu verdanken."

Sie sah mich an und senkte den Blick. Auch ohne, dass sie es sagte, wusste ich, dass sie einsam war. Dass sie hier draußen niemanden gefunden hatte, den sie lieben konnte. Deshalb war sie in mein Bett gekommen.

Ich legte meine Hand über ihre, konnte Emma jedoch nicht ansehen. Die Frau in meinem Traum, meine richtige Mutter, sie hatte Emmas Gesicht gehabt. Vielleicht hatte ich zurückkehren wollen in ihren Schoß, aber das brauchte Emma nicht zu wissen.

Als die Kinder aufgestanden waren, gab es Frühstück. Emma verband meine Hand neu, danach brach ich auf. Ich musste zurück nach Winnipeg, um Therena aufzusuchen.

Mein Jeep war eingeschneit. Deena und Hunter halfen mir, ihn von den Schneemassen zu befreien. Ich säuberte das Auspuffrohr und verabschiedete mich von den Kindern.

Emma schenkte mir zum Abschied eine dieser kleinen Kanada-Gänse aus Kiefernreisern. Sie war warm von ihren Händen.

„Vielleicht erinnerst du dich ja ab und zu mal an mich", sagte sie mit einem tapferen Lächeln.

„Danke, Emma." Ich umarmte sie und stieg in meinen Wagen.

22. Kapitel

An der Raststätte auf halber Strecke tankte ich den Jeep auf und versuchte Mark Flanagan zu erreichen, der inzwischen aus dem Urlaub zurück sein musste. Gleich beim ersten Versuch nahm er ab.

Ich erklärte dem Journalisten so knapp wie möglich, wer ich war und warum ich ihn sprechen wollte. Flanagan war erst in der Nacht von den Malediven zurückgekehrt, aber er war bereit, mich am Abend zu treffen. Wir vereinbarten einen Treffpunkt in der Front Page Lounge Bar, die sich in der Nähe des Verlagsgebäudes der *Winnipeg Free Press* befand, und tauschten unsere Handynummern aus. Ich trank meinen Kaffee, dann fuhr ich weiter.

Als ich nach viereinhalb Stunden Fahrt wieder in die Stadt eintauchte, traf mich ihre graue Hässlichkeit wie ein Schlag. Diese Welt war so tiefgreifend anders als die, aus der ich gerade kam. In der Stadt war der Winter ein Ungeheuer, dessen stinkender Atem aus den Gullymäulern kroch. Und der Schnee an den Straßenrändern war eine krustige, schmutzig graue Masse.

Ich fuhr geradewegs in die Toronto Street, klingelte bei verschiedenen Leuten im Wohnblock, bis einer schließlich den Türöffner betätigte. Oben angekommen, drückte ich auf den Klingelknopf neben Therenas Haustür. Als sie öffnete und mich erschrocken ansah, schob ich die Tür ein Stück auf. Mit Höflichkeit würde ich nicht weiterkommen.

„Ich muss dringend noch einmal mit Ihnen sprechen", sagte ich. „Kann ich einen Moment reinkommen?"

Therena warf einen besorgten Blick in den Flur. „Das passt jetzt schlecht", sagte sie.

Ich dachte, dass sie vielleicht ihren Freund zu Besuch hatte, der möglicherweise eifersüchtig war, und ich wollte ihr auch keine Unannehmlichkeiten bereiten. „Es dauert nicht lange", bat ich sie. „Ich muss noch einmal mit Ihnen über Ihre Schwester reden. Es ist wichtig."

In diesem Moment hörte ich aus dem Hintergrund der Wohnung das Lachen einer Frau. Überrascht sah ich Therena an – sie wich meinem Blick aus. Ich schob mich an ihr vorbei, betrat den dunklen Flur und ging dem Lachen nach.

Die Tür zum Kinderzimmer stand einen Spalt weit offen und ich drückte sie ganz auf. Drinnen tobten Jeff und Jay mit einer jungen Frau, die ohne Zweifel Janelle Goodstriker war. Therenas jüngere Schwester und das Mädchen auf dem Foto: Daniels große Liebe.

Als sie mich sah, sprang sie erschrocken auf.

„Er ist einfach reingekommen", sagte Therena, die hinter mir stand. „Ich habe versucht, ihn daran zu hindern, aber ..."

„Schon gut", unterbrach Janelle ihre Schwester. „Vielleicht sollte ich endlich mit ihm reden."

„Das halte ich für eine gute Idee", bemerkte ich.

Wir gingen in dic Küche. „Kaffee?", fragte Janelle.

„Gern", sagte ich.

Während sie Kaffee in zwei Tassen goss, musterte ich sie. Die vergangenen zehn Jahre waren nicht spurlos an ihr vorübergegangen, aber sie war immer noch „ein heißer Feger", um Jerry DeMarco zu zitieren. Janelle trug einen enganliegenden Pullover, der ihre Figur und ihre wohlgeformten Brüste betonte. Sie trug keinen BH – den brauchte sie auch nicht. Ihre teebraune Haut war klar und ihre schwarzen Augen waren von besonderer Ausdruckskraft. Es war der Blick darin, der mich erschreckte. Müde, und voller lauernder Angst.

Ich holte das Foto mit der Widmung heraus und schob es Janelle über den Tisch.

„Die ganze Zeit war ich auf Chanel Pourier fixiert", sagte ich. „Jeder, den ich nach ihr fragte, erzählte mir von einem außergewöhnlich schönen Mädchen, in das Daniel verliebt war. Ein Mädchen, das gut für ihn war, das er später heiraten wollte. ‚Chanel?', fragte ich jedes Mal und die meisten nickten. Aber es war nicht Chanel, es war *Janelle*, seine Cousine."

Janelle hatte ihre Hände zwischen die Knie geklemmt. Ihre Augen füllten sich mit Tränen. „Das stimmt. Daniel und ich waren zusammen. Zu Anfang wussten wir nicht, dass wir Cousin und Cousine zweiten Grades sind. Wir waren einfach nur zwei Kids, die ein paar Straßenecken voneinander entfernt wohnten und in dieselbe Schule gingen." Sie schniefte und holte sich ein Papiertaschentuch.

„Was ist passiert?"

„Zuerst waren wir nur befreundet", sagte sie. „Aber ziemlich schnell stellte sich heraus, dass wir mehr waren als Freunde. Zwischen Dan und mir, das war so etwas wie Seelenverwandtschaft. Wir konnten stundenlang reden. Ich kannte das nicht von anderen Jungs. Und Dan nicht von den Mädchen, mit denen er bisher zu tun gehabt hatte. Es traf uns aus heiterem Himmel und mit voller Wucht. Dieser Sommer war der schönste in meinem Leben." Janelle schnäuzte ins Taschentuch und knüllte es zusammen.

„Wie kam es raus?", fragte ich. „Ich meine, dass Sie Cousin und Cousine waren?"

„Therena und ich waren auf dem Geburtstag von Dans Mom gewesen. Da wurden eine Menge Fotos geschossen. Dan schenkte mir eins und meine Mutter sah es irgendwann in meinem Zimmer herumliegen. Sie erkannte Betty, Dans Mom, und erzählte mir, dass wir über Dans Vater miteinander verwandt seien. Das war ein ziemlicher Schock für mich. Meine Eltern wussten nichts von Dan und mir. Ich war erst fünfzehn und sie hätten nicht erlaubt, dass ich einen festen Freund hatte. Deshalb haben wir uns immer nur heimlich getroffen."

Ihre schmalen Schultern zuckten. Es war nicht zu übersehen, wie machtvoll Janelle von ihren Erinnerungen heimgesucht wurde, die dicht unter der Oberfläche lauerten. Sie weinte. Als sie sich ein wenig beruhigt hatte, fuhr sie mit leiser Stimme fort. „Es war schrecklich. Mein Vater ist ein sehr traditioneller Mann, und wenn er damals herausgefunden hätte, dass ich mit meinem Cousin schlief, wäre das ein Riesenskandal gewesen. Nach den alten Cree-Bräuchen hatten Dan und ich das Inzesttabu verletzt."

„Was sagte Daniel dazu?", fragte ich.

Janelle seufzte. „Ich habe es ihm nicht gesagt. Drei Tage nach dem Geburtstag seiner Mutter hat die Polizei ihn aufgegriffen und er kam nach Oakdale Hall. Ich konnte ihn dort nicht besuchen, das war Minderjährigen nur in Begleitung ihrer Eltern gestattet. Bevor zwei Wochen später herauskam, dass wir Cousin und Cousine waren, hatte ich nur einmal mit ihm telefonieren können und das war furchtbar gewesen. Dan hasste das Gefängnis, er hasste es, als Mensch auf seine Straftaten reduziert zu werden. Er sagte, er würde Schluss machen, wenn er noch länger in Oakdale Hall bleiben müsse." Janelle schüttelte den Kopf. „Verstehen Sie, warum ich es ihm nicht sagen konnte?"

Ich nickte. Ich war in Oakdale Hall gewesen. „Nach zwei Monaten kam Daniel dann in dieses Wohnheim für straffällige Jugendliche", sagte ich, „und Sie begannen erneut, sich heimlich zu treffen."

„Ja. Zwischen Dan und mir, das war die große Liebe. Und wenn man die einmal gefunden hat, dann lässt man Tabus, die sie verbieten, einfach nicht gelten."

„Haben Sie es ihm gesagt?"

„Ja, gleich bei unserem ersten Treffen. Dan wollte mit mir schlafen und ich wollte es auch. Ich fand, er musste es vorher wissen."

„Wie hat er reagiert?"

„Er wollte es nicht akzeptieren. Er sagte, er würde mich lieben und wollte sich etwas einfallen lassen."

„Etwas einfallen lassen?", hakte ich nach.

Sie nickte. „Bei unserem nächsten Treffen erzählte er mir, er hätte herausgefunden, dass es früher einige Cree-Stämme gegeben hatte, bei denen eine Verbindung zwischen Cousin und Cousine erlaubt war. Wir versuchten also, es locker zu sehen. Aber die Heimlichkeiten machten mir sehr zu schaffen."

„Ein paar Tage vor seinem Tod ist Daniel aus dem Wohnheim abgehauen", bemerkte ich. „Warum?"

Janelle hob die Schultern, Tränen in den Augen. „Ich weiß es nicht", flüsterte sie und starrte auf die Tischplatte.

„In der Nacht, in der er starb, da wollte er zu Ihnen."

Überrascht hob sie den Kopf sah mich an. „Woher wissen Sie das?"

„Von Lucas Cardinal."

„Von Lucas?", fragte sie entgeistert und alle Farbe wich aus ihrem Gesicht.

„Nicht von ihm persönlich", sagte ich. „Ich suche nach Lucas, seit ich hier bin, aber er ist wie vom Erdboden verschwunden. Robert hat es mir erzählt."

Janelle zupfte gedankenverloren an ihrem zerknüllten Papiertaschentuch.

„War Daniel damals in jener Nacht bei Ihnen, Janelle?"

Wieder füllten sich ihre Augen mit Tränen.

„Nein", sagte sie, doch ihr Zögern war mir nicht entgangen. Ich sagte nichts, aber ich machte mir meine Gedanken. Unterdessen kam es im Flur zu einem Wortgemenge zwischen Therena und ihren beiden Söhnen. Sie versuchte, die beiden davon abzuhalten in die Küche zu kommen, damit Janelle und ich ungestört reden konnten.

Ich wusste zwar nun, wer das Mädchen war, das Daniel geliebt hatte, aber wider Erwarten brachte mich das keinen Schritt weiter. Es musste irgendetwas geben, das ich bisher übersehen hatte.

„Könnte es sein, dass Ihr Vater dahintergekommen war, dass Sie sich mit Daniel trafen und da mehr war, als zwischen Cousin und Cousine sein sollte?", stellte ich ihr eine letzte Frage. Vielleicht hatte der Mann den Jungen abgefangen, um ihm eine Lektion zu erteilen, die dann aus dem Ruder gelaufen war.

Janelle durchschaute meine Gedanken. „Mein Vater hat mit Daniels Tod nichts zu tun, das müssen Sie mir glauben. Er ist ein herzensguter Mensch."

„Ich würde gerne mit Ihrem Vater sprechen."

„Wozu?"

„Bitte."

„Dad lebt in Grand Rapids."

Noch einer, der dieser Stadt den Rücken gekehrt hat, dachte ich. „Können Sie mir seine Telefonnummer geben?"

„Kann ich machen, aber es wird Ihnen wenig nützen."

„Und weshalb?"

„Weil Dad beinahe taub ist."

Ich ließ mir die Nummer trotzdem geben, dann erhob ich mich. Um pünktlich zu meiner Verabredung mit Mark Flanagan zu kommen, musste ich los.

Janelle schien froh zu sein, dass ich aufbrach. Sie begleitete mich zur Tür. Im Flur zog ich meine Jacke über und warf dabei versehentlich eine Tasche zu Boden. Ein paar Fotos rutschten heraus und ich bückte mich, um sie wieder aufzuheben. Auf einem waren die beiden Jungs zu sehen und ein junger Mann, der einen Arm um die Schultern einer Frau gelegt hatte. Es war düster im Flur und ich konnte die Gesichter des Mannes und der Frau nicht gut erkennen. Ich nahm an, dass es Therena und ihr Freund waren.

Janelle beeilte sich, mir die Fotos aus der Hand zu nehmen und schob mich zur Tür hinaus. „Grüßen Sie Robert von mir", sagte sie und dann war die Tür zu.

Wie verabredet traf ich Mark Flanagan um 18 Uhr in der Front Page Lounge Bar. Die Bar war ein langgezogener Raum, durch den dicke Rauchschwaden zogen. Es gab einen langen Tresen und eine Batterie aufgereihter Flaschen vor dem Spiegel dahinter. Am Tresen und an den Tischen erzählte man sich schnapsumwölkte Geschichten. Neil Youngs Hit *Helpless* kam aus der Jukebox.

Ich sah mich suchend um und sah in einer dunklen Ecke jemanden winken. Flanagan war ein hagerer Mann Mitte dreißig, mit gelocktem rötlichen Haar, ungepflegtem Schnurrbart und stoppligem Kinn. Seine Haut war gebräunt von der Sonne auf den Malediven. Mit seinen blaugrauen Augen musterte er mich abschätzend, als ich ihm die Hand reichte. Ich kannte diesen Blick. Mark Flanagan wollte wissen, mit wem er es zu tun hatte.

Ich setzte mich. Flanagan hatte ein Bier vor sich stehen und als die Bedienung kam, bestellte auch ich eines. Der Journalist zündete sich eine Zigarette an und schob mir die Schachtel über den Tisch. Ich lehnte dankend ab.

„Ich versuche immer mal wieder aufzuhören", gestand er, „aber ich fürchte, ohne kann ich nicht schreiben." Flanagan blies den Rauch von mir weg, was ich ihm hoch anrechnete. Allerdings nützte es wenig. Die Luft in der Bar war zum Schneiden dick.

„Danke, dass Sie sich so kurzfristig mit mir treffen", sagte ich.

„Ich bin neugierig", gab er zu und sah mich über die

Rauchkringel hinweg an. „Ziemlich merkwürdig, dass sich noch einmal jemand für den Fall interessiert – nach so langer Zeit."

„Robert Blueboy bat mich, ihm zu helfen. Der Tod seines Bruders lässt ihm keine Ruhe."

Flanagan musterte mich. „Seit wann sind Sie denn schon in der Stadt?"

„Seit einer Woche."

„Und was haben Sie rausgefunden?"

Eigentlich war ich hergekommen, um Mark Flanagan Fragen zu stellen, aber wie es schien, war er der Schnellere. Berufskrankheit. Immerhin war er noch interessiert an dem Fall, auch wenn er versuchte, beiläufig zu klingen.

„Einiges, aber nicht genug. Ich hoffe, Sie können mir weiterhelfen. Ich habe Ihren Artikel gelesen. Es schien, als wären Sie anderer Meinung gewesen als die Polizei. Gab es einen Grund dafür?"

Er nickte. „Die Cops vermuteten, Blueboy wäre auf dem Weg ins Stony-Mountain-Gefängnis gewesen – zu Fuß. Ich war damals zweiundzwanzig und machte gerade ein Volontariat bei der *Winnipeg Free Press*. Die Geschichte interessierte mich und meine Neugier war geweckt. Also besuchte ich Daniels Mutter. Sie bestritt vehement, dass ihr Sohn vorgehabt hätte, sich in Stony Mountain zu stellen. Mrs Blueboy sagte, er wäre niemals alleine dort raus gegangen."

„Schon gar nicht mit nur einem Schuh", sagte ich.

Flanagan fiel die halb aufgerauchte Zigarette aus dem Mund. Er klaubte sie vom Tisch und drückte sie im Aschenbecher aus.

Ich musterte ihn. „Sie haben von diesem fehlenden Schuh gewusst, nicht wahr?"

Er nickte. „Die Frage ist, woher wissen *Sie* davon?"

„Ich habe die Autopsieakten eingesehen."

„Wie sind Sie denn an die gekommen?"

„Mit einer Vollmacht von Robert Blueboy."

„Was zahlen Sie ihm denn für die Story?"

„Es wird keine Story geben."

„Ich verstehe nicht." Flanagan runzelte die Stirn. „Keine Story? Ich denke, Sie sind Journalist."

„Ich bin nicht als Journalist, sondern als Privatdetektiv hier." Und um der leidigen Geldfrage vorzubeugen, erklärte ich ihm auch gleich noch, dass meine Dienste umsonst waren.

Flanagan musterte mich und in seinem Gesicht stand die mir vertraute Mischung aus Spott und Neugier. „Ein indianischer Robin Hood also? Der Rächer der Armen und Unterdrückten."

Gegen meinen Willen musste ich lachen. „Ja, könnte man so sagen. In Kanada allerdings ohne Lizenz."

Flanagan grinste kopfschüttelnd. Das Eis war gebrochen. „Schade", sagte er. „Ich hätte gerne über Sie geschrieben, das wäre ein Knüller geworden."

Ich legte ihm nahe, das lieber bleiben zu lassen und kam dann wieder auf meinen Fall zurück. „Woher wussten Sie von dem fehlenden Schuh, Mark?"

„Durch Zufall – mehr oder weniger. Mein Onkel war damals noch im Polizeidienst. Meine Tante hatte Geburtstag und die Familie feierte. Mein Onkel erzählte von diesem Cree-Jungen, den sie ein paar Kilometer außerhalb der Stadt erfroren aufgefunden hatten. Er sagte, der Junge hätte nur einen Schuh angehabt, seinen anderen Schuh hätten sie trotz Spürhund nicht finden können." Flanagan trank einen Schluck Bier und wischte sich mit dem Handrücken den Schaum aus dem Schnurrbart. Mit seiner Linken schob er ein Päckchen Streichhölzer auf dem klebrigen Tisch hin und her.

„Ich versuchte, meinen Onkel ein bisschen auszufragen", fuhr er fort. „Aber auf einmal schien ihm klar zu werden, dass er etwas erzählt hatte, das er nicht hätte erzählen dürfen. Von einem Moment auf den anderen wollte er nichts mehr von einem fehlenden Schuh wissen."

Mich durchzuckte ein gehöriger Schreck. Vom fehlenden Schuh hatten damals nur Homer Stout, Leon Napope und Bill Halla gewusst. Bill Halla schied als Flanagans Onkel definitiv aus. Napope war ein Cree, blieb nur Homer Stout. Meine verbundene Hand begann zu jucken. Aber Flanagan redete unbekümmert weiter. „‚Schreib das bloß nicht, Junge', sagte mein Onkel, ‚sonst feuern sie mich, bevor ich auch nur einen Cent von meiner Pension gesehen habe.'

Ich war wild auf diese Geschichte, aber ich wollte meinem Onkel auch keinen Ärger machen. Deshalb ging ich zu Mrs Blueboy und redete mit ihr. Die Sache mit dem Schuh behielt ich für mich, da die Mutter des Jungen offensichtlich nichts davon wusste. Aber auch ohne Kenntnis über den fehlenden Schuh war Mrs Blueboy felsenfest davon überzeugt, dass ihr Sohn nicht freiwillig dort draußen gewesen war." Fast entschuldigend zuckte Flanagan mit den Achseln. „Ich war ehrgeizig und schrieb den Artikel. Kaum, dass er erschienen war, rief mein Onkel mich an und zitierte mich zu sich. Er fragte, ob ich ernsthaft vorhätte, Journalist zu werden. Natürlich wollte ich das. Es gab nichts, was ich damals mehr wollte." Flanagan zündete sich eine neue Zigarette an. „‚Dann lass die Finger von diesem erfrorenen Jungen', riet mir mein Onkel. Er sagte, mein Artikel über Daniel Blueboy hätte unterschwellig die Arbeit der Cops kritisiert und was das anging, wären Polizisten ... nun ja, sehr *sensibel*. Er machte mir klar, dass Journalisten, die für ihre negative Einstellung zur Polizei bekannt waren, nicht auf eine Zusammenarbeit mit den Cops hoffen durften. Ich war damals zwar jung, aber nicht blöd. Ein Journalist mit engen Verbindungen zur Polizei hatte nun mal die größeren

Chancen auf einen Exklusivbericht oder genauere Informationen – das wissen Sie genauso gut wie ich."

Einigermaßen verwirrt hörte ich zu. Was Flanagan da erzählte, passte einfach nicht zu Homer Stout. Ein Sergeant Stout, wie ich ihn kennengelernt hatte, hätte seinem Neffen nicht *geraten*, die Finger von dem Fall zu lassen. Stout hätte ihn angebrüllt und ihm gedroht, ihn in der Luft zu zerreißen.

„Sagen Sie, wie heißt denn Ihr Onkel?"

Flanagan druckste herum. „Ich wollte ihn eigentlich aus dem Spiel lassen."

„Hat er vielleicht einen Hund namens Custer?", fragte ich mit gerunzelter Stirn.

Mark Flanagan legte den Kopf in den Nacken und lachte. „Nein, Homer Stout ist nicht mein Onkel, Gott sei Dank. Aber wieso fragen Sie? Haben Sie Bekanntschaft mit ihm und seinem Hund gemacht?"

„Und ob", erwiderte ich und hob meine verbundene Hand.

„Dieser rassistische Dreckskerl", entfuhr es Flanagan – und mir fiel ein Stein vom Herzen. Er hätte natürlich auch mit Homer Stout als Onkel ein guter Journalist sein können, aber so war es mir lieber.

Ich erzählte Flanagan alles, was ich bisher erfahren hatte und gab zu, dass ich nicht weiter wusste. Der Journalist hörte aufmerksam zu. Als ich nichts mehr sagte, meinte er: „Ich hatte Betty Blueboy damals versprochen herauszufinden, was mit ihrem Sohn passiert war. Aber ich mochte meinen Onkel zu sehr, ich wollte ihm nicht schaden. Schließlich war es auf seinem Revier kein Geheimnis, dass er meine Informationsquelle war. Deshalb hörte ich auf, Nachforschungen anzustellen, obwohl ich wusste, dass bei den Ermittlungen irgendetwas schiefgelaufen war."

„Deshalb hat Daniels Mutter vergeblich auf Sie gewartet", sagte ich.

„Ja. Ich war jung und ehrgeizig und wohl auch ziemlich feige."

„Wie stehen Sie heute dazu?", fragte ich

Flanagan sah auf, sein blauer Blick war offen und wissend. „Ich bin dabei, was immer Sie vorhaben. Finden wir heraus, wer Daniel Blueboy auf dem Gewissen hat. Ich habe etwas wieder gut zu machen."

Ich entschied, ihm vorerst zu verschweigen, dass Betty Blueboy nicht mehr lebte.

„Ich muss mit Ihrem Onkel sprechen, Mark. Können Sie das arrangieren? Ich verspreche, dass seine Identität gewahrt bleibt."

„Na gut", sagte er, „ich werde ihn anrufen. Aber ich kann nicht dafür garantieren, dass er mit Ihnen reden wird. Wenn er nicht will, werde ich ihn nicht drängen. Er ist ein alter Mann."

„Danke", sagte ich, „ich weiß das zu schätzen."

Wir zahlten und verließen zusammen die Bar. Als ich zu meinem Jeep lief, kam ich an einem Streifenwagen vorbei, in dem zwei Cops saßen. Vermutlich beobachteten sie die Leute, die aus der Bar kamen und in ihre Autos stiegen. Ich hatte ein Bier getrunken und das war eine gute Stunde her. Trotzdem würde ich darauf achten, das vorgeschriebene Tempolimit einzuhalten.

Auf der Heimfahrt dachte ich über Mark Flanagans Worte nach. Offensichtlich hatte es damals Ermittlungsfehler gegeben oder schlimmer noch: Die Polizei hatte versucht, etwas unter den Teppich zu kehren. Vielleicht etwas, das ein schlechtes Licht auf die Beamten geworfen hätte. Etwas, das möglicherweise die Spannungen zwischen der Winnipegger Stadtpolizei und der indianischen Bevölkerung noch angeheizt hätte. Ich hoffte, Flanagan würde seinen Onkel überzeugen können. Mit ihm zu reden, war meine letzte Hoffnung, denn ich trat auf der Stelle.

Ich befand mich schon jenseits der Gleise, und das Navigationssystem kündigte das Linksabbiegen nach 800 Metern an, als mein Handy klingelte. Flanagan, dachte ich. Dass er so schnell zurückrief, erstaunte mich, war aber vielleicht ein gutes Zeichen. Ich fuhr an den Straßenrand und nahm den Anruf entgegen.

Es war nicht Mark Flanagan, ich hatte Janelle Goodstriker am Ohr. Sie klang aufgeregt und wollte mich dringend sehen. Ich warf einen Blick auf die digitale Uhr des Jeeps. Es war schon nach zehn und ich hatte die vergangene Nacht kaum geschlafen. „Jetzt noch?"

„Ja, es ist dringend", flehte sie. „Bitte! Sie wollten doch Antworten. Ich habe sie."

Ich wusste, dass es einen Grund dafür geben musste, dass Janelle ihr Versteckspiel aufzugeben gedachte. „Also gut", sagte ich. „Wo sind Sie? Bei Ihrer Schwester?"

Sie nannte mir eine Adresse in der North Main Street und ich gab sie in das Navigationsgerät ein. „Ich komme", sagte ich, „in fünfzehn Minuten bin ich da." Ich klappte das Handy zu und wendete, um dorthin zu fahren.

Nachdem ich schon ein paar Blocks weit gefahren war, hatte ich auf einmal wieder einen Streifenwagen im Nacken. Bei meinem Treffen mit Janelle konnte ich keine Cops gebrauchen. Ich bog ab und versuchte im Rückspiegel zu erkennen, ob der Streifenwagen mir folgte. Offensichtlich tat er es nicht. Ich fuhr ein paar Straßenecken weiter, bis ich das Gefühl hatte, dass die Luft rein war, dann parkte ich den Jeep hundert Meter von der Adresse entfernt, die Janelle mir genannt hatte.

23. Kapitel

Nach einigem Suchen fand ich den von Janelle beschriebenen Eingang im Hinterhof eines schäbigen Motels und betrat einen finsteren, muffigen Hausflur, in dem es so stark nach Urin stank, dass die anderen unangenehmen Gerüche davon überlagert wurden.

Im dritten Stock lief ich einen dämmrigen Gang entlang, vorbei an zwei Türen, die mindestens einmal eingetreten worden waren. Vor der dritten, der letzten Tür blieb ich stehen und lauschte. Drinnen vernahm ich eine aufgeregte männliche Stimme und daraufhin Janelles beruhigende Worte. Als würde sie mit einem Kind reden, das vor irgendetwas Angst hatte.

Lucas, schoss es mir durch den Kopf. Keine Ahnung, wieso ich es plötzlich wusste – aber mit einem Mal ergab alles einen Sinn. Janelle hatte die ganze Zeit gewusst, wo Lucas Cardinal sich aufhielt. Sie hatte ihm geholfen, ihn vielleicht sogar versteckt. Aber warum? Hatte Lucas seinen Freund auf dem Gewissen? Warum sollte Janelle Daniels Mörder decken? So sehr ich mir auch darüber den Kopf zerbrach, ich würde es nur herausfinden, wenn ich diesen Raum betrat.

Vorsichtig drückte ich die Klinke herunter, aber es war abgeschlossen. Mist, dachte ich und klopfte leise. Drinnen erstarben die Stimmen.

„Ich bin es, Adam Cameron", rief ich.

„Wer ist das, verdammt noch mal?", hörte ich den Mann voller Panik fragen.

Janelle hatte Lucas – wenn es denn Lucas war – also nicht

erzählt, dass sie mich herbestellt hatte. Wollte sie ihn verraten, der Polizei ausliefern? Würden gleich die Cops erscheinen und mich als Bonus dazubekommen?

Ich lauschte und hörte, wie die Tür entriegelt wurde. Sie flog auf und jemand wollte an mir vorbei. Blitzschnell packte ich zu, drehte dem Mann mit hartem Griff den Arm auf den Rücken und drängte ihn wieder ins Zimmer zurück. Janelle schloss die Tür und lehnte sich dagegen. Der junge Indianer versuchte sich aus meinem Griff zu winden, aber ich wusste das zu verhindern.

Janelle schlug die Hände vors Gesicht und weinte. Ich sah mich kurz um. Unter dem Fenster stand eine ramponierte Couch, davor ein wackliger Tisch, auf dem offene Frittenschachteln von McDonalds herumlagen. Die schäbige Wohnung war vermutlich Cardinals Unterschlupf. Er war die ganze Zeit vor meiner Nase gewesen.

„Ganz ruhig, Lucas", sagte ich, „ich will dir nichts tun. Ich will bloß über Daniel reden."

Lucas wehrte sich nur noch schwach und ich roch seine Angst. Langsam ließen seine Kräfte nach. Er zitterte am ganzen Körper.

„Lucas", sagte ich, „ich will nur wissen, was an jenem Abend vor zehn Jahren passiert ist. Dann verschwinde ich wieder."

„Und hetzen mir die Cops auf den Hals, was?", ächzte er.

Janelle rang verzweifelt die Hände. „Lucas", sagte sie, „er ist in Ordnung. Du kannst ihm vertrauen. Ich habe mit Emma telefoniert. Er wird dich nicht an die Cops verraten."

Das war es also. Janelle hatte mit Emma telefoniert. Deshalb hatte sie sich entschlossen, mich anzurufen. Weil ich einer von den Guten bin. Zumindest musste Emma ihr das gesagt haben.

Lucas hörte auf sich zu wehren und sackte auf die Knie.

Er begann zu schluchzen wie ein kleines Kind. Ich gab seinen Arm frei und hielt ihn einen Moment an den Schultern.

„Kann ich dich jetzt loslassen?", fragte ich.

„Ja, verdammt", er stieß meine Hände von seinen Schultern.

Ich langte nach einem Stuhl und zog ihn in die Mitte des Zimmers, zwischen Lucas Cardinal und die Tür. „Okay Lucas. Sag mir, wenn du so weit bist. Ich bin da, um zuzuhören."

Janelle half Lucas auf die Beine und führte ihn zur Couch, in die er sich fallen ließ. Sie setzte sich neben ihn. Cardinal schniefte und wischte sich über das Gesicht. Daniel und er waren gleichaltrig gewesen, also musste er jetzt siebenundzwanzig sein. Doch er sah älter aus als ich. Nur mit Mühe erkannte ich in ihm den Jungen auf dem Geburtstagsfoto wieder, der so fröhlich in die Kamera grinste. Das schulterlange Haar hing Lucas strähnig ins Gesicht. Es war ein graues, aufgedunsenes Gesicht, aus dem die nackte Angst sprach. Dunkle Ringe unter den geröteten Augen zeugten von jahrelangem Kiffen und chronischer Schlaflosigkeit.

Er zog ein Päckchen aus seiner Hemdtasche hervor und begann sich einen Joint zu drehen. Seine Hände zitterten.

„Vor wem hast du solche Angst, Lucas?", fragte ich, als hätte ich einen Jungen vor mir und keinen Mann von siebenundzwanzig Jahren. „Vor wem versteckst du dich hier?"

Lucas blickte mich stirnrunzelnd an und sah gleich wieder weg. „Ich habe keinen Bock mit Ihnen zu reden, Mann. Das bringt doch alles nichts."

„Lucas", sagte Janelle. „Sag ihm die Wahrheit. Vielleicht kann er uns helfen."

„Die *Wahrheit*? Der Typ hat doch keinen blassen Schimmer. Scheiße, warum sollte ich ihm vertrauen?" Cardinal suchte nach seinem Feuerzeug, fand es und schirmte die Flamme mit der Hand ab. Als das Tabakgemisch brannte, inhalierte er tief und blies den Rauch an die Decke.

„Weil Janelle gesagt hat, dass du es kannst", antwortete ich. „Weil ich dein letzter Ausweg bin."

Lucas warf Janelle einen kurzen Blick zu, in dem Wut und Verzweiflung lagen. Aber auch eine Art Ergebenheit, die mich stutzig machte.

„Ich untersuche den Tod von Daniel Blueboy", sagte ich. „Robert hat mich angerufen und mich gebeten herauszufinden, warum sein Bruder sterben musste. Nur deshalb sitze ich hier mit dir in diesem armseligen Loch und warte auf Antworten."

Verwirrt starrte Lucas mich an.

„Er ist Privatdetektiv", erklärte Janelle.

Lucas zuckte zusammen und kam wieder in Bewegung. „Was? Der Typ ist ein verkackter Schnüffler? Hast du jetzt endgültig den Verstand verloren?"

Verkackter Schnüffler? „Hey, nun halt aber mal die Luft an, Freundchen", sagte ich. „Vielleicht brauchst du mich noch."

Lucas Cardinal sackte in sich zusammen. „Warum tust du das, Janelle?"

„Weil es ein Ende haben muss, Lucas. Und er wird uns dabei helfen."

„Niemand hilft uns. Warum auch?"

„Ich kann es zumindest versuchen", bemerkte ich.

Cardinal schüttelte den Kopf. „Sie denken, wenn ich Ihnen die Wahrheit erzähle, ist alles vorbei, oder? Aber Sie wissen nicht, was *die Wahrheit* ist."

Lucas sah ehrlich verzweifelt aus und ich dachte, dass hinter Gittern zu sitzen auch nicht schlimmer sein konnte, als ewig auf der Flucht zu sein und Angst zu haben, dass die Cops einen erwischen.

„Ich kenne ein paar deiner Wandgemälde, Lucas", sagte ich, „die sind wirklich beeindruckend. Besonders das in Oakdale Hall. Was auch immer zwischen dir und Daniel passiert ist in dieser Nacht: Ich weiß, dass er dein bester Freund war und dass du ihn geliebt hast."

Lucas hob den Kopf und sah mich zum ersten Mal richtig an. Er war jetzt ruhiger, was vermutlich an der Wirkung des Joints lag. Ich glaubte, ein schmerzliches Lächeln auf seinem Gesicht zu erkennen und sah, dass er kaum merklich den Kopf schüttelte. Seine Augen waren rot unterlaufen – vom Kiffen oder von zu wenig Schlaf.

Wir starrten uns einen Moment lang an. Lucas nahm noch einen tiefen Zug. Gerade wollte ich versuchen, weiter auf ihn einzureden, als er plötzlich nachgab: „Na gut, Mister, Sie sollen Ihre Antworten haben. Janelle hat nämlich Recht. Ich kann nicht mehr, ich bin am Ende. Ich schlafe mit offenen Augen. Ich breche schon in Panik aus, wenn ich auch nur einen Streifenwagen sehe. Ich kann nicht mehr malen, weil die Angst, von den Cops erwischt zu werden, mich lähmt."

Lucas lehnte sich zurück und ich musste mich noch eine Weile gedulden, bis er zu erzählen begann, was sich vor zehn Jahren in der Nacht des 22. November zugetragen hatte.

„Dan und ich trafen uns am frühen Abend im ‚Admiral' und tranken in der Kneipe ein paar Bier. Wir hatten kein Geld mehr, aber der Abend war noch lang. Daniel war ziemlich crazy drauf, er wollte irgendwo Alk besorgen. Er sagte, er hätte noch dieses nagelneue Paar Lederhandschuhe zu Hause und vielleicht würde sein Bruder Rob ihm ein paar Mäuse dafür geben."

Diese Geschichte kannte ich schon, aber ich schwieg, denn ich wollte herausfinden, ob Lucas' Version dieselbe war, die Robert mir erzählt hatte.

„Tatsächlich gefielen Rob die Handschuhe. Er ging zum

Schnapsladen an der Ecke und kaufte uns eine Flasche Wodka", fuhr Cardinal fort. Sein Gesicht war eine schmerzvolle, eine traurige Grimasse. „Damit zogen wir wieder los. Zuerst zu den Nicholsons, wo wir eine Weile mit ein paar Leuten herumhingen, Musik hörten und Karten spielten. Irgendwann stand ein Nachbar vor der Tür und beschwerte sich, dass die Musik zu laut war. Der Typ verstand keinen Spaß, er hatte schon des öfteren mal wegen Ruhestörung die Cops gerufen." Lucas sprach leise und schnell. „Dan und ich wurden von der Polizei gesucht. Er, weil er aus dem Erziehungsheim abgehauen war, und ich, weil ich aus Oakdale Hall abgehauen war. Also machten wir uns schleunigst vom Acker, bevor die Cops auftauchen und uns mitnehmen konnten."

Lucas zog an seinem Joint. Er schien seine Abwehrhaltung aufgegeben zu haben. „Mir war kalt und ich wollte nach Hause. Aber Dan hatte sich in den Kopf gesetzt, Janelle zu sehen, um mit ihr zu reden. Sie war am Wochenende nicht wie vereinbart zu ihrem Treffen gekommen und er war deswegen völlig aus dem Häuschen. Deshalb ist er auch aus dem Wohnheim abgehauen. Fünf Tage lang hat er sich versteckt gehalten und versucht, an Janelle heranzukommen. Aber sie machte krank, ging nicht zur Schule und blieb in der Wohnung." Lucas warf Janelle einen vorsichtig fragenden Blick zu. Sie griff nach seiner Hand und nickte aufmunternd.

Wie er sie ansah und ihre Hand umklammerte ... meine Vermutung, dass Janelle und Lucas ein Paar waren, schien sich zu bestätigen. Nur – wie lange waren sie das schon? Seit zehn Jahren? War Janelle nicht zu ihrem Treffen mit Daniel gegangen, weil sie sich in Lucas verliebt hatte? Hatte es einen zweiten Seelenverwandten gegeben? Ich spürte, wie ich von einer kribbelnden Ungeduld erfasst wurde. Jeder Nerv war hellwach.

„Dan hatte sich Mut angetrunken an diesem Abend", sagte Lucas. „Es war bereits nach elf, trotzdem wollte er Janelle unbedingt sehen. Ich versuchte, ihm das auszureden, ihrer Eltern wegen. Vergeblich. Er war kurz davor durchzudrehen."

Ich sah zu Janelle hinüber, um ihr vielleicht irgendeine Erklärung zu entlocken, aber sie knetete Lucas Hand, sah zu Boden und schwieg.

„Mir war kalt und ich hatte keinen Bock auf irgendwelche Beziehungskacke", sagte Lucas. „Wir stritten uns, Dan nannte mich Arschloch und ich ließ ihn stehen. Ich bin dann noch kurz im ‚Admiral' versackt." Lucas verstummte, aber ich sah, wie es in ihm arbeitete. Es kostete mich große Selbstbeherrschung, ihn nicht mit Fragen zu bedrängen.

Unerwartet begann Janelle zu sprechen. „Meine Eltern, Therena und ich wohnten damals im Parterre. Dan klopfte an mein Fenster. Ich merkte sofort, dass er betrunken war, aber ich hatte auch ein schlechtes Gewissen, weil ich wusste, dass er schon seit ein paar Tagen versuchte, mit mir zu sprechen. Dan fragte mich, warum ich nicht zu unserem Treffen gekommen wäre und warum ich ihm aus dem Weg ging. Bevor ich etwas antworten konnte, sagte er, dass er mich lieben würde und ohne mich nicht leben könne." Janelle liefen Tränen über die Wangen, als sie weiterredete. „Ich hatte Angst, meine Eltern könnten aufwachen und ihn hören, also zog ich mir rasch was über und kletterte zu ihm hinaus. Ich zog ihn von unserer Wohnung weg. Dan stürzte mehrmals hin und ich musste ihm wieder hoch helfen." Sie schluchzte. „Mein Gott, ich war fünfzehn damals und ich ..." Ihre Stimme brach weg.

„Sie waren schwanger", half ich ihr. Warum bloß war ich nicht eher darauf gekommen? Sie war fünfzehn und sie war schwanger von ihrem Cousin. Deshalb war Janelle nicht zu diesem Treffen gegangen.

Mit dem Handrücken wischte sie die Tränen aus ihrem Gesicht und sagte tapfer: „Ja, so war es."

„Haben Sie es ihm gesagt?"

Sie schüttelte den Kopf. „Das konnte ich nicht. Dan mochte Kinder", sie schluckte, „deshalb durfte er nicht erfahren, dass er Vater wurde. Ich konnte dieses Kind nicht bekommen, verstehen Sie das?"

Ich nickte. Ich verstand es.

„Wir weinten beide. Ich sagte ihm, dass ich Zeit zum Nachdenken bräuchte und wir uns eine Weile nicht sehen sollten. Aber Dan konnte und wollte das nicht kapieren. Er stürmte davon, völlig verzweifelt und schrecklich wütend. Ich fror ganz fürchterlich und bin zuerst zurück zu unserer Wohnung gelaufen." Janelle starrte mich an – oder besser: sie starrte durch mich hindurch. „Aber als ich vor meinem Fenster stand, habe ich kehrt gemacht und bin Dan hinterher. Ich war in Sorge, dass er sich etwas antun könnte, in diesem schrecklichen Zustand, in dem er war."

„Haben Sie ihn gefunden?"

„Ja. Es war nicht schwer, ihm zu folgen. In seiner Verzweiflung und Wut hatte Dan eine Spur der Verwüstung hinterlassen. Überall lagen umgeworfene Mülltonnen. Schließlich sah ich ihn – er stand in einer Telefonzelle. Ich bin zu ihm rein und hörte, wie er mit dieser Conny aus dem Erziehungsheim sprach. Sie wollte ihn holen, aber er sagte, er wäre zu betrunken und die Cops würden ihn einsperren. Ich habe ihn angefleht, sich abholen zu lassen." Janelle schüttelte den Kopf. „Aber er wollte nicht. Als ich merkte, dass es zwecklos war, bin ich einfach gegangen. Ich war wütend, ich hatte Angst um ihn, aber er war so stur." Sie verfiel in Schweigen.

„Ich kam aus dem ‚Admiral' und wollte endlich nach Hause", übernahm Lucas wieder das Wort. Die Droge hatte seine Pupillen weit geöffnet, sie sahen aus wie schwarze

Löcher. Die Worte strömten auf einmal nur so aus ihm heraus. „Janelle ist mir in die Arme gelaufen. Sie weinte und erzählte mir schließlich alles. Ich habe ihr gesagt, sie solle zurück gehen, nach Hause, ich würde mich um Dan kümmern. Und ich würde mich auch um ihr anderes Problem kümmern.

Nachdem ich ihr versprechen musste, Dan nichts von ihrer Schwangerschaft zu erzählen, ging sie und ich lief zu dieser Telefonzelle." Lucas rieb sich das Gesicht mit den Händen. „Ich sah die umgeworfenen Mülltonnen und mir war klar, dass es nicht lange dauern würde, bis die Cops auf der Bildfläche erschienen. Ich musste Dan finden, bevor sie ihn fanden." Lucas hatte Janelle losgelassen und gestikulierte wild mit den Händen. „Schließlich sah ich Dan aus dieser Telefonzelle kommen. Ich wollte zu ihm, aber es war zu spät. Ein Streifenwagen hielt direkt neben ihm. Ich machte, dass ich fortkam. Dan hatte Erfahrung mit den Cops, er würde sich schon irgendwie herauswinden. Schlimmstenfalls würden sie ihn ins Wohnheim zurückbringen, mehr konnte nicht passieren. Das dachte ich jedenfalls in diesem Moment." Cardinals Hände ballten sich zu Fäusten. „Aber ein paar Ecken weiter rannte auch ich direkt in einen Streifenwagen. Der Fahrer wollte meinen Namen wissen. Ich wusste, sie würden mich auf der Stelle einsacken und nach Oakdale Hall zurückbringen, wenn ich ihnen meinen richtigen Namen nannte. Die Cops hatten seit neustem solche modernen Computer im Auto, mit denen sie sämtliche Informationen über einen sofort abrufen konnten. Also nannte ich ihnen den Namen meines Cousins: Thomas Hanson Cordell. Er war ein Musterknabe, sein Name war sauber. Während die Cops den Namen checkten, tauchte plötzlich Dan auf dem Rücksitz des Streifenwagens auf. Ich war total erschrocken. Erst da begriff ich, dass es derselbe Streifenwagen war, den ich an der Telefonzelle gesehen hatte.

Die verdammten Cops hatten Dan mitgenommen und er hatte die ganze Zeit, während sie mit mir sprachen, auf dem Rücksitz gelegen. Er blutete im Gesicht. ‚Hilf mir', rief er, als er mich erkannte. ‚Die wollen mich umbringen.'

Die Cops fragten mich, ob ich Dan kennen würde und ich sagte *nein*." Aus Lucas Brust kam ein langgezogenes Stöhnen und sein Gesicht verlor jeden Ausdruck. Mit monotoner Stimme sprach er weiter. „Ich sagte *nein*, sie ließen mich laufen und dann haben sie Dan umgebracht."

Plötzlich herrschte bedrückende Stille. Ich versuchte, mir mein Entsetzen nicht anmerken zu lassen. Die ganze Zeit hatte ich mich auf einer Spur gewähnt und nun war sie in eine vollkommen andere Richtung gelaufen, als ich vermutet hatte. Lucas letzter Satz hallte in meinem Kopf nach. Ich zweifelte nicht daran, dass er die Wahrheit über den Ablauf des Geschehens erzählt hatte, doch seine Behauptung, die Polizisten hätten Daniel umgebracht, hielt ich für paranoid – ein Ergebnis seines Verfolgungswahns. Für mich war das eine schwierige Situation. Lucas schien davon überzeugt zu sein, dass die Cops seinen Freund auf dem Gewissen hatten. Er glaubte daran. Und ich musste so tun, als würde ich ihm glauben, sonst würde ich sein Vertrauen verlieren.

„Scheiße, ich hab gewusst, dass Sie mir nicht glauben", entfuhr es Lucas resigniert.

„Wer sagt, dass ich dir nicht glaube?"

„Ich sehe es an Ihrem Gesicht. Ich weiß, dass Sie mich jetzt für das letzte Arschloch halten, weil ich Dan nicht geholfen habe", sagte er erregt. „Aber ich konnte ja nicht ahnen, was passieren würde. Ich habe geleugnet, ihn zu kennen, weil ich eine Scheiß-Angst hatte. Ich habe ihn verleugnet, weil sie mich sonst nach Oakdale Hall gebracht hätten, und wie hätte ich Janelle dann helfen sollen."

Ich sah Janelle fragend an.

„Lucas kannte eine Frau, die solche Probleme beheben

konnte", sagte sie mit abgewandtem Gesicht. „Er wollte das Geld für die Abtreibung besorgen und mich zu ihr bringen. Er wollte sich um mich kümmern."

Schönes Kümmern, dachte ich. „Aber es gibt Jeff."

Der Junge war Daniel wie aus dem Gesicht geschnitten. Ich hätte es früher bemerken müssen.

Sie nickte. „Als ich erfuhr, dass Dan tot war, brachte ich es nicht übers Herz. Dieses Kind, das in meinem Bauch wuchs, war ein Teil von ihm. Aber das wissen nur meine Schwester, Lucas und ich. Offiziell ist Lucas Jeffs Vater."

Ich stand auf und begann herumzulaufen. „Warum hast du nach Daniels Tod mit niemandem über das alles gesprochen, Lucas?"

Er hob die Hände in einer verzweifelten Geste. „Das habe ich doch, verflucht. Ich habe mit diesem Cop gesprochen und ihm alles erzählt. Aber nichts ist passiert. Da wusste ich, wo der Hase lang läuft. Die halten alle zusammen. Die verdammten Cops machen Jagd auf Indianer, Mann. Sie können uns da draußen wegwerfen wie Müll, aber nichts passiert. Das sind die nackten Tatsachen. *Das* ist die Wahrheit, Mann."

„Schon gut", versuchte ich ihn zu beruhigen. „Mit wem hast du gesprochen?"

„Mit diesem Simpson-Typ. Er war hässlich und hustete immer. Verdammt, wie hieß er nur ... Homer ..."

„Stout?", sagte ich.

„Ja, genau, das war sein Name: Homer Stout. Er war in Zivil und hat mich erwischt. Dann hat er mich ausgefragt über diesen Abend und ich habe ihm alles erzählt."

„Alles?", hakte ich nach.

„Na ja, dass Dan blutete und gerufen hat: ‚Die wollen mich umbringen', das habe ich weggelassen. Ich hatte Angst, Mann. Ich dachte, das war's dann, jetzt geht's dir auch an den Kragen. Aber nichts passierte. Er ließ mich gehen."

Ich sah in Lucas Cardinals Augen, wie müde er war. Müde vor Angst. „Stout ließ dich gehen? Ich denke, du wurdest polizeilich gesucht. Das muss er doch gewusst haben."

„Ja, mich hat's auch gewundert. Aber ich hab nicht gesagt: ‚Hey, wollen Sie mich nicht einbuchten, Mann? Eigentlich stehe ich nämlich auf Ihrer Fahndungsliste.'"

Ich setzte mich wieder und Lucas fuhr mit resignierter Stimme fort: „Auf Dans Beerdigung, da waren ein paar Leute aus Oakdale Hall, die haben mich dann geschnappt. Ich war vier Monate hinter Gittern und vielleicht hat mir das das Leben gerettet. Von Janelle erfuhr ich, dass man die Ermittlungen in Dans Fall eingestellt hatte. Janelle und ich ...", Cardinal stockte. „Was passiert ist, hat uns irgendwie aneinandergekettet. Wir sind zusammen geblieben. Aber es war nie ein normales Leben. Ich war mir sicher, dass die beiden Cops Dan auf dem Gewissen hatten. Aber ich konnte nichts beweisen ... niemand hätte mir geglaubt. Schließlich bin ich ein NAI und ein verurteilter Straftäter dazu." Er lachte bitter, schüttelte den Kopf und redete erst nach einer Weile weiter. „Zuerst war ich bloß vorsichtig, aber dann fing ich an, mich verfolgt zu fühlen. Den Cops aus dem Weg zu gehen, das war jahrelang unser Spiel gewesen, aber jetzt wurde es zur Paranoia. Janelle und ich wechselten dauernd die Wohnung. Ich konnte nicht mehr schlafen und habe Tabletten genommen." Er sah mich an. „Wissen Sie, jeden Winter erfrieren welche von uns und niemand schert sich darum. Ich dachte, irgendwann erwischt es mich." Er lehnte sich zurück und schwieg.

„Kannst du dich an die beiden Streifenpolizisten erinnern, die dich in jener Nacht angehalten und überprüft haben?"

„Nein. Ich habe ja nur einen gesehen und ich war furchtbar angespannt, weil ich um keinen Preis verhaftet werden wollte. Sie haben den falschen Namen, den ich ihnen gab, durch den Computer geschickt, und als sich herausstellte, dass er sauber war, ließen sie mich gehen."

„Verstehe." Die Anfrage der beiden Cops war in der Zentrale der Hauptwache eingegangen und vermutlich aufgezeichnet worden. Aber das war zehn Jahre her. Ich hatte keine Ahnung, wie lange solche Aufzeichnungen aufbewahrt wurden.

„Was werden Sie jetzt unternehmen?", fragte Janelle, und ich hörte die Furcht, die in ihrer Stimme mitschwang.

„Herausfinden, was in jener Nacht mit Daniel passiert ist", erwiderte ich. „Vielleicht ist die Anfrage der beiden Cops aufgezeichnet worden. Vielleicht existieren die alten Dienstpläne noch und ich kann herausfinden, wer sie waren."

Beide blickten mich schweigend an. Ich sah die Angst in ihren Augen. Wenn Lucas wirklich glaubte, was er gesagt hatte, dann musste er befürchten, dass es für ihn gefährlich werden konnte, wenn ich anfangen würde, nach alten Dienstplänen zu graben.

Ich holte mein Handy heraus und klappte es auf, um Maggie anzuwählen. Lucas machte einen Satz nach vorn und packte meinen Arm. „Wen wollen Sie anrufen?"

„Eine Anwältin. Wir könnten zusammen dort hinfahren und du erzählst ihr alles."

„Eine Anwältin?" Er ließ mich los. „Ich lass mich doch von Ihnen nicht verarschen." Und ehe ich mich versah, war Cardinal zur Tür hinaus und verschwunden.

Ich klappte mein Handy zu und blickte Janelle an. „Tut mir leid", sagte ich zu ihr, „das wollte ich nicht."

„Jetzt wird er nie wieder mit jemandem reden", sagte sie vorwurfsvoll.

„Ich konnte nicht ahnen, dass er so reagiert."

„Wer ist diese Anwältin?", fragte Janelle.

Ich erzählte ihr von Littlecrows Kanzlei und von Maggie

Winterhawk. Dann schrieb ich Maggies Adresse und Telefonnummer auf einen Zettel. „Ich werde sie morgen früh anrufen, damit sie Bescheid weiß. Vielleicht kannst du Lucas dazu bringen, ihr zu vertrauen."

Janelle zuckte mit den Achseln und steckte den Zettel ein.

Als ich schon in der Tür stand, wandte ich mich noch einmal zu ihr um und fragte: „Da gibt es noch etwas, das ich gerne gewusst hätte."

Fragend sah sie mich an.

„Ist Jay Jeffs Bruder oder sein Cousin?"

„Jay ist Lucas' Sohn", sagte Janelle.

Ich nickte und ging.

24. Kapitel

Robert und ich kehrten beinahe zeitgleich in die Polson Avenue zurück. Er kam von seinem ersten Treffen der anonymen Alkoholiker und sah geschafft aus – als ob er schwere körperliche Arbeit verrichtet hätte. Auch ich war völlig erschlagen. Aber natürlich würde ich ihm von meiner Begegnung mit Janelle und Lucas erzählen müssen, bevor ich ins Bett gehen konnte.

Als wir in die Küche kamen, sah ich den Anrufbeantworter blinken. Robert drückte auf die Wiedergabetaste. Mark Flanagan hatte eine Nachricht hinterlassen. Er hatte seinen Onkel davon überzeugen können, mit mir zu sprechen. Ich könne ihn noch bis 23 Uhr zurückrufen.

Es war zehn vor elf und ich wählte Marks Nummer. „Das ist endlich mal eine gute Nachricht", sagte ich.

„Haben Sie einen Stift?", fragte Flanagan. „Ich gebe Ihnen seine Adresse und Telefonnummer durch. Er wohnt im Fisher Bay Reservat, etwa zweihundert Kilometer nördlich von Winnipeg."

Ich notierte die Adresse und erinnerte mich, auf der Fahrt zu Emma an einem Abzweig nach Fisher Bay vorbeigekommen zu sein. „Was ist mit seinem Namen, Mark? Wollen Sie ihn mir immer noch nicht verraten?"

„Mein Onkel heißt Leon. Leon Napope."

Für einen Augenblick war ich völlig perplex.

„Hat es Ihnen die Sprache verschlagen?", fragte der Journalist.

„Leon Napope ist Ihr Onkel?"

Nun lachte Flanagan. „Ja. Meine verrückte Tante hat einen Indianerpolizisten geheiratet. Sie lebt allerdings nicht mehr, Onkel Leon wohnt allein."

„Wollen Sie denn nicht mitkommen? Das würde die ganze Angelegenheit sicher erheblich erleichtern."

„Das geht nicht. Ich habe morgen einen wichtigen Termin, den ich nicht platzen lassen kann."

„Okay. Ich werde Ihren Onkel gleich morgen früh anrufen." Ich erzählte Mark in knappen Sätzen, was ich von Lucas erfahren hatte. Dass er die Cops beschuldigte, Daniel getötet zu haben, verschwieg ich ihm allerdings. Robert, der zuhörte, sank auf einen Stuhl. Er war blass geworden und seine Hände zitterten.

„Hoffentlich kann mein Onkel Ihnen einige Fragen beantworten", sagte Flanagan.

„Können wir uns treffen, morgen Abend?", fragte ich. „Ich glaube, ich brauche Ihre Hilfe."

„Ja, klar. Rufen Sie mich an, wenn Sie aus Fisher Bay zurück sind. Und viel Glück, Adam."

Ich legte auf.

Robert starrte mich an, die Hände zu Fäusten geballt. „Lucas hat Dan auf dem Gewissen", sagte er schließlich gepresst. „Ich bringe den Mistkerl um, wenn ich ihn in die Finger kriege."

„Beruhige dich", sagte ich. „So einfach ist das nicht."

„Er hat Dan verleugnet, deshalb musste mein kleiner Bruder sterben. Oder willst du etwas anderes behaupten?"

„Du musst die ganze Geschichte hören, Robert."

„Ich glaube nicht, dass es etwas gibt, was Lucas' Verrat weniger schlimm macht."

„Nicht weniger schlimm, aber vielleicht verständlich", sagte ich und erzählte ihm von dem Foto, das ich bei Daniels persönlichen Sachen gefunden hatte. „Dein Bruder war in eure Cousine Janelle verliebt und nicht in Chanel Pourier."

Robert sah mich mit großen Augen an. Ich erzählte ihm in Kurzfassung alles, was ich wusste. Auch, dass Lucas Daniel zuletzt auf dem Rücksitz eines Streifenwagens gesehen hatte, blutend und um Hilfe rufend. Und in welcher Situation er war, als er seinen besten Freund verleugnet hatte.

„Janelle hat Dans Kind wegmachen lassen?" Robert versagte beinahe die Stimme. Fragend sah er mich an.

Ich erzählte ihm von Jeff.

Robert hörte mir schweigend zu, Tränen liefen über seine Wangen. „Dan hat einen Sohn?"

„Ja. Er sieht ihm sehr ähnlich. Ich hätte es gleich erkennen müssen, als ich ihn das erste Mal bei Therena sah. Ich dachte, sie wäre die Mutter der beiden Jungen."

„Mom wäre glücklich gewesen, wenn sie das gewusst hätte", sagte Robert vorwurfsvoll.

„Ich kann Janelle verstehen. Niemand sollte wissen, dass Jeff das Kind ihres Cousins ist. Janelle brauchte die Unterstützung ihrer Eltern, sie war erst sechzehn, als Jeff geboren wurde. Hätten die Eltern gewusst, wer der Vater war, hätten sie Janelle vielleicht verstoßen."

„So ein Schwachsinn."

„Janelle sagte, ihr Vater sei ein sehr traditioneller Mann und sie hätten ein Tabu verletzt."

„Mag schon sein, aber deswegen seine Tochter verstoßen ... das glaube ich nicht. Außerdem hätte Janelle es uns ja auch später erzählen können."

„Sie und Lucas fühlten sich schuldig, Robert. Du weißt, wie das ist, wenn man sich schuldig fühlt."

„Und was glaubst du, ist mit Dan passiert?"

Ich zuckte mit den Achseln. „Lucas behauptet, die Cops hätten ihn umgebracht. Er hat sich da vermutlich etwas zusammengereimt, weil er es sich nicht anders erklären konnte. Für ihn ergibt das alles einen Sinn. Daniel ruft: ‚Sie wollen mich töten.' Und niemand weiß, was passiert ist, nachdem die Cops mit ihm davonfuhren."

Robert schwieg und stierte auf die Tischplatte. Schließlich hob er den Kopf, um mich anzusehen. „Mir ist da gerade etwas eingefallen, etwas, das Jahre zurückliegt. Einmal, es war im Sommer, kam Scott mit hochrotem Kopf und halb verdurstet ins Haus gestürmt. Mom fragte ihn, was los sei, und er erzählte uns, dass ihn die Cops aufgegriffen und ein Stück aus der Stadt gefahren hätten. Sie hätten ihm gedroht, ihn in den Red River zu werfen, dann könne er heimschwimmen. Scott ist nach Hause gerannt. Ich weiß nicht, wie viele Kilometer. Er war damals erst zwölf Jahre alt und das Ganze hat ihm furchtbare Angst gemacht."

„Was willst du mir sagen, Robert?"

„Es gibt da so ein Gerücht, dass die Cops in der Nacht betrunkene Indianer aufgreifen und sie kilometerweit aus der Stadt fahren, um sie nach Hause laufen zu lassen. *Starlight Tour* nennen sie das. Diese Art der Ausnüchterung spart den Cops die Schreibarbeit."

„Und du denkst ..." Ich schwieg, schüttelte den Kopf, weil ich selbst nicht glauben konnte, was ich dachte. „Nein, das kann nicht sein. Nicht bei –28C°."

„Warum nicht?", rief Robert aufgebracht. „Weil ein Polizist so etwas nicht tun darf? Weil er sich verpflichtet hat, den Menschen zu helfen und sie zu schützen, statt ihnen das Leben zu nehmen? Träum weiter, Adam."

Ich schwieg.

Robert stand auf und begann umherzulaufen wie ein Tier im Käfig. „Diese Verbrecher", sagte er, und ich hörte, dass ihm das Atmen schwer fiel. „Wenn es tatsächlich so war, dann wird Dans Tod ungesühnt bleiben. Die halten doch alle zusammen, wenn es um die Ehre ihres Scheiß-Vereins geht. Niemand wird je erfahren, wer die beiden

Cops waren, die meinen Bruder auf dem Gewissen haben. Vielleicht fahren sie immer noch Streife ... verdammt, das ist nicht fair."

Ich bereute, Robert von Lucas Anschuldigung erzählt zu haben und versuchte, ihn zu beruhigen. „Ich kriege raus, was passiert ist, okay?"

„Du glaubst, das kannst du?"

„Ja, das ist mein Job."

Robert sah mich an. „Du gibst nie auf, was?"

„Nicht, wenn noch eine Chance besteht, und mag sie auch noch so klein sein."

Ich würde nicht aufgeben, bis ich wusste, wer Daniel Blueboys Tod zu verantworten hatte. Ich hatte immer noch Zweifel an Lucas' Behauptung, aber Roberts Geschichte über seinen Bruder Scott hatte mir zu denken gegeben.

Am nächsten Morgen telefonierte ich zuerst mit Leon Napope, der mich gegen Mittag in Fisher Bay erwartete. Danach wählte ich die Nummer von Littlecrows Kanzlei und berichtete Maggie von meinem Gespräch mit Lucas und Janelle. Sie versprach, sich zu kümmern, falls einer von beiden anrufen sollte.

Ich fragte sie nach dem Begriff *Starlight Tour*, und Maggie bestätigte dieses Gerücht. Allerdings gab es bisher keine stichhaltigen Beweise, dass an der Sache etwas dran war.

„Das muss nichts heißen", sagte sie. „Unsere Leute reden ungern mit der Polizei, wie du weißt. Viele sagen, diese Sternenfahrten wären eine moderne Stadtlegende, ein Märchen, aber vielleicht ist ja was dran."

Ich sagte ihr, dass ich später Leon Napope treffen würde, der mir vielleicht etwas dazu erzählen konnte.

„Pass auf dich auf, Adam", sagte Maggie.

Ich machte mich auf den Weg nach Fisher Bay. Es war ein

klarer, sonniger Tag und die Straßen waren frei. Ich versuchte trotzdem, mich an die Geschwindigkeitsbegrenzungen zu halten. Je näher ich dem Reservat kam, desto mulmiger wurde mir zu Mute. Was würde ich zu hören bekommen von Flanagans Onkel?

Die Reservatssiedlung Fisher Bay ähnelte der von Narrow River. Dieselben Holzhäuser, dieselben eingebeulten Autos, die bunten Skidoos und die spielenden Kinder in ihren Schneeanzügen. Leon Napope wohnte in einem gelben Holzhäuschen. Sein Wagen, ein alter Subaru wie ihn Robert fuhr, stand auf einem freigeschaufelten Platz rechts vom Haus. Ich parkte neben einem hohen Schneehaufen, blieb noch einen Moment im Wagen sitzen und lauschte dem Knacken des abkühlenden Motors.

Ob ich mein Versprechen Robert gegenüber würde einlösen können, hing von diesem Treffen ab. Was er über diese Starlight-Touren erzählt hatte, war mir während der ganzen Fahrt nicht aus dem Sinn gegangen. Wenn sich herausstellen sollte, dass Daniel Blueboy da draußen einen einsamen, schrecklichen Kältetod gestorben war, aus dem einzigen, banalen Grund, dass zwei Polizisten keine Lust auf lästige Schreibarbeiten hatten, dann erklärten sie damit, dass für sie ein Menschenleben nichts wert war.

Draußen pfiff der Wind. Ich stieg aus und lief zum Hauseingang. Obwohl es bloß ein paar Meter bis zu Napopes Haustür waren, zitterte ich am ganzen Körper, als er einige Minuten nach meinem Klingeln öffnete. Napope trug ein rot-schwarz kariertes Flanellhemd und olivgrüne Cordhosen, die von breiten Hosenträgern gehalten wurden. Er war kleiner als ich, hatte kräftige Schultern und ein wettergegerbtes Gesicht mit klaren, dunklen Augen, die mich mit wachem Interesse musterten.

„Adam Cameron", sagte ich. „Wir haben miteinander telefoniert."

„Kommen Sie herein, bevor Ihnen noch irgendwelche Körperteile abfallen", sagte er und trat zur Seite, um mich durch die Tür zu lassen.

Napope schlurfte voran und führte mich in seine Küche, in der es angenehm warm war und nach Kaffee duftete. Er nahm mir meinen Parka ab und legte ihn auf die durchgesessene Couch, auf der sich eine getigerte Katze zusammengerollt hatte. Sie blinzelte mich an, nahm aber ansonsten nicht weiter Notiz von mir.

„Setzen Sie sich. Kaffee?"

„Ja, gerne." Ich rieb mir die kalten Hände und setzte mich an den roh gezimmerten Holztisch, der viele Narben hatte.

Napope goss Kaffee in eine große Tasse und stellte sie vor mir auf den Tisch. „Milch und Zucker?"

„Wenn es keine Umstände macht: ja, bitte."

Er holte beides. „Es macht keine Umstände. Ich habe nicht oft Besuch. Seit Wilma tot ist, ist es recht einsam geworden im Haus. Meine beiden Töchter und die Enkelkinder wohnen in Ontario. Für einen alten Mann wie mich ist das ziemlich weit weg. Aber in den Sommerferien kommen sie meistens für ein paar Tage."

„Besucht Mark Sie manchmal?"

„Selten. Er hat viel zu tun, der Junge, und meistens reist er in der Weltgeschichte umher. Früher, wenn ich mal in der Stadt war, habe ich bei ihm übernachtet. Dann hatten wir Zeit zum Reden. Aber jetzt kann ich nicht mehr so lange Strecken mit dem Auto fahren. Ich bin dazu verdammt, in dieser Hütte zu sitzen und zu warten, dass jemand an der Tür klingelt."

„Haben Sie keine Freunde hier im Dorf?"

Der alte Mann hob die Schultern. „Alle hier wissen, dass ich mal Polizist war."

Ich nahm einen Schluck Kaffee. „Ich bin froh, dass Sie bereit sind, mit mir zu sprechen."

Napopes große dunkle Hände umschlossen seinen Kaffeebecher. „Mark sagte mir, es geht um diesen Jungen, Daniel Blueboy", begann er.

Ich nickte. „Ja. Seine Familie will wissen, warum Daniel sterben musste, und ich hoffe, dass Sie mir ein paar Fragen dazu beantworten können."

„Was haben Sie bisher herausgefunden, Mr Cameron?"

Obwohl ich den weiten Weg eigentlich gemacht hatte, um dem alten Mann Fragen zu stellen, erzählte ich ihm alles, angefangen von Robert Blueboys Anruf in meinem Büro in Seattle bis zu meiner gestrigen Begegnung mit Janelle und Lucas. Während ich ihm davon berichtete, dass Cardinal seinen Freund Daniel zuletzt auf dem Rücksitz eines Streifenwagens gesehen hatte, starrte Napope mit gesenktem Blick in seinen Kaffeebecher. Lucas' Anschuldigung behielt ich vorerst für mich, ich wollte den alten Mann nicht gleich zu Beginn in die Defensive drängen.

Leon Napope war ein aufmerksamer Zuhörer. Nachdem ich geendet hatte, stellte er mir ein paar Fragen. Dann erzählte er, dass er vor zehn Jahren einer von neun indianischen Cops bei der Winnipegger Stadtpolizei gewesen war.

„Die restlichen 1096 Polizisten waren Weiße", sagte er. „Damals war ich ein Exot. Keiner der acht übrigen indianischen Cops konnte seine Stammessprache fließend sprechen oder hatte enge Bindungen zu seinem Volk. Wissen Sie, Adam, es ist nicht unbedingt rühmlich für einen Indianer, Polizist zu sein. In Ojibwe und Cree gibt es kein Wort für *Polizei*. Die Cree-Umschreibung lautet: Shee-Mah-Kan-Ish. *Der die Waffe auf dich richtet.* Die Ojibwe sagen: Tak-Koh-No-Way-Win-Nee-Nee. *Der, der dich festnimmt.* Beides sind Begriffe aus der Vergangenheit, aus der Zeit, als die Weißen begannen, uns unsere Kinder wegzunehmen und in weiße Internatsschulen zu stecken. Es waren Mounties, die die Kinder aus ihren Familien holten, notfalls mit Gewalt." Napope seufzte leise. „Unsere Sprache, unsere Medizin und unsere spirituellen Praktiken waren der Bundespolizei ein Dorn im Auge. Ihr Ziel war es, unsere Kultur systematisch zu zerstören."

Er trank einen Schluck von seinem Kaffee und schien seine Gedanken zu sammeln, bevor er schließlich fortfuhr. „Den Begriff ‚freundlicher Polizist' gibt es nicht in der Gedankenwelt der First Nations. Ein Cop ist einschüchternd, aufdringlich, bedrohlich. Und vor allem ist er – weiß."

Ich hörte ihm ungeduldig zu, ohne zu wissen, worauf er hinauswollte.

„Wurden Sie respektiert?", fragte ich.

„Zu Anfang hatte ich es sehr schwer. Aber später: ja. Die weißen Cops stießen bei Befragungen von Indianern meistens auf eine Mauer des Schweigens. Da wurde ich eingesetzt und es funktionierte."

„Deshalb hat Sergeant Stout Sie und Bill Halla zu Daniels Mutter geschickt, um ihr Fragen zu stellen."

„Nicht direkt. Wir sollten uns umhorchen. Stout war der Meinung, dass nichts am Fundort von Blueboys Leiche auf ein Verbrechen hinwies und verzichtete deshalb darauf, die Spurensicherung kommen zu lassen. Ich war anderer Meinung. Aber ich kannte Stout gut. Er war oft aufbrausend und unbeherrscht und konnte schnell ungerecht werden, wenn man ihn auf irgendeine Art kritisierte. Außerdem hatte ich mehr als einmal den Ausdruck *‚Fucking Indian'* aus seinem Mund gehört."

Ich dachte an meinen Zusammenstoß mit Brad, dem Cop in Chanel Pouriers Zimmer. *„Fucking Indian"* schien ein geflügeltes Wort unter Winnipegs Cops zu sein.

„Stout hatte keine Lust, Daniels Tod als Verbrechen zu behandeln", fuhr Napope fort. „Blueboy war für ihn nichts weiter als ein jugendlicher Straftäter und ein indianischer noch dazu. Also habe ich mit Halla auf eigene Faust weiter ermittelt. Ich glaubte damals, Stouts Verhalten wäre nichts weiter als Faulheit und Ignoranz."

Ich sah ihn an. „Aber es steckte mehr dahinter, nicht wahr?" Napope nickte und sah dabei ganz elend aus. Nach langem Schweigen fragte ich: „Was ist passiert, Mr Napope? Sie wissen doch etwas."

Er rührte sich nicht, schien wie gelähmt. Es fiel mir schwer, einen alten Mann zu bedrängen, aber ich tat es. „Mr Napope, reden Sie mit mir. Irgendjemand hat diesen Jungen auf dem Gewissen und läuft immer noch frei herum. Sollte Stout in die Sache verwickelt sein", versuchte ich, ihm das Reden zu erleichtern, „er hat Lungenkrebs im Endstadium und wird Haftverschonung bekommen."

Napope hob den Kopf und blickte mich an. Statt einer Antwort stand er auf und holte einen grünen Hefter aus der Schublade einer Kommode. Er legte ihn vor sich auf den Tisch und mein Herz begann wild zu klopfen. Ungläubig starrte ich auf den schwarzen Schriftzug: Akte Daniel Blueboy. „Sie haben Daniel Blueboys Polizeiakte? Aber ..."

Napope schob die Akte zu mir herüber, und als ich sie öffnete, fand ich zuerst einen braunen Umschlag mit dem Aufdruck: Autopsiefotos. Überrascht sah ich den alten Mann an. „Nur zu", sagte er. „Sie erklären eine Menge."

Ich zog die Fotos heraus und legte sie vor mir auf den Tisch. Zuerst Daniels Leiche auf dem rostfreien Stahl des Seziertisches. Des weiteren eine Großaufnahme seines Gesichtes: Da war diese flächige Hautabschürfung auf seiner linken Wange, und ich sah die parallelen Schnitte auf dem Nasenrücken, von denen Conny Legrand und auch Robert gesprochen hatten. Auf den ersten Blick war erkennbar, dass sie von einem scharfen Gegenstand herrührten, und nicht von einem Sturz in den Schnee, wie Dr. Zimosky es dokumentiert hatte. Daniels Lippen waren schwarz, seine Augen geschlossen.

Auf einem anderen Foto hatte der Gerichtsmediziner eine Aufnahme von den Handgelenken des Toten gemacht. An beiden Gelenken waren deutliche Druckstellen zu sehen. Druckstellen, wie sie Handschellen hinterlassen.

Ich sah Napope fragend an.

Er schloss die Augen, schluckte und nickte. „Es ist das, was Sie sehen, Adam. Etwas, das es nicht sein dürfte."

Der alte Mann stand erneut auf, um zur Kommode zu gehen. Plötzlich wankte er gefährlich, als könne er sich nicht mehr aus eigener Kraft auf den Beinen halten. Ich sprang zu ihm und streckte die Hand nach seinem Arm aus, um ihn notfalls zu stützen. Napope zog eine Schublade auf und holte ein paar Handschellen heraus, die er mir gab.

„Ich habe von einem Experten einen fotogrammetrischen Test mit einer speziellen Stereomesskamera machen lassen", sagte er, als er wieder am Tisch saß. „Dabei konnte eindeutig nachgewiesen werden, dass die Abdrücke an den Handgelenken des toten Jungen von Handschellen stammen. Und zwar von Handschellen, wie sie nur die Winnipegger Stadtpolizei verwendet."

„Dann stimmt es also, was Lucas Cardinal mir erzählt hat. Dass er Daniel zuletzt auf dem Rücksitz eines Streifenwagens gesehen hat, blutend und um Hilfe flehend."

Napopes Hände zitterten. „Ja, ich denke, so kann es gewesen sein. Sehen Sie die parallelen Einschnitte auf Blueboys Nasenrücken? Als ich die Autopsiefotos sah, dachte ich zuerst, sie würden von einem Screentest stammen."

„Einem *Screentest*?"

„Ja. Die meisten Streifenwagen haben dieses Gitter zwischen Vorder- und Rücksitz, um Übergriffe von Inhaftierten auf die vorne sitzenden Beamten zu vermeiden. Manche Cops haben es sich zum Sport gemacht, ohne Grund heftig auf die Bremse zu treten, sodass der Gefangene auf dem Rücksitz nach vorne schnellt und mit dem Gesicht gegen die Metallbarriere schlägt. Das nennen sie dann *Screentest*. Ich dachte, die Verletzungen auf dem Nasenrücken des Jungen kämen von diesem Trenngitter. Aber der Experte, der die fotogrammetrische Vermessung vorgenommen hat, fand heraus, dass die parallelen Einschnitte auch von Handschellen stammen."

„Die Polizisten haben Daniel geschlagen?"

„Ja, sieht ganz danach aus. Anders kann ich mir die Verletzung nicht erklären. Als wir zum Fundort der Leiche kamen, Bill und ich, spürte ich, dass an diesem Ort etwas Ungeheuerliches geschehen war. Ich hatte das Gefühl, als ob etwas Böses zurückgeblieben wäre und uns alle beeinflusste." Er schüttelte den Kopf. „Solche Wahrnehmungen hatte ich während meiner gesamten Dienstzeit und meistens war etwas dran. Aber als ich sie das erste Mal äußerte, wurde ich von den Kollegen verlacht. Deshalb erwähnte ich meine Wahrnehmungen nie wieder und ich schwieg auch diesmal."

„Halla sagte, Sie hätten ihm davon erzählt."

„Das stimmt. Der Junge war neu bei uns und voller Ideale. Wissen Sie, ein Cop zu sein, nötigt den meisten einfachen Leuten Respekt ab. Viele gehen nur aus diesem Grund zur Polizei – weil sie glauben, sie brauchen sich nicht mehr an die üblichen Regeln zu halten, wenn sie erst eine Uniform tragen. Bill Halla war nicht so. Er glaubte an die Gerechtigkeit. Ich mochte ihn. Wir sprachen darüber, was uns am Fundort von Blueboys Leiche aufgefallen war und merkwürdig vorkam.

Sergeant Stout beauftragte Bill und mich, uns umzuhorchen, aber noch nichts von dem fehlenden Schuh zu erwähnen. Also fuhren wir noch einmal zu Mrs Blueboy und befragten sie. Ich kapierte schnell, dass Daniel und sein Kumpel Lucas zwar dauernd in irgendwelche illegale Sachen verwickelt waren, beide jedoch keine typischen Verbrecher waren. Sie gehörten zu keiner Gang und hatten auch nichts mit Waffen am Hut. Trotzdem war der Junge tot."

Napope öffnete die Akte und zeigte mir Fotos vom Fundort der Leiche. Daniels steifgefrorener Körper im Schnee. Ein Bild, das ich nicht so schnell vergessen würde.

Der Expolizist legte den Finger auf die dunkle Gestalt. „Jemand war dafür verantwortlich und ich wollte wissen, wer. Doch auf einmal ging alles sehr schnell. Zwei Kollegen fanden den fehlenden Schuh in Jerry DeMarcos Wagen und der Fall wurde abgeschlossen. Als Marks Artikel erschien, zitierte Stout mich zu sich. Er war wütend und gab mir unmissverständlich zu verstehen, dass ich den Jungen zurückpfeifen solle, wenn mir meine Pension etwas wert sei. Er sagte, was Mark da geschrieben hätte, würde das Ansehen der Kollegen schädigen. Der Fall Daniel Blueboy sei geklärt und abgeschlossen. Das war eine deutlich Warnung an mich."

„Also pfiffen Sie Ihren Neffen zurück."

„Ja. Es waren nur noch ein paar Monate bis zu meiner Pensionierung und ich hatte gerade erfahren, dass meine Frau an Bauchspeicheldrüsenkrebs litt. Also hielt ich mich an Stouts Anweisung. Allerdings kopierte ich mir heimlich alles, was mit diesem Fall zu tun hatte. Wissen Sie, Adam, Homer Stout war so ein selbstgerechtes Arschloch – verzeihen Sie meine Ausdrucksweise –, dass er sich absolut sicher glaubte. Keiner seiner Kollegen hätte es gewagt, ihm zu widersprechen oder gegen ihn vorzugehen."

Ich blätterte die dünne Akte durch, die Kopien von Untersuchungsberichten und Aktennotizen enthielt. Napope wies auf eine Kopie von Stouts Aufzeichnungen, die der Sergeant während seines Gesprächs mit Lucas Cardinal gemacht hatte. „Stout wusste, dass es einen Zeugen gab, der Blueboy zuletzt in einem Streifenwagen gesehen hatte."

„Aber da steht nichts davon, dass Daniel im Gesicht blutete und nach Hilfe rief", bemerkte ich. „Lucas hat zugegeben, dass er Stout aus Angst nichts davon erzählt hat. Kann es nicht sein, dass die beiden Cops Daniel an der nächsten Straßenecke wieder rausgelassen haben?"

Napope antwortete nicht. Ich sah ihn erwartungsvoll an und wieder wich er meinem Blick aus.

„Mr Napope?"

Mir wurde klar, was sein Schweigen bedeutete. Lucas Cardinals Behauptung war nicht paranoid. Diese beiden Streifenpolizisten hatten Daniel auf dem Gewissen und Homer Stout hatte sie gedeckt. Leon Napope und Bill Halla waren dahintergekommen und hatten geschwiegen. Halla, weil er ein Anfänger war und Napope, weil er kurz vor seiner Pensonierung stand und Stout ihn unter Druck gesetzt hatte.

„Ich ahnte, was mit dem Jungen passiert war", sagte Napope, ohne den Kopf zu heben, „aber beweisen konnte ich es nicht. Mit Sicherheit hätten die Anwälte der WPA Stout und die verantwortlichen Cops sauber aus der Sache herausgeholt, wenn ich meine Anschuldigungen geäußert hätte. So liefen die Dinge nun mal." Er öffnete die Hände zu einer entschuldigenden Geste. „Ich versuchte mir einzureden, dass ich keine Wahl hatte, vor allem wegen Wilma, meiner Frau. Einen Prozess hätte sie nicht verkraftet. Außerdem nahm ich an, dass es eine einmalige Sache war ... dass es nicht wieder passieren würde." Er schluckte und schwieg erneut.

Ein eisiger Schauer durchfuhr mich. Napopes letzte Worte wirkten alarmierend. Ich erinnerte mich an diesen Anruf, von dem Robert erzählte hatte, von dem er glaubte, dass er von Lucas gekommen war. „Sie haben es wieder getan, ich halte das nicht mehr aus", hatte der anonyme Anrufer gesagt. Schlagartig wurde mir die Dimension des Ganzen klar und plötzlich fiel mir das Atmen schwer.

„Aber es passierte wieder", sagte ich, und lauschte meinem rasenden Herzschlag.

Napopes Hände zitterten.

„Mr Napope, hat Daniels Tod etwas mit diesen *Starlight Touren* zu tun?"

Der alte Mann hob endlich den Kopf und noch ehe er sprach, konnte ich die Antwort in seinem gequälten Gesicht lesen. „Wenn Streifenpolizisten einen Betrunkenen aufgreifen und ihn, wie vorgeschrieben, in die Ausnüchterungszelle stecken", sagte er, „dann kostet das eine Menge Geld und die Cops einen Haufen Schreibkram. Polizisten hassen Schreibkram. Und Indianer hassen das Gefängnis. Also fuhren die Polizisten betrunkene Indianer kilometerweit aus der Stadt und ließen sie zurücklaufen. Wenn sie wieder zu Hause anlangten, waren sie nüchtern. Geld und Schreibarbeit wurden eingespart und der Indianer musste nicht ins Gefängnis. Unter den Kollegen heißt es: *No muss, no fuss, no paperwork*. Irgendwann wurde das alles zu normalem Denken."

„Aber im Winter ... noch ein halbes Kind ..." Vor Entsetzen konnte ich kaum sprechen. Ich sammelte mich und sagte: „Daniel Blueboy starb also nicht, weil er etwas wusste oder weil er etwas getan hatte, sondern weil er zur falschen Zeit am falschen Ort war. Weil zwei Streifencops zu faul waren, ihren Papierkram zu erledigen."

„Der Frust bei den Kollegen war groß", sagte Napope mit abgewandtem Gesicht. „Sie erstickten in Arbeit und es waren immer wieder Natives, die ihnen den größten Stress machten. Vielleicht begann es damit, dass ein Polizist seine Wut an einem ausließ, der ihn zum wiederholten Mal beleidigt oder angegriffen hatte. Auf einmal waren es ein paar Kilometer mehr, die man den Betrunkenen aus der Stadt brachte, oder das Wetter wurde einfach außer Acht gelassen. Irgendwann war eine Grenze überschritten und die Dinge begannen aus dem Ruder zu laufen."

Ich dachte an Bill Halla und seinen Kollegen Tommy bei ihrem Einsatz in der Parr Street. Ich verstand den Frust der Cops, aber das rechtfertigte ihr Handeln nicht. Als ob sie aufgrund ihrer Uniform eine Lizenz hätten, andere zu demütigen und sich als Herrscher über Leben und Tod aufzuspielen. Wenn die Menschen der Polizei nicht mehr vertrauen konnten, dann war das gesamte System in Frage gestellt.

„Diese *Starlight Touren* sind also keine moderne Stadtlegende", sagte ich.

Napope schüttelte den Kopf und reichte mir mehrere Zeitungsnotizen, die er über die Jahre gesammelt hatte. Ich überflog sie. Es war auch ein kurzer Polizeibericht über das Mädchen dabei, von dem Marvin Awasis gesprochen hatte. Die Indianerin, die beinahe an derselben Stelle gestorben war wie Daniel, war von einem Zug erfasst worden. Vielleicht war sie in Dunkelheit und Kälte orientierungslos umhergestolpert und hatte den Zug nicht bemerkt. Mir wurde schlecht.

„Es wird sich kaum noch nachweisen lassen, was ein Unfall war und was das Ergebnis einer nächtlichen *Starlight Tour*", sagte Napope.

Vor Beklemmung konnte ich kaum atmen. Ich hob den Kopf und sah den alten Mann an. Er legte eine Hand auf die andere, um das Zittern einzudämmen. „Versuchen Sie nicht, mich zu verstehen. Ich habe keine Erklärung dafür, warum ich all die Jahre geschwiegen habe. Vielleicht, weil ich selbst so lange Polizist war und weiß, wie die Dinge laufen. Das soll keine Rechtfertigung sein. Menschen sind gestorben und ich hätte es vielleicht verhindern können, wenn ich Rückgrat bewiesen hätte."

Dazu gab es nichts zu sagen. Napope hatte schlichtweg Recht. Dennoch versuchte ich, ihn nicht zu verurteilen. Dass diese Ungeheuerlichkeiten möglicherweise über Jahre hinweg geschehen konnten, war dem Hinwegsehen vieler Leute zu verdanken. Und nicht zuletzt war das ganze Verhältnis zwischen Ureinwohnern und Polizei vergiftet.

„Wissen Sie, wer die beiden Cops waren, die Daniel Blueboy auf dem Gewissen haben?", fragte ich.

„Nein. Ich habe damals versucht herauszufinden, wer in jener Nacht für den Bezirk eingeteilt war. Aber Stout deckte die beiden Kollegen ganz offensichtlich und ich konnte es mir nicht leisten, beim Herumschnüffeln erwischt zu werden. Seit Marks Artikel hatte mich der Sergeant auf dem Kieker."

„Und später haben Sie es auch nicht mehr versucht?"

„Doch", sagte er. „Vor zehn Jahren wurden sämtliche Streifenwagen mit Computern ausgerüstet. Die Anfragen ans Canadian Police Information Center werden automatisch durch das Hauptquartier in Ottawa geleitet. Dort werden sämtliche Computerrückfragen gespeichert – egal, wie alt sie sind. Der Sohn eines Freundes von mir ist Sergeant bei der Stadtpolizei in Ottawa. Ich habe ihn den Namen Lucas Cardinal checken lassen. Nichts." Napope hob die Schultern.

„Lucas sagte, er hätte den beiden Beamten einen falschen Namen genannt."

Auf einmal kam wieder Leben in den alten Mann. „Welchen Namen hat Lucas denn angegeben? Wissen Sie das?"

„Den seines Cousins: Thomas Hanson Cordell. Das muss so gegen Mitternacht gewesen sein."

Napope notierte sich den Namen. „Ich werde den Sohn meines Freundes anrufen und es noch einmal versuchen."

„Gut", sagte ich und gab Napope meine Handynummer und Roberts Telefonnummer. „Rufen Sie mich an, sobald Sie etwas herausgefunden haben. Ich will mich heute Abend noch mit Mark treffen. Wir werden uns darüber absprechen, wie wir weiter vorgehen."

Der alte Mann nickte. „Wenn das Ganze erst in der Zeitung steht, wird es einen ziemlichen Aufruhr in sämtlichen indianischen Gemeinden und Organisationen der Stadt geben. Verstehen Sie mich nicht falsch, ich bin erleichtert, dass das alles endlich ans Licht kommt. Aber Winnipegs Stadtpolizei wird geschlossen am Pranger stehen. Und es gibt trotz allem eine Menge gute Polizisten unter ihnen."

„Etwas wird zerschlagen und setzt etwas Neues in Gang", sagte ich. „Das Neue wird besser sein."

„Das hoffe ich", erwiderte Napope.

Eine halbe Stunde später beendeten wir unser Gespräch. Ich zeigte auf die Akte und das übrige Material, das der Expolizist gesammelt hatte. „Kann ich das haben?", fragte ich.

Er zögerte einen Augenblick, aber dann gab er sich einen Ruck und schob es mir über den Tisch.

Napope begleitete mich zur Tür. Ich reichte ihm die Hand und fragte: „Wenn es zu einer Gerichtsverhandlung gegen die beiden Streifenbeamten kommt, würden Sie dann aussagen, Mr Napope?"

„Ja", sagte der alte Mann. „Das würde ich."

25. Kapitel

Der Rückweg durch die eintönige weiße Landschaft schien sich endlos hinzuziehen. Ich musste langsam fahren, weil es anfing zu schneien und sich die Sicht verschlechterte. Zeitweise konnte ich kaum zwanzig Meter weit sehen.

Meine Gedanken kreisten um Leon Napope. Ich versuchte, sein Verhalten nachzuvollziehen. Ein Cop in Seattle hatte mal zu mir gesagt, dass man als Polizist nie den Mut verlieren durfte. Napope hatte den Mut verloren, deshalb konnte das Böse ungehindert seinen Lauf nehmen.

An einer Raststätte tankte ich auf und informierte Maggie, was bei meinem Gespräch mit Leon Napope herausgekommen war. Danach rief ich Robert an und berichtete auch ihm. Ich ließ ihn wissen, dass ich mich noch mit Mark Flanagan treffen wollte, bevor ich nach Hause kam. Schließlich verabredete ich mich mit Mark in der Front Page Lounge Bar. Als ich wieder in den Jeep stieg, klarte es auf, die Sonne erschien zwischen den Wolken und ich trat aufs Gas.

Zurück in Winnipeg, fuhr ich zuerst zu Littlecrows Kanzlei. Maggie machte Überstunden. Ich wollte ihr Blueboys Akte übergeben, denn im Tresor der Kanzlei waren die Beweisstücke am sichersten, hatte sie mir gesagt.

Während Maggie die Akte kopierte, erzählte sie mir, dass Janelle und Lucas am Vormittag in die Kanzlei gekommen waren. Ihr Vater kümmerte sich nun um Lucas. Er würde ihn aus der Stadt bringen, damit er an einem abgelegenen Ort zur Ruhe kommen konnte. Littlecrow hatte Cardinal als Klienten angenommen.

„Danke, Maggie", sagte ich. „Ohne Ihre Hilfe hätte ich das alles nicht geschafft."

Maggie nickte nur. „Es wird schwierig werden, zu beweisen, dass Daniel Blueboys Geschichte kein Einzelfall ist", sagte sie. „Selbst wenn Napope herausfindet, wer die beiden Streifencops waren, die damals Dienst hatten, werden die Anwälte der *Winnipeg Police Association* es so hindrehen, dass es ein einmaliger Vorfall war."

„Meinen Sie nicht, dass Angehörige von anderen Opfern den Mut aufbringen werden, sich zu melden, wenn Daniels Geschichte erst in der Presse steht?"

Maggie zuckte mit den Achseln. „Ich weiß nicht. Die meisten Leute aus der Unterschicht lesen keine Tageszeitung, Adam. Und außerdem: Es ist die Polizei, die die Polizei untersucht. Wenn es darauf ankommt, decken die Cops sich gegenseitig, und das wissen die Leute." Sie schloss die Akte im Safe ein, schob die Kopien in einen Umschlag und reichte ihn mir.

„Danke."

Maggie sah mich an. Obwohl ihre Lippen lächelten, wirkten ihre Augen müde. „Wie sehen Ihre Pläne aus, Adam?"

Erst wusste ich nicht, was sie meinte, aber dann wurde mir klar, dass es um Daniel ging. „Ich treffe mich gleich noch mit Mark Flanagan. Wenn sein Onkel die Namen der beiden Cops ausfindig machen kann, wird Mark einen großen Artikel über *Starlight Touren* schreiben. Was drinstehen soll und was nicht, werden wir nachher absprechen."

„Flanagan soll vorsichtig sein", sagte Maggie. „Wenn er es falsch anpackt, kann die ganze Sache nach hinten losgehen."

Ich nickte. „Das ist mir klar."

Maggie musterte mich mit einem wehmütigen Blick. „Wie lange werden Sie noch in der Stadt bleiben, Adam?"

Erst jetzt wurde mir bewusst, dass Maggie ihr Haar offen

trug und sie dadurch weniger streng aussah. In ihrer schwarzen Jeans und der grünen Seidenbluse wirkte sie nicht so unnahbar wie sonst.

„Bis Napope die Namen der Männer hat und Flanagans Artikel in der Zeitung steht. Noch zwei oder drei Tage, denke ich, dann ist mein Job hier beendet."

„Wollen Sie gar nicht wissen, ob ich etwas über Ihre leibliche Mutter herausgefunden habe?"

Mein Herz machte einen Satz. Natürlich wollte ich das wissen. Doch nachdem sich die Ereignisse buchstäblich überschlagen hatten, war meine eigene Geschichte völlig in den Hintergrund getreten. Ich hatte überhaupt nicht mehr daran gedacht.

„Gibt es denn eine Spur?"

„Ich bin dran, Adam. Es gibt auch eine Spur, aber darüber reden können wir erst, wenn ich sicher bin."

Ich atmete tief durch. „Führt sie zur Familie Blueboy oder ist die Namensgleichheit Zufall?", fragte ich. „Das ist wichtig für mich."

„Zufall", sagte Maggie. „Tut mir leid."

„Schon gut", sagte ich, und versuchte, mir meine Erleichterung nicht anmerken zu lassen.

„Ich rufe Sie an, wenn ich mehr weiß."

„Okay."

„Sie können es kaum erwarten, hier wegzukommen, nicht wahr?", fragte Maggie mit rauer Stimme.

„Stimmt", antwortete ich spontan, doch dann sah ich den silbernen Schimmer in ihren Augen und bereute meine vorschnelle Antwort. „Ich mag nun mal Schnee und Kälte nicht", fügte ich hinzu.

„Und die Stadt und ihre Bewohner haben auch keinen guten Eindruck hinterlassen, nicht wahr?"

„Es gibt ein paar sehr nette Menschen in Winnipeg", sagte ich verlegen.

Als wir zusammen das Gebäude verließen und zu unseren Autos auf dem Parkplatz gingen, entdeckte ich einen Polizeiwagen am Straßenrand.

„Langsam kann ich Lucas Cardinal verstehen", bemerkte ich. „Inzwischen werde auch ich paranoid, wenn ich einen Streifenwagen sehe."

„Die stehen oft hier", sagte Maggie, „weil sich im Gebäude auch das Büro von *Copwatch* befindet. Die Polizei überwacht die Leute, die die Polizei überwachen."

„Um die Zeit?"

Sie nickte und zeigte zu einem Fenster, das hell erleuchtet war. „Die Leute arbeiten ehrenamtlich und sind manchmal noch lange im Büro."

Maggie reichte mir die Hand. „Auf Wiedersehen, Adam. Ich hoffe, wir sehen uns noch einmal, bevor Sie die Stadt verlassen."

„Ja, das wäre schön. Ich melde mich bei Ihnen, wenn ich weiß, wann ich fliege."

Maggie zog ihre Hand aus meiner, hielt den Mantel vor der Brust zusammen und eilte zu ihrem Wagen.

Flanagan saß in einer verräucherten Ecke vor einem Glas Bier und winkte mir zu, als ich den Raum nach ihm absuchte. Er erzählte mir, dass sein Onkel ihn angerufen und darüber unterrichtet hatte, wie das Treffen gelaufen war.

„Haben Sie die Akte bei sich?", fragte er mit verhaltener Stimme. Mit prüfenden Seitenblicken vergewisserte er sich, dass niemand uns hören konnte.

„Die ist sicher in Littlecrows Kanzlei. Aber ich habe eine Kopie im Wagen."

„Eine schlimme Geschichte ist das", sagte Flanagan. „Und ich schäme mich, so blind gewesen zu sein."

Ich winkte nach der Bedienung. „Manchmal sieht nur

ein Fremder das Ungewöhnliche in Dingen, die den Einheimischen ganz alltäglich vorkommen."

„Das mag sein", meinte Flanagan. „Dennoch muss ich mir vorwerfen, ein schlechter Journalist zu sein, weil ich die Zeichen übersehen habe. Ich habe ein bisschen recherchiert und was ich rausgefunden habe, ist unglaublich. Allein im November und Dezember letzten Jahres sind drei indianische Männer erfroren aufgefunden worden. Zwei außerhalb der Stadt, davon einer ganz dort in der Nähe, wo man Daniel gefunden hatte. Der dritte lag erfroren vor seiner Wohnungstür. Die Cops hatten ihn am Abend zuvor betrunken aufgegriffen und aufs Revier gebracht. Noch in der Nacht brachten sie ihn nach Hause zurück und ließen ihn vor seiner Haustür raus. Vermutlich hat er ohne Schlüssel vor verschlossener Tür gestanden und ist erfroren."

„Sie haben es übersehen, weil Sie auf den Malediven waren", sagte ich.

„Das ist keine Entschuldigung", erwiderte er zerknirscht. „Mein Onkel hat mir von den Zeitungsausschnitten erzählt. Wenn sich herausstellt, dass an seinen Vermutungen etwas dran ist, dann hat die Stadt einen Skandal, von dem sie sich lange nicht erholen wird."

„So etwas kann auch eine Chance sein, die Dinge grundlegend zu ändern."

„Das wird sich zeigen", sagte Flanagan skeptisch. „Seit Harper Premierminister ist, scheint für die indianische Bevölkerung alles nur noch schlimmer zu werden. Am liebsten würde er den Ureinwohnern sämtliche Rechte nehmen, die ihnen noch geblieben sind. Harper ist ein großer Anhänger von Bush, das sagt eigentlich alles."

Ich nickte. Im September vergangenen Jahres hatte die Generalversammlung der Vereinten Nationen die *Deklaration der Rechte der indigenen Völker* verabschiedet. 134 Nationen hatten für die Annahme der Resolution gestimmt, die diese Rechte in mehr als dreißig Punkten genau aufzählt. Elf Länder enthielten sich der Stimme und vier Regierungen lehnten die Deklaration ab. Diese vier Länder waren Australien, Neuseeland, die USA und Kanada.

„Die Rohstoffpreise steigen, aber die Menschen, denen das Land im Grunde gehört, bekommen kaum etwas davon ab", sagte Mark. „Harper redet zwar viel von gegenseitigem Respekt, aber zu spüren ist davon nichts. Im Gegenteil, mit seiner Politik macht er die Chiefs in den Provinzen handlungsunfähig und versucht ihnen den letzten Rest Selbstverwaltung noch streitig zu machen."

„Sie versuchen, uns zu assimilieren", sagte ich. „Daran wird sich auch so schnell nichts ändern. Nur die Methoden ändern sich."

Mein Handy klingelte. Robert war dran und fragte, wo ich stecken würde. „Immer noch mit Mark in der Bar", sagte ich. „Aber in ein paar Minuten breche ich auf."

Mark und ich verabredeten uns für den nächsten Vormittag gegen zehn in der Polson Avenue. Wir wollten die Akte zusammen durchgehen und gemeinsam mit Robert besprechen, wie wir weiter vorgehen würden und was Mark über Daniels Fall schreiben sollte.

Wir zahlten und brachen auf.

Weil ich den Leihwagen gleich um die Ecke geparkt hatte, war ich ohne meinen Parka in die Bar gegangen, was ich nun bereute. Die Temperatur war seit dem Nachmittag um einige Grad gesunken und bei jedem Atemzug schluckte ich einen Schwall kalter Luft, die ich wie Eis in meiner Kehle fühlte. Im Laufschritt eilte ich zum Jeep und der gefrorene Matsch knirschte unter meinen Schuhsohlen.

Kurz bevor ich bei meinem Wagen angelangt war, drückte ich auf den Knopf der Zentralverriegelung und die Vorder- und Rücklichter leuchtete auf. Als ich einsteigen wollte, traf mich ein heftiger Schlag auf den Hinterkopf. Alles um mich herum wurde schwarz, die Knie knickten mir weg und ich fiel in tiefes Dunkel.

Auf dem Rücksitz eines Personenwagens kam ich wieder zu mir. Durch ein Metallgitter, das die Rückbank von der vorderen Hälfte des Fahrzeuges trennte, konnte ich schemenhaft zwei uniformierte Männer erkennen und sofort fiel mir Leon Napopes Geschichte über den *Screentest* ein. Ich saß in einem Streifenwagen. Die Männer, die mich niedergeschlagen hatten, waren Cops. Das Wundern sparte ich mir, die Worte auch. Ich spürte Angst in mir aufsteigen wie einen Brechreiz.

Mein Schädel dröhnte von dem Schlag, den ich abbekommen hatte. Beide Hände waren hinter meinem Rücken fixiert, sie steckten in Handschellen. Mühsam richtete ich mich auf. Ein Blick aus dem Fenster bestätigte meine Befürchtung: Ich war eine ganze Weile ohne Bewusstsein gewesen – der Streifenwagen hatte die Innenstadt bereits verlassen. Ich sah ein rotes Signallicht vorbeirauschen. Wir fuhren die Bahngleise entlang.

Mein Parka lag im Jeep, das Handy steckte nicht mehr in meiner Hosentasche. Ich versuchte zu denken, versuchte, einen Plan zu entwickeln, wie ich dem, was kommen würde, entgehen konnte. Aber mein Kopf schmerzte und die Angst machte das Denken auch nicht leichter. Wer immer die beiden Cops waren, an dem, was sie mit mir vorhatten, gab es keinen Zweifel. Und aufgrund ihrer kaltblütigen Vorgehensweise war ich mir sicher, dass sie es nicht zum ersten Mal taten. Innerhalb kürzester Zeit war ich vom Jäger zum Opfer geworden.

Obwohl ich noch im geheizten Auto saß, wurde mir kalt. Die Kälte ging von den beiden Männern aus, die in ihrer Abgebrühtheit und Arroganz glaubten, ungeschoren davonzukommen, weil ein Apparat sie schützte, der eigentlich die Schwachen schützen sollte.

Dass ich nicht zufällig im Streifenwagen saß, war mir vollkommen klar. Aber wer hatte die Cops gewarnt? Wann hatte es angefangen, dass sie mich verfolgten? Hatte Bill Halla mich auflaufen lassen? Sollte ich mich so in ihm getäuscht haben? Oder hatte es genügt, dass er mich in jener Nacht in der Parr Street nicht verhaften lassen hatte, ohne zu ahnen, was er damit auslösen würde?

Verdammt. Zu wissen, wem ich meine Situation zu verdanken hatte, würde mir jetzt auch nicht weiterhelfen. Ich versuchte, einen Blick auf die leuchtenden Ziffern im Armaturenbrett zu erhaschen. Es war kurz nach elf.

Robert musste sich inzwischen Gedanken machen, wo ich blieb. Aber was würde er tun? Die Polizei rufen? Für einen Moment überkam mich eine makabre Heiterkeit. Hatten die beiden Cops, in deren Wagen ich saß, von ihrer Zentrale eine Vermisstenmeldung mit meiner Beschreibung bekommen und durchgegeben, dass sie sich darum kümmern würden? In diesem Moment wurde mir bewusst, wie ausgeliefert ich war – wie ausgeliefert Winnipegs Ureinwohner ihrer Polizei waren.

Ruhig bleiben, dachte ich. Robert wusste genug, um die Polizei *nicht* anzurufen. Ich hoffte, er würde seinen Groll überwinden und sich an Maggie Winterhawk wenden. Maggie würde wissen, was zu tun war. Robert, Maggie, Mark – einer von ihnen würde das Richtige tun.

Übermäßig optimistisch war ich allerdings nicht. Mit dem Wenigen, was ich am Leibe trug, und der Kälte, die draußen herrschte (das Thermometer im Streifenwagen zeigte –25°C), standen meine Chancen, die Nacht zu überleben, denkbar schlecht. Die Scheinwerfer des Polizeiwagens streiften ein Bushäuschen und für Sekunden sah ich

Lucas Cardinals roten Graffititeufel mit der Polizeimütze aufleuchten. Das war doch nicht möglich! Brachten die beiden mich tatsächlich zur selben Stelle, an der Daniel Blueboy gestorben war? Welch unfassbare Arroganz.

Ein paar Minuten später hielt der Streifenwagen, beide Cops stiegen aus und die Tür neben mir wurde aufgerissen.

„Na los, raus mit dir", rief eine Stimme, die ich irgendwo schon einmal gehört hatte.

Als ich mich nicht rührte, wurde ich grob an den Haaren gepackt. Ich gab es auf, mich zu wehren, weil ich nicht zusammengeschlagen werden wollte wie Daniel. Also versuchte ich, aus dem Wagen zu steigen. Dabei blieb ich mit dem Fuß im Gurt hängen und stürzte neben der Tür zu Boden. Schnee füllte meinen Mund, er brannte auf der Zunge. Ich sah schwarze Stiefel vor meinem Gesicht, hörte ihr Knirschen im Schnee. Ein Tritt in die Rippen nahm mir den Atem.

Die beiden Cops zerrten mich nach oben, einer packte mich im Nacken und presste mein Gesicht auf die Heckklappe des Streifenwagens, um mir die Handschellen abzunehmen. Die eisige Kälte des Blechs verbrannte meine Haut. Nun wusste ich, woher die Verletzung auf Daniels Wange stammte.

Wieder der Griff in meine Haare. Das musste ihnen zusätzliches Vergnügen bereiten, die Haare, die unser Stolz sind, zu benutzen, um uns zu demütigen. Polizisten tragen die typische „Copfrisur", damit man sie nicht an den Haaren packen kann.

Ich wurde nach oben gerissen und vom Wagen weggestoßen. Ich drehte mich um und versuchte ihre Gesichter zu erkennen, aber der Strahl einer Taschenlampe blendete mich.

Wenn mir nicht augenblicklich etwas einfiel, das die beiden davon abhielt, mich hier draußen zurückzulassen, würde ich in dieser kalten Frostnacht genauso enden wie Daniel Blueboy. Mein schrecklichster Alptraum würde Wirklichkeit werden.

Ich öffnete den Mund, um den Gestalten hinter dem Lichtstrahl zuzurufen, was spätestens übermorgen in der Zeitung stehen würde: *„Starlight Tours – Winnipegs Cops machen Jagd auf Ureinwohner"*.

Plötzlich hörte ich ein merkwürdiges Zischeln. Eine Explosion aus Licht in meinem Hirn zerriss meine Gedanken. Sekunden später krümmte ich mich am Boden vor wildem Schmerz. Aus allen Richtungen kam er auf mich eingestürmt, meine Muskeln verkrampften sich und ich hörte mich schreien, während eisige Luft meine Lungen füllte. Ich schrie, um den Schmerz auszuschalten, um das Feuer zu ertragen, das durch meinen Körper tobte. Und ganz plötzlich war es vorbei. Mit aufgerissenen Augen blickte ich in gleißende Helle und wartete darauf, dass der Schmerz nachließ, dass ich wieder atmen konnte.

Auf einmal waren Hände da, die an meinen Kleidern rissen und sich an meinem Körper zu schaffen machten. Was hatten die Cops vor? Ich wollte mich wehren, aber ich konnte mich nicht rühren. Meine Glieder waren verkrampft, gelähmt – ich wusste es nicht. Mir brach kalter Schweiß aus und ich spürte den metallischen Geschmack der Panik in meinem Mund.

Schließlich verschwand das Licht. Ein Motor heulte auf und der Streifenwagen entfernte sich. Die beiden Cops fuhren zurück in die Stadt, um ganz normal ihren Dienst zu beenden. Danach würden sie nach Hause zu ihren Frauen und Kindern zurückkehren und sich schlafen legen.

Mich würde die Kälte nach einer Weile gefühllos machen und dann würde ich sterben. *Nein*, schrie es in mir. Du darfst nicht aufgeben. Ich erinnerte mich daran, was Kendra mir über *Kontaktwärmeleitung* und *Schalendurchblutung* erzählt hatte. Ich musste so schnell wie möglich vom kalten Boden hochkommen, dann hatte ich vielleicht eine winzige Chance.

Mit einem Ruck drehte ich mich auf den Bauch und versuchte die Beine anzuziehen. Doch die Verkrampfung in meinen Muskeln löste sich nur langsam. Keine Ahnung, wie lange es dauerte. Unter großer Anstrengung kam ich auf alle viere, dann auf die Knie. Meine Hände waren längst gefühllos geworden. Irgendwann, ich weiß nicht, wie lange ich dafür gebraucht hatte, stand ich wankend in der Dunkelheit und versuchte den ersten Schritt. Es dauerte, aber es funktionierte. Ich setzte ein Bein vor das andere, zurück in die Richtung, in der ich unter einem hellen Schimmer am Nachthimmel die Stadt vermutete. Immer in Bewegung bleiben, dachte ich. *Immer in Bewegung bleiben.*

Es war still, so entsetzlich still. Ich hörte meine Schritte im Schnee knirschen. Unnatürlich laut. Die Kälte griff nach mir. Sie saugte mir die Luft aus den Lungen und drang mir ins Blut. Inzwischen war ich bis auf die Knochen durchgefroren und das war keineswegs nur eine Metapher: Meine Körpertemperatur sank.

Die eisige Luft trübte meinen Blick und ich konnte nur noch verschwommen sehen. Ich blies in meine Hände, aber das nützte nicht viel. Also schob ich sie in die Achselhöhlen. Der Wind hatte zwar nachgelassen, aber bei –25°C nützten auch lange Unterhosen und Moon-Boots nicht viel.

Ich dachte an Daniel Blueboy und daran, dass ich jetzt wusste, wie er sich gefühlt hatte, hier draußen. Geschlagen und allein gelassen in tödlicher Kälte. Nicht mehr lange, und ich würde Antworten auf all meine Fragen bekommen. Antworten, die ich mit ins Grab nehmen würde, die niemandem etwas nützten. Bilder von meinen Kindern und von Susan erschienen in der Dunkelheit. Erinnerungen an besonders glückliche Momente.

Das Zeitgefühl kam mir abhanden. Ich begann zu zittern, obwohl ich mir einbildete, schnell zu laufen. Es schien, als würde sich alle Wärme, die mir verblieb, in meinem Inneren sammeln. Meine Füße wurden taub und die Schritte schleppender. Mein Atem ging schneller, auch mein Herzschlag beschleunigte sich, aber ich versuchte, die Panik in Schach zu halten. *Immer weiter laufen*, Adam, sagte ich mir. *Immer weiter.* Und ich lief.

Es begann mit einem Gefühl von Taubheit im Kopf. Ich war mir bewusst, dass mein Atem nicht mehr regelmäßig ging. Wenig später merkte ich, wie mein Herz langsamer wurde. Eine Müdigkeit überkam mich, wie ich sie noch nie zuvor erlebt hatte. Ich stolperte über meine eigenen Füße und stürzte in den Schnee. Weiße Kälte umgab mich und das Atmen fiel mir immer schwerer.

Du musst aufstehen, sagte etwas in mir, vermutlich ein letzter Rest Selbsterhaltungstrieb. Und mit unglaublicher Anstrengung kam ich wieder auf die Beine. Ich lief, halb blind, in irgendeine Richtung. Die Panik verflüchtigte sich zusehends. Mir wurde warm. Ja, mir wurde so warm, dass ich mich am liebsten ausgezogen hätte. *Wenn dir die Kälte warm vorkommt, dann wird es wirklich gefährlich,* dachte ich noch, dann stürzte ich erneut.

Der Schnee war kalt und ich wusste, dass ich sterben würde, wenn ich liegen blieb. Noch einmal nahm ich meine verbliebenen Kräfte zusammen und kämpfte mich wieder hoch. Ich lief zwei, drei Schritte, dann trugen meine Füße mich nicht mehr. Als ich ein drittes Mal in den Schnee fiel, hatte ich nicht mehr die Kraft aufzustehen. Irgendwo am Rande meiner Wahrnehmung sah ich ein Leuchten. Es war warm und hell und versprach den Übergang in eine andere Welt. Ich wehrte mich nicht mehr dagegen, sie zu betreten.

Ich stand barfuß in meinen ungefütterten Gummistiefeln in der Tür und rief ins Dunkel: „Mama?“

Draußen heulte der Wind und trieb Schnee zur Tür herein. War das der Windigo*?*

„Mama!“

Wieder hörte ich das vertraute Lachen, hörte es im Wind. Ich setzte den Fuß über die Schwelle und lief in die Richtung, aus der es gekommen war. Ich fror, doch die Kälte spürte ich nur für eine kleine Weile. Vom Lachen meiner Mutter wurde mir warm und ich setzte einen Fuß vor den anderen. Plötzlich hörte ich ein Geräusch, als stapften große Füße durch den Schnee. Ich hatte Angst vor dem behaarten Unhold mit dem Eisherzen, aber ich wollte zu meiner Mutter. Sie würde mich wärmen, meinen Hunger stillen und mir die nassen Windeln wechseln.

Ich lief. Dass meine zweijährige Schwester mir folgte, merkte ich nicht. Als ich in eine Schneewehe fiel, hörte ich wieder das Lachen meiner Mutter. Oder war es doch nur das Heulen des Windes? Der Windigo *griff nach mir und packte mich mit eisernem Griff. Der Unhold mit den spitzen Zähnen schien die Wärme aus mir herauszusaugen und ich spürte, wie das Herz in meiner Brust langsam zu einem Eisklumpen erstarrte.*

26. Kapitel

Jemand schlug mir ins Gesicht, als mein Bewusstsein sich zurückmeldete. Mir war kalt und ich wollte schlafen. Ja, ich musste *unbedingt* schlafen.

„Adam“, rief eine vertraute Stimme und warmer Atem traf auf mein Gesicht. „Adam, bleib wach! Nicht wieder einschlafen. Wir haben es gleich geschafft.“

Was auch immer wir gleich geschafft hatten, es tangierte mich nicht. Mein Bewusstsein verschwand sofort wieder in einem tiefen Loch von tröstlicher Schwärze. Ich hörte Stimmen, manchmal aus weiter Ferne, manchmal nah, aber was sie sagten, erreichte meinen Verstand nicht. Mein Körper wurde vom kalten Boden aufgehoben und in Decken gepackt. Das konnte ich sehen und diese Tatsache kam mir denkwürdig vor.

Vermutlich verging Zeit, denn als ich wieder etwas wahrnahm, waren die Decken und meine Kleider verschwunden. Glühende Hände mühten sich um meinen Körper. Da waren Schläuche: in meiner Kehle, meinen Adern und ... ach, lassen wir das lieber.

Ein Teil meines Verstandes nahm wahr, was mit mir geschah, der anderer Teil wehrte sich dagegen. Ich ließ die Augen geschlossen, weil es weh tat, sie zu öffnen. Jemand sagte meinen Namen und schlug mir auf die Wange. Warum, zum Teufel, ohrfeigte man mich dauernd? Warum ließ man mich nicht endlich in Ruhe? Der Wunsch nach Schlaf war immer noch übermächtig, aber in meinem Körper summte es wie in einem Bienenstock und hinter meinen Lidern wirbelten Lichtmuster in Orange- und Rottönen. Ich spürte das langsame, kräftige Schlagen meines Herzens. Schließlich gab ich auf und öffnete die Augen. Maggie Winterhawk saß auf einem orangefarbenen Plastikstuhl neben mir und sah mich besorgt an.

„Hi", sagte sie, tapfer lächelnd. Ihre dunklen Augen schwammen in Tränen.

Ich lag in einem weißen Zimmer in einem weißen Bett und trug eines von diesen kleingemusterten Krankenhaushemden. Neben dem Bett stand ein Infusionsständer und der Schlauch von diesem Beutel mit durchsichtiger Flüssigkeit führte zu meinem rechten Arm. Mein Hals fühlte sich wund an, als hätte ich eine stachlige Frucht mit Schale verschlungen. Es war mir unangenehm, dass Maggie mich so sah: in diesem Hemd mit den kleinen violetten Rhomben. Aber ich versuchte ebenfalls ein Lächeln. „Hi", krächzte ich.

„Willkommen im Leben", sagte sie und zwinkerte gegen die Tränen an.

„Wie lange sitzt du schon hier?", fragte ich.

„Seit einer Stunde. Mark Flanagan hat mich angerufen."

Mir fiel alles schwer: das Atmen, das Sprechen, das Denken. Aber ich lebte noch. Und im Dunkel der Gedanken tauchte etwas auf. Diese Flashbacks waren Erinnerungen, das wusste ich nun. Ich sah Maggie an und ahnte, das auch sie etwas herausgefunden hatte. Nur, dass sie es mir nicht sagen wollte – aufgrund des Zustandes, in dem ich mich befand. Sie musste auch gar nichts sagen.

„Sie haben mich meiner Mutter weggenommen, weil sie zugelassen hat, dass ich beinahe erfroren wäre", brachte ich mühsam heraus.

„Ja, Adam", sagte Maggie.

„Was ist mit meiner Schwester?", fragte ich. „Hast du etwas über sie herausgefunden?"

Maggie nickte.

„Wurde sie auch adoptiert?"

Kopfschütteln.

„Sag es einfach, okay?"

„Deine Schwester hatte weniger Glück, Adam", sagte Maggie leise. „Sie ist dir damals in den Schnee gefolgt. Als man euch fand, war sie bereits tot."

„Amina", flüsterte ich, schluckte und kämpfte gegen die Tränen. „Sie hieß Amina." Ich hatte meiner Tochter unbedingt diesen Namen geben wollen und jetzt wusste ich auch, warum. Unglaublich, wie das Unterbewusstsein unser Handeln bestimmt.

Meine kleine Schwester war tot. Aber was war mit meiner Mutter?

„Es tut mir so leid, Adam", sagte Maggie und ich hörte, dass ihr das Sprechen schwer fiel.

„Lebt meine Mutter noch?"

Wieder schüttelte Maggie den Kopf. „Sie ist vor einem Jahr an Herzversagen gestorben. Sie hat nie verwunden, was passiert ist. Deine Mutter war betrunken an diesem Abend und hat nicht gemerkt, dass du und deine Schwester ihr gefolgt seid. Das Jugendamt hat dich ihr weggenommen und in ein Heim gebracht. Deine Mutter hat sich furchtbar geschämt. Deshalb hat sie dich zur Adoption freigegeben und verfügt, dass ihre Identität nicht offenbart wird. Sie wollte nicht, dass du ihr eines Tages gegenüberstehst und ihr die Schuld gibst am Tod deiner Schwester."

Ich schloss die Augen und versuchte darüber nachzudenken, ob es mir möglich gewesen wäre, ihr zu verzeihen. Ich wusste es nicht. Seit ich von meiner Adoption wusste, hatte ich über meine Mutter nachgedacht. Ich hatte mich gefragt, wie sie aussah, wie sie roch, alles. Plötzlich war es mir egal. Vielleicht hatte meine Mutter geahnt, dass es so sein würde, und das hatte sie uns beiden ersparen wollen.

Ich würde Zeit brauchen, um das alles zu verarbeiten:

meine Erinnerungen und die Tatsachen. *Wenn man nach der Wahrheit sucht, sollte man sie auch ertragen können,* hatte mein Vater immer gesagt. In den vergangenen vierzehn Jahren hatte ich mir alle möglichen Szenarien ausgemalt. Ich war der Meinung gewesen, gewappnet zu sein – aber das war man nie.

Die Tür ging auf und Robert kam mit zwei dampfenden Kaffeebechern in den Händen ins Zimmer. Einen reichte er Maggie. Seine Augen strahlten, als er sah, dass ich wach war.

„Und wo ist meiner?", versuchte ich zu scherzen. Was ich soeben erfahren hatte, setzte mir zu, und ich wollte erst einmal selber damit klarkommen. Maggie verstand mich.

„Du bist auf Diät", sagte Robert grinsend und zeigte auf den Infusionsbeutel. Er lehnte sich gegen die Fensterbank. „Du hast uns allen einen gewaltigen Schrecken eingejagt, Adam. Wie fühlst du dich?"

„Wie eben erst aus der Tiefkühltruhe entnommen", krächzte ich. „Wie habt ihr mich überhaupt gefunden?"

„Als du nicht kamst, habe ich Flanagan angerufen", sagte Robert, „Er sagte mir, dass ihr die Bar schon vor einer Stunde verlassen hattet. Wir wussten beide sofort, dass etwas nicht stimmte. Ich erzählte Mark, dass du schon eine Weile das Gefühl hattest, von den Cops verfolgt zu werden." Er stellte seinen Kaffeebecher auf die Fensterbank. „Wir haben ins Blaue hinein vermutet, dass sie dich irgendwo aufgegriffen hatten. Nur, was hatten sie vor mit dir? Mark bat mich, sofort zu der Stelle zu fahren, an der man Dan gefunden hatte. Unterdessen wollte er über seinen Informanten bei der Polizei herausbekommen, ob du in irgendeiner Arrestzelle sitzt und welches Streifenteam außerhalb der Stadt unterwegs war. Über GPS kann man die Wagen orten." Robert hob die Schultern. „Ich bin sofort los, aber der Kombi sprang mal wieder nicht an. Also bin ich zurück ins Haus, um Mark zurückzurufen, doch er telefonierte ununterbrochen. Ich bin wieder raus und habe weiter versucht, den Wagen in Gang zu kriegen und irgendwann hat's geklappt. In fünfzehn Minuten war ich an der Trafostation."

„Dann hast du mich also gefunden?"

„Ja. Und bedanke dich bloß nicht", fügte er hastig hinzu, „durch mich bist du überhaupt erst in diesen Schlamassel hineingeraten."

„Das ist mein Job", murmelte ich.

Daraufhin schüttelte Robert nur den Kopf. „Als ich dich endlich gefunden hatte, war wenig später auch Mark mit dem Krankenwagen da."

„Was ist mit den beiden Cops?"

„Die waren längst über alle Berge, als Robert dich fand. Aber Flanagan ist dran", sagte Maggie. „Sein Onkel hat herausgefunden, wer die beiden Männer waren, die Daniel auf dem Gewissen haben. Ob es dieselben Cops sind, die dich niedergeschlagen und mit der Taser-Pistole verletzt haben, ist noch unklar."

Die Taser-Pistole, natürlich. Ich erinnerte mich an die Explosion in meinem Hirn, den unsagbaren Schmerz, und verzog stöhnend das Gesicht.

„Alles in Ordnung?", fragte Robert.

„Ja. Nur unangenehme Erinnerungen", murmelte ich.

Eine Schwester kam herein, stemmte die Hände in die Hüften und sagte mit resoluter Stimme: „Der junge Mann ist eben erst dem Tod von der Schippe gesprungen. Ich habe eine Ausnahme gemacht und Sie zu ihm gelassen. Aber nun ist Schluss. Mr Cameron muss schlafen." Sie befreite mich von der Infusionsnadel, vermutlich war ich soweit wieder hergestellt, dass ich ohne auskommen konnte.

„Mir geht es gut, ich will nach Hause", sagte ich und wollte aufstehen, entsann mich aber noch rechtzeitig des Hemdes mit den kleinen Rhomben und ließ es bleiben.

„Vergessen Sie 's", sagte die Schwester, „Sie bleiben hier. Und versuchen Sie gar nicht erst auszubüchsen, es wird Ihnen nicht gelingen. Vor Ihrer Tür sitzt ein Cop und bewacht Sie."

Ich schloss die Augen und ließ mich stöhnend auf das Kissen zurückfallen. „Das ist nicht Ihr Ernst, oder?"

„Sie sagt die Wahrheit", bemerkte Maggie lächelnd. „Aber der Bursche ist ein guter Cop, er hat mit der ganzen Sache nichts zu tun. Wir haben das überprüft."

„Der Doc hat gesagt, du kannst morgen raus, wenn keine Komplikationen auftreten", tröstete mich Robert.

„Morgen?", fragte ich misstrauisch und schnellte nach oben. Es war drei Uhr durch.

„Morgen." Die Hand der resoluten Schwester drückte mich auf das Bett zurück. „Zweimal schlafen." Sie schmunzelte „Es kann auch länger dauern, das liegt ganz an Ihnen."

„Schlaf jetzt, Adam", sagte Robert. „Morgen ... äh, heute Nachmittag komme ich wieder. Flanagan und Maggie auch. Dann besprechen wir alles."

„Na gut", sagte ich, als hätten mich die Argumente überzeugt. Doch letztendlich blieb mir nichts anderes übrig, als im Krankenhaus auszuharren. Immerhin: Ich lag in einem warmen weißen Bett und nicht hundert Meter weiter, auf einem von Dr. Zimoskys kalten Stahltischen.

„*Nobody is dead, until he is warm and dead*", sagte der Doktor mit einem fröhlichen Grinsen, als er am nächsten Morgen mit drei Assistenzärzten zur Visite in meinem Zimmer erschien.

Das war der Moment, in dem ich erfuhr, was man mit mir angestellt hatte, nachdem ich mit dem Krankenwagen ins Seven Lakes General Hospital gebracht worden war.

Mein Glück war, dass Robert mich so schnell gefunden

hatte, und meine Körperkerntemperatur noch nicht unter 27°C gesunken war. Im Krankenhaus hatte ich vorgewärmte Infusionen bekommen, war mit warmer Luft beatmet worden und man hatte warme Kochsalzlösung in meinen Magen und meinen Darm geleitet, um zu verhindern, dass das kalte Blut zum Herzen wanderte.

Am liebsten wäre ich unter der Bettdecke verschwunden, als der Doc das seinen Assistenzärzten in unverändert fröhlichem Tonfall erzählte. *Nobody is dead, until he is warm and dead.* Niemand wird für tot erklärt, bevor wir ihn nicht aufgewärmt haben. Schließlich hatte man in Winnipeg Erfahrung mit unterkühlten Patienten.

Ich versicherte dem Arzt, dass es mir gut ging, aber er kannte keine Gnade. Ich musste noch eine weitere Nacht zur Beobachtung im Krankenhaus bleiben.

„Keine Angst", sagte er, „Ihnen wird nicht langweilig werden. Draußen warten bereits zwei Beamte der RCMP auf Sie."

Die Weißkittel verschwanden und zwei Beamte in Zivil erschienen in meinem Zimmer. Sie stellten sich als Inspektor Terrence Ruffalo und Sergeant Frank Keesick vor. Keesick war Indianer, Ruffalo war schwarz. Ich fühlte mich gut aufgehoben.

Die Befragung der beiden war höflich, ihre Bestürzung echt. Natürlich hatte Maggie Recht: Es war die Polizei, die die Polizei untersuchte. Aber ich hatte den Eindruck, dass das, was ich erzählte, bei den beiden Beamten in guten Händen war. Ruffalo und Keesick machten den Eindruck, integre Polizisten zu sein.

Nachdem die beiden ihre Befragung beendet hatten, machten sie sich auf den Weg in die Pathologie, um Dr. Zimosky zu vernehmen. Eine Tatsache, die mir einiges an Genugtuung verschaffte.

Ich aß mein Mittagessen mit gutem Appetit und rief

Alice an, um ihr alles zu erzählen. Meine Schwester war wütend auf mich, weil ich mich so in Gefahr gebracht hatte. „Was glaubst du eigentlich, wer du bist?", fragte sie. „Superman?"

Ich hatte mir ein wenig Mitleid erhofft, aber ich hätte es besser wissen müssen. Alice wurde immer wütend, wenn sie sich sorgte.

„Ich weiß jetzt, wer ich bin", sagte ich, und erzählte ihr von meiner Schwester und jener Nacht, in der sie starb.

„Oh Adam", flüsterte Alice. „Komm nach Hause, ich will dich in die Arme nehmen."

Am Nachmittag erschienen Flanagan, Maggie und Robert in meinem Zimmer. Mark erzählte, was er bisher herausbekommen hatte.

Die beiden Cops, die vermutlich Daniel auf dem Gewissen hatten, waren inzwischen über die Computerrückfragen vom 22. November 1997 im Canadian Police Information Center in Ottawa ermittelt worden. Sie hießen Derek Wilson und Tom Austin. Beide waren noch im Polizeidienst, das RCMP hatte die Ermittlungen aufgenommen.

Auch die beiden Männer, die versucht hatten, mich dasselbe Schicksal erleiden zu lassen wie Daniel Blueboy, hatte man inzwischen festgenommen. Sie hießen Brad Wagner und Henry Kazan.

Mark besaß Fotos der beiden, und als ich sie mir ansah, begriff ich, dass ich schon vor dem gestrigen Abend Bekanntschaft mit einem von ihnen gemacht hatte. Brad Wagner war der Streifencop, der mich in Chanels Zimmer mit *Fucking Indian* beschimpft, mich ins Knie getreten und mir Handschellen angelegt hatte. Deshalb war mir auch seine Stimme bekannt vorgekommen. Henry Kazan, 23 Jahre alt, war erst seit einem Jahr bei der Stadtpolizei.

Mark telefonierte von meinem Krankenzimmer aus mit seinem Informanten bei der Polizei und erfuhr, dass Wagner weiterhin versuchte, alles abzustreiten. Kazan hingegen hatte längst bereitwillig gestanden.

Die Kopien der Akte Daniel Blueboy waren aus meinem Jeep verschwunden, aber das Original lag sicher im Safe von Littlecrows Kanzlei. Maggie hatte eine neue Kopie angefertigt und sie mitgebracht.

Ich erzählte den dreien, wie die Hautverletzungen auf Daniels Wange entstanden waren und äußerte meine Theorie zu Blueboys fehlendem Schuh.

„Als die Cops Daniel aus dem Polizeiwagen zerrten, blieb er vermutlich mit seinem Turnschuh im Gurt hängen. Erst als Wilson und Austin erfuhren, dass der Leiche ein Schuh fehlte, suchten sie danach und entdeckten den Turnschuh unter dem Sitz ihres Wagens. Als sie Jerry DeMarco erwischten, war das die Gelegenheit, den Schuh loszuwerden. Da aber eine Anklage gegen Jerry wegen Mordes sämtliche Schlampigkeiten und Ungereimtheiten ans Licht gebracht hätte, wurde DeMarco ein Alibi für den fraglichen Abend verpasst, von dem er selbst nichts wusste."

Mark zeigte mir den Artikel, den er geschrieben hatte und der am nächsten Morgen unter dem Titel „In der Kälte der Nacht" in der *Winnipeg Free Press* erscheinen würde.

IN DER KÄLTE DER NACHT

In der Nacht des 15. Januar 2008 wurde der Cree-Journalist Adam Cameron in der Nähe der Front Page Lounge Bar vor seinem Auto von zwei Polizisten niedergeschlagen und in ihrem Streifenwagen auf ein freies Feld am Stadtrand gebracht. Dort wurde er von Patrol Sergeant Brad Wagner mit einer Taser-Pistole niedergestreckt und von ihm und Constable Henry Kazan leicht bekleidet auf dem Boden liegend zurückgelassen.

Cameron, der in Seattle lebt und für den Olympic Independent *schreibt, war nach Winnipeg gekommen, um über den mysteriösen Tod von Daniel Blueboy zu recherchieren, einem siebzehnjährigen Cree-Indianer, der vor zehn Jahren erfroren an derselben Stelle aufgefunden worden war, an die man Mr Cameron vergangene Nacht gebracht hatte.*

Damals war Winnipegs Stadtpolizei von einem Unfall ausgegangen. Angeblich hatte sich Blueboy auf dem Weg zum Stony-Mountain-Gefängnis befunden, wo er sich den Behörden stellen wollte. Der junge Indianer wurde polizeilich gesucht, weil er sich unerlaubt aus seinem Wohnheim entfernt hatte, in dem er eine sechsmonatige Strafe wegen Diebstahls verbüßte.

Damals hatte Sergeant Homer Stout, der mit den Ermittlungen beauftragte Beamte, es nicht für notwendig gehalten, die Spurensicherung zum Fundort des Toten zu holen, weil der Coroner keine äußere Gewalteinwirkung feststellen konnte und somit ein Verbrechen ausschloss. Dass Daniel Blueboy nur einen Schuh trug, wurde außer Acht gelassen. Ebenso die Abdrücke von Handschellen an seinen Handgelenken sowie eine Verletzung auf dem Nasenrücken, die ebenfalls von Handschellen stammte.

Adam Cameron stieß bei seinen Nachforschungen über den zurückliegenden Fall auf diese Ungereimtheiten. Zunächst vermutete er Nachlässigkeit bei den Ermittlungen, doch bald stellte sich heraus, dass er auf einen Skandal gestoßen war.

Cameron fand Zeugen, die aussagten, dass zwei Streifenbeamte Daniel Blueboy gewaltsam auf eine sogenannte „Starlight Tour" mitgenommen hatten. Um sich den verhassten Papierkram zu sparen, sammeln Winnipegger Stadt-

polizisten betrunkene Ureinwohner ein und fahren sie aus der Stadt heraus, sodass sie kilometerweit zurücklaufen müssen.

Daniel Blueboy war offensichtlich von beiden Polizisten zusammengeschlagen worden, bevor sie ihn auf einem freien Feld außerhalb der Stadt bei –28°C seinem Schicksal überließen. Blueboy starb an Unterkühlung.

Wie Camerons Recherchen ergaben, war Daniel Blueboy kein Einzelfall. Allein in den letzten beiden Monaten des vergangenen Jahres wurden drei indianische Männer erfroren aufgefunden.

Sind Winnipegs Cops auf dem Kriegspfad gegen Ureinwohner?

Mark Flanagan

27. Kapitel

Am nächsten Morgen erschien der fröhliche Arzt erneut mit drei Assistenzärzten zur Visite und unterzeichnete meine Entlassungspapiere. Er ging die Untersuchungsergebnisse in meiner Krankenakte durch und versicherte mir, dass keine Folgeschäden zurückbleiben würden.

Nichts wie weg hier, dachte ich und zog mich schnell an, als der Trupp Weißkittel verschwunden war. Kurz darauf erschien Robert, um mich abzuholen. Er drückte mir die Ausgabe der *Winnipeg Free Press* in die Hand. Mark Flanagans Artikel prangte auf der Titelseite.

Von Mittag an stand Flanagans Telefon in der Redaktion nicht mehr still. Mehr als fünfzig Anrufe mit ähnlichen Geschichten waren bis zum Abend bei ihm eingegangen und er versprach, dass jede einzelne untersucht werde.

Ich rief auf dem Flughafen an und ließ mir die Flugdaten für den nächsten Tag durchgeben. Eine Maschine ging um 14 Uhr und ich erstand noch ein Ticket.

Wie versprochen wählte ich Conny Legrands Nummer und erzählte ihr, was bei meinen Ermittlungen herausgekommen war. Natürlich hatte sie Flanagans Artikel bereits gelesen und aus ihrer Stimme klang Sorge über mein Wohlbefinden. Ich beruhigte sie und wünschte ihr Geduld mit ihren Schützlingen.

Für den Abend hatte Maggie mich zum Essen eingeladen. Ich würde gerne kommen, sagte ich ihr, wollte aber Robert an diesem letzten Abend nicht allein lassen. Es musste sie Überwindung kosten, aber sie schlug vor, ihn mitzubringen.

Schließlich rief ich Susan an und ließ sie wissen, dass ich nach Hause kommen würde. Sie versprach, mich vom Flughafen abzuholen.

„Ich freue mich auf euch", sagte ich. Auf dem Rückflug würde ich genügend Zeit haben, darüber nachzudenken, was ich Susan erzählen würde und was nicht.

Am nächsten Tag gab ich den Jeep beim Autoverleih zurück und Robert fuhr mich zum Flughafen. Ich hatte ihm am Abend zuvor auf dem Weg zu Maggie erzählt, dass ich in erster Linie deshalb nach Winnipeg gekommen war, weil ich gehofft hatte, er wäre mein Bruder oder mein Cousin.

Anfangs war er verstimmt, weil Maggie es gewusst hatte und er nicht. Aber sein Groll verflog, als er meine Geschichte hörte – und von meinen Ängsten vorm Fliegen und vor Schnee und Kälte erfuhr.

„Maggie mag dich", sagte Robert, als wir auf dem Parkplatz am Flughafen angelangt waren.

Ich sah Robert an, ohne etwas zu sagen. Zum Glück wusste er nicht, was zwischen mir und seiner Schwester passiert war, und ich hoffte, Emma würde es ihm auch nicht erzählen.

„Schon gut", brummte er. „Ich dachte ja nur, du hast es vielleicht nicht bemerkt."

„Ich bin einfach nur froh, dass ich nach Hause zu meiner Familie zurückkehren kann", sagte ich.

Robert nickte. „Verstehe. Nora hat mich angerufen", sagte er. „Sie ist bereit, sich mit mir zu treffen."

„Das ist gut", erwiderte ich. „Vermassel es nicht."

„Keine Sorge. Ich weiß, dass es meine letzte Chance ist. Ich habe dir eine Menge zu verdanken, Adam."

Wir standen vor den Sicherheitskontrollen.

„Ich muss jetzt los."

„Pass auf dich auf", unbeholfen klopfte Robert mir auf die Schulter.

„Mach ich. Du aber auch."

„Guten Flug", spöttelte Robert. „Lass mich wissen, ob du überlebt hast."

Ich nahm meine Reisetasche auf und begab mich zu der Schleuse vor den Sicherheitskontrollen.

Seattle empfing mich mit Sonnenschein und ohne Schnee. Susan und meine Kinder warteten in der Eingangshalle des Flughafens. Ich konnte es kaum erwarten, sie in meine Arme zu schließen.

Mike fragte mich aus, er wollte alles wissen über den Jungen, der im Schnee erfroren war. Amina zeigte mir ihren Gipsarm, der inzwischen voller Unterschriften und kleiner Zeichnungen war. Wir fuhren nach Hause und später, als die Kinder schliefen, erzählte ich Susan von meiner Mutter und was sie getan hatte.

In dieser Nacht schliefen Susan und ich miteinander. Und wie immer, wenn ich von einer längeren Reise zurückkehrte, hatte es für mich etwas Vertrautes und aufregend Neues zugleich. Ich hatte ein schlechtes Gewissen und gab mir große Mühe, auf Susans Wünsche einzugehen. Ein paar Monate später würde sie mir erzählen, dass sie mein schlechtes Gewissen jedes Mal an meiner großen Zärtlichkeit erkannt hatte. Wie konnte ich so vermessen sein zu glauben, dass meine Frau nicht spürte, was vorgefallen war?

Am nächsten Vormittag fuhr ich zum Friedhof. In den vergangenen vierzehn Jahren war ich nicht oft am Grab meiner Adoptiveltern gewesen, höchstens ein- oder zweimal im Jahr, meistens zusammen mit Alice. Dennoch fand ich den Weg zum Grab ohne Probleme.

Auf der Grabplatte stand eine Glasvase mit frischen Blumen. Ich wusste, wie sehr Alice darunter litt, dass ich unseren Eltern nicht verzeihen konnte. Es war eine Sache, über die wir nicht mehr sprachen, weil dabei jedes Mal Wunden aufgerissen wurden.

Jetzt stand ich in der Januarsonne vor dem Grab meiner Eltern und bat sie um Verzeihung. Sie hatten mich geliebt und mir das auf jede erdenkliche Art gezeigt. Auch ihr Schweigen war Liebe gewesen. Das verstand ich erst jetzt.

Auf dem Rückweg machte ich einen Abstecher zum Verlagsgebäude. Alice war in ihrem Büro und ich erzählte ihr alles, was passiert war und was mir in den letzten beiden Tagen durch den Kopf gegangen war. Es war ein gutes Gespräch. In Zukunft würden wir über alles reden können, das wusste ich jetzt.

In den folgenden Wochen hielt Mark Flanagan mich auf dem Laufenden, wie die polizeilichen Ermittlungen in den Reihen der Winnipegger Stadtpolizei vorangingen. Inzwischen waren über 400 Anrufe zu polizeilichen Übergriffen in seinem Büro eingegangen. Dazu gehörten Starlight-Touren, Körperverletzung, Freiheitsberaubung und sexueller Missbrauch.

Das RCMP mietete eine ganze Etage im Marriott Hotel und bildete eine Sonderkommission mit dem Namen „Starlight Tours".

Wie Mark vorausgesagt hatte, gab es einen Skandal, der Winnipeg weltweit in die Schlagzeilen brachte. Nun war die Hauptstadt Manitobas nicht mehr nur Hauptstadt des Winters, Hauptstadt der Kinderarmut und Hauptstadt der Autodiebstähle – sie war nun auch Hauptstadt einer rassistischen Polizei.

Es gab einige Stammesvorsitzende, für die das Ganze eine willkommene Gelegenheit war, um in der Presse gegen eine „Weiße Polizei" scharf zu machen. Das erschwerte die Situation, denn die Fronten drohten sich zu verhärten: Winnipegs Stadtpolizei boykottierte die Arbeit des RCMP. In einem Newsletter warnte die *Winnipeg Police Associaton* ihre Mitglieder sogar davor, unüberlegte Statements abzugeben, weil sie sich oder Kollegen damit belasten könnten. „Denkt an eure Rechte", schrieb die WPA.

Manitobas größte indianische Vereinigung, die *Federation of Manitoba Indians*, heuerte für viel Geld Privatdetektive an, weil sie den Ermittlungen der Sonderkommission des RCMP nicht traute. Polizeichef Gerald Moore bestritt vehement, dass die „Ausflüge aufs Land" eine regelmäßige Praxis gewesen seien. Vielmehr wären diese *Starlight-Touren* der Fantasie der Ureinwohner entsprungen. Das, was dem *Journalisten aus Seattle* widerfahren war, bezeichnete Moore als „bedauerlichen Vorfall". Erst im April gab er zu, dass derartiges „mehr als einmal" geschehen war. Zwei Wochen nach diesem Eingeständnis musste Manitobas Polizeichef von seinem Amt zurücktreten.

Das RCMP fand heraus, dass sieben indianische Männer von Mitgliedern der Stadtpolizei misshandelt und bei Minustemperaturen auf freiem Feld ausgesetzt worden waren. Für fünf von ihnen endete der Ausflug tödlich.

Als es Anfang Mai zur Gerichtsverhandlung gegen Brad Wagner und Henry Kazan kam, fuhr ich erneut nach Winnipeg. Ohne Schnee und Minusgrade zeigte sich die Stadt von einer freundlicheren Seite: *The Forks* war tatsächlich grün, wie Robert es mir erzählt hatte.

Die beiden Cops wurden wegen Freiheitsberaubung und Körperverletzung zu einer Haftstrafe von acht Monaten verurteilt. Sie wurden unehrenhaft aus dem Polizeidienst entlassen und verloren ihren Pensionsanspruch.

Den beiden Polizisten, die Daniel Blueboy auf dem Rücksitz ihres Streifenwagens sitzen hatten, als sie Lucas Cardinal anhielten und überprüften, konnte hingegen nicht nachgewiesen werden, dass sie für den Tod des Jungen verantwortlich waren. Wilson und Austin wurden degradiert, gingen aber straffrei aus.

Für die indianische Bevölkerung Winnipegs waren das Urteil und das Ergebnis der Untersuchungen des RCMP unbefriedigend – vor allem natürlich für die Familie Blueboy. Auch ich hielt beides für halbherzig, aber ich hatte mit nichts anderem gerechnet.

Die Polizei, wurde oft gesagt, war die dünne blaue Linie, die die Gesellschaft vor dem Chaos bewahrt. Winnipegs Ureinwohner fürchteten die Polizei und misstrauten ihr, deshalb wagten sie sich nicht an die Öffentlichkeit, als die ersten *Starlight-Touren* tödlich endeten. Aber wo immer weniger Menschen Kritik äußerten oder gegen das Unrecht aufbegehrten, wuchs auf der Gegenseite ein Gefühl der Unverwundbarkeit und Macht. Dieses Gefühl hatte sich latent ausgebreitet unter den Cops von Winnipeg. Um die Art und Weise, wie die Polizei mit uns Ureinwohnern umging, wirklich zu ändern, musste in den Köpfen der Polizisten begonnen werden.

Der neugewählte Polizeichef von Winnipeg führte als erste Amtshandlung ein neues Verfahren bei Ermittlungen in den eigenen Reihen ein. Und es gab neue Anwerbungskampagnen für indianische Jugendliche, die eine solide Polizeiausbildung versprachen.

Vielleicht war das ein Anfang.

Als ich aus Winnipeg zurückkehrte, waren einige Nachrichten auf meinem Anrufbeantworter im Büro. Unter anderem auch eine von meinem Freund Richard Two Two aus Pine Ridge. Er sagte, er müsse dringend mit mir sprechen und ihm bliebe nicht mehr viel Zeit.

Ich schloss meine Bürotür und wählte seine Nummer.

Nachwort

„Starlight Blues“ ist ein Roman, dem ein tatsächliches Geschehen zugrunde liegt. Sämtliche Charaktere sind jedoch frei erfunden und auch die Wahl des Schauplatzes beruht auf schriftstellerischer Freiheit.

Mein besonderer Dank gilt Jeff Tissue, Privatdetektiv im Bundesstaat Washington, der mit seinen Antworten auf meine Fragen so manche Schreibblockade löste. Thank you, Jeff.

Antje Babendererde, September 2008

Adams aufregende Suche nach den Mördern von Daniel Bueboy ist hier zu Ende. Sie suchen neuen Lesestoff? Dann empfehlen wir Ihnen die nachfolgenden spannenden Romane aus unserem Programm:

Umschlagdesign: Designbüro Möhlenkamp, Marlis Schuldt,
Jörg Möhlenkamp, Bremen
Satz: Merlin Verlag, Gifkendorf
Druck und Einband: freiburger graphische betriebe, Freiburg

1. Auflage, Gifkendorf 2012
Im 55. Jahr des Merlin Verlags
ISBN 978-3-87536-300-5
www.merlin-verlag.de
www.antje-babendererde.de